LE CHOIX DE KARLA

NICK HARKAWAY

LE CHOIX DE KARLA

Un roman du « Cirque »
de John le Carré

TRADUIT DE L'ANGLAIS
PAR CLÉMENT BAUDE

ÉDITIONS DU SEUIL
57, rue Gaston-Tessier, Paris XIXe

Ce livre est édité par Anne Freyer-Mauthner

Titre original : *Karla's Choice*
Éditeur original : Viking/Penguin Random House UK, Londres
ISBN original : 978–0–241–71490–4

ISBN 978-2-02-158828-6

www.seuil.com

Ce livre est dédié à

DAVID JOHN MOORE CORNWELL
Père, mari, frère, fils
Joueur de ping-pong, dessinateur,
buveur de vin, promeneur de chiens
Germaniste
Francophile
Enfant perdu
Irlandais sur le tard
Épouvantable cuisinier

et à

JOHN LE CARRÉ
Romancier

Dans le métier d'espion, on abandonne en premier ce que l'on aime le plus.

Les Gens de Smiley, John le Carré

Je peux peindre un faux Picasso aussi bien que n'importe qui.

Attribué à Pablo Picasso

PROLOGUE

Debout sur la table centrale, le jeune garçon frappait dans ses mains, déchaîné et admirable. Il avait les yeux d'un saint, se rappellerait plus tard Frau Möller, un saint terrestre comme François d'Assise, ou un grand penseur comme Galilée. Elle l'avait remarqué dès son arrivée, quand il était passé devant son petit recoin, près de la porte. Elle n'était pas là pour surveiller le club de jeunes. Le Parti leur avait expressément demandé de s'organiser tout seuls. Ils devaient consacrer certains moments à l'apprentissage autonome et à l'éveil culturel, et la musique en faisait partie. Si ces rassemblements devenaient turbulents et indécents – s'ils ne correspondaient pas en tous points à ce qu'avait envisagé le comité –, ce n'était pas son problème. On la payait pour tenir le vestiaire et assurer la fermeture. Elle n'avait aucune autre fonction.

Mais le garçon avait attiré son attention parce qu'il était superbe. D'après elle, il n'était pas allemand ; il n'avait pas l'air allemand. Si elle avait dû deviner, elle aurait dit qu'il venait de l'Est, peut-être d'aussi loin qu'Odessa. Il possédait ce qu'elle appelait un visage oriental, pommettes larges et arêtes hautes. Sa beauté était physique, mais pas seulement, d'autant plus extraordinaire qu'elle était rare chez les hommes. Elle en avait vu quelques-uns, dans sa vie, et elle les plaignait. Ces hommes-là étaient la plupart du temps des imbéciles, car ils n'entendaient pas souvent, voire jamais, le mot « non ». Les gens leur cédaient le passage et les dorlotaient sans même s'en rendre compte, parce que la beauté était en elle-même une forme de contrainte. Parfois ils leur faisaient du mal, pour la même raison. Cela aussi, Frau Möller l'avait vu.

Ce n'était pas une grande soirée pour la musique. L'orchestre ne jouait pas bien, mais il avait accepté de remplacer au pied levé un groupe yougoslave – sans doute guère meilleur – qui avait rebroussé chemin. La drogue, avait entendu dire Frau Möller, du haschich dans un étui à guitare. C'était bien les musiciens : quand ce n'était pas ci, c'était ça.

Mais le garçon se moquait de savoir si la musique était bonne. Il voulait seulement s'amuser et il avait entraîné tout le club avec lui, comme ces êtres-là en sont capables. Il avait commencé à frapper dans ses mains au rythme de la guitare médiocre, jusqu'à ce que les autres l'imitent, puis il avait demandé au groupe dc se montrer plus audacieux dans ses choix. Et il avait dansé. Il avait trouvé une jolie fille pour ça, et tous les garçons s'étaient mis à danser avec elle, et toutes les filles à danser avec eux. Il avait commandé des boissons chères, il avait grimpé sur la grande table qui occupait tout le centre de la salle et il s'était mis à taper des pieds. La bière qu'il tenait à la main s'était renversée sur sa chemise à moitié ouverte, de sorte qu'il avait l'air aussi scandaleux qu'Aphrodite émergeant des flots dans la grande salle du musée national, et toute la petite salle un peu minable s'était mise à palpiter au rythme d'un cœur. Ce n'est qu'à ce moment-là qu'il fut satisfait. Il s'affala sur une chaise, contemplant le beau désordre qu'il avait créé, et Frau Möller regarda ses yeux hagards. Elle se demanda s'il pleurait.

Et quand, au comble de la fête, trois hommes étaient entrés – des hommes austères, plus âgés et franchement dénués d'humour –, ils s'étaient intéressés non pas à la débauche autour d'eux, mais au garçon. Ils lui avaient fait signe d'approcher et lui avaient dit quelque chose ; il ne s'était pas inquiété. Il avait hoché la tête : bien sûr. Il serait ravi de les suivre. Il pensait qu'ils viendraient plus tôt. Voulaient-ils boire quelque chose ? Ce que, à la stupéfaction de Frau Möller, ils avaient fait, avec tout le monde. Enfin – après cet unique verre – ils étaient tous repartis en bon ordre, le jeune garçon plaisantant même avec elle au moment de s'en aller. De sa blague, Frau Möller ne se rappelait que la chute : « Mais bien sûr, Mutti, parce que jusqu'à maintenant tout était parfait ! »

Toujours hilare, il avait franchi la porte et retrouvé le froid de Prenzlauer Berg.

1

En traversant le parc de Primrose Hill pour rejoindre les bureaux de Bánáti & Clay, où son patron, M. Bánáti, présidait à la carrière des vedettes littéraires les moins prestigieuses de Londres, Susanna Gero sentit que la capitale se réveillait tout juste d'un long sommeil hivernal. Par les fenêtres éclairées des immeubles et des maisons qui bordaient le bas de la colline, elle voyait les gens se préparer pour la journée. Au-dessus de St Pancras, le soleil bas faisait de son mieux. La mère de Susanna l'aurait qualifié de passable, son reproche favori. Bien des choses étaient passables, et aucune ne valait mieux que ce lundi matin.

Réduisant sa foulée, elle obliqua en direction d'Ormonde Terrace. Monter au sommet de la colline et admirer la vue avait un prix : il fallait redescendre par le chemin boueux, dangereux même sans talons. Sans cesser de regarder où elle posait les pieds, elle ouvrit les bras en croix en espérant que personne, depuis les fenêtres des immeubles, ne l'observait en la comparant aux pingouins du zoo de Londres, à moins d'un kilomètre de là. Elle qui avait marché jusqu'à l'école dans la neige chaque hiver toute la première moitié de sa vie ne se laisserait pas décourager par la boue.

Arrivée à destination, elle pensait trouver M. Bánáti à son bureau, celui du milieu ; le sien se trouvait à gauche, et le troisième à droite. Pourtant, la porte était fermée à clé. Elle dut l'ouvrir et éclairer la pièce, ce qui la mit aussitôt mal à l'aise. M. Bánáti se réveillait de bonne heure – l'armée, lui avait-il expliqué – et accomplissait une série d'exercices physiques ridicules conçus par un Suisse. Puis il buvait son café, mangeait ce qu'avait fourni la boulangerie de la rue principale et lisait des livres, principalement des manuscrits envoyés par de nouveaux écrivains en quête d'éditeur. Le bureau était impeccable et ordonné, et le sac du courrier était immense : trois fois par semaine une vieille dame anglaise du nom de Wright venait, tard le soir, faire la poussière avec un foulard noué autour de la tête, à l'ancienne. Quand Susanna arrivait le matin, il y avait toujours sur le côté droit du bureau de M. Bánáti une pile de manuscrits refusés à renvoyer et, très rarement, sur le côté gauche, une autre qu'elle devait consulter. Les deux piles étaient séparées par un portrait de 25 x 20 cm, sa seule touche personnelle. La photo, où l'on voyait un garçon et une femme, était plus ancienne que le cadre moderne, et sa présence était comme un signe de ponctuation dans son dialogue avec lui-même : j'ai accompli cette tâche, j'en suis arrivé là, maintenant je peux me reposer – mais un bref instant seulement, car la littérature ne dort jamais. Ensuite, dès l'arrivée de Susanna, ils parlaient manuscrits.

« Que pensez-vous de notre chère Mlle Chancellor ? Est-ce qu'elle a ce qu'il faut ? » Ou : « Notre cher M. Simmonds : est-ce qu'il réussira ? Doit-on l'accueillir dans le saint des saints ?

– Non », répondait-elle avec assurance, car Simmonds en était à sa troisième tentative, et chacune était pire que la précédente.

Quant à Mlle Chancellor, il fallait bien admettre qu'elle n'était pas si épouvantable que ça.

Ce matin-là, il n'y avait rien sur le bureau, sauf la photo et l'instrument de travail favori de M. Bánáti, un crayon à mine tendre qui attendait l'appel aux armes. Une simplicité aussi totale que trompeuse. Le calme qui régnait ici était de façade et s'arrêtait à la surface en cuir vert éraflée du bureau. Dans les tiroirs qui sentaient l'encaustique c'était le chaos : des boutons de manchettes, des biscuits dans des boîtes, des pastilles à la menthe et une paire de bretelles ; un tube de cirage, des lunettes de lecture, une agrafeuse, des factures et des reçus ; enfin une caisse fermée, remplie de pièces de monnaie, dont il avait perdu la clé.

Susanna n'avait pas retiré son manteau, pourtant elle avait froid. Le brouillard était là, invisible et néanmoins mordant. Elle éprouva le besoin de faire demi-tour et de ressortir dans la rue, d'être partout sauf ici et, comme toujours chez elle, il n'y avait pas de frontière étanche entre l'idée et l'action. C'est ce qui distingue les déplacés : ils comprennent ce qu'est la fuite. Vous ne demandez pas si la fuite est nécessaire (si elle ne l'est pas, vous pouvez, par définition, revenir). Vous sortez, vous continuez de marcher, et vous savez que derrière vous le monde est en cendres. Vous allez au bout de la ville, vous repérez le camion d'un paysan, vous levez les yeux vers le visage inexpressif du conducteur et sa cigarette bulgare éteinte, comme le canon d'un pistolet indifférent. Vous lui débitez votre mensonge : ma famille est à Tatabánya, à Győr. Je dois rentrer chez moi. Peu importe s'il vous croit : l'essentiel est qu'il puisse dire qu'il vous a crue. Sur le siège passager, vous partagez la place avec ses surbottes en caoutchouc et son eau-de-vie, vous croisez des voitures enlisées dans la boue et roulez sur les traces de chenilles des chars russes. Vous contournez ce village parce qu'il paraît qu'ils s'y trouvent, vous vous dirigez vers celui-là. Le jour laisse place à la nuit, et vous êtes arrêtés à un barrage routier par des paysans patriotes armés de fusils patriotes, mais quel patriotisme ? À quelle Hongrie appartiennent-ils ? Il y en a tellement. Mihály, le conducteur, est un visage connu. Quand il dit que vous êtes sa cousine, ils savent qu'il ment, mais tout s'arrange. Ils rigolent : il en a de la chance, Mihály. Vous descendez près de Fertőd. Pendant qu'il vous montre la direction, ses lèvres effleurent votre front comme une bénédiction, et son haleine est un nuage de fumée. Des yeux tristes qui vous regardent partir du côté du palais. Vous parcourez à pied les derniers kilomètres et traversez la frontière parmi les arbres, vous arrivez à destination sans vous en rendre compte et ne cessez de vous cacher et de sursauter face à des ombres avant d'être interpellée par un policier autrichien en uniforme, et vous pleurez, pleurez, pleurez contre son épaule perplexe, dans ses revers en laine rêche. Vous ne revoyez jamais Mihály, vous ne tentez pas de le retrouver, cela lui causerait des ennuis. Vous écrivez à votre mère et recevez un message vous informant qu'elle a été arrêtée, ainsi que votre père. Vous attendez, attendez, attendez leur libération, vous continuez d'attendre, jusqu'à oublier que c'est ce que vous faites, et vous vous contentez de vivre.

Elle jeta un coup d'œil sur son reflet dans la vitre. Tu as vingt-trois ans, pas seize. La fenêtre est parfaitement logée dans l'encadrement, le verre est découpé à la bonne taille et d'une qualité respectable. Tu es à Londres, pas à Budapest. En 1963. Cette fois, tu restes.

Elle ramassa le chiffon et la clé en laiton sur le rebord de la fenêtre, purgea l'air du haut du radiateur, l'entendit gargouiller et retira prestement sa main lorsque l'eau brûlante atteignit la vanne et jaillit. Avec la chaleur, la pièce devint moins inquiétante, et le soleil était assez haut pour que les ampoules de 60 watts la rendent plus claire. Elle posa du café sur le réchaud et souleva une pile de romans qui attendaient sur le troisième bureau. C'était celui de M. Clay, toujours inoccupé parce que M. Clay était une *ruse de guerre**. Selon M. Bánáti, les gens aimaient qu'une agence ait deux noms sur sa porte, encore plus si l'aspect *Mitteleuropa* du premier était contrebalancé par le pragmatisme anglais du second. Elle sélectionna trois romans au hasard dans la pile – on ne commence jamais par le haut : soit on négligera le bas car il est trop enfoui, soit on le surestimera car on a trop creusé pour y arriver – et les mit de côté. Elle resta plantée devant le bureau vide.

* Les mots suivis d'un astérisque sont en français dans le texte original. (*N.d.T.*)

La photo était posée sur le dos, comme s'il l'avait regardée. Elle se demanda un instant si c'était lui qui avait pris le crayon et dessiné une moustache sur le verre, si ce matin-là le passé qui les liait, quel qu'il fût, était remonté à la surface. Sauf que non – pas ce matin-là. La veille au soir, oui, sans doute, après qu'elle fut rentrée chez elle : il avait dû retourner au bureau et rester assis là jusque tard. Peut-être le faisait-il régulièrement et n'en avait-elle encore jamais décelé les traces. Mais son instinct lui disait que c'était nouveau et que ce genre de nouveauté était synonyme d'ennuis. Au moment où elle parvenait à cette conclusion, quelqu'un frappa à la porte.

Susanna avait ses excuses toutes prêtes : M. Bánáti est indisposé, raisons familiales. Elle ignorait totalement s'il avait une famille. Elle le supposait – la femme et le garçon – mais il n'en avait jamais dit mot. Elle supposait aussi, vu son nom, qu'il était hongrois, comme elle, qu'il avait percé le piètre subterfuge consistant à retirer les Z de Zsuzsanna et qu'il l'avait embauchée pour ça – mais ils n'en discutaient pas. Dans leur silence, ils étaient parvenus, pensait-elle, au type d'affection qui naît de l'absence d'obligations plus grandes, si bien qu'ils représentaient l'un pour l'autre un refuge face aux difficultés. Ils ne parlaient pas du pays, ni de tout ce qui faisait qu'ils n'y étaient plus. Chacun a ses raisons, et seul un imbécile suppose que ce sont les mêmes.

Elle ouvrit la porte et dit : « Bonjour. » L'homme qui se tenait là lui répondit : « Bonjour. » Il sourit, elle sourit, et ils échangèrent si bien les politesses d'usage qu'elle eut le sentiment qu'ils concouraient joliment à ce que tout paraisse normal, malgré le bureau vide derrière elle et la déception imminente du visiteur quand il demanderait à voir M. Bánáti ou voudrait savoir si son manuscrit avait trouvé preneur. Pas encore, lui dirait-elle. Elle prendrait son nom et lui promettrait de placer son livre au sommet de la pile. Peut-être même qu'elle le ferait, ou peut-être que Bánáti l'avait déjà refusé. Qu'importe : une journée ordinaire.

Puis soudain il les trahit complètement, elle et leur complicité naissante. Son regard se porta sur son visage et il la considéra vraiment. Et – au moment même où elle s'aperçut qu'elle l'avait remarqué par la fenêtre quelques instants plus tôt et l'avait reconnu, avec cet instinct infaillible d'une femme jeune mais non dénuée d'expérience devant les vieux barbons – elle vit ou sentit la bombe éclater derrière les yeux de son interlocuteur. Il tendit la main maladroitement, presque involontairement, vers elle, et elle la saisit. Elle sentit la peau dure sous ses doigts et comprit qu'elle avait affaire à un homme exerçant ce que M. Bánáti appelait parfois un « vrai travail ». Ils se dévisagèrent l'un l'autre, avec une curiosité franche et bien peu britannique, comme si une plus grande intimité entre eux était non seulement inévitable, mais déjà présente. Dieu merci, rien de sexuel là-dedans. Dans la posture de l'homme, dans son regard, pas le moindre soupçon d'une aspiration amoureuse gênante. C'était beaucoup plus troublant et incongru : un besoin fiévreux qui, dépassant la lubricité, s'engageait sur le terrain inquiétant de la foi.

Il était petit et lourd. Il sentait la cigarette Ropotamo, dont l'odeur reconnaissable entre toutes atteignit les narines de Susanna lorsqu'il tendit la main puis la retira aussitôt, avec un petit flottement lorsque celle-ci rejoignit son torse, laissant entendre que même ce mouvement de recul lui paraissait étrange et pourrait être corrigé. C'était cette même indécision qui avait attiré le regard de Susanna vers la rue, quand il avait traversé la chaussée pour aller de l'arrêt de bus à la boucherie, puis chez le marchand de journaux, et enfin du marchand de journaux à l'arrêt de bus. Elle avait tranquillement suivi son périple pendant que le café gargouillait et que l'homme revenait sur ses pas, reculait, repartait, le regard tour à tour vers le ciel, par terre, dans ceux d'un passant qui aurait eu une réponse à ce qu'il cherchait, le regard tellement intense qu'ils le contournaient comme de bons chrétiens croisant un clochard le jour de Noël.

Ensuite, un moment d'épuisement ou de paralysie. Il s'était adossé à un mur et avait contemplé ses chaussures : sombres, sobres, assorties à ses cigarettes. Il portait un pantalon de bonne facture mais loin d'être beau. Un long imperméable, boutonné et banal, tombait de ses épaules voûtées jusqu'à ses genoux. Un ridicule chapeau en loden, sans doute autrichien parce qu'il semblait coûteux, venait compléter le tout. Un homme usé et triste frisant la soixantaine, dont le visage slave buriné respirait la douleur slave de père en fils. Elle pensa aux petits vieux, dans les cafés, qui s'affligeaient encore du siège de 1541.

Et maintenant ces doigts, caleux aux extrémités et gonflés autour des articulations, la faute à l'arthrite, ou à la boxe, ou aux deux, et que dans son enthousiasme il entrelaçait.

« Tu es Ana, et ta mère s'appelait Cintia, et ta grand-mère Eniko, et dans une vie antérieure j'étais ton père, et tu es un signe de Dieu. »

Après avoir énoncé cela, il la regarda et attendit qu'elle réagisse. Elle ne le fit pas tout de suite.

Sans doute était-elle, ou pouvait-elle être, Ana. Concernant sa mère et sa grand-mère, en revanche, il se trompait. Quant à être un signe de Dieu, elle ne pouvait en avoir le cœur net, mais elle avait quelques sérieuses réserves sur le sujet. Aussi commença-t-elle à le détromper – elle fut aussitôt très embarrassée de le voir se jeter à terre et se prostrer complètement, à la manière d'un pèlerin, les bras écartés dans le signe de la croix, comme s'il avait parcouru des centaines de kilomètres pour voir cette relique.

« Miki ! dit-il soudain à l'intention de la moquette verte élimée et des pièges à insectes. Je m'appelle Miki. Je suis ici pour tuer ton M. Bánáti, sur instruction personnelle d'un haut responsable de la 13ᵉ Direction du Comité pour la sécurité de l'État de l'Union des républiques socialistes soviétiques. Mais j'ai changé d'avis. Je m'appelle Miki, et Dieu m'a révélé que je ne serais plus un assassin. »

Ce qu'elle fit alors relevait – et Toby Esterhase le lui confierait plus tard, comme si elle n'était pas au courant – de la pure folie. Revoyant l'épisode dans son propre rétroviseur, elle en conclut qu'il l'attendait depuis le soir où elle avait fui Budapest et réussissait seulement maintenant à planter ses crocs en elle. Elle aurait pu de toute évidence appeler la police ou, à défaut, demander à Miki de prendre ses dispositions et de repasser la voir une fois la chose faite. Après tout, c'était un espion étranger compétent et il connaissait forcément mille manières de se rendre. Rien de tout cela n'exigeait d'elle le moindre engagement personnel.

Dans les faits, elle dit à Miki de ne pas bouger – ou plutôt d'entrer et de s'asseoir sur une chaise – et l'informa que s'il voulait se rendre utile, il pouvait lire quelques-uns des manuscrits arrivés par courrier. Elle l'enferma dans la pièce, puis sortit dans la rue et se hâta de parcourir le quart d'heure de marche jusqu'au *mansion block* où M. Bánáti avait son appartement. Elle lui en voulait terriblement de se mettre en danger de la sorte et de ne pas lui avoir dit que ces choses-là pouvaient arriver dans l'édition. Elle avait fermement l'intention de lui passer un savon, mais pas avant de s'être assurée qu'il était sain et sauf. Elle n'accepterait pas, elle ne pouvait pas accepter, qu'il soit blessé. Pour des raisons qu'elle n'était pas en mesure à cet instant-là d'exprimer, c'était inacceptable.

Le double de la clé de Bánáti était accroché au porte-clés du bureau, et le concierge de l'immeuble la connaissait depuis les quelques raouts pour clients particulièrement prestigieux qui s'étaient donnés dans l'appartement. Sortie de l'ascenseur, elle trouva le troisième étage plongé dans le noir. Un peu de jour s'infiltrait tout de même dans le couloir orienté est-ouest. Elle marcha jusqu'à l'appartement n° 6 et toqua à la porte. Pas de réponse. Elle frappa de nouveau, plus fort, tout en se demandant si Bánáti était seul ou en bonne compagnie. Il avait une vie sociale bien remplie et semblait notamment avoir du succès auprès d'une catégorie de femmes anglaises de plus de trente ans qui se prétendaient « bohèmes ».

« Monsieur Bánáti ! Je suis vraiment navrée, c'est Susanna. Zsuzsanna Gero, du bureau. Il y a une urgence. J'ai bien peur que ça ne puisse pas attendre. Vous m'entendez ? » N'obtenant aucune réponse, elle ajouta : « Je vais ouvrir la porte. »

Elle compta jusqu'à cinq, introduisit la clé dans la serrure, attendit encore cinq secondes dans l'espoir que quelqu'un ouvre de l'intérieur, puis s'en chargea elle-même. La porte pivota avec légèreté sur ses gonds.

Elle se prit à imaginer ce qu'elle découvrirait. Bánáti dormant sur son canapé, en caleçon, chaussettes et bretelles visibles au pied de la couverture. Bánáti nu, s'apprêtant à ouvrir. Bánáti avec un trou dans la tête, comme le vieil homme sur le bord de la route, à mi-chemin entre Csorna et Kapuvár. Étranglé, poignardé, pendu, empoisonné, tabassé : Bánáti comme musée des châtiments, bien qu'elle ne vît toujours pas quel péché aurait pu lui valoir châtiment. Diffusion de littérature décadente quasi érotique. Mauvaises blagues dans des fêtes. Crimes contre la dignité prolétaire, surtout la sienne. Car prolétaire, il l'était. Elle n'avait aucun doute là-dessus. László Bánáti était d'humble condition. Il ne venait même pas de la ville. Il lui avait raconté qu'il avait passé son enfance à la campagne, et elle le croyait. « J'ai grandi tout maigre, avait-il ajouté en se tapotant le ventre. Les récoltes n'étaient jamais aussi bonnes que prévu. »

Elle voûta les épaules, prête à se détourner aussitôt de la vue d'un cadavre ou d'un patron inopinément nu, et entra.

Ne devait-elle pas ôter ses chaussures ? Il y avait à côté de la porte une corbeille de chaussons en laine pour les invités, avec semelles de cuir. Des pantoufles folkloriques. Des pantoufles pour le réveillon de Noël. Elle les laissa à leur place.

Lumière d'hiver grise à travers les fenêtres modernes donnant au sud. Moquette blanche, pas de tache de sang, pas de boue ou de grosses empreintes dans le poil épais. Canapé de cuir blanc, piétements en chrome. Fauteuils assortis, trois noirs et deux blancs. Pas d'éclaboussures rouges. Pas de pieds adultes, pas de lingerie féminine. Un long bar en bois sombre, pour le petit déjeuner ou les cocktails, ou les deux. Bánáti en était fier, fier de sa nouveauté. Il aimait être à la page. Verres rincés et rangés. Pas de bouteille de champagne ouverte. Pas de pic à glace.

Près de la fenêtre, un cendrier propre en épais verre brun. Un plateau d'argent avec six petits bols, gravés et très beaux, contenant noix et olives. Des revues, allant du papier glacé à l'imprimé rudimentaire mais intellectuel. Elle cria encore son nom, cette fois sans attendre de réponse.

Elle sentit un souffle traverser l'air et entendit un son, si bas, si indistinct, que c'en était à peine un. Elle se figea.

Qu'était-elle venue faire ici ? À l'évidence, prévenir Bánáti. Mais s'il fallait croire Miki sur parole, quel besoin de prévenir Bánáti ? La menace était présentement assise devant son bureau à elle, en proie à sa révélation mystique. Sauf si les assassins russes, comme ceux dont elle avait entendu parler dans son enfance, voyageaient non pas seuls, mais en meute. Auquel cas il y en avait peut-être un ici même, ou plusieurs, et elle était complètement idiote.

Une fois de plus, le même murmure, dans la pièce voisine. Elle devait déguerpir. Elle devait sortir et appeler au secours. Chercher refuge, laisser quelqu'un d'autre s'occuper du reste de l'histoire de Miki, quelqu'un d'autre trouver le corps de Bánáti, ou Bánáti vivant.

Au lieu de ça, elle s'avança. Un souffle froid, indiscutable désormais, glissa le long de ses bras et sur sa nuque. Il a un chat. Il a un chien. Quelqu'un, sans lien avec le reste, est en train de le cambrioler. J'imagine tout.

Elle ouvrit la porte de la chambre et faillit hurler en voyant une grande silhouette, debout, portant l'imperméable Burberry's et le chapeau de Bánáti. Elle se cabra en arrière, faillit tomber, se cogna le coude contre l'encadrement de la porte et gémit. Quelques secondes plus tard, elle reconnut dans son agresseur un portemanteau.

Toujours tremblante, elle s'avança encore.

La fenêtre était entrouverte de quinze centimètres et les stores s'agitaient dans le courant d'air. Le lit avait été défait et refait. À mi-distance, il y avait une bosse rectangulaire dans l'édredon : une boîte ou, plus vraisemblablement, une valise.

Elle balaya du regard la pièce pour y déceler d'autres indices. Au bureau, Bánáti n'était ordonné qu'en apparence. Il devait y avoir un endroit – un placard, une chambre, un tiroir – où s'entassaient ses pensées et ses idées inabouties. Ou peut-être avait-il laissé un mot.

Il y avait un petit cabinet de l'autre côté du couloir. Elle y entra et s'assit au bureau. Elle ouvrit tout en même temps. Le même fatras : stylos, chocolats, vieilles paires de lunettes. Une cravate en soie offerte par un auteur pour son anniversaire. Un tas de cartes postales vierges montrant des sites touristiques. Bánáti aimait s'en servir, plutôt que de cartes simples, quand il envoyait un livre à quelqu'un. Un double de la photographie, dans un cadre identique. Et encore des crayons.

Enfin, maintenu par un simple élastique : un petit paquet de lettres écrites en français, timbrées à Vienne et adressées à M. László Bánáti, à Londres.

Elle les serra contre sa poitrine et s'enfuit à toutes jambes.

Moins d'une heure plus tard, Susanna montait les marches en pierre glissantes d'un immeuble d'angle de West Hampstead. Miki lui emboîtait le pas, ouvrant de grands yeux à la manière d'un touriste, comme si les fougères en pot étaient aussi grandioses que Buckingham Palace. Elle pensait qu'il avait un grain. Sur le chemin, d'abord à pied, puis assise à ses côtés au premier niveau d'un bus à impériale cahotant, les lettres de László

Bánáti serrées contre elle, elle s'était demandé plusieurs fois si elle ne devait pas tout simplement lui dire non. Non aux révélations mystiques et aux espions russes, non à ses propres souvenirs désagréables, non à ce chapeau ridicule. Mais Miki avait invoqué entre eux un lien – si fantasque et fébrile fût-il – qu'elle devinait aussi. Les Anglais parlaient de *réfugiés*, car le refuge était le but, et le mot hongrois était *menekült*, « celui qui a fui ». En revanche en allemand on était un *Flüchtling*, soit la même chose mais plus encore un citoyen du pays qu'on avait fui. Nous sommes tous deux des fugitifs, pensa-t-elle. Elle admit qu'elle avait des obligations en la matière.

Bánáti n'était plus là. Il n'avait pas appelé. Il était resté tard le vendredi, ce qui ne lui ressemblait pas, il avait fait sa valise et disparu. Maintenant qu'elle y repensait, il s'était montré soucieux les derniers jours, comme s'il avait été informé de l'arrivée de Miki. Elle n'avait rien trouvé en parcourant, de façon rapide et inconvenante, sa correspondance au bureau, rien dans sa corbeille à papier, rien dans les tiroirs. Moins que rien, même, car la lourde caisse – ridicule à force d'être toujours fermée, mais rassurante par son poids, comme si tout l'édifice Bánáti & Clay reposait sur une paire de lingots d'or contenus dans cette boîte secrète – manquait à l'appel.

Miki l'avait regardée faire avec la courtoisie que les professionnels réservent aux amateurs débutants, à tel point qu'elle avait été saisie d'un doute affreux. Après tout, n'était-il pas en chasse ? Ne se servait-il pas d'elle pour pister Bánáti ? N'avait-il pas manigancé cet ingénieux subterfuge ? Auquel cas, il devait désormais s'apercevoir qu'il avait frappé à la mauvaise porte tant il était de plus en plus patent qu'elle ignorait parfaitement où Bánáti avait pu partir, qui il était, comment le retrouver. Et auquel cas, naturellement, il ne tarderait pas à faire taire le témoin de son plan raté. Pourtant, il était sagement assis face à elle, sur les sièges tapissés de feutre à motifs, et attendait ses instructions. Tel Faust, elle l'implora : au nom d'Ana, que je ne suis pas, et de sa mère, qui avait intelligemment choisi un autre mari, et de la mère de sa mère, qui avait certainement des idées – faites ce que je vous dis. Et c'est ce qu'il fit, en dépit du bon sens.

Ce n'était pas son genre – se cacher et sursauter devant des ombres – ça ne l'était plus. Ça ne l'avait sans doute jamais été. Ça le deviendrait peut-être mais, à cet instant, elle devait surtout obtenir de l'aide. Elle avait besoin de faire confiance à quelqu'un. Et Bánáti était par définition indisponible. Elle avait besoin d'un ami.

D'où Broomsleigh Street et cet immeuble d'angle en brique rouge qui hébergeait l'agence de secrétariat Adams. Depuis vingt ans, avec une clarté simple et austère, Genevieve Adams, une petite et maigre *non-conformiste*, ainsi qu'on désigne les protestants dissidents en Angleterre, y donnait aux puissants les moyens d'organiser leur vie. Elle avait ainsi méticuleusement dirigé les bureaux d'un évêque et d'un magnat de l'industrie. Deux juges de la Haute Cour s'étaient révélés incapables de survivre sans son agenda magique. L'un d'eux, ayant fini par devenir lord judiciaire, l'avait gardée à la Chambre cinq ans durant, avant qu'une chute de cheval en pleine cérémonie officielle mette tristement fin à sa carrière. En vertu de son testament, Mlle Adams avait été chargée de mettre le cheval à la retraite, jusqu'à ce qu'il succombe à son tour. Désormais spécialisée dans le recrutement de têtes bien faites, fiables et dont la formation lui semblait correspondre aux standards requis, elle accueillait non seulement de jeunes Anglaises fuyant des familles qui réprouvaient l'éducation et le carriérisme chez la femme, mais aussi des recrues fraîchement arrivées, dont les souliers portaient encore la poussière du voyage.

Quelque part en chemin – où ça, précisément, nul ne le savait, bien que toutes les pistes, de la police de Londres aux arrière-salles des théâtres du West End, eussent été examinées de long en large –, elle s'était trouvé une associée qu'on n'aurait pu imaginer plus différente d'elle.

Large d'épaules, vigoureuse, Rose Jeremy avait de grandes mains et une masse de cheveux bruns frisés qui commençaient à grisonner. Si une doctrine religieuse avait ses faveurs, c'était la sienne. Elle portait le deuil d'un être. Régulièrement, assise seule, elle regardait par la fenêtre de la rue, plongée dans un souvenir ou une absence dont elle ne parlait jamais. Dans sa peine comme en tout, elle se montrait sans fard et sans honte. À Mme Jeremy on pouvait soumettre n'importe quel problème trop humain, trop embarrassant pour Mlle Adams. C'était une gardienne des secrets, une réparatrice des cœurs et, si la situation l'exigeait, une videuse d'amants indésirables. Susanna l'avait vue faire une fois, d'abord poliment, ensuite avec fermeté. Le jeune homme attrapé par la peau du cou et auquel on avait indiqué la porte avait à peine touché le sol entre le salon et le trottoir. On racontait que Mme Jeremy remportait souvent des concours de bras de fer dans des salles publiques ; qu'elle avait servi avec les honneurs pendant la guerre ; et que Jeremy avait peut-être été, jadis, son prénom. Peu importait si tout cela était vrai ou non. Mlle Adams vous trouvait du travail, et il n'était pas une paperasserie, pas un épineux problème de règlement ou d'étiquette, même les plus complexes, qu'elle ne sût débrouiller en temps et en heure. Mais Mme Jeremy pouvait répondre à des questions que personne ne savait comment poser, et là où son regard portait, le mal – quelque trivial ou communément accepté qu'il fût – ne pouvait triompher.

L'agence offrait le logis aux jeunes filles célibataires. En tant que diplômée et ancienne résidente, Susanna était la bienvenue et elle avait la clé. Cependant, la règle voulait que quiconque amenait un invité devait sonner. Si, théoriquement, les invités de sexe masculin étaient indésirables en toutes circonstances, ce diktat n'était appliqué que dans le cas d'hommes qu'on ne souhaitait pas recevoir. Dans l'esprit de Susanna, Miki n'était pas tant un invité qu'un colis égaré ou un animal de compagnie particulièrement inquiétant dont on lui aurait demandé de s'occuper. En tout état de cause, la sonnette s'imposait. Elle appuya dessus et au bout de quelques instants la porte fut ouverte par Mme Jeremy, qui ne se départit pas de son sourire pendant que son œil fixait l'homme, ses chaussures sombres, son visage ridé, quelque chose d'indéterminé à la fois sous son aisselle gauche et au-dessous de son genou, enfin ses mains rabougries.

« Oui ? dit Mme Jeremy.

– Il est avec moi, répondit Susanna. Inoffensif. »

Ce qui à première vue était absurde. Mais Susanna estimait que, dans le contexte immédiat, c'était le cas.

« Je m'appelle Miki », dit l'homme, et Susanna posa la main sur son épaule avant qu'il puisse ajouter qu'il était un tueur professionnel en quête d'un nouvel emploi et qu'elle était un signe de Dieu.

De ses yeux marron, Mme Jeremy les considéra l'un et l'autre, calcula la distance qui les séparait, puis fouilla le visage de Susanna afin d'y déceler une forme de réserve ou de désarroi caché. Elle finit par soupirer.

« Les chiens errants, c'est ça ?

– Oui, convint Susanna, heureuse de l'entendre dire. Les chiens errants. »

Dans la partie ouest du bâtiment principal du Cirque se trouvait le standard, géré entre 6 heures du matin et minuit par la section Intendance, puis confié au responsable de nuit. À l'exception notable de la ligne directe installée sur le bureau de Control, qui le reliait au ministère et, en temps de guerre, à Downing Street, les appels téléphoniques en provenance et en direction du Cirque transitaient par cette salle. Dans les moments de crise – dont la dernière décennie avait regorgé plus que de raison, de Suez à Cuba en passant par tous les épisodes intermédiaires –, pas moins d'une douzaine d'opérateurs pouvaient y travailler. En temps normal, leur nombre se limitait à quatre.

À 13 h 05, à en croire le registre, Lily Rippon prit un appel destiné à l'un des numéros que le service des postes avait la bonté de réserver à l'usage du Cirque, tout en les attribuant, même en interne, à des sociétés fictives dans le Nord.

« Anderson Ltd ?

– Je souhaite parler à Mme Kemp, dit une femme. C'est au sujet d'un ami.

– Je vous mets tout de suite en communication. Donnez-moi votre numéro au cas où nous serions coupées. »

Lily écouta et nota le numéro. Si la femme respectait bien le protocole, c'était son identifiant, qui correspondait à une entrée des Archives indiquant ses véritables nom et adresse. Puis elle ferma son microphone et ouvrit un circuit interne. Kemp : directrice de la Section. Ami. Possible implication russe. « Madame McCraig ? dit-elle. C'est pour vous. La Revue. »

La section Intendance occupait une position équivoque au sein du Cirque. Si en théorie elle n'était responsable d'aucune collecte de renseignements, elle agissait sur le même plan que la section Finances, où se retrouvaient parqués jusqu'à leur retraite les hommes qui n'étaient plus viables sur le terrain mais n'avaient pas les compétences pour la planification ou la supervision. Majoritairement constituée de femmes qui avaient porté l'uniforme pendant la guerre pour ne plus jamais, dans leur tête, le retirer, ou de leurs filles, la section accomplissait les tâches que les membres plus fougueux de la hiérarchie avaient tendance à mépriser. C'était l'Intendance qui identifiait, obtenait et modifiait les domiciles pouvant servir de refuges. C'était l'Intendance qui fournissait les billets d'avion, les véhicules et les cartes d'état-major détaillées, qui entretenait le ridicule entrepôt d'Eltham renfermant entre autres les annuaires téléphoniques de tous les pays d'Europe. L'Intendance encore qui, en première instance, recrutait et intégrait les employés au Cirque et dans les ambassades, et par la suite gardait un œil sur eux au cas où ils tourneraient mal – ou, pour être plus optimiste, au cas où ils croiseraient dans leur carrière, de près ou de loin, le parfum d'un autre espion.

Aussi, en pratique, la directrice de l'Intendance ne se contentait-elle pas de maintenir allumées les ampoules du Cirque et de combattre la ladrerie quotidienne du Trésor ; elle présidait *de facto* aux destinées d'un des plus grands réseaux de sécurité passive du monde. La Revue ne cherchait pas à occuper le devant de la scène mais elle fournissait de temps en temps, chose absolument nécessaire, le début ou la fin d'un spectacle.

« Mettez-moi en communication, dit Millie McCraig. Mais restez en ligne et prenez des notes. »

Quelques instants plus tard, elle quitta son bureau et monta d'un pas décidé à l'étage, portant sur un plateau son thé tiré du samovar étincelant de la cuisine. Au bout de dix minutes, elle revint et donna une série d'instructions. En premier lieu, Lily devait archiver ces notes au mauvais endroit, jusqu'à nouvel ordre, puis prendre sa journée. McCraig lui signifia que l'ordre émanait directement de Control. Ensuite, elle demanda qu'une planque soit préparée dans le grand Londres pour un occupant et une baby-sitter. Elle retourna alors dans son bureau et fit passer un appel à Oliver Mendel, tout juste réintégré dans la Branche Spéciale de Scotland Yard après avoir passé quelque temps dans un désert confidentiel. Elle lui intima poliment de rejoindre tout de suite Broomsleigh Street.

« Tout de suite comment ? voulut savoir Mendel.

– Idéalement, il y a une heure, lui dit Millie McCraig, mais maintenant ferait l'affaire. »

« D'accord », avait dit Control dans son bureau sobrement meublé du cinquième étage. L'année n'était pas assez avancée pour que la pièce soit trop étouffante, et Control portait un cardigan de laine informe qui ne parvenait pas à cacher le relief de ses côtes. Quand il tournait la tête, ses lunettes attrapaient la lumière de sa lampe de bureau et ses traits disparaissaient presque. « Je le veux. Mais je le veux à moi tout seul, vous comprenez ? Personne d'autre. Pour le reste du Cirque, il n'est qu'un sous-fifre. Ce qui est peut-être le cas. Version officielle : un service allié l'a repéré et il est trop empoté pour y retourner. Ou alors ils en ont un peu parlé et il a la trouille, à juste titre. C'est un larbin qui mérite à peine qu'on perde notre temps. Nous allons l'essorer et lui trouver un travail dans le civil. Nom de code… Quelque chose tiré d'une opérette. Frederick. Marmaduke. Stanley. Faites la paperasse comme si vous aviez mieux à faire. Programmez-le pour Sarratt comme d'habitude, mais on ne l'envoie pas tant que je ne suis pas prêt. »

Millie McCraig acquiesça.

« Il aura besoin d'une baby-sitter.

– Tom Lake, de la section Voyages. Ramenez-le de Brixton et dites-lui que ça vient de moi. Dites-lui que c'est une punition et qu'il doit bien le comprendre. Il m'a heurté avec son athéisme barbare. Il est athée ?

– Je ne sais pas. Probablement.

– Eh bien, si ce n'est pas le cas, je m'oppose à sa piété larmoyante. Vous ne voulez pas le noter par écrit ?

– Pas besoin, merci.

– Une dernière chose : je veux Smiley.

– J'aurai Sam Collins.

– Je demande Amadeus et vous me donnez Clementi. Non, Millie, pas Collins. Ni Collins, ni Haydon, ni Esterhase, ni cet imbécile d'Alleline. Et pas Bobby Maston non plus, ni le patron du Dog and Duck. George Smiley. »

Il agita une main exaspérée, presque translucide, comme s'il était trop las pour entendre Millie McCraig lui désobéir.

« Smiley. Débrouillez-vous.

– Vous vous rendez bien compte que vous ne pouvez pas lui ordonner de revenir ?

– Je ne lui ordonne pas de revenir. Je vous ordonne de le ramener. »

Derrière les lunettes, ses yeux vicieux et pénétrants plongèrent dans ceux de Millie.

« Il ne va pas tout plaquer uniquement parce que je le lui demande. »

C'était la vérité, hélas. L'année précédente, un sombre matin d'automne, après les nombreuses mauvaises nouvelles, soudainement et à l'encontre de ses propres convictions religieuses, elle avait proposé qu'ils plaquent tout et s'enfuient ensemble, pour toujours. Ils pourraient aller en Nouvelle-Zélande, avait-elle dit, où sa sœur possédait une ferme. Smiley avait été très courtois.

« Bien sûr. Mais j'imagine que vous pouvez me l'obtenir pour une semaine, peu ou prou. Même quarante-huit heures. N'est-ce pas ? »

Elle savait qu'elle avait tout intérêt à le nier et à laisser George tranquille.

« Oui », dit-elle.

Le Cirque, après tout ce qui s'était passé, connaissait un bref âge d'or. La préférence de Control pour la collecte patiente de renseignements plutôt que pour la méthode interventionniste à la mode américaine ne paraissait que plus pertinente à la lumière de Khrouchtchev et de Kennedy, et si d'aucuns – il pensait à Bill Haydon – voulaient voir plus d'action, ils pouvaient trouver un moyen d'y parvenir sans mettre le monde sens dessus dessous.

Haydon en personne avait confié le bureau du Caire à Percy Alleline. Où irait-il maintenant ? Nul ne le savait. Au Venezuela, dit Roddy Martindale avec autorité, pour faire entrer de l'alcool à Cuba et installer des réseaux entre Caracas et Recife. Sornettes, rétorqua Brookes : ce serait Addis Abeba, à coup sûr ; les Soviétiques lorgnaient du côté de l'Afrique. À quoi Haydon, lorsqu'il en eut vent, répondit que les deux lui convenaient, du moment qu'il y avait de quoi peindre, des femmes et du vin, et l'observateur un tant soit peu avisé en déduisit que ce ne serait ni l'un ni l'autre.

Et le poste de Smiley ? demandèrent-ils plutôt. Il va l'obtenir ? Pas encore, à moins que, qui d'autre, pourquoi pas lui ? Ainsi qu'une dizaine d'autres questions et spéculations qui alimentaient les ragots du quartier de St James entre la poire et le fromage, mais n'éclairaient aucune lanterne.

L'année précédente, en août, presque au jour anniversaire de la construction du Mur, un haut gradé soviétique très bien introduit avait offert ses services à la Grande-Bretagne au nom de la justice et de la liberté estonienne. Son premier travail, une évaluation des capacités des chantiers de la Baltique et de la couverture aérienne dans l'Atlantique Nord, donna des sueurs froides à l'Amirauté. Control enregistra le général Vladimir via quatre sources distinctes à Moscou, Leningrad et Riga, auxquelles il alloua des fonds et des lignes de communication propres, telle une ourse enterrant ses petits dans la neige jusqu'aux yeux.

Le destin chercha à rétablir l'équilibre un mois plus tard, lorsque le réseau de Belgrade, créé par Jim Prideaux en 1957, fut grillé, et que des rumeurs évoquèrent la présence d'un nouveau patron dans la maison soviétique : un cerveau froid et sophistiqué rassemblant les familles disparates de l'espionnage moscovite – mais il y avait toujours des rumeurs. En vérité, cela ressemblait à une pure négligence de la part des Serbes : le réseau n'avait pas produit grand-chose depuis 1961 et de toute façon il avait été question de le liquider.

Quinze jours après cela, le Cirque fut de nouveau en bonne posture lorsqu'une délégation commerciale tchèque en France décida de se rendre dans un bordel réputé et se compromit avec une belle ardeur sous les yeux du permanent en poste à Paris. « Je n'aurais jamais pu organiser une chose pareille, rapporta ce dernier. J'ai eu un sacré bol, et vous aussi. » Il demanda, et obtint, une équipe d'enquêteurs parlant le tchèque pour un débriefing sur place, ainsi que des fonds prélevés sur la caisse noire pour une exploitation prolongée. Certains mystères économiques derrière le rideau de fer étaient mis à nu.

L'ombre au tableau s'appelait Hans-Dieter Mundt : officier supérieur de la Stasi, source très secrète du Cirque et salaud intégral patenté, personnellement responsable de la mort, alors qu'octobre touchait à sa fin et que l'obscurité s'installait, d'Alec Leamas et de Liz Gold.

Control avait pensé confier à Smiley la supervision de Mundt au sein de l'appareil est-allemand. À la fin du mois, cependant, il était devenu évident que d'autres dispositions s'imposaient. Étant donné qu'il ne voulait mettre personne d'autre dans le secret des dieux, Control se retrouva confronté à un choix : soit nommer Peter Guillam pour traiter Mundt, soit s'en charger lui-même. Or, dans son esprit, Guillam restait une tête brûlée, un jeune homme encore trop amoureux de la légende du Cirque pendant la guerre. À vingt-neuf ans, il était à peine adulte. Il avait également aimé Alec Leamas. Dorénavant, il haïssait Mundt.

« Si je vous le demandais, Peter ? l'interrogea Control dans son bureau, début novembre, une semaine après la Nuit de Guy Fawkes[1]. Est-ce que ça vous plairait ?

– Non, répondit Guillam. Mais je le ferais quand même, bien sûr.

– Bien sûr. Mais les erreurs ?

– Eh bien ?

– Il suffirait d'un rien, voyez-vous. Un mot de travers, et il se ferait renvoyer. Non pas qu'ils se soucient beaucoup des preuves, et Fiedler encore moins que les autres. Là-bas tout n'est

1. La « Nuit du feu de joie », comme on l'appelle aussi, commémore tous les 5 novembre l'échec de la Conspiration des poudres, fomentée en 1605 par Guy Fawkes et ses compagnons catholiques pour faire exploser le Parlement de Londres. (*N.d.É.*)

que simulacre de loyauté. Les bonnes erreurs et vous obtiendriez justice pour Alec en deux temps, trois mouvements.

– Mais on ne rend pas la justice, si ? Cela relève d'un autre ministère. »

Il fut récompensé de cet aplomb discutable par la direction des fourrures internationales Causse-Bergen, respectable société-écran ayant ses bureaux sur la rive la plus sinistre de la Spree.

En Égypte, en Pologne, au Japon, les réseaux prospéraient et les informations affluaient. Dans sa tour du cinquième étage, Control était peut-être encore tracassé par la fin lamentable de l'opération Jackknife de 1959, mais il était seul. Non sans fierté, les agents opérationnels se disaient entre eux que le travail de renseignement n'était pas un loisir du dimanche. Ils n'avaient pas signé pour fuir le danger.

Du sort d'Alec Leamas quelques mois plus tôt, personne ne parlait. Si Peter Guillam, un soir de cafard, s'assit en haut de Parliament Hill, vida une demi-bouteille de scotch dans l'herbe londonienne et brandit le reste pour trinquer en regardant la tour de la Poste et la cathédrale Saint-Paul, son geste passa inaperçu. Si Jim Prideaux, à Prague, capitale de la Tchécoslovaquie, se pencha par-dessus le glacial pont Charles et, les yeux dans le fleuve, chanta « Anne-Marie du 2e REI » devant un corbeau méfiant, les agents de la Státní Bezpečnost ne purent en tirer aucune conclusion – ce qui ne les empêcha sans doute pas de rédiger des rapports.

Peu de temps après son rendez-vous avec Control, Millie McCraig quitta le Cirque pour rejoindre le garage exigu où elle laissait sa voiture, près de l'entrée des artistes du Prince Edward Theatre. Elle aussi avait fait ses adieux personnels à Alec Leamas lors du dernier hiver, mais ils n'avaient exigé ni lieu ni rituel particuliers. Entre Noël et le Nouvel An, achetant les cadeaux ou époussetant le bureau de son défunt mari – ni figé dans le temps ni totalement exorcisé, elle réglerait tout ça bientôt, vraiment –, elle avait ajouté Alec à sa liste des morts, l'avait gravé sur un mur qui n'existait que dans sa tête et l'avait traité de fieffé crétin. Quand on tient la maison des soldats secrets, on doit se contenter de funérailles secrètes.

Elle fit démarrer la voiture et prit la route d'Oxford. Le soleil baignait les devantures des magasins et les nids-de-poule d'une lumière crue d'hiver. Inexplicablement, malgré la mort, le monde continuait de tourner.

Dans Broomsleigh Street, Susanna observait les doigts de Miki. Ils avaient bu le thé avec des sablés – concession notable de la part de Mlle Adams, pour qui les sablés étaient en général réservés à la pause de 11 heures –, et puisque Miki se sentait pris d'un élan religieux, ils avaient parlé de Dieu, sans doute un peu trop. Ils étaient passés ensuite aux recettes de cuisine, puis au cricket, Miki n'y comprenant rien mais se montrant poli et disposé à apprendre. À présent, même cela s'était tari. Miki avait fermé les yeux et semblait prêt à attendre jusqu'à la fin des temps. Dans ce silence, Susanna était fascinée par les ongles de Miki. Contrastant avec ses mains usées, ils étaient soignés et roses, mais enveloppaient le bout de ses doigts, si bien qu'ils ressemblaient au pare-brise du fameux pot de yaourt de fabrication française.

Elle entendit la porte s'ouvrir et une femme les appeler pour leur dire qu'elle était de retour.

« Je crois que c'est bon, dit-elle. Je leur ai plu, ça je le sais. Par contre, je m'inquiète pour la sténo. Quelqu'un peut m'aider à me remettre à niveau ? » À ce moment précis, elle franchit la porte et fit plusieurs pas de côté pour se retrouver derrière Miki. Elle était grande, dotée de larges épaules de nageuse. « Parce que je crois que je me suis trompée, mademoiselle Adams, je ne peux pas connaître toute la méthode Pitman par cœur.

– Pas d'inquiétude, Sally, répondit une voix d'homme. À mon avis, ça ne posera pas de problème. Ça ne se demande plus trop, ces temps-ci, même si ça peut arriver. »

Il franchissait la porte à son tour, mince silhouette vêtue d'un costume bleu, visage fin et cheveux gris coupés à ras. Susanna lui trouva un air d'endeuillé professionnel.

« Je suis l'inspecteur Oliver Mendel, annonça-t-il à toute la pièce. Et voici mon sergent, Sally Roberts. Bienvenue à Londres, monsieur Bortnik, et merci de bien vouloir rester dans cette position. »

Sally Roberts tendit le bras droit en travers du torse de Miki, comme la diagonale d'une ceinture de sécurité, et posa délicatement le côté gauche de sa tête contre la sienne. Son autre main était sur l'épaule gauche de Miki, ou peut-être son cou.

« Enchantée, Miki. Vous êtes marié ? Pas d'inquiétude, je n'en ai pas après votre vertu. Voilà. Tranquille. » Sa main glissa sous le manteau de Miki pour en retirer le pistolet sans s'éloigner du torse, de sorte que le canon de l'arme remonta contre son corps. Lorsqu'elle eut touché la clavicule, le pistolet passa par-dessus l'épaule de Miki et atterrit dans la poche de manteau de Sally. « Bien. Y a-t-il d'autres éléments que je dois connaître, ou avons-nous affaire à un honnête homme ?

– Cheville gauche », dit Rose Jeremy.

Sally regarda Miki sortir de sa gaine un petit couteau à large lame et le poser à côté de son sablé.

« Gentil garçon », dit-elle. Le couteau se retrouva dans son autre poche de manteau. « C'est tout ? »

Miki hocha la tête.

« Vérifiez quand même », ordonna Mendel. Ce qu'elle faisait déjà. Il se tourna vers Susanna : « Sacrée journée, n'est-ce pas ? »

Pour la première fois depuis un siècle, elle rit. Un rire qui montait du ventre, un rire de sorcière plutôt que d'épouse : encore une chose qui aurait fait soupirer sa mère. Elle vit que Sally Roberts la regardait.

« Quoi ?

– Elle se demande si vous allez pleurer, expliqua Mendel. Ce ne serait pas illogique. »

Susanna sentit ses épaules se soulever.

« Non », dit-elle.

Et elle vit les lèvres de Roberts esquisser ce qui n'était pas tout à fait un sourire.

Ils sortirent. La rue était discrètement animée. Deux hommes réparaient une clôture en face ; leur camionnette, sous la crasse, promettait réparations et travaux de peinture. Quelques maisons plus loin, un inconnu bricolait sous le capot de sa voiture. Dans la direction opposée, deux hommes remplaçaient les ampoules des lampadaires victoriens en fer noir. Les décorateurs saluèrent de la main et traversèrent.

« C'est une bonne journée pour faire ça, leur dit Mendel.

– Rassurez-vous, il paraît qu'il va bientôt pleuvoir. »

Comme de vieux amis.

Sally Roberts accompagna Miki jusqu'à la camionnette.

« Bien, parfait, fit Mendel en désignant sa propre voiture. Cap à l'ouest. »

Ils montèrent et partirent, comme Susanna s'y était plus ou moins attendue, vers l'est.

*

La lettre de démission de George Smiley avait été juste assez longue et professionnelle, voire détachée. À la lumière d'un palmarès récent qu'il jugeait peu exemplaire – il ne cita pas nommément Leamas et l'opération Windfall –, il estimait que les intérêts de tous seraient mieux servis par son départ. Il souhaitait passer plus de temps auprès d'Ann, il avait toujours eu l'intention de consacrer une décennie à sa *Germanistik*, et quand un homme arrive à un certain âge, etc. Smiley le regrettait, et on sentait qu'il était sincère. Control répondit vers la fin du mois de janvier, sans commentaire personnel, et l'affaire fut pliée. Triste conclusion pour une carrière illustre, mais les erreurs se paient. Si les pierres de Cambridge Circus accusaient, peut-être avaient-elles raison. Quelqu'un devait porter le chapeau.

Jusque-là, Smiley avait évolué comme une sorte de brouillard dans la haute société que fréquentait Lady Ann. Maintenant qu'il ne travaillait plus, il semblait qu'il y avait peut-être, en fin de compte, un homme derrière cette brume. Pas un farceur, loin de là, ni un danseur, ni un gai luron, mais assurément un individu affable et intelligent, doué d'un humour pince-sans-rire qu'on aurait pu – beaucoup l'avaient fait – confondre avec de la fadeur. Mais dans ce cas – c'est ce qui se raconta cet hiver-là – eh bien vous étiez le dindon de la farce.

Parmi les cousins d'Ann, il commença à se murmurer que Smiley, nonobstant ces dernières années passées dans un recoin épouvantablement complexe du Trésor, à calculer les cotations à terme du lait ou la valeur à l'export du pilchard, avait presque été, très brièvement en 1944, intrépide. Il s'en défendit, mais on n'en attendait pas moins de lui. Et s'en étant défendu, un jour, à midi, il fut entraîné de manière assez fortuite dans un concours de tir au pistolet dans l'allée d'ifs du vieux manoir que possédait l'oncle d'Ann. Des bouteilles de *ginger beer* vides avaient été disposées à dix mètres de distance. Il les manqua toutes, sauf une, mais avec tant de bonhomie et d'étonnement sincère que les témoins en conclurent qu'il aurait pu rafler la mise, et haut la main, s'il n'avait pas décidé de tirer trop bas.

Et Ann ? Comment se portait la délicieuse Ann ? Elle avait retrouvé l'amour, semblait-il. Elle l'avait rien que pour elle, son George, lui dont les yeux ne lorgneraient plus avec envie les pages grises des rapports du ministère, ou les pages roses du *Financial Times*, ou la balance commerciale, ou tous les discours du lendemain à Westminster, ou tout ce qu'un homme d'âge mûr au visage rond et au corps rond pourrait juger absurdement plus important qu'une femme comme elle. Le matin, tandis que Smiley était plongé dans un commentaire sur Opitz censé émaner de Zincgref mais portant, à son humble avis, la marque de Heinsius, elle l'assurait, par une sollicitude discrète et des caresses de la main tendres, fréquentes, qu'il était, à lui seul, suffisant. L'après-midi, ils étaient si souvent absents des salons qu'une amie d'Ann en vint à lui demander si, étant donné les circonstances, elle ne devait pas plutôt attendre la tombée de la nuit. Ann rétorqua sèchement que – malgré les apparences – lorsque George Smiley se consacrait sérieusement à quelque chose, il y excellait toujours. Et qu'importe si ce n'était pas entièrement vrai : cet hiver-là, ce le fut bien assez. S'étant débarrassé du Cirque comme d'une maîtresse trop exigeante, Smiley vécut entre les bibliothèques et l'amour, approchant du bonheur autant qu'un homme de son tempérament en est capable. Sans la cravate et sans les nombreuses paires de lunettes disséminées aux quatre coins de son antre de lecture, on aurait pu le prendre pour un maître d'école se remettant d'une consommation excessive d'alcool au cours du semestre, ou pour un contrôleur bibliophile tout juste retraité du Cornish Riviera Express.

Au début du printemps 1963, le bruit courait – non confirmé et un peu sulfureux – que George Smiley était presque heureux.

« George, dit Ann, le front tout près de la fenêtre à vitrail. Regarde qui est là. »

Quelqu'un qu'elle n'aimait pas, sans quoi elle aurait prononcé son nom. Quelqu'un qui la rendait nerveuse, c'est-à-dire personne. Smiley s'était attendu à voir arriver l'inévitable Peter Guillam, portant une combinaison de motard en cuir et surjouant la piété quasi filiale de leur longue amitié professionnelle. « Allons, George, mon vieux. Je suis sûr que vous avez eu votre dose. Il est temps de s'y remettre : on a du pain sur la planche. » Mais Guillam craignait Ann, et non l'inverse : la femme de mon non-père est par définition ma non-mère. Et puis

– un talent opérationnel qui lui revenait contre son gré –, le visiteur arrivait en voiture.

Il s'approcha de la fenêtre et laissa son épaule toucher celle d'Ann afin que leurs mains se trouvent. Il sentit le froid des carreaux de verre près de sa joue.

Sur le gravier, en bas, il y avait un coupé MGA élégant à pleurer, ainsi qu'une femme toute menue vêtue d'un pantalon de conduite noir et d'un col roulé assorti. Au mépris de la bienséance, elle fonça dans l'entrée sans un regard pour les domestiques. Smiley l'entendit s'en prendre à eux à l'étage inférieur.

« Ne soyez pas ridicules. Je suis venue parler à Smiley. Pas besoin de m'annoncer – vous avez fait un tel barouf qu'il est au courant, maintenant. Très bien, gros balourd, si vous devez le faire, faites-le. Mais dépêchons, je n'ai pas de temps à perdre avec vos inepties ! McCraig. Amelia McCraig. Allez ! »

Ann était tout sauf amusée.

« Qu'est-ce qu'elle fait là ?

– On le saura bien assez vite.

– Elle va te demander d'y retourner.

– C'est déjà fait. J'ai dit non.

– Donc cette fois elle a un meilleur argument.

– Espérons qu'il soit assez bon pour qu'elle entende la réponse.

– Jamais deux sans trois, marmonna Ann qui ouvrit la porte et montra un visage radieux. Millie, ma chère, toujours un plaisir. Entrez, asseyez-vous. Vous avez de la chance, on s'apprête tout juste à partir pour une fête chicissime dans les Alpes. J'adore votre voiture, elle est tellement sportive. J'ai dit à George qu'on devrait acheter un modèle avec châssis sport. Il m'a répondu que j'étais déjà un beau châssis, pourquoi diable en avoir un deuxième ?

– Un de rechange, dit McCraig impassible. Pour épargner le vôtre. S'il vous plaît, pas de chichis, chère Ann. J'ai bien peur de devoir parler affaires avec votre mari. Des affaires anciennes, promis. Rien de nouveau. George, cinq minutes. Ensuite, Saint-Moritz sera à vous.

– Cinq minutes, fit Ann avant que Smiley puisse répondre. Je vous laisse. Toujours un plaisir, Millie. Et j'aime vraiment votre voiture. Impeccable. Tellement *vous*. »

Elle eut un sourire sincère et sortit dans le couloir.

Smiley attendit que McCraig s'asseye. Il y avait deux canapés qui formaient un angle droit et, entre eux, une table basse pour les tasses et la décence. Elle choisit celui qui était perpendiculaire à la porte afin qu'il prenne l'autre et l'ait en ligne de mire. Les coussins étaient énormes, avec un imprimé à pivoines rouge vif. Elle eut soudain une vision de lui en orphelin d'âge mûr, replet, assis dans le bureau du directeur, attendant sa dispense. Il joignit ses doigts en flèche, pouces contre son torse, comme s'il priait. Sans rien en montrer, elle constata avec agacement qu'il ne la regarda pas une seule fois au-dessous des épaules.

« C'est du nouveau, dit-elle. J'ai menti. Je suis désolée.

– Allons, Millie. Tout ça est derrière moi. Laissez le vieux chien se reposer près de la cuisinière. Ne lui demandez pas d'aller chasser le lapin avec les plus jeunes. C'est gênant pour tout le monde. Y compris pour les lapins.

– Vous n'êtes pas vieux, grommela-t-elle.

– Mais je suis fatigué. C'est normal qu'il y ait du changement. Que les gens passent à autre chose. Parfois, c'est même mieux.

– C'est vous qui parlez ? Ou elle ?

– C'est nous, Millie. Nous avons connu des moments difficiles, Ann et moi, mais au bout du compte nous sommes inséparables. Je lui ai imposé mon mode de vie pendant dix ans et ça n'a pas marché. Aujourd'hui, je la laisse s'imposer à moi et ça me convient. La gaieté n'est pas mortelle, finalement. Contrairement à ce qu'on a pu vous raconter.

– Je suis au courant.

– Tant mieux. Laissez-moi. Je suis ravi de vous voir, mais je n'y retourne pas.

– Ce n'est pas ce qu'il vous demande.
– C'est Control qui vous envoie ?
– Oui.
– Ça m'étonne. Je pensais qu'il commencerait par Peter, voire Toby. Mes protégés. C'est un parrain, en fin de compte : pour lui, le monde est affaire de disciples et de lignées.
– Peter dit que vous avez bien de la chance de ne plus y être. Il est en colère à cause d'Alec.
– Il a bien raison.
– Pourquoi ?
– Vous savez très bien pourquoi. Vous y étiez. Control a pris une décision, je l'ai acceptée. Nous avons choisi de remporter un combat sanglant en y rajoutant du sang. Quand je suis revenu à la raison, je me suis aperçu que j'avais franchi la ligne rouge. Je me raconte que le Cirque doit triompher parce que le camp d'en face est monstrueux, que Londres et Washington doivent vaincre les Russes parce que nous comprenons les devoirs du maître à l'égard de son sujet, et pas eux. Mais en réalité, nous avons manqué à nos devoirs et choisi d'être en tous points aussi monstrueux dans notre quête de victoire, et je me suis tu. En ne disant rien, je vous ai également empêchés, Peter et vous, d'exprimer d'éventuelles objections. Cela nous a coûté Alec. "Je t'ai commandé, dans une minute d'égarement…[1]."
– Je n'aurais rien dit.
– Ou peut-être que si. On ne sait pas, parce que je vous ai défendue et que j'ai choisi de collaborer avec ce que je ne peux aujourd'hui considérer que comme le mal.
– Et si j'étais partie, moi aussi ?
– Le Cirque aurait perdu un agent extrêmement capable.
– Et vous ? Qu'allez-vous faire ?
– Je suis voué à la modération. Cette perspective m'enchante.
– Vous savez très bien de quoi je parle.

1. John Webster, *La Duchesse d'Amalfi*. (*N.d.T.*)

– Et vous aussi. »

Il haussa les épaules et s'enfonça un peu plus dans les coussins ridicules.

« Allez, Millie. Dites-moi pourquoi vous êtes venue.

– Et vous pourrez aller à Saint-Moritz.

– Genève, en fait. Un vague événement artistique, pour Ann. Ensuite l'Autriche, pour moi. Goethe, mis en musique à l'opéra. Et après ça, le Wolfgangsee – trop froid pour y nager, hélas. Nous irons une prochaine fois. Parfait. »

L'espace d'un instant, elle le détesta. C'était déjà pénible quand il aimait surtout les honneurs ; maintenant qu'il aimait Ann, c'était pire. Même si elle se doutait bien qu'il l'avait toujours aimée et que, ayant capitulé, c'était un peu moins douloureux pour lui. Elle fit durer le plaisir et en profita pour donner l'estocade.

« Il y a une fille, Susanna Gero. Elle est hongroise. Elle travaille pour une sorte d'agent littéraire replet, un certain László Bánáti. Ici, à Londres. »

Elle attendit. Smiley haussa les épaules.

« Poursuivez.

– Ce matin, un homme s'est présenté à la porte de son bureau et lui a annoncé qu'il était venu tuer son patron au nom du Centre, à Moscou, mais qu'il ne le ferait pas car c'était une tâche infamante et que Susanna était un message de Dieu. Elle est allée demander conseil auprès de quelqu'un de chez moi. Ce quelqu'un a appelé la Revue et m'a trouvée. Je suis montée au cinquième étage. L'homme en question – Mikhail Bortnik – est à Cornhill. Control le surveille de très près. La fille est avec Mendel et Roberts, l'amazone qui lui tient lieu de sergent.

– Ça m'a l'air parfait.

– Ça l'est, sauf que ce Bánáti a disparu, vraisemblablement en cavale, et que personne ne sait qui il est et pourquoi Moscou veut l'éliminer. Pas de Radio Budapest Libre, pas de journaux d'émigrés insolents. Il ne paie pas de mine, et pourtant il devrait.

– C'est peut-être une affaire personnelle. Un vieux règlement de comptes.

– Qui ? Agapov ? Pogodine ? Et dans ce cas pourquoi maintenant ?

– Excellentes questions. Le Cirque est en bonnes mains.

– Control veut que vous vous en chargiez.

– Ça ne m'étonne pas de lui. Qui a repris mon poste, au fait ?

– C'est un titulaire provisoire.

– Provisoirement, donc. Haydon ? Prideaux ? Sam Collins, s'il veut un homme plus jeune. Esterhase, s'il a confiance en lui. Pas Alleline, à coup sûr. Ils se détestent.

– Oakmoor, répondit Millie.

– Ah, oui, très bien. Un confortable gant de laine pour sa main de fer. Ni dangereux ni ambitieux. C'est un choix plus subtil qu'il n'y paraît. Dans une organisation, tout le monde n'est pas obligé d'être un génie – il faut bien que quelqu'un fasse la besogne et comble les lacunes. L'espionnage, pour l'essentiel, relève de l'ordinaire, et l'extraordinaire est rarement une bonne nouvelle. Oakmoor sera parfait, si c'est ça qu'il veut.

– Control…

– Veut que je revienne. Vous l'avez déjà dit.

– J'allais dire au diable Control. Peu importe ce qu'il veut et pourquoi. Peu importe tout ça. C'est moi qui vous parle. Je veux que vous reveniez, seulement pour ça. Pour la fille.

– Gero ? Pourquoi ?

– Qui d'autre la recevra, George ? Qui parmi cette liste ? Bill ? Bill arriverait au Cirque, se ferait présenter une jolie Hongroise plongée jusqu'au cou dans un complot d'assassinat moscovite et s'occuperait d'elle ? La protégerait ? S'assurerait qu'elle ressorte de là vivante et puisse jusqu'à la fin de sa vie dormir la nuit sans regarder par-dessus son épaule ? Toby ? Sam ? Aucun ne se préoccuperait d'elle. Mais vous, oui, n'est-ce pas ? Parce qu'il y a des responsabilités. C'est vous qui l'avez dit, pas moi. Parce que n'en avoir rien à faire serait monstrueux. Est-ce que je me trompe ? Vous savez bien que non. C'est ça que j'attends de vous, George Smiley. Que vous la receviez, que vous obteniez tout d'elle et que vous la fassiez repartir saine et sauve. Quarante-huit heures. Et je ne vous le redemanderai plus jamais. »

Smiley ouvrit la bouche pour expliquer que s'il prenait quarante-huit heures il manquerait sa fête. Puis il se demanda qui, au juste, s'était apprêté à parler.

« Il n'y en aura pas pour quarante-huit heures, finit-il par répondre. Control essaiera de me refiler aussi Bortnik. Il y aura des complications.

– Pas forcément.

– Si, forcément. Je veux que Connie soit impliquée dès le début, sinon on devra la mettre au parfum plus tard. Toby Esterhase pour les réseaux hongrois de Londres, pour la même raison.

– Control dira que ça fait trop de monde.

– Control a dit que j'étais à la retraite. Maintenant vous me demandez de revenir. »

McCraig détourna le regard.

« Gero, George. Elle entre en toute sécurité, elle ressort en toute sécurité. »

Elle ne dit pas que c'était là le prix de son pardon.

Par la fenêtre de la bibliothèque où les livres de Smiley étaient encore ouverts et attendaient leur transfert de dernière minute dans une malle de voyage, Ann regarda son mari raccompagner Millie McCraig à sa voiture. Il avait la tête basse et les épaules encore plus voûtées qu'à l'accoutumée. Les chaussures de conduite de McCraig se déplaçaient vite sur le gravier, mais rien n'indiquait qu'elle ait cédé d'un pouce. Smiley lui tint la portière et la referma en la claquant. Elle démarra, fit un tour entier et disparut dans l'allée.

Au lieu de la regarder s'éloigner, Smiley se retourna aussitôt vers la maison. Il leva les yeux, chercha Ann, la trouva à la fenêtre et, au moment de rentrer, prit un air penaud.

« Nom de Dieu, murmura Ann en direction des livres et des pages de notes. Nom de Dieu de nom de Dieu. »

Ses mains se serrèrent. La brûlure dans sa poitrine et le cri dans sa gorge menacèrent de la submerger, mais elle tint bon et sentit l'un et l'autre s'apaiser, retomber dans l'abîme où elle reléguait ces choses-là. Elle répéta devant son reflet dans la vitre. Bien sûr. Bien sûr, chéri. On se retrouve en Autriche. Ne t'en fais pas, je suis certaine que Gloria me bichonnera. Bien sûr.

Elle fixa son propre regard jusqu'à ce qu'elle croie chacune de ses paroles. Elle ne craquerait pas. Si par son rire elle ne pouvait pas inciter Smiley à rester près d'elle, elle refusait catégoriquement de le retenir par ses larmes.

2

Pour Smiley, l'expérience du retour au Cirque ce soir-là s'apparenta à une noyade volontaire. Comme si, en remontant St Martin's Lane en direction de son ancien bureau, il descendait au fond d'une mer abyssale. Ces derniers mois, il avait vécu dans un monde à la lumière du jour, en avait adopté les principes et les attitudes, avait savouré les plaisirs simples des autres hommes. Il était allé s'acheter un manteau dans une boutique de Jermyn Street parce qu'il en avait envie, et non parce que ce manteau ressemblait à tous les autres manteaux de tous les autres voyageurs. Dans les restaurants, il avait commandé des plats mémorables et demandé de légères modifications pour satisfaire à son goût : le genre de choses pas compliquées mais dont les serveurs, et donc le maître d'hôtel, se souviendraient les fois suivantes et qui resteraient par conséquent associées à des noms et à des clients. Il s'était disputé avec des chauffeurs de taxi, avait aidé des inconnus à porter leurs courses, indiqué leur chemin à des passants et, en général, s'était autorisé à être connu et reconnu dans les moments ordinaires de la vie. À l'inverse, il avait cessé de prêter attention aux petits gestes dérisoires des autres, moyennant quoi, dix jours plus tôt, il n'aurait su dire si l'homme qui furetait dans une librairie de Cecil Court s'intéressait à Ovide, à Euclide ou à l'histoire du cricket anglais, ou si tout simplement il tuait le temps en attendant un rendez-vous.

Maintenant qu'il approchait de cette porte qu'il connaissait si bien, il se trouva une fois de plus en proie à la paranoïa qui avait régi sa vie précédente. Délibérément, il laissa la nature et les attitudes des passants influer aléatoirement sur ses propres mouvements, s'inventant des règles grotesques en chemin. Il tourna à droite dans Litchfield Street car l'homme devant lui portait des chaussures de cuir marron, puis à gauche après le White Swan car il venait d'être doublé par un cycliste. Il traversa la rue après avoir compté un nombre pair de piétons et fit un détour par le carrefour des Seven Dials, comme un pèlerinage, car il n'y avait, en apparence, que six cadrans solaires. Control s'amusait à demander aux nouveaux agents de trouver le septième et à les renvoyer à Sarratt s'ils n'y parvenaient pas.

Cet itinéraire tortueux lui permit de revenir plusieurs fois sur ses pas et de jeter un coup d'œil en arrière, pour voir si – nonobstant son affirmation maintes fois réitérée selon laquelle cela n'arrivait jamais dans une opération digne de ce nom – quelqu'un le suivait. Il retrouvait naturellement ses réflexes, mais l'idée qui les étayait – la certitude absolue qu'il n'existait aucun lieu totalement sûr, ni Londres, ni Paris, ni Washington – exigeait de lui un effort. Au coin de Tower Street, il eut l'impression de lever les yeux vers la surface de l'eau, de voir le soleil pâle au-dessus des vagues noires, mais sans avoir encore pris sa bouffée d'air et recommencé sa vie d'en bas. L'ombre derrière la porte n'était qu'un type en train de polir les cuivres, et cette femme qui courait voulait rattraper le bus et non attirer son regard pour permettre à un complice de le prendre par surprise. Le garçon qui marchait, voûté et seul, regagnait simplement son lotissement ; le mendiant au coin de la rue dormait sous les ponts et n'avait rien à raconter à personne. Et ce bruit de pas à côté de lui, léger et assuré, c'était le souvenir d'un ami, rien de plus.

Avec toute l'attention requise, il considéra chacune de ces personnes jusqu'à ce que les menaces qu'elles pouvaient représenter redeviennent réelles dans son esprit – et encore, elles n'étaient qu'un avant-goût d'ennemis invisibles et rusés. L'idée d'un danger permanent était une folie que les hommes de sa profession devaient à la fois accepter et rejeter. La vérité était plus complexe : en un instant, le monde limpide et bon pouvait devenir désespéré et froid, et le secret pour survivre consistait à identifier cet instant non pas quand il survenait, mais avant. C'était un don qu'il avait possédé jadis mais dont il ne pouvait se prévaloir tant qu'il ne l'aurait pas de nouveau mis à l'épreuve. Lorsqu'il arriva au Cirque, il avait peur, comme au cours des trois dernières décennies de sa vie.

Il s'appuya contre la porte pour la pousser et fut surpris de la facilité avec laquelle elle céda. Avaient-ils nettoyé les gonds ? Était-ce lui qui était devenu plus fort, ou simplement plus lourd ?

Clignant des yeux devant le hall soudain éclairé du Cirque, il se rendit compte qu'il ne savait pas du tout où il devait aller. Après avoir franchi la barrière de sécurité sans même réfléchir, saluant Scanlon le fusilier marin au guichet, il se retrouva échoué sur l'île déserte de ses propres habitudes. Ici, aucun service ne lui appartenait et il n'appartenait à aucun service. Sans doute devait-il gravir l'escalier principal et occuper son ancien bureau, mais en s'apprêtant à faire le premier pas dans cette direction il renâcla, presque à la manière d'un animal. Quelque part là-haut, six mois auparavant, Control lui avait ordonné de déclencher le dernier acte de l'opération Windfall. Il pouvait bien repenser à cet instant et accepter qu'il relevait du passé, il pouvait bien savoir qu'en aucune manière ce moment ne l'attendait – ça ne changeait rien au refus crispé qu'exprimait son corps. Au bout d'un certain temps, il sentit une présence derrière lui, puis à côté de lui, puis montant devant lui de ce même pas léger, avec le mépris de l'alpiniste pour la petitesse des choses construites par les hommes. Le tempo de ces pieds, Smiley le connaissait. La cadence de cette respiration à chaque mouvement ascendant, il la connaissait. Il savait surtout que cet homme n'était pas là. Alec Leamas, à Berlin, avait clairement trouvé un mur qu'il ne pouvait pas escalader.

« Monsieur Smiley ? » Un jeune homme se tenait à l'extrémité de la paroi du hall d'entrée, fortification grossièrement taillée à la hache dont les panneaux en faux bois ne suffisaient pas à masquer la honte. « Je m'appelle Glenn, monsieur. Suivez-moi, je vous prie. »

Glenn était petit et avait l'air d'un fonctionnaire impérial de second rang.

« Je ne crois pas vous avoir rencontré, tenta Smiley.

– Euh, non, monsieur. Je suis nouveau. »

Il avait sous le bras un porte-documents en papier ministre vert clair, qu'il serrait contre lui en parlant, comme pour lui dire que tout se passerait bien.

« Nous vous avons installé dans la Serre, monsieur, si cela ne vous dérange pas. Je sais que ce n'est que temporaire. »

La Serre était une longue extension, à mi-chemin entre la cabane Nissen et l'appentis, qui sentait la créosote et recouvrait ce qui avait été autrefois un petit jardin sans charme derrière le Cirque. Destiné au trop-plein de personnel quand une partie du bâtiment principal était en cours de maintenance ou de rénovation, l'endroit avait la réputation d'être sinistre.

« Merci, dit Smiley. Je connais le chemin. Auriez-vous la gentillesse de demander à l'Intendance deux ou trois lampes supplémentaires ?

– Bien sûr, monsieur.

– J'ai cru comprendre que Control était occupé.

– En effet, monsieur. On m'a fait savoir qu'il n'en aurait pas pour longtemps.

– Des coussins, dans ce cas, si possible », dit Smiley en prenant le couloir de service sans attendre la réponse.

Ledit couloir menait à l'arrière de la section Finances et débouchait sur trois marches en lino. En bas, la moquette vert foncé en feutre artificiel lui rappela un peu celle des aéroports. Elle était résistante et produisait un petit bruit désagréable quand on marchait dessus, comme un sifflement mauvais. Le long du mur extérieur s'alignaient quatre tables de bureau modernes dont le vernis teinte bois clair se décollait déjà. Toute personne qui s'y asseyait tournait le dos au bâtiment principal du Cirque et profitait de la chaleur qui s'échappait de la brique. Smiley choisit celle qui était la plus éloignée de la porte et accrocha son manteau à la patère adjacente, comme un écolier. Hormis un téléphone interne et un plateau en verre trempé, il n'y avait rien sur le bureau. Le tiroir renfermait un bloc de papier vierge et une boîte toute neuve de crayons à mine tendre. Pendant qu'il attendait, il en tailla un à l'aide de son canif, laissant tomber les copeaux de bois sur le bureau.

Quelques secondes plus tard, Glenn revint avec la presse du jour et deux lampes de bureau qu'il tenait comme une couple de faisans morts. Il était suivi d'un sous-fifre de l'Intendance, deux coussins de chanvre brun dans les bras.

« Un thé, monsieur ? » demanda Glenn.

Smiley acquiesça et commença à étaler les journaux sur les bureaux vides.

Dans son hibernation, il avait fui l'actualité, qui lui révélait des choses qu'il n'avait plus envie de comprendre ni de méditer. Le poids du globe ne reposait plus sur ses épaules, et il l'avait lâché avec bonheur. Cette fois il lut, non pas avec passion, mais avec une innocence minutieuse, laissant gros titres et notules tomber dans la part de lui-même qui les recueillait et les conservait, en prévision du jour où des bagatelles comme l'humeur de Zahir Chah ou le prix du chocolat américain pourraient lui être utiles.

Un policier comme Oliver Mendel avait pour secteur le passé. Même la Branche Spéciale était chargée – en tant que telle, quand elle ne rendait pas service à des officines plus secrètes – de dévoiler d'anciennes vérités et de prescrire des remèdes. La mission du Cirque, par contraste, était non pas la justice, mais l'anticipation. Trouver les jeunes pousses de demain sous la neige du matin. Exception faite de toutes les ruses et ficelles du métier, à la fin des fins, il n'y avait que ça : transmettre au ministère les possibilités du jour, une compréhension des intentions de l'autre et un aperçu de l'actualité avant qu'elle fasse les gros titres. En cela, la collecte de renseignements relevait en partie du journalisme, avec des règles strictes quant à la vérification, aux sources et à leur fiabilité, et à l'impartialité des rapports. « Deux cents mots, avait coutume de dire Steed-Asprey, et *aucun* adjectif. » Par ailleurs, s'il voulait être utile, le renseignement devait aussi recevoir un cadre, être raccordé à une grille de lecture existante, laquelle pouvait uniquement s'obtenir par la connaissance et l'expérience du monde. Aussi l'analyse pouvait-elle paraître presque oraculaire. Connie Sachs, qui régnait sur la section Recherche, exigeait de ses recrues qu'elles réagissent immédiatement, avec leur instinct, qu'ensuite elles cherchent au plus profond des dossiers des Archives, et qu'enfin elles mêlent les deux avant de donner une réponse officielle à qui que ce soit.

Lorsque Millie McCraig arriva dans la Serre, Smiley, les yeux sur les pages centrales, découvrait les derniers échos politiques londoniens, les résultats des courses de chevaux à Hong Kong et les scandales à Beyrouth avec la même curiosité vide dont il gratifiait les gardes-frontières soviétiques.

« George ? » murmura-t-elle.

Il tourna la tête et ses yeux revinrent à la réalité. Elle vit ses doigts toucher légèrement le nœud de sa cravate.

« Elle arrive dans deux minutes. Quel nom utilisez-vous ?

– Le mien. Tout ça est provisoire, après tout. »

Il leva une main apaisante.

« Avec Gero, en tout cas. »

McCraig ravala ses objections.

« Vous voulez l'accueillir vous-même ? »

Il hocha la tête et la suivit en haut des marches recouvertes de lino.

La première fois que Susanna vit Smiley, ce fut donc sur le trottoir de Monmouth Street, et elle ne fut pas impressionnée. Elle était assise à l'arrière de l'Austin A110 de l'inspecteur Mendel, aux côtés de Sally Roberts. Mendel s'était arrêté au bord du trottoir. Elle ne savait pas où se trouvait Miki. Il avait été transféré de Broomsleigh Street à bord d'une camionnette de peintre bleue poussiéreuse qui affichait le logo ATKINS & SON et un numéro de téléphone illisible sous la saleté.

Elle vit d'abord Millie McCraig, puis une silhouette qu'elle prit pour celle d'un portier ou d'un concierge, un petit homme corpulent et pressé, joues rondes et lunettes à monture épaisse, qui ouvrit la portière et tendit un bras pour la faire sortir de la voiture. Elle se dit qu'il portait un costume de seconde main. Bien coupé, mais pas fait pour lui.

« Voici M. Smiley, dit McCraig. Il s'occupera de vous.

– Par ici, je vous prie, mademoiselle Gero », dit le concierge avant de l'accompagner, avec une courtoisie de l'ancien monde, de l'autre côté de la chaussée, vers une porte latérale.

L'immeuble était un héritage de l'Empire britannique. Construit pour des hommes qui se croyaient les maîtres de la création, le palais de brique rouge, en cette période de bouts de chandelle, purgeait sa peine avant sa démolition ou sa reconversion en grand magasin. L'entrée latérale ouvrait sur un couloir de service dont les murs blancs brillants laissaient deviner une sous-couche de peinture verte, et dont la moquette sombre avait pour unique fonction d'assourdir les pas du personnel. D'étroites fenêtres, tout en haut, donnaient sur un mur adjacent, et une rangée de néons sinistres au plafond transformait l'endroit en un triste monochrome. Le concierge ouvrait la voie et parlait de la pluie et du beau temps. Comment s'est passé votre voyage ? Depuis quand êtes-vous à Londres et que faites-vous ? Hormis le coup de feu, madame Lincoln, qu'avez-vous pensé de la pièce ?

Susanna dit qu'elle allait bien. Elle dit qu'elle s'inquiétait pour M. Bánáti. Le concierge convint qu'il fallait retrouver M. Bánáti le plus vite possible. Après avoir franchi deux portes battantes, ils se retrouvèrent tout à coup dans la partie noble, un long couloir austère tout en lambris sombre, avec des bureaux fermés à clé de part et d'autre, même si parfois, par une porte entrebâillée, elle pouvait voir encore du bois, et des bibliothèques, des cartes et des papiers. Tout au fond, un espace ouvert était rempli de rangées de bureaux de secrétaire. Elle se demanda si Mlle Adams avait pensé un instant à elle pour ce rendez-vous, ou si, en tant que Hongroise, elle ne satisfaisait pas aux critères exigés.

« George, cher homme ! Que diable faites-vous ici ? » C'était une voix faite pour monter à cheval et commander aussi bien la cavalerie qu'une meute de chiens.

Le concierge se retourna. Elle en fit autant et se retrouva nez à nez avec un Anglais grand et blond, de la haute, avec un front puissant et des yeux bleus d'une arrogance stupéfiante. Quoique plus jeune que le concierge – peut-être à peine –, il ne faisait absolument pas son âge. Sa bouche se crispa devant le regard scrutateur de Susanna. Tout en s'inclinant légèrement, pas tout à fait une courbette, il tendit la main.

« Bonjour, dit-il (sous-entendu : aimerait-elle coucher avec lui ?). Je m'appelle Bill. »

Sa poignée de main fut parfaite, comme le reste de sa personne : juste assez forte pour montrer de la détermination, juste assez longue pour laisser une impression durable, et déjà terminée alors qu'on se demandait encore ce qui allait suivre.

La suite serait très amusante, Susanna n'en doutait pas une seconde. Il y avait chez cet homme une évidente perversité, subtile, absolue, et surtout habile. Une liaison ébouriffante, vigoureusement gratifiante sur tous les plans superficiels nécessaires, mais qui se conclurait – elle le savait avec la même certitude – par une trahison, une séparation pénible et tempétueuse, puis par une épouvantable gueule de bois. À vingt ans, elle l'aurait trouvé envoûtant. Aujourd'hui, quelques années après, l'idée l'épuisait d'avance. Envoyez-moi, pensa-t-elle, envoyez-moi un jeune et gentil avocat avec une belle situation et une âme de pécheur, et délivrez-moi des psychodrames. Amen.

« Bonjour, dit-elle (sous-entendu : non).

– Bon Dieu, marmonna Bill. Vous me prenez pour un idiot, n'est-ce pas ? Qui est-ce, George ? Control vous a demandé de cueillir des fleurs pour un nouveau réseau de la Dame Blanche ?

– Je crois que Mlle Hofbauer passe un entretien d'embauche avec Connie, répondit le concierge. Millie m'a demandé de la recevoir. C'était sur mon chemin.

– Je pensais que votre chemin ne vous amènerait plus jamais ici.

– Vous savez comme c'est… Même à la retraite, il y a toujours de vieilles affaires. Non, j'imagine que vous ne savez pas. J'innove pour nous deux.

– Alors, qu'est-ce que ça donne ? » Pour la première fois, Bill parut sincèrement intéressé. « De ne pas être à l'intérieur ?

– Oh, je vous le recommande.

– J'ai entendu dire qu'il y avait une réunion au cinquième. Vous en serez ?

– Si on me le demande, bien sûr.

– Impec. À tout à l'heure, si jamais. »

De nouveau les yeux bleus, énonçant un dernier rappel : une dame a toujours le droit de changer d'avis.

« Mademoiselle Hofbauer. »

Le concierge dit au revoir à Bill et attendit qu'il soit parti pour se retourner vers Susanna. Elle crut qu'il allait la féliciter, qui sait ? Or il se contenta de lui jeter un coup d'œil. Il la jugeait, supposa-t-elle. Peut-être dirait-il « passable » de cette voix familière, et elle se réveillerait, et se retrouverait dix ans en arrière, chez sa mère. Qu'attendait-il d'elle, sinon précisément ça ? Elle l'avait suivi, elle avait accepté son nouveau nom sans dire : « Mademoiselle quoi ? », et avait poliment éconduit son ami blond érotomane. Était-ce un test ? Depuis le début ? Si oui, avait-elle réussi ou échoué ? Pourtant, le concierge ne montrait rien.

Au lieu de ça, il la mena au bout d'un autre couloir de service, puis dans un pauvre *appentis** renfermant une série de bureaux et deux chaises face à face près d'un plateau de ce qui passait en Grande-Bretagne pour des sandwiches. Il lui indiqua la chaise tournée vers la pièce et, à son grand étonnement, s'assit sur l'autre.

« Je dois entendre l'histoire de votre bouche, mademoiselle Gero, murmura-t-il. Soyez, je vous prie, aussi complète que possible. Je prendrai des notes mais je ne vous interromprai pas. Quand vous aurez terminé, ou s'il m'en vient en cours de route, je vous poserai des questions. Comprenez bien que ces questions ne sont pas des accusations. Elles ne sont que des aide-mémoire et, à l'occasion, peuvent exiger que vous reconsidériez toute équivoque polie qui pourrait surgir si, par exemple, votre employeur et vous étiez amants. » Il leva la main. « J'ai cru comprendre que ce n'était pas le cas. Cela reste néanmoins un bon exemple du genre de choses que les gens dans notre situation dissimulent inutilement, au grand dam du travail qui doit être mené. Pouvons-nous partir du principe qu'il n'y a aucun motif d'inquiétude entre nous ? »

Elle hocha la tête.

« Oui.

– Permettez-moi donc de commencer en vous remerciant. Vous avez pris aujourd'hui plusieurs décisions utiles à votre pays d'adoption et courageuses face à des événements exceptionnels. Vous avez gardé la tête froide et vous avez fait ce qu'il fallait. Tout le monde n'est pas capable d'en faire ne serait-ce que le quart, et encore moins la totalité, et dans le bon ordre. »

Cela la fit sourire. Il sourit à son tour et tendit la main. Elle la regarda en se demandant s'il voulait qu'elle la serre.

« Je crois savoir que vous avez récupéré chez M. Bánáti une petite collection de lettres. Puis-je vous les demander ? »

Elle s'aperçut qu'elle les avait encore sur elle car personne ne les lui avait réclamées. Elle les sortit de son sac et les lui donna.

« Pourquoi ces lettres et pas le reste ?

– Je ne sais pas.

– C'est la première chose que vous avez vue ? Uniquement le paquet de lettres ? Ou cherchiez-vous quelque chose en particulier et c'était ça ? »

Elle réfléchit.

« Le cachet de la poste.

– Vienne a une résonance particulière ?

– Oui. »

Elle était partie en courant et la seule chose qu'elle savait était que Bánáti recevant des lettres de Vienne et les mettant de côté avait son importance. Cela comptait-il réellement ? Elle n'en avait pas la moindre idée.

« C'était assez audacieux, ajouta Smiley. D'aller à son appartement. En même temps, je me demande si vous vous l'êtes dit, sur le coup. »

Elle répondit qu'elle pensait se l'être dit.

« Et vous y êtes quand même allée. Je peux vous demander pourquoi ? »

Parce que Bánáti était en danger et que c'est mon patron. Il me paie mes factures. Parce que j'ai enfermé Miki dans le bureau et que ça rendait l'opération parfaitement sûre. Elle ouvrit la bouche pour s'expliquer.

« J'ai voulu bien faire, cette fois. »

Elle referma la bouche. Ne me demandez pas ce que ça signifie, pensa-t-elle. Je ne crois pas être capable de redire « Je ne sais pas » sans me mettre à hurler.

Smiley ne le demanda pas.

« Très bien. Par le passé, j'ai proposé à ceux que j'interrogeais de me considérer comme un confesseur ou un médecin, si ces fonctions avaient une quelconque place dans leur vie. Peut-être – s'ils étaient de taille à entretenir un tel aveuglement – comme un très vieil ami. Parfois, ils préféraient s'imaginer que je n'étais pas du tout là, et donc qu'ils parlaient au vent, ou au papier peint. Dans tous les cas, je n'y fais aucune objection. Si à tout moment vous hésitez à répondre, je vous prie de ne pas éluder ou ruser. Le service ne procède pas à des enquêtes criminelles et ne s'intéresse pas – encore un exemple – à la moindre petite irrégularité concernant vos déclarations lors de votre arrivée sur le territoire. Si une question appelle une réponse que vous préférez ne pas donner, frappez un coup sur la table et nous y reviendrons une fois certaines garanties fournies. Pensez-vous qu'une telle situation pourrait se présenter ? Non ? Parfait. Avant de commencer : puis-je vous offrir quelque chose à manger et y a-t-il une personne que vous souhaiteriez nous voir contacter ? »

Elle le regarda fixement, ébahie non par la question – encore que –, mais par son interlocuteur. Elle comprit que c'était *lui*. Celui qui remettrait tout en ordre, celui en qui Mme McCraig, l'amie de Mlle Adams, plaçait sa confiance, celui que Mme Jeremy considérait peu ou prou comme un dieu. En d'autres termes, un des chefs secrets de l'Angleterre, nimbé de puissance. Dans son bureau, pensa-t-elle, il ressemblait moins à un concierge qu'à un marchand de primeurs.

« Non, finit-elle par dire. Personne. Je vous en prie, continuez. »

Puis sa main, de son propre chef, saisit un sandwich et le fourra dans sa bouche, de sorte que pendant quelques instants elle ne put répondre à aucune question.

Smiley l'écouta raconter son histoire pour ce qui devait être la troisième ou la quatrième fois. Certains éléments, au moins, s'étaient figés dans son esprit sous des formes légèrement différentes de ce qui s'était passé, de ce qu'elle avait vu, pensé et fait sur le moment. La mémoire se mentait à elle-même. À une ou deux reprises, il l'arrêta pour la faire digresser, précipitant sa hâte d'en arriver à la crise qui avait laissé son empreinte sur elle. Il la fit trébucher sans peine sur la chronologie et apprécia la façon dont elle tâtonna, en revint aux bases et fournit des estimations provisoires au lieu de fausses certitudes. Plus tard, alors qu'elle racontait sa pénible visite à l'appartement de Bánáti, il insista sur la question de la caisse de bureau.

« Elle ferraillait ? »

Susanna ouvrit la bouche mais se ravisa. Elle leva les mains pour dessiner dans le vide la forme de l'objet, puis se raidit en repensant au poids. Plus lourde qu'elle ne l'avait présumé, mais pas incroyablement lourde.

« Non.

– Pas du tout ? Pas de pièces de monnaie ? »

Pas ça, dit-elle, mais quelque chose de solide. Elle avait pensé, grotesquement, à un lingot enveloppé de tissu.

« Un bruit sourd, peut-être, proposa Smiley. Un livre. »

Pas un livre. Le poids était trop dense. Un peu moins d'un kilo, dit-elle sans hésiter, avant d'agiter les mains. Deux *pounds*, en version britannique. Elle avait appris le système des poids par sa mère, puis de nouveau en arrivant ici. Smiley l'interrompit encore dans son récit pour aller dérober des sachets de sucre sur le chariot à thé ; il trouva ses estimations très précises. Elle raconta que Bánáti en avait ri avec elle : allons-nous lire ce manuscrit ou simplement le soupeser, Susanna ?

Sans prendre le temps de faire des transitions entre ses questions, Smiley lui demanda si elle pensait que quelqu'un était passé à l'appartement de Bánáti avant elle. Non, elle ne le pensait pas, mais elle ne pouvait en être sûre ; elle n'y était pas restée longtemps. Smiley hocha la tête devant cette confirmation de sa relation innocente avec son employeur et laissa le récit se dérouler.

S'il écoutait les mots, il était surtout attentif à la femme qui les prononçait, à l'inclinaison de sa tête et la ligne de ses yeux, et aux moments où elle s'arrêtait pour réfléchir, prise en flagrant délit d'omission ou d'invention. Elle était prolixe et diserte, intransigeante avec les limites de ce qu'elle savait ou présumait. En fin de compte, il n'aurait pu demander mieux. Lorsqu'elle n'eut plus rien à dire, un portraitiste expert en dessins à partir de descriptions de visages, déniché par Millie McCraig, produisit une image du disparu. Les photos de lui, Smiley l'avait déjà compris, étaient rares : Bánáti évoluait essentiellement à l'arrière-plan un peu flou des déjeuners d'édition.

Sur une feuille ronéotypée, le crayon de l'artiste fit émerger un beau visage rectangulaire, avec des sourcils bien dessinés et une bouche enjouée, quoique inclinée vers le bas. Smiley estima que l'homme devait avoir dix ans de plus que lui. Les rides entre le nez et les commissures des lèvres étaient marquées, le menton solide et légèrement fendu. Au cinéma, il aurait pu être le sage conseiller du héros ; dans un conte, un roi sympathique ou un ermite magicien. Susanna l'avait décrit et, sans le savoir, avait aussi décrit ce qu'il signifiait pour elle : un bon patron dans l'océan qu'était Londres, un homme gentil qui n'abusait pas de sa confiance – qui lui rappelait, sans l'obliger à y penser, les lieux qu'elle avait dû abandonner.

Pendant que l'artiste travaillait, Smiley reçut un compte rendu de la première discussion préliminaire entre Miki Bortnik et Andy Royal, l'interrogateur qu'il avait mis sur le coup. Royal faisait remarquer qu'il était rafraîchissant de pouvoir être en contact avec un sujet aussi peu de temps après son arrivée et que Bortnik se montrait étonnamment coopératif.

La procédure habituelle, pour les transfuges, voulait qu'ils soient traités comme des menteurs patentés. En temps normal, Miki aurait été conduit, selon un itinéraire elliptique et propice au mal des transports, à Sarratt, l'immense bâtisse campagnarde au nord-est de Beaconsfield qui servait au Cirque de centre d'entraînement et de prison secrète. En fonction de l'atmosphère que l'équipe des arrivées aurait souhaité instaurer, il serait entré soit par la porte principale, avant de longer la maison de style néoclassique qui incarnait la majesté et le raffinement, soit du côté de la ferme, entre les hangars à grain et les sinistres entrepôts où, comme convenu, quelqu'un aurait été en train de donner à manger de la farine d'os aux cochons. Sarratt était une institution qui datait de la guerre, avec une sensibilité qui datait de la guerre. Du point de vue de Royal – et de Smiley –, elle incitait à des interrogatoires physiques alors que rien ne les exigeait.

Récemment s'était fait jour, chez les jeunes interrogateurs, une conception plus moderne où l'accent était mis sur la psychologie. Royal, fraîchement promu, faisait partie de ce groupe et voulait s'imposer. Smiley avait fait appel à lui car ils partageaient l'idée que, dans l'arène de l'interrogateur, c'était l'empathie et non la brutalité qui donnait des résultats. D'après son expérience, les vingt-quatre premières heures d'un interrogatoire étaient cruciales. Dans ce laps de temps, tout espion soumis au feu roulant des questions se retrouvait coupé de sa compréhension du monde, qu'il en soit arrivé là par choix ou non, et acceptait, tel un nageur frigorifié, la première main tendue. L'être humain n'étant pas naturellement silencieux, et encore moins quand il se retrouvait soudain dans un état de vulnérabilité totale, les plus endurcis répondaient souvent avec une franchise déconcertante en échange d'un mot gentil et d'un bol de soupe, comme si tout ce qu'ils avaient appris s'évaporait pour laisser place à l'âme honnête. Le transfuge voulant par définition abattre sa carte avant que ses anciens maîtres puissent la lui reprendre, il est d'autant plus disposé à se confier. Au deuxième ou au troisième jour, cela changeait : la duplicité revenait, souvent accompagnée de rancœur, et il ne s'agissait alors plus d'aveux mais d'une négociation dont personne ne ressortait entièrement satisfait. Vous me donnez ci, je vous donne ça ; sauf que la transaction elle-même rendait le produit suspect. Fort de cette conviction, Smiley avait demandé à Royal d'aller voir Miki à la planque – chez lui, pour ainsi dire – et d'entamer immédiatement son débriefing, pour le cueillir au comble de la désorientation et des aveux.

Pour l'instant, l'histoire de Miki était simple : d'abord paysan et enfant de chœur, il avait été ensuite soldat, puis, presque par hasard, s'était retrouvé à travailler comme coursier du permanent soviétique à Kaboul. Recruté pour participer à un enlèvement là-bas, il avait attiré l'attention d'un responsable de la 13e Direction, un certain Pogodine. Miki souhaitait-il accomplir des missions qui lui assureraient, à terme, un poste dans un bureau et peut-être une belle promotion ? Merci beaucoup, oui, bien sûr. Sa vie avait alors pris un tournant positif. Il était mieux payé, plus respecté, et la masse de travail n'était pas excessive. Pogodine lui demandait surtout de transmettre les instructions aux officiers de la 13e Direction sous couverture officielle. Une ou deux fois par an, il devait remplir ses autres obligations. On lui remettait alors un passeport temporaire – tantôt français, tantôt néerlandais, entre autres – qu'il devait détruire dès son retour à la mère patrie. Miki s'était aperçu qu'à chaque mission, entre la reconnaissance initiale de la cible et l'exécution, il avait une étroite fenêtre de tir au cours de laquelle il pouvait – à condition de rester prudent – se prélasser, faire du tourisme et même un peu de shopping.

Récemment, la situation s'était un peu crispée. Cela faisait des années qu'il y avait des tensions entre Pogodine et Agapov, les deux hommes qui avaient reçu la 13e Direction des mains de Roudnev en 1955. Le bruit courait qu'un point critique avait été atteint. Miki se tint à l'écart et se cantonna à son rôle : un agent capable, modérément ambitieux et sans lien affectif avec qui que ce soit, sinon avec le service qui avait donné un sens à sa vie. On lui faisait confiance, à juste titre. En vertu de quoi un haut responsable lui avait confié cette dernière mission, en lui demandant de l'entourer du plus grand secret. Ce haut responsable, inconnu de Miki, n'avait pas suivi la procédure habituelle. Il ne lui avait pas semblé politique, n'avait pas paru se soucier des petites formalités du recrutement. Miki lui avait trouvé un aspect ordinaire et une voix calme, mais empreinte d'une autorité si absolue qu'il avait commencé à douter. Une façade, avait-il d'abord pensé – du bluff. Pourtant, en regardant autour de lui, il s'était rendu compte que, s'il ne connaissait pas le responsable, il reconnaissait ceux qui voyageaient avec lui. C'étaient des durs, mais même eux respectaient l'homme qu'ils accompagnaient, et Miki en avait conclu qu'il était sérieux, doué d'un pouvoir naturel, et à ne prendre en aucun cas à la légère.

« On fait le ménage, lui avait expliqué le responsable. Les hautes sphères du Parti veulent prouver que l'appareil de sécurité est toujours efficace après une période de tumultes et éliminer certaines nuisances présentes depuis l'époque de Staline. Quelques individus ayant criminellement fui la Russie ou ses alliés et ayant été jugés par contumace pour leurs méfaits vont maintenant subir un châtiment proportionnel, conformément à la loi. Vous allez exécuter une de ces sentences. Compris ? »

Dans un premier temps, Miki avait répondu par un oui enthousiaste. Ce n'est que plus tard qu'il changea d'avis.

Sa désaffection était arrivée soudainement, et Miki ne pouvait pas l'expliquer, d'où le fait qu'il l'attribuait à une intervention divine. Il avait quitté Moscou avec la ferme intention d'exécuter les ordres. Il était arrivé à Londres concentré sur sa mission. Quelque part entre Heathrow et West Hampstead, entre l'hôtel pour hommes d'affaires où il avait réservé sous le nom de Gustav Florin et l'arrêt de bus situé devant le bureau de László Bánáti, un changement s'était produit. En regardant les gens autour de lui, honnêtes, ennuyeux et satisfaits, il s'était rendu compte qu'ils n'avaient pas peur. Leurs conversations étaient dénuées de circonspection. Leurs yeux n'étaient pas systématiquement à l'affût de miroirs, d'angles d'observation, d'yeux et d'oreilles indiscrets. Ils ressemblaient à des enfants. Alors que cette naïveté l'avait toujours agacé, dorénavant il la voyait autrement. Ce n'était pas seulement l'arrogance du Capital. C'était l'absence d'un mécanisme de contrôle coercitif d'État.

Il était resté dans le bus, qui l'avait emmené jusqu'à son terminus, puis avait erré dans les rues tristes d'un quartier pauvre dont il ignorait le nom. Il connaissait cette décrépitude, ces cités résidentielles à l'abandon, ce délabrement presque rassurant. En revanche, les garçons qui traînaient sur la dalle au milieu des tours avaient une liberté de mouvement, un potentiel, qu'il commençait à leur envier. Il prit alors un autre bus jusqu'aux abords de la ville, puis un autre, et un autre, toujours à la recherche d'une forme d'oppression. Londres était grise, morne, hostile. Elle était chamarrée, impérieuse, bruyante. Une nourriture infecte, mais abondante. À Paris, il avait pesté contre les tenues ostentatoires et les odeurs de cuisine dans les cafés. Berlin-Ouest était une vitrine tournée vers l'Est, une ruse mesquine. Mais Londres n'était que Londres, la grande ville du soi-disant homme malade de l'Europe, et ne frimait pas. Imparfaite, peut-être malheureuse, mais ses habitants ne courbaient pas l'échine. Soudain, il en voulut terriblement non pas aux Britanniques, mais à Moscou, pour toutes ces heures de sa vie passées à surveiller ses propos.

Puis il avait vu Susanna. Peut-être qu'en fin de compte elle n'était pas la fille qu'il avait cru. Qu'importe. Ce visage, en ce lieu et à cet instant, lui avait dit tout ce qu'il devait savoir : Dieu avait des attentes.

Après avoir raconté tout cela, Miki réclama un thé et quelque chose de médicinal pour le faire passer. Royal attendit patiemment pendant qu'il étirait ses jambes et faisait des flexions en affirmant que Dieu encourageait aussi l'exercice physique. Ils reprirent enfin leur conversation. Et Moscou dans tout ça ? Quelles étaient les attentes de Moscou ? Bánáti était-il le seul à figurer sur la liste de Miki ?

Oui, mais il savait que d'autres avaient reçu des consignes identiques. Il pouvait entrer dans les détails, et le fit, et Royal rédigea une petite liste de noms avant de demander en quoi consistait précisément la mission de Miki.

Bánáti devait se suicider. Les preuves évoqueraient des malversations financières, ou peut-être un crime sexuel. Quelque chose de limpide et d'embarrassant, qui pousserait les Britanniques à fermer les yeux. Les documents à son bureau et chez lui devaient autant que possible être détruits, afin de conforter l'image d'un homme dissimulant ses turpitudes. Miki avait trouvé cela inhabituel. Les assassinats punitifs du Centre étaient en général limpides : une balle dans la tête pour détruire le visage, exprimer la juste colère de la Mère Russie et obliger ses ennemis à enterrer leurs morts dans des cercueils fermés.

Miki savait-il pourquoi ?

Il n'avait pas posé la question et aucun renseignement ne lui avait été fourni. On lui avait fait un petit topo sur sa cible. Royal souhaitait-il l'entendre ? Royal le souhaitait.

De ce qu'en savait Miki, Bánáti était originaire d'un village proche de Debrecen mais avait passé du temps à Moscou. Royal voulut savoir s'il avait pu être un agent infiltré au service d'une puissance hostile, par exemple l'amiral Miklós Horthy, le maître *de facto* de la Hongrie dans l'entre-deux-guerres, et un genre de fasciste mineur. Miki l'ignorait. Cela avait peut-être été sous-entendu, mais il pouvait s'agir d'une mystification. Comme beaucoup de choses, dit Miki. Dieu seul voyait la vérité. Dieu avait-il quelque chose à ajouter au sujet de Bánáti ? Non, Dieu était relativement tranquille à son sujet. En revanche, Miki avait d'autres choses à dire.

Outre le hongrois, Bánáti parlait le russe, le français et l'anglais. C'était prétendument un contre-révolutionnaire civil, sans le moindre lien avec la 13e Direction. Or Miki avait remarqué que sa mission était classée « difficile », honneur généralement réservé aux anciens de l'armée – ou, plus rarement, aux professionnels de son service. Le Centre lui avait donné une photo de Bánáti, mais celle-ci, prise bien des années auparavant, s'était avérée pour ainsi dire inutile. Oui, cette photo se trouvait dans sa chambre d'hôtel. La procédure exigeait de la détruire seulement une fois la mission accomplie, en cas de raté. Qu'elle n'ait aucune valeur dès le départ n'y changeait rien.

Quelles conclusions Miki tirait-il de tout cela ?

Ici, rapportait Royal, Miki était devenu timide. Il dit qu'il n'était pas habitué à faire ce genre d'analyses et que cela n'aidait pas de trop réfléchir à de tels ordres. Royal nota dans la marge qu'à son avis Miki ne voulait pas revenir sur la chaîne des causes et des effets, au cas où il s'avérerait que son inspiration divine n'avait rien de si sublime. Il amena la conversation vers des sujets plus légers. Qu'aimerait faire Miki en Angleterre une fois qu'il serait installé ? Reprendrait-il les travaux des champs ? Jamais, répondit Miki. S'il pouvait ne plus jamais revoir une charrette de fumier, il mourrait heureux. C'était un homme de la ville. Et pas loin d'être raffiné, quand bien même le fantôme de son père secouerait sa tête chenue. Royal suggéra le commerce, voire l'édition, en partant du principe qu'il pouvait y avoir un joli créneau laissé par la fermeture, toujours pas abordée, de Bánáti & Clay. Miki regarda ses pieds. « Allons, dit Royal, je suis votre ami. Votre facilitateur. Si vous avez une passion secrète, c'est le moment. Qu'est-ce que c'est ? Vous voulez aller à l'université ? Devenir un intellectuel ? Intégrer une banque ? Vous voulez travailler directement pour nous ? Retourner sur le terrain ? Qu'est-ce que c'est ?

– J'ai vu les films des studios Ealing, finit par répondre Miki. Peter Sellers. Lionel Jeffries. Vous les avez vus aussi ?

– Oui, dit Royal. Très drôles. Moi-même, j'aime beaucoup *De l'or en barres*.

– Moi aussi je suis très drôle, expliqua Miki. Les gens ne le savent pas. »

Royal nota dûment l'information.

« J'aimerais jouer dans un film avec Peter Sellers », dit Miki.

Royal décida d'arrêter là son rapport provisoire, suggérant sans rire que cette dernière requête soit transmise à Sam Collins et Toby Esterhase, qui – pour citer Royal – avaient de l'entregent dans certains secteurs de la société britannique moins directement stratégiques ou gouvernementaux.

Smiley sentit qu'on le regardait. Il leva les yeux.

« George, dit doucement Millie McCraig. Il est prêt à vous recevoir. »

Avec un petit mot de remerciement – et un rappel au secret le plus absolu – pour le portraitiste, Smiley laissa Susanna entre les mains de deux piliers de l'Intendance, la douce Lily et une redoutable dame d'âge mûr prénommée Alison qui, selon la légende, était le seul membre du parti conservateur à avoir fait le coup de poing contre Oswald Mosley et ses fascistes dans Cable Street en 1936. Susanna était épuisée et très pâle. Alison parlait d'un bon repas et d'un peu de sommeil sur le canapé-lit, dans la salle de repos de l'Intendance.

Ayant vu et étudié Susanna, Smiley fut satisfait. En l'absence d'une quelconque raison de penser le contraire, il se dit qu'elle était ce qu'elle semblait être et que l'histoire s'était passée comme elle l'avait dit. Il suivit McCraig en haut de l'escalier. Tout l'immeuble paraissait terne, les couleurs délavées et le vernis écaillé.

« Qui sera présent ? demanda-t-il.

– Control et Oakmoor. Esterhase, comme vous l'avez demandé. Connie.

– Et Bill est ici. Je le croyais au Caire.

– Nouvelle affectation. Sa mission était terminée.

– J'imagine bien, acquiesça Smiley, mais ça me va. Bill est un esprit agile et il connaît Moscou.

– Ils *sont* au courant pour Bánáti, poursuivit McCraig, mais ils *ne savent pas* pour Susanna, ni qu'on a Miki Bortnik. Je vous enjoins fermement de faire en sorte que ça reste comme ça. » Puis, devant le regard de Smiley : « C'est l'ordre du jour,

George. Le cloisonnement. La main droite ne sait pas forcément ce que fait la gauche. Seul Control voit tout. Il transmet ce qu'il veut à ceux qu'il estime devoir être informés, et à personne d'autre. Oakmoor court à droite et à gauche en s'excusant devant tout le monde. Ça les rend dingues, mais c'est le cinquième étage qui dicte les règles.

– Donc ils pensent que je suis ici pour retrouver Bánáti. Pourquoi ?

– Comment ça, pourquoi ?

– Pourquoi moi ? Des gens compétents, il en a dix sous la main. Il pourrait confier toute l'affaire au service frère. Pourquoi moi ? »

Elle s'arrêta un instant de marcher et le regarda.

« Parce que c'est vous, George. Il se moque de savoir ce que vous faites. Il veut simplement que ce soit vous. Il ne vous laisserait pas plus partir qu'il ne signerait de son vrai nom ou ne déménagerait le Cirque à Welwyn Garden City. Vous comprenez ça ? »

Smiley dut entendre, mais on aurait dit le contraire.

« Il pourrait même demander à Bill d'enquêter.

– Bill sera dans un avion la semaine prochaine. Nouveau poste.

– Je vais à Genève. »

Elle acquiesça, comme si ça n'avait pas d'importance. Smiley haussa les épaules.

« Et vous aviez peur qu'il séduise Susanna avant de partir. Ce serait du rapide, même pour Bill.

– Non, pas du tout. Que voulait-il, au fait ?

– On est tombés sur lui. Ou l'inverse. J'ai dû improviser une histoire à propos d'une certaine Mlle Hofbauer passant un entretien avec Connie. Ça passera ?

– Sur le papier, oui. Nous avons eu pour instruction de renforcer la section de Connie dans les Balkans. Bill s'est rué sur elle comme un requin, j'imagine ?

– À peu près.

– Et comment a-t-elle réagi ?

– Oh, en professionnelle, dit Smiley avec regret. Vraiment excellente, même. »

« Allez, Smiley, s'écria Control à la manière d'un Monsieur Loyal lorsque Smiley entra. Parlez-nous de László Bánáti. C'est pour ça que vous êtes ici. »

Il se rencoigna dans son siège, comme agacé d'avoir dû attendre.

Smiley prit tout son temps pour trouver une chaise autour de la table, au plus près de Connie, au plus loin de Control. Oakmoor se tenait derrière celui-ci, dans la posture d'un major-dome, et Toby Esterhase, assis au milieu, tournait la tête comme un chien devant un match de tennis. Bientôt quadragénaire, il avait troqué la rage à peine dissimulée de ses années viennoises contre une superficialité de salon qui allait bien avec sa tenue, sinon avec son passé.

Smiley plissa les lèvres et se laissa gagner par le rythme familier.

« Un émigré hongrois vivant ici, à Londres. Visé, nous dit-on, par un assassin de Moscou. On ne sait pas pourquoi. Du moins, je ne le sais pas. Bonsoir tout le monde. »

Il croisa les bras.

« Une source crédible identifie Bánáti comme étant la cible d'un agent russe qui voyage sous passeport grec, dit Control. Oliver Mendel nous informe que Bánáti a disparu de son appartement et de son bureau. Personne ne l'a revu depuis vendredi.

– Mort, dit Haydon en fermant la porte. Content de vous voir, George, mystère élucidé.

– Possible, convint Smiley tandis que Haydon choisissait une place presque en bout de table et restait debout, occupé à retirer sa veste. Mais même si c'est le cas, la question reste posée. Pourquoi maintenant ? Et pourquoi Bánáti ? Qui est-il pour qu'à Moscou quelqu'un commandite son assassinat ?

– Il n'est pas de chez nous, dit Oakmoor. Ni de près ni de loin. N'est-ce pas, Toby ?

– À notre connaissance, même pas d'un cheveu, répondit Toby en joignant le pouce et l'index en l'air pour marquer le coup. Pas par l'intermédiaire des groupes, en tout cas. Ni le comité de salut public de Budapest, ni le Új Magyar Hajnal. Ni aucun des fous furieux situés entre les deux. Évidemment, il les connaît assez pour leur dire bonjour. Impossible de manger hongrois à Londres sans croiser ces gens. Et encore moins d'encaisser votre chèque à la fin du mois sans qu'ils vous réclament des sous. Vous les saluez de la main, vous parlez un jour de ceci, un jour de cela. Mais rien de plus. Je continue de chercher, d'accord ? Le passé, c'est un autre sujet. S'il a des antécédents avec nous pendant la guerre, peut-être – pour ça il faut demander ailleurs. À *moi*, ils ne donnent pas les dossiers.

– Mais à votre avis ? insista Oakmoor. Un service allié, peut-être ? Quel genre de bonhomme est-il ? Chair ou poisson ? »

Toby tendit la main, paume vers le sol, et l'agita dans les deux sens.

« La Hongrie, monsieur Oakmoor, c'est une question compliquée, savez-vous ? Un trop-plein d'histoire récente. Plus de factions que de doigts pour les compter. Peut-être que ce Bánáti a des opinions, en tout cas il ne les partage pas. Peut-être qu'il veut juste mener une vie tranquille. Comme nous tous certains jours, non ? Si vous me montrez ce type, je dis très bien, c'est un type, rien de plus. Mais si les gens de Moscou connaissent son nom au point de vouloir le graver sur une pierre tombale… » Il haussa les épaules. « Eh bien, je suis un peu inquiet pour lui, à vrai dire.

– Bon sang, George, protesta soudain Haydon, vous avez bien fait de partir. Ne changez rien ! Ce sont des cacahuètes, tout ça. Emmenez Ann au Griechenbeisl comme prévu, mangez de la fondue, avec des cacahuètes si ça vous chante – et buvez du vin local. Certains *rotgipfler* sont excellents. »

Control se renfrogna.

« Haydon. »

Mais Bill n'en démordait pas.

« Non, il faut être juste. George a servi la patrie, et il n'y a pas de conscription chez nous. Laissez-le tranquille. Qu'en dites-vous, George ? À votre retour, mon odieux cousin Miles Sercombe voudra vous caser auprès de ses amis banquiers. Vous devriez le laisser faire. C'est de l'argent facile. Il paraît que ça permet d'acheter des choses. Des éditions originales illustrées à la main. Qualité musée. Frappez du poing sur la table si je m'emballe trop. Ou des diamants pour Ann, qu'en dites-vous ? Elle serait contente – deux ou trois babioles absurdes pour lui donner l'impression d'être gâtée. Le confort n'est pas un gros mot, George. Vous avez droit à une vie après l'espionnage.

– Je n'y suis plus, Bill, répondit Smiley. Ceci est purement temporaire. Un expédient.

– J'essaie de vous faire renoncer, voyez-vous. C'est un plan machiavélique. Comment est-ce que je m'en sors ?

– Oh, assez bien.

– Foutaises. »

Il jeta un coup d'œil vers Control.

« Vous lui avez encore mis le grappin dessus, n'est-ce pas ? Espèce de vieux négrier.

– Tout doux, Bill », répondit Control sans élever la voix.

Haydon, les lèvres serrées, se tassa lentement sur sa chaise.

« Connie, dit Control.

– Pas grand-chose à nous mettre sous la dent, commença celle-ci. Arrivé à Londres au milieu des années 1950 avec un peu d'argent mais pas beaucoup, s'est établi et a travaillé. Paie généreusement ses impôts et sans retard. Copule à peu près de la même manière, en général avec des épouses artistes quadragénaires. Jamais avec ses clientes, très rarement avec des éditrices. Bureau à West Hampstead, loué par l'intermédiaire d'une agence du quartier et payé chaque mois rubis sur l'ongle par le compte de la société. Pareil pour les factures. Il a paraît-il quitté la Hongrie du jour au lendemain, apparemment pour éviter d'avoir les couilles pendues autour des oreilles par l'ÁVH. Ce qui peut se comprendre. Son nom est inconnu chez nous. Chez le service frère, ils n'ont jamais entendu parler de lui. Ils m'ont demandé pourquoi je voulais savoir tout ça, je leur ai répondu de passer par les canaux habituels. Les Américains ne le connaissent pas non plus, du moins officiellement, et je les crois – ce type n'est pas leur came. Trop banlieue résidentielle. Pas de coups de feu.

– Peut-être qu'il n'y a *rien* de plus, proposa Smiley, les invitant à se ranger à son avis. Peut-être que Moscou ne fait qu'abattre le troupeau. Rappeler à chacun de marcher sur la pointe des pieds. Et ils ont sorti son nom du chapeau. »

Control jeta un regard circulaire.

« Un agneau sans défense qui fuit les loups. Un homme honnête, Connie ? »

Elle haussa les épaules : il faut un début à tout. Mais d'après les instruments à disposition du Cirque, dit-elle, László Bánáti n'était rigoureusement personne. Il n'avait jamais été vu avec des sources soviétiques, ne s'était jamais activement opposé au bloc de l'Est. En apparence, un réfugié totalement apolitique.

« Ça arrive, dit Smiley. On peut avoir trop d'expérience pour encore s'y intéresser.

– Vraiment ? murmura Control, assez fort pour être entendu. Je l'ignorais. »

Connie s'empressa de reprendre. Bánáti, dit-elle, était de manière si évidente un homme sans histoires que son aspect inoffensif ne laissait pas de l'inquiéter.

« Je voulais qu'il ait des amours secrètes, précisa-t-elle. Une jolie maîtresse dans les Home Counties, un scandale bien à lui. Ou un vigoureux soldat marié et père de quatre enfants à Plymouth. Mais rien. On aurait dit qu'il traînassait. Peut-être qu'il aimait faire de la poterie ou repriser des kilts. Peut-être qu'il avait un cheval et dépensait tout son argent dans les courses.

Sauf que non, voyez-vous. Pas qu'on sache. Donc, très bien. Qui était-il en Hongrie avant de partir ? Il est arrivé avec suffisamment d'argent, donc ça ne devait pas être si atroce que ça. Est-ce que là-bas aussi il était ennuyeux ? On a cherché, mais la Hongrie n'est pas un pays facile à manœuvrer, n'est-ce pas, Toby ? »

Toby fit non de la tête.

« Un véritable enfer. Vous montez un réseau et dès le lendemain quelqu'un se fait arrêter. Pas parce qu'ils savent, mais parce qu'ils ne savent pas. Ce n'est pas qu'ils connaissent nos méthodes, c'est plutôt que tout le monde y va à tour de rôle. Mettons que vous soyez la police secrète hongroise, OK ? Vous torturez comme il faut un type, parce que sinon c'est déjà de la trahison. Mais vous y allez aussi doucement que possible car demain vous partagerez sa cellule, et vous espérez que le type qui a votre poste verra l'avenir aussi clairement que vous. Épuisant, d'un point de vue opérationnel. Cher, aussi. Et qu'est-ce qu'on gagne en retour ? Des documents de bord et des rapports sur les céréales, rédigés par des contremaîtres qui n'osent pas dire la vérité et des patrons de fermes collectives qui ne la connaissent pas, pour des fonctionnaires qui n'osent pas les lire au cas où la vérité d'aujourd'hui serait du sabotage capitaliste demain. Un vrai trou perdu – que Dieu me pardonne. Ce pays n'a aucun sens. »

La porte s'ouvrit en silence. Millie McCraig entra avec des exemplaires ronéotypés du croquis exécuté par le dessinateur. Ils étaient encore chauds et sentaient l'alcool à brûler. L'encre était violet foncé.

« Voici notre homme, dit-elle en les distribuant. Mendel pense avoir peut-être une photo, ajouta-t-elle à l'intention de Smiley. Il attend en bas que vous ayez fini. Les deuxième et troisième pages parlent d'elles-mêmes. Barbe, moustache et ainsi de suite. »

Elle hocha la tête en direction de Control et repartit.

« Bel homme, remarqua Connie en feuilletant. Bonne chance à mon soldat ou qui vous voudrez. Un véritable Adonis du troisième âge. »

« Bordel », dit Haydon quelques instants plus tard. Il foudroya Control. « Il fait aussi sombre que dans une cave ici – vous faites des économies sur les ampoules ou quoi ? » Il recula sa chaise, se saisit d'une lampe derrière lui, la posa au plus près de la feuille de papier, puis regarda en protégeant ses yeux du reflet. Il étudia de nouveau le portrait. « Toby, jetez un coup d'œil au n° 3. Celui où il a une vilaine barbe de révolutionnaire. Vous l'avez ? »

Esterhase fit signe que non.

« Bon Dieu. Vous êtes trop jeune, j'imagine. George, alors. Vous voyez, non ? Il a pris quelques kilos et il a vieilli – comme nous tous, mais quand même. »

Smiley eut beau regarder, il ne voyait pas. Mais c'était Bill tout craché : il savait certaines choses sans pouvoir expliquer comment. Évidentes à ses yeux, elles devaient l'être pour tout le monde. Il tenait un peu du sorcier, aimait à dire Connie. Une goutte de vert irlandais dans ce sang bleu.

« Bánáti mon œil, oui ! s'écria enfin Haydon lorsqu'il comprit que personne ne le dirait à sa place. Et pas László non plus. Il s'agit de Róka. Ferenc Róka. De la bande de l'hôtel Tourmaline. »

Dans les années 1920 et 1930, la Russie soviétique était devenue une plaque tournante pour les gauchistes émigrés d'Allemagne et des nouveaux pays de l'Est créés par le traité du Trianon, qui avait mis fin à la Première Guerre mondiale entre les Alliés et la Hongrie. Plutôt que d'aller remplir les prisons de Miklós Horthy ou d'Adolf Hitler, militants et poètes partaient pour Moscou, qui se proclamait leur patrie naturelle. Là, dans la rue Tverskaïa, au-dessus du café Filippov, l'ancien pâtissier des tsars, se dressait le vénérable hôtel Lux dont les pensionnaires de longue durée – ou ce qu'il en restait après que Staline eut violemment purgé les traîtres supposés – furent, à la fin de la guerre suivante, renvoyés chez eux, triomphants, pour devenir les maîtres des pays satellites.

Tout au bout du parc de l'Ermitage, l'ancien hôtel Tourmaline fut choisi pour être le miroir clandestin du Lux. Un vague reflet servant de première cachette à ceux qui retourneraient peut-être dans leur pays, voire à l'Ouest, sans rien dire de leur affiliation. Tandis que les dignitaires du Lux faisaient des déclarations à la presse internationale et se préparaient à exercer les plus hautes fonctions, les résidents du Tourmaline s'éclipsaient dans des camps d'entraînement et des universités moins prestigieuses, blanchissaient leur passé jusqu'à devenir translucides, puis invisibles, et se créaient de nouvelles identités à l'étranger. Le Cirque en avait démasqué une demi-douzaine – la station de Vienne, sous Jim Prideaux, en avait fait un sport de combat –, tous sous des couvertures officieuses et rendant compte à Andrei Alexeievitch Roudnev, alors chef de la 13e Direction en plein essor. Au sein même du Centre de Moscou, il avait constitué avec Victor Pogodine et Demyan Agapov un noyau visant à desserrer l'étau du renseignement purement militaire autour de la structure du Parti. Ensuite, dans le tumulte des années 1950, Roudnev était allé trop loin et avait été abattu. Les réseaux Tourmaline s'étaient retrouvés orphelins ou désintégrés, et Smiley avait démasqué quatre ou cinq autres diplômés de l'école dans des lieux aussi reculés qu'Addis Abeba et Hong Kong.

« Róka faisait partie des premiers Hongrois, dit Connie. S'il s'agit bien de lui. Il a fait la guerre d'Espagne, puis a combattu les Croix-Fléchées dans les rues de Budapest. Un vrai héros, à l'époque. Il a perdu les deux fois, naturellement. On le croyait au Brésil.

– C'est bien joli, le Brésil, répondit Haydon. Mais il se trouve qu'il est venu ici. Donc est-ce qu'il gagnait quelques sous et profitait des grandes vertus morales du monde de l'édition pas si littéraire que ça – *honni soit qui mal y pense** ? Ou est-ce qu'il est venu accomplir l'œuvre du diable ? Les esprits curieux veulent savoir. Le mien, en particulier. »

Control se tourna vers Smiley.

*

La grande réunion était terminée, et la petite venait tout juste de commencer. Haydon avait brièvement marchandé avec Control, affirmant une fois de plus qu'il pourrait utilement se charger de l'enquête Bánáti – non, *Róka* – avant son départ. « Et George pourra faire son foutu voyage à Genève comme prévu. »

Haydon insistait tant sur cette idée que Smiley se demanda si Ann ne la lui avait pas mise dans la tête. Bien que cela ne lui ressemblât pas de se mêler de la vie de son mari au Cirque par l'intermédiaire de Bill – ils étaient vaguement cousins, mais Ann était la cousine de tout le monde –, ces règles valaient pour l'époque où il n'avait pas pris sa retraite. Désormais, pensa-t-il, elle en était bien capable, et cela le fit sourire.

Ou alors, c'était tout simplement Bill. Bill détestait l'oisiveté, et encore plus les opérations soviétiques discrètes. Une manière d'espionner foutrement malhonnête, avait-il dit un jour à Smiley. On recrutait quelqu'un, on l'envoyait, on l'exfiltrait. C'était ça, la bonne méthode. Les infiltrations longues et lentes n'avaient rien à voir. Elles ravageaient le monde, disait Bill. Elles vous faisaient douter de votre prochain. Smiley ne savait jamais trop s'il aimait bien Haydon ou s'il appréciait seulement ses inepties pompeuses ; si, couverte par le volume de Bill, sa propre voix s'élevait plus facilement.

En tout état de cause, Control ne voulut pas en entendre parler. « Vous irez où on vous enverra, avait-il répondu à Haydon avec une certaine âpreté. George peut s'occuper de Róka pour moi. Il nous doit bien ça. »

Oui, pensa Smiley, c'est exactement ça. J'ai été à votre service pendant vingt-cinq ans, voire plus, moyennant quoi je me sens encore plus obligé de continuer. La salamandre vit dans le feu parce qu'elle ne sait plus vivre autrement.

Arriva donc le moment que Smiley avait à la fois attendu et redouté : une conversation en tête à tête avec Control. Ils s'installèrent non pas dans la salle de réunion, mais dans le bureau de Control, tellement triste avec ses meubles classeurs alignés comme les pierres de Calanais. À côté de la cheminée, l'horloge à pied couvrait de son tic-tac lugubre le bruit du vent. Ils étaient pratiquement sous l'avant-toit, face à ce vent d'est dont Control aimait à dire qu'il lui soufflait les secrets de Moscou. Depuis bientôt dix minutes qu'ils étaient là, personne n'avait encore ouvert la bouche.

Au Cirque, les silences de Control étaient légendaires. Il vous faisait imaginer ses questions et y répondre, si bien que vous procédiez à votre propre interrogatoire. Habitué, et même un peu blasé, Smiley s'était préparé. Non pas à attendre, mais simplement à rester assis. Tout le secret, pour exercer un début d'influence sur Control, consistait à voir dans cette absence de paroles non pas un préambule, mais la réunion elle-même, et à lui faire dire ce qu'il voulait.

Un an et demi auparavant, Smiley ne s'était pas soumis à cette discipline avec la rigueur requise. Un après-midi, Control l'avait convoqué pour lui annoncer qu'il envisageait une opération particulière et que ça ne lui plairait pas. Elle était nécessaire et néanmoins terrible. Control se chargerait de la besogne et Smiley n'aurait qu'à ramasser les morceaux. Il n'était pas utile qu'ils en supportent tous deux le fardeau.

Rétrospectivement, ce n'avait été qu'un appât. Control avait mis un peu de sang dans l'eau, et Smiley s'était fait avoir, demandant, puis exigeant que le fardeau soit partagé. Ensemble, ils avaient envoyé Alec Leamas à Berlin, avec ordre d'éliminer le plus efficace des chiens d'attaque de la Stasi, Hans-Dieter Mundt. Quand Leamas était arrivé, Mundt l'attendait de pied ferme.

« Je crois que je refuse », dit Smiley au moment où Control ouvrait la bouche pour parler. S'il était rare que quiconque gagne au jeu de patience face à Control, personne ne l'interrompait, jamais. « Vous avez dit que je vous devais bien ça. En fait, non. J'ai déjà fait mon devoir – même si ça n'avait aucune importance que je le fasse, sauf à vos yeux. Le problème est clair, vos sources sont réunies, et je ne travaille plus ici. Merci de m'avoir laissé une occasion de faire mes adieux. Et de me rappeler à quel point je n'avais pas envie de revenir. »

Il allait rassembler ses affaires lorsque Control bondit de sa chaise et, d'une voix incroyablement forte, et tremblante, hurla : « Asseyez-vous ! » On aurait cru un prince offensé.

S'il ressentit dans ses genoux l'appel de l'obéissance, Smiley n'en resta pas moins debout. Le fantôme de Leamas s'allongea entre eux.

« C'est moi qui ai choisi ses habits, finit par dire Smiley. Pour l'enterrement. Sa belle-mère était censée le faire. Je crois savoir qu'ils ne s'entendaient pas. Elle a finalement envoyé un télégramme pour annoncer qu'elle ne viendrait pas. Elle avait d'excellentes raisons. Je me suis donc retrouvé dans l'appartement d'Alec, seul devant une dizaine de paires de chaussures : françaises, anglaises, allemandes, italiennes, tchèques. Il paraît qu'il faut commencer par les chaussures. Je ne sais pas pourquoi. J'en ai choisi une paire de noires, venues d'Oslo. Ce n'étaient pas les plus neuves, mais elles me disaient quelque chose. Puis j'ai réussi à trouver un costume, et ainsi de suite. Tout bien réfléchi, je crois que je l'ai un peu trop habillé. » Il secoua la tête. « Je me suis aperçu, voyez-vous, que je ne voulais pas qu'il ait froid. Je ne suis pas croyant. Enfin, vous connaissez mes sentiments sur la question : un des désagréments de la vie moderne est qu'il n'y a pas d'excuse pour ça, en tout cas plus. Cependant, je ne pouvais pas me départir de l'idée qu'Alec avait passé beaucoup de temps à faire le pied de grue et qu'il lui fallait donc des souliers confortables, ainsi qu'un bon manteau d'hiver. »

Il regarda ses propres chaussures. Des Church's, ramollies par le temps.

« C'est pour ça que je suis parti. C'est pour ça que je ne reviendrai pas. Ce métier a oublié ses racines – ou, devrais-je sans doute dire, vous les avez oubliées.

– Absolument pas », grommela Control.

Quand Smiley cédait à la colère, sa voix devenait aiguë, nouée. Il la trouva puérile, et beaucoup trop semblable à celle de Control quelques instants plus tôt. Il détestait l'entendre mais n'y pouvait rien.

« Vous avez menti à notre propre agent ! Vous lui avez dit que je n'étais plus de la partie, puis vous m'avez obligé à courir en tous sens dans son dos, et il est mort ! Il est mort à cause de nos magouilles ! *Je* m'y suis plié, mais *vous* pensez encore que c'était la chose à faire.

– Parce que ça ne l'était pas ? rétorqua Control, intrigué, comme s'il essayait vraiment de comprendre les objections de Smiley.

– Notre camp est celui de la prudence. Celui qui ramène les gens et connaît ses propres limites. Qui sait que certains prix sont trop lourds à payer. Mieux vaut perdre que devenir l'ennemi. Voilà pourquoi nous méritons de gagner. Parce que nous avons des limites.

– Vous pensez que les Russes feraient la même chose ? demanda Control avec une curiosité sincère. Si on le leur proposait ?

– Je ne sais pas. Peut-être.

– Et si les Russes le faisaient, mériterions-nous encore de gagner ?

– Si les Russes le faisaient, aurions-nous encore besoin d'être en conflit ? » Smiley eut un geste condescendant. « Ce sont des questions pour vous, maintenant. De la haute politique. Je sais seulement que je refuse de choisir d'autres paires de chaussures. »

Il posa un regard noir sur la grille de la cheminée.

« Qu'avez-vous fait des autres ?

– Quoi ?

– Des autres paires de chaussures. Oh, asseyez-vous. S'il vous plaît. Qu'en avez-vous fait ? »

Smiley haussa les épaules et se laissa fléchir.

« Je les ai données à l'Intendance, bien entendu. Toutes les affaires de ce genre. Les chaussures usées sont des ressources opérationnelles, n'est-ce pas ? Bien qu'au fond de moi je reste superstitieux en la matière. Oh non, pas vraiment, ajouta-t-il en voyant Control hausser les sourcils. Je me demande simplement si, quelque part, un petit Russe armé d'une loupe n'a pas des photos de toutes nos empreintes de pied. Des fissures dans les semelles. Et un jour les chaussures d'Alec tueront un autre homme. Ce ne serait pas la chose la plus étrange. La Stasi possède bien des archives d'odeurs, non ?

– Oui, répondit Control. Je crois savoir qu'elle a ça. »

Pendant un moment, les deux hommes fixèrent le vide qui les séparait.

« Je vais vous proposer un marché, finit par ajouter Control.

– Vous l'avez déjà fait. Et je l'ai accepté. J'ai expliqué à Millie que j'accompagnerais Susanna. Je l'ai fait. J'irai parler à Mendel, je chercherai Róka jusqu'à après-demain. Mais rien de plus. Je ne reviens pas. Je ne vais pas le poursuivre à travers la moitié de l'Europe pour vous. Vous avez des tas de gens pour le faire. Plus jeunes et moins compromis.

– Je ne fais pas confiance aux autres. Vous, je vous fais confiance.

– Pourquoi ?

– Vous savez très bien pourquoi ! Et si ça ne suffit pas, je pense que prendre votre retraite pour aller dépérir chez les plus beaux crétins de notre aristocratie est une stratégie de pénétration trop retorse même pour le Centre de Moscou. Alors retrouvez-moi Róka. Employez tous les moyens que vous jugerez utiles, appelez qui vous voulez. S'il n'est rien du tout, très bien. N'en parlons plus. Si vous allez là-bas et que vous trouvez quelque chose – n'importe quoi –, faites-en ce que bon vous semblera. Pas d'objectif plus ambitieux. Pas d'exigence de résultat. Vous ferez tout ce que vous jugerez nécessaire. Montrez-moi la méthode Smiley. Montrez-leur.

– Ce n'est pas la méthode Smiley. C'est de la simple morale. »

Smiley s'attendait à du dédain, au mépris du professionnel trop occupé devant les nobles discours. Control le prit à contre-pied. Il hocha la tête, comme s'il capitulait.

« Eh bien, faites ça, George. Allez-y, soyez moral. Peut-être que nous apprendrons tous quelque chose. »

Trop tard, beaucoup trop tard, Smiley vit le piège, et il ne put même pas s'en plaindre, car il se l'était lui-même tendu. Sur ses lèvres, il y avait les mots : « Je dois aller à Genève. » Mais au lieu d'être la réponse de l'honnête homme, c'était maintenant celle du tire-au-flanc. Son objection morale se retournait contre lui. Il pouvait rester sourd à un ordre de faire le mal ; ne pas entendre un appel à faire le bien était beaucoup plus difficile. Devant les chaussures d'Alec, c'était peut-être même impossible.

3

Smiley redescendit l'escalier et dicta un court message d'excuse à Ann : elle avait eu raison et il avait eu tort. Control l'avait mis sur la sellette et, étant donné la tournure que prenaient les choses, il ne voyait pas comment refuser la mission. Il espérait se tromper et pouvoir la retrouver à temps pour la fête à Genève ; il la tiendrait au courant. Il ne fallait pas y voir un revirement : il aimait leur nouvelle vie et il y tenait. Il ne retournait pas au Cirque.

Il laissa le soin d'en faire un télégramme au solennel employé de nuit, puis téléphona à leur hôtel parisien pour demander qu'on mette des fleurs dans la chambre.

Ces dernières années, depuis qu'il avait pour l'essentiel renoncé au travail de terrain, Smiley s'était souvent retrouvé à arpenter les couloirs du Cirque la nuit, attendant des nouvelles de tel ou tel agent. La partie la plus difficile revenait aux hommes de terrain. Rester tapi dans une cabane à la frontière, invisible, de peur d'alerter les gardes-frontières d'en face ; marcher une fois par jour, et seulement une fois, sous telle fenêtre, à la recherche d'une croix faite au gaffeur sur la vitre ou d'une carte postale posée sur le rebord ; enfoncer une punaise dans du bois tendre et attendre qu'un contre-signal à la craie réponde : « Oui, je suis vivant. Le travail se poursuit. » Sans parler du danger pur et simple. Mais dans les salles des opérations aussi, c'était difficile : rester assis dans une boîte peinte ayant pour nom bureau, isolé des actions par la distance et le temps, et conscient que, quand on comprendrait ce qui se passait, quelles improvisations inspirées étaient à l'œuvre ou quels choix terribles étaient faits, il serait déjà trop tard. On ne pouvait pas agir le jour même, on ne pouvait que planifier et replanifier le lendemain, pour atténuation, célébration ou vengeance.

Il passa voir Susanna. Elle dormait. Alison était tranquillement assise dans un fauteuil près de la fenêtre. Il alla au deuxième étage, dans les bureaux sombres de la section Nord, qui, comme de juste, s'occupait de l'Union soviétique et de ses satellites. La section Nord était le cœur du Cirque pendant la guerre froide. On y entendait craquer les poutres de l'immeuble, gémir les conduites d'eau, siffler et murmurer les radiateurs victoriens brûlants. On s'y sentait appartenir à quelque chose, à un énorme mystère endormi qui était la cause fondamentale, qui donnait son sens à l'échec autant qu'au succès. Les mains le long du corps, il resta planté là sans penser ni bouger, simplement immobile. C'était une chose qu'il trouvait difficile, et qu'il avait toujours trouvée difficile, ce dont Control se servait habilement contre lui. L'instant dura une éternité, jusqu'à ce qu'une voiture klaxonne dans la rue. Un chœur d'indignation lointaine le ramena à lui-même, désormais doué de clairvoyance.

En découvrant que Bánáti était un agent soviétique expérimenté, Smiley avait aussitôt vu ses priorités bousculées. Il devait par là même modifier son approche. On ne pouvait plus raisonnablement considérer le disparu comme un disparu. C'était un agent chevronné en cavale. Il avait d'une façon ou d'une autre offensé le Centre de Moscou et atterri sur sa liste noire, ce qui était une aubaine pour le Cirque. En retour, Smiley avait hérité d'une double responsabilité : d'une part le rattraper, le ramener ; d'autre part comprendre le passé et ce qui expliquait les événements récents.

Ce retournement affectait aussi la position de Miki Bortnik. Du strict point de vue du renseignement, il n'avait en apparence rien de passionnant. Les agents comme lui étaient secrets mais ne possédaient pas beaucoup de secrets. Royal pourrait passer plusieurs semaines à le travailler au corps, à éplucher chacune de ses missions au cours des cinq ou des dix dernières années, et ensuite transmettre les résultats à la section Recherche afin de les recouper avec les activités connues. Ce serait de l'analyse de renseignements sérieuse, du genre banal, qui avec le temps produisait des avancées lentes mais inexorables. Cependant, il en faudrait davantage pour faire basculer le jeu.

Dans le contexte d'une opération visant à localiser et récupérer Ferenc Róka, Miki était un atout qu'il fallait jouer le plus vite possible, avant qu'il perde de sa valeur.

La planque de Cornhill était située au premier étage d'un immeuble tristement fonctionnel et moderne. Au rez-de-chaussée, le tout nouveau restaurant italien avait déjà l'air fatigué. Par une bizarrerie administrative, la City était dirigée non par une assemblée locale, mais par la corporation de Londres, qui préférait y limiter le nombre de logements résidentiels. Moyennant quoi, on n'y trouvait pas le genre de communauté qu'on pouvait rencontrer à Brick Lane, à Stockwell ou à Kentish Town, où les nouveaux visages éveillaient l'intérêt. Parmi les institutions financières anciennement établies et leurs *livery companies* voisines, les gens du cru étaient rares, éphémères et isolés, et les arrivées ou les départs d'employés du Cirque passaient inaperçus. Smiley appuya sur la sonnette et monta à pied, croisant au passage un plongeur sympathique avec un cochon de lait dans les bras.

Il toqua et s'annonça : M. Nelson, comme l'amiral, venu pour la comptabilité. La porte s'ouvrit. Un jeune homme aux larges épaules, avec un costume impeccablement terne et une coupe de matelot, le fit entrer.

« Salut, Andrew, dit Smiley. Content de vous voir.

– Toujours un plaisir », répondit Tom Lake.

Lake était arrivé au Cirque par une voie indirecte. Il avait commencé au sein d'un organisme qui n'était pas tout à fait les commandos marines mais dégageait le même parfum de sérieux. Sa famille entretenait une tradition d'excellence militaire dans les circonstances les plus difficiles, et l'église locale comptait une rangée de prie-Dieu brodés qui en attestait la bravoure. Après avoir travaillé quelque temps à la sécurité des ambassades d'Ankara et de Beyrouth, il était passé brièvement au service frère – essayant toutes les pantoufles de vair possibles et imaginables, comme disait Haydon.

Haydon avait en fait réclamé Lake pour le bureau du Moyen-Orient, ce qui avait donné lieu à une bisbille avec Prideaux, lequel l'imaginait à Prague. Entre-temps, Lake était parti baby-sitter des opérations délicates menées par les lampistes dans des pays neutres. Il en avait profité pour s'aguerrir aux pratiques illicites, du petit cambriolage à l'installation de micros cachés, mais s'était agacé devant la lenteur nécessaire au travail de renseignement profond. Avant que Haydon et Prideaux puissent aplanir leur différend, le directeur de la section Voyages lui avait discrètement donné la possibilité de faire du sale boulot dans le style des Opérations Spéciales à l'ancienne, et Lake avait sauté sur l'occasion.

La section Voyages, dont les membres étaient plus connus sous le nom, attribué par Haydon, de chasseurs de scalps – ce qui ne manquait pas d'exaspérer Control –, œuvrait à l'écart du Cirque, dans une école sinistre de Brixton. Elle s'occupait de ce qui était trop dangereux pour les espions ordinaires, notamment du chantage à haut risque, des assassinats et tout ce que Control souhaitait maintenir totalement sous les radars. Ses agents la désignaient par un nom bien à eux, le Scalpel, et ils aimaient à se considérer comme le dernier rempart, contre l'avis général. Lorsque Lake s'y enrôla, le seul qui n'en prit pas ombrage fut

Toby Esterhase, pour la simple et bonne raison qu'il aimait avoir des amis dans chaque maison.

« Comment s'est passée la soirée ? demanda Smiley.

– Rien à signaler, dit Lake. J'étais de garde en premier, puis Jimmy Little a pris le relais pour la nuit. J'y suis de nouveau.

– Je m'appelle M. Nelson, et vous êtes Andrew. Aucun nom de famille, compris ? Pas de gaffes ?

– Pas de gaffes, convint Lake. Et Miki ne cherche rien. Il m'appelle Andrew, il ne demande rien de plus. Il ne veut pas qu'on soit copains pour la vie. Je l'ai installé hier soir après notre première discussion, je lui ai donné un petit déjeuner ce matin. Il est tout content. Apparemment, Dieu l'est aussi.

– Donc il est toujours sous le coup d'une inspiration divine ?

– Oh, ils sont à tu et à toi. À partir de maintenant, Miki et Dieu marchent main dans la main. C'est comme ça, la vie en Angleterre, voyez : Dieu et Audrey Hepburn à un bout de la table à thé, moi et le duc de Buckingham à l'autre. Je peux vous servir quelque chose ? Miki avait envie d'un croissant. Je lui ai dit que le *bacon roll* était plus dans nos habitudes, mais il se trouve qu'il y a une boulangerie française au coin de la rue, donc il a du bol. Et vous aussi.

– Ça ira, merci. »

Lake s'inclina à moitié et fit signe à Smiley d'entrer dans le salon.

Miki Bortnik était un peu plus vieux que lui, mais vigoureux et doté d'un torse puissant, alors que Smiley était mou. La différence était franchement intimidante, malgré la présence discrète de Lake à l'arrière-plan. Miki avait des mains épaisses et les doigts repliés, prêts à se battre ou à poignarder. Somme toute, il était ce que dans leur métier on appelait « capable », et Smiley le connaissait sans le connaître : l'enfance glaciale digne d'un autre siècle, puis la marche sur Berlin et la déception d'une victoire sans dépouilles ni médailles, enfin l'étrange vie nomade d'un assassin moscovite, où l'on ne rencontrait que des témoins et des cibles. À présent il était assis, genoux écartés, et étalait du beurre néo-zélandais sur une tranche de baguette. Le reste du pain était posé sur la table basse devant lui, et Miki semblait presque intimidé à l'idée qu'il avait le droit de se servir dans le pot de confiture. Lake eut beau lui expliquer qu'il y en avait un autre dans la cuisine, il dut le lui montrer. C'était un homme fort, au physique comme au mental, et à n'en pas douter un grand professionnel, mais à présent dans un lieu isolé, il était perdu entre deux mondes.

Smiley ne s'assit pas et ne négocia pas. Les agents du renseignement chargés de débriefer les transfuges se heurtaient parfois à un obstacle : la plupart des agents soviétiques, bien qu'informés de la plus grande souplesse des structures d'autorité de l'Ouest, pensaient que le pouvoir et le mandat de l'appareil sécuritaire étaient les mêmes que chez eux. À la base de tout, pensaient-ils, il y avait l'État, et affirmer autre chose ne pouvait être qu'une ruse. Smiley préféra ne pas admettre la possibilité que Miki puisse rechigner à mentir à ses anciens maîtres. Il était venu, en tant que plénipotentiaire secret, réclamer le prix de la défection. Ce prix n'était pas élevé, ou déraisonnable, mais il n'était pas dérisoire non plus, et surtout il n'était pas facultatif. Smiley parla sans préambule ni avertissement, sur un ton militaire, et Miki leva la tête à la manière d'un chien reconnaissant. Enfin, la porte s'entrouvrait.

« Aussitôt après cette conversation, vous demanderez un rendez-vous d'urgence avec votre officier traitant à Londres. En tant qu'agent dans ce pays uniquement à titre temporaire et sans statut diplomatique, vous fixerez le lieu et l'heure. Au cours de ce rendez-vous, vous maintiendrez les apparences d'une loyauté à l'égard de la 13e Direction. Vous expliquerez avoir établi le contact avec votre cible, mais avoir été empêché de mener la mission à son terme par l'arrivée inopinée de la police londonienne suite à du tapage dans l'appartement voisin. Votre jugement de professionnel vous fait penser qu'avec des renseignements complets vous pourrez retrouver la cible, exécuter à bien la mission, puis regagner Moscou. Vous ne programmerez pas de deuxième rendez-vous, en revanche vous demanderez que ces renseignements vous soient transmis par l'intermédiaire d'une boîte aux lettres morte, afin de réduire au minimum les contacts entre vous-même et les agents opérant sous couverture officielle. C'est compris ?

– Oui, commissaire. »

Si Smiley trouva le titre embarrassant, il n'en montra rien.

« Le but de cette manœuvre est que vous obteniez le plus de détails possible sur Bánáti. Vous ne devrez pas dévier des pratiques habituelles ni laisser le moindre signe d'une urgence plus grande que nécessaire. Si vous l'estimez opportun, vous pouvez révéler que vous connaissez sa véritable identité, Ferenc Róka, agent du Centre de Moscou à l'époque où Roudnev dirigeait la 13e Direction. Dans ce cas, vous laisserez entendre que ce renseignement vous a été donné oralement par l'officier commanditaire pour vous faire comprendre le sérieux de la mission, tactique que vous employez à votre tour. Pouvez-vous suivre ces instructions ?

– Je le peux.

– Il s'agit d'une opération secondaire, quoi qu'il arrive, mais vous serez tout le temps accompagné discrètement par des agents de mon service, et tant que vous obéirez à mes instructions, les risques pour votre personne seront négligeables. Toutefois, avant de repartir, vous nous fournirez la liste de tous les protocoles de contact d'urgence dont vous avez connaissance. Vous pourrez garder pour vous d'autres renseignements en attendant de revenir, pour vous assurer de notre intérêt prolongé. Une fois que vous aurez fait cela, l'agent soviétique Bortnik disparaîtra et un autre homme, d'âge et d'apparence similaires, entamera une nouvelle carrière dans un autre domaine.

– J'aimerais jouer dans un film, dit Miki. J'aimerais être acteur. »

Smiley sembla prendre la chose avec beaucoup de sérieux. Il sortit de sa poche un petit calepin de policier et un stylo.

« Quel genre de film, je vous prie ? »

À voir la tête de Miki, il était évident qu'il n'avait pas réfléchi à la question.

« Avec Peter Sellers. Un film populaire.

– Pas un film immoral ou licencieux ?

– Non, répondit-il en secouant la tête.

– Ni un projet politiquement sulfureux qui encouragerait une contestation anarchisante de l'ordre public ? Qui ridiculiserait les institutions de l'État ? »

Une fois de plus, Miki se récria farouchement. Smiley referma son calepin et le rangea.

« Ce n'est pas impossible », dit-il.

Miki se leva et, aussi solennel que maladroit, fit le salut militaire à la britannique.

« Pour la reine », dit-il, comme si cela s'imposait.

Smiley eut l'impression d'avoir recruté un enfant.

Pour conclure la soirée, Smiley passa un coup de fil à un officier en retraite, un ancien de son propre service. Il était à la recherche de tout élément lié au passé de Ferenc Róka qui n'ait pas été consigné par écrit. Kingdom Steed-Asprey était une institution à lui tout seul. Deuxième directeur du Cirque depuis sa création, il avait dirigé le service pendant la guerre avec un mélange nerveux de retenue et d'audace absurde. Les services de renseignement, dans une guerre chaude, étaient encore plus vitaux que dans une guerre froide, mais il fallait s'en servir de manière à la fois réfléchie et improvisée : profiter des erreurs et des bourdes tandis que la cible était exposée, ou manquer une occasion de changer la face du monde. On attribuait à Steed-Asprey une série de stratagèmes et d'enfumages de dernière minute qui avaient vraiment fait la différence, et Smiley avait travaillé directement sous ses ordres après six mois affligeants passés à l'arrière. Comme Control, comme Smiley d'ailleurs, Steed-Asprey était arrivé à son poste via l'université et, de ce fait, y était retourné sous l'habit d'un professeur émérite versé dans les classiques. Les circonstances récentes n'avaient pas été tendres, et il avait pris un congé dont le recteur de sa faculté pensait, en toute honnêteté, qu'il n'en reviendrait pas. C'était un homme âgé, après tout. Mais cela faisait de lui le dépositaire des secrets du passé, et si Bill Haydon était capable de reconnaître Ferenc Róka – ou si Smiley en eût été capable, un autre jour ou dans une autre vie –, le vieux Steed-Asprey, lui, devait probablement connaître sa pointure et sa marque de cigarettes préférée.

« Venez quand vous voulez, dit Steed-Asprey d'une voix étonnamment nette. Cassie va mal. Je pense que vous êtes au courant. Elle ne dort pas vraiment la nuit, en tout cas pas comme on le devrait. Les médecins disent que c'est la tension ; je crois qu'ils veulent parler de la douleur. Bref, passez me voir. Jean – notre infirmière – est une bonne pâte. Elle vous laissera entrer. »

Smiley prit le volant. À ce moment-là, comme souvent dans sa vie, il n'avait envie de partager son espace ou ses pensées avec personne. La voiture avait deux ans : une Hillman vert menthe avec toit crème et lunette arrière enveloppante, à l'américaine. Le levier de vitesse, semblable à une bille de billard blanche, était trop gros pour sa main gauche, mais il appréciait la géométrie sympathique du double volant. Quand il conduisait, il avait l'impression d'être dans un sanctuaire. Le murmure de la route, le roulement des pneus et le défilement régulier des panneaux routiers, des virages et des lampadaires l'apaisaient, lui laissaient le temps de réfléchir. Bánáti – Róka – où vas-tu, et pourquoi ?

À l'ouest comme au nord, la route était déserte.

Le trajet dura quarante minutes. La maison était blanche et triste sous le ciel nocturne, de la peinture de phare sur un ciment lépreux qui ne ressemblait pas à de la pierre. Lorsque la porte s'ouvrit, l'odeur des chiens fut atroce : deux bassets épouvantablement gras, à peine capables de marcher. L'infirmière, Jean, n'avait pas l'air de sentir leur odeur. Smiley se rappela avoir travaillé, gamin, dans les pompes funèbres. Vous ne vous en rendiez pas compte la journée, mais aussitôt rentré à la maison, la puanteur de vos vêtements vous donnait la nausée.

Steed-Asprey attendait dans le salon avec des *shortbread* et du thé de chez Fortnum & Mason. Ils burent et mangèrent.

« Comment va ? demanda Steed-Asprey. J'ai appris que vous aviez raccroché. »

C'était un petit homme, doté d'un corps d'athlète devenu fragile et d'un casque de beaux cheveux argentés.

« Oh, en effet, fit Smiley. J'ai raccroché. Pour de bon. Cette fois-ci, c'est uniquement pour rendre service à Control. »

Les yeux fatigués n'étaient pas d'accord.

« Cet homme ne sait pas ce qu'est un service rendu, Smiley. Il ne fait ni concessions ni compromis. Vous lui donnez ça, il en veut tout de suite plus. Implorez Dieu, Faust, et vite, sans quoi il vous volera encore votre âme !

– Elle est déjà prise, merci.

– Oui, paraît-il ! La fille de la maison Sercombe est pleine de ressort, et une carrière dans l'ennui de la finance vous fait de l'œil. Des enfants ? N'ayez pas l'air si consterné, vous avez le temps. Tant mieux pour vous ! Menez la belle vie, Smiley, vraiment. J'ai bien peur que ma Cassie ne soit pas en grande forme en ce moment. C'est l'âge, que voulez-vous. » Il fit un geste en direction de l'infirmière. « Vous voulez la saluer avant qu'on passe aux choses sérieuses ? Je crois que ça lui fera plaisir. »

Smiley voulut hurler non, mais il dit oui et suivit le vieil homme à l'arrière de la maison. Le couloir était sombre et, au centre de la moquette, les trop nombreux allers et retours précipités avaient laissé une trace d'usure.

Dans la chambre du fond, il y avait un lit médicalisé équipé d'un levier permettant de le remonter ou de l'abaisser. Dessus, ou dedans, était couchée Cassandra Steed-Asprey, calée sur une montagne d'oreillers. Quelqu'un s'était embêté à la coiffer, mais à l'arrière ses cheveux étaient déjà redevenus une masse emmêlée, et il en restait beaucoup trop dans la brosse, sur la table de chevet.

« George est ici, ma chérie, dit Steed-Asprey. Il est venu dire bonjour. »

Cassie regarda Smiley avec des yeux pétillants.

« George. Comment allez-vous ? Comment va Ann ?

– Nous allons bien, merci.

– Ne me demandez surtout pas de mes nouvelles. Je ne mens pas, voyez-vous.

– Vous avez l'air radieuse.

– Merci, mais vous ne devez pas mentir non plus. Kingdom n'arrête pas de mentir. Il dit que je vais guérir. Je suis très malade, évidemment. »

Smiley acquiesça.

« Kingdom, elle a encore posé le méchant vase sur la cheminée. Je lui ai dit qu'il n'avait rien à faire là. »

Au-dessus du feu trônait un inoffensif vase en porcelaine Doulton rempli de fleurs. La fumée des bûches entassées était la seule chose dans toute la maison qui ne sentait pas la maladie.

Steed-Asprey se saisit du vase.

« Je vais le mettre ailleurs.

– Non. Je ne pourrai pas savoir où il est.

– Je vais le casser. »

Cassie hocha la tête.

« Voyez-vous, George, c'est un méchant vase. Très méchant. Il apporte des mauvaises choses dans la chambre. Je ne l'aime pas, mais il revient toujours, quoi qu'on fasse. Casse-le maintenant, chéri. Devant moi, comme ça, je saurai. Allez ! » Il y avait une ferveur sur les traits de son visage, une sorte de voracité. Steed-Asprey retira solennellement les fleurs du vase, les enveloppa dans un essuie-mains, ouvrit la porte et choqua vivement le vase contre l'encadrement. Les morceaux tombèrent par terre ; il les ramassa et les brandit pour les montrer.

« Voilà. C'est bon ? »

Cassie laissa échapper un gémissement et se tordit sur son lit.

« Il revient tout le temps », dit-elle en haussant le ton.

Steed-Asprey ramena Smiley dans le couloir, jusqu'au salon.

« Elle se fait des idées, expliqua-t-il, comme si les idées en général étaient une chose à éviter. Les oiseaux lui apportent des messages. Les rouges-gorges, notamment. Et d'autres choses – les ombres au mur, et ainsi de suite. Des démons, parfois. Cependant elle aime beaucoup les fleurs, donc je vais lui en acheter au marché tous les jours. J'ai peur que ça nous coûte cher en porcelaine. Le seul vice qui me reste. »

Son visage était parfaitement détendu. Smiley se demanda ce qu'il lui en coûtait de le maintenir ainsi. À peu près toutes ses forces, sans doute. De la chambre du fond s'élevèrent une complainte grave, puis la voix de Jean qui calmait, qui rassurait. Quelques secondes plus tard, une dispute, bruyante, féroce, avec des mots indistincts mais blessants.

« Les enfants ne viennent pas, reprit soudain Steed-Asprey. Après ce qui s'est passé la dernière fois, je leur ai demandé de ne plus revenir. Elle avait eu une mauvaise journée, elle leur a dit… plein de choses horriblement méchantes. Ce n'est bon ni pour elle ni pour eux – ni pour personne, en réalité. Donc il n'y a que moi, voyez-vous, jour et nuit. Merci d'être venu.

– J'ignorais, vraiment, répondit en toute sincérité Smiley. C'était pour le travail, seulement.

– Oh, tout à fait. Tout à fait. Vous voulez en savoir plus sur Róka. »

Smiley adopta la même expression que Steed-Asprey et répondit que oui. Il vit ce voyage dans les souvenirs comme une source de répit : un sursis dans le malheur.

« Et vous avez les éléments de base ? Né en Autriche-Hongrie, rouge jusqu'à la moelle ? La guerre d'Espagne à Barcelone – du vrai espionnage en temps de guerre. Tout ça ?

– Je suis sûr que c'est dans le dossier, fit Smiley. Je voulais vos impressions. Ce qu'il vous inspire, si toutefois il vous inspire quelque chose. Pas seulement l'agent, mais l'homme.

– Je ne tapais pas le carton avec lui, George. On n'allait pas en secret dans les rues de Lisbonne ou Dieu sait où. C'était un espion ennemi.

– Mais un antifasciste avant tout. Nous avons dû être plus longtemps alliés qu'ennemis, à votre époque. Ou aussi longtemps. Je suis preneur de tout. Quand je vous ai dit "Ferenc Róka" au téléphone, vous avez tout de suite vu de qui il s'agissait. Il y a une histoire. Quelque chose qui le rend digne de votre mémoire, encore aujourd'hui.

– Jean, pouvez-vous rallumer la bouilloire ? Elle a refroidi. Ou peut-être quelque chose d'un peu plus fort, Smiley ? Je dois avoir une lichette, quelque part. Il est minuit passé, donc je crois qu'on peut dire que c'est acceptable. »

Une ombre d'angoisse passa dans les yeux du vieil homme. Smiley comprit : il redoutait, une fois l'histoire racontée, de se retrouver de nouveau seul avec sa femme.

« Je me dis que nous aurions dû vous débriefer plus longuement. Il est peut-être encore temps. Je pourrais demander à Connie d'envoyer un des petits jeunes pour prendre des notes. Le renseignement générationnel, en quelque sorte. En même temps, il me semble que le Cirque devrait en faire un peu plus pour vous. Je ne parle pas d'argent. » En réalité il en parlait aussi. « Je parle de tenir compagnie à Cassie. Certains de ses anciens amis. Ça pourrait aider. »

Et ça vous aiderait, pensait-il, à tenir cette maison terrible dans cette période terrible.

Il fallut un certain temps avant que Steed-Asprey se laisse persuader d'accepter le cadeau. Il remplit deux verres d'un scotch bien assez fort.

« Róka, dit-il enfin, au lieu de merci. C'était juste avant ma démission. Les Français avaient un espion à Moscou, avec un réseau magnifique mais mû par l'appât du gain. Donc il était très actif. Au bout d'un moment, nous nous sommes rendu compte qu'il vendait le même produit deux fois : d'abord aux Français, ensuite à nous. Le problème, voyez-vous, c'est que les détails ne collaient pas. Leurs rapports et nos rapports n'étaient pas les mêmes. Bill avait pu confirmer les nôtres grâce à un des réseaux qu'il avait installés à Vienne avec Jim. Il semblait alors assez clair que les Français avaient un traître au sein de leur direction, sans doute assez haut placé. Nous avons procédé à une triangulation – heures, dates, accès – et l'avons identifié. L'adjoint d'un de leurs meilleurs responsables opérationnels. Je voulais le retourner et le maintenir en place, histoire de voir ce que les Français obtenaient et ce que les Russes en faisaient. Et de savoir ce qu'ils ne voulaient pas que nous sachions. On aime toujours avoir un œil sur ses alliés, n'est-ce pas ? Pour être sûr. Mais le ministre n'a pas voulu. Négligence politiquement coupable face à une grave faille de sécurité dans l'appareil de l'OTAN, a-t-il dit. Nous devions immédiatement prévenir les autorités françaises. Naturellement, quand nous l'avons fait, ça s'est écroulé. Les Français ont tout gâché et Moscou a colmaté la fuite de son côté. Les Russes n'ont pas pu faire sortir leur agent double, mais ils ont fait passer le mot au reste du réseau. Quand la *Sûreté** a défoncé la porte, le chef n'était plus là. Vous n'auriez pas fait mieux, George. Il a dû disposer de dix minutes, grand maximum, mais c'était comme s'il n'avait jamais existé. Et cet homme, c'était Ferenc Róka, bien qu'on n'en ait eu la confirmation que, oh, deux mois plus tard. Vous avez sans doute raison : le même jeu auquel vous jouiez en Allemagne, il y jouait chez lui en 1944. Un de leurs meilleurs éléments. Un pistolet et un livre-code, rien de plus. Et son engagement sans faille au service de je ne sais quelle cause chère à ces gens. »

Il n'en savait guère plus. Avant Paris, Róka avait été responsable de quelque chose en Hongrie, quelque chose du côté officiel.

« Et ensuite ?

– Oh, il est tombé en disgrâce. Il a dû fuir. C'est comme ça que ça se passe pour ces gens, n'est-ce pas ? La loyauté n'est pas en cause. La révolution dévore ses petits, et tout ça. »

Smiley lui demanda si Róka avait de la famille.

« Une maîtresse, dans les années 1940, se rappela Steed-Asprey. Quand il jouait à cache-cache avec le renseignement allemand. J'imagine qu'il devait en avoir un paquet, des femmes qui le planquaient et qui partaient à sa recherche pendant deux ou trois jours. Mais une seule dulcinée identifiée. Ilyana ? Katrina ? Son nom m'échappe, malheureusement. Qu'elle veuille bien m'excuser. Une poétesse et une veuve de guerre, disait-on, qui avait déjà un enfant. Une vraie beauté – des épaules carrées, une taille de guêpe et cette ardeur magyare. »

Róka et sa poétesse avaient bien mené leur barque après la guerre. Il était devenu le parrain de son enfant, et elle, par son pur talent, s'était vu offrir un poste d'enseignante à l'université. Smiley insista délicatement pour connaître le nom du petit garçon. Steed-Asprey prit son temps, puis répondit : « Leo », fier de se rappeler un détail aussi lointain.

« Et puis tout a changé, ajouta-t-il. En 1951 ? Ou en 1952 ? Dans ces eaux-là.

– Changé, comment ?

– Vous savez bien. Sous Staline, là-bas, on ne pouvait se reposer sur rien. Un jour vous étiez un prince, le lendemain vous étiez un manant, et rien entre les deux. Pas d'État de droit, pas de preuves, uniquement la peur. Vous dénonciez votre voisin avant qu'il vous dénonce. Róka a mal visé, ou au mauvais moment. Il a pointé le doigt dans la mauvaise direction et n'a réussi qu'à se le faire découper. Oh, pas au sens strict. C'est une métaphore, vous comprenez ?

– Est-ce que vous vous souvenez du prétexte ? Quelle a été son erreur ?

– Impossible. » Steed-Asprey tapota sa tempe comme si

c'était un de ses infâmes chiens. « Je n'ai jamais été très porté sur la rhétorique, vous savez. Toute cette histoire de fraternité humaine, alors que ça signifie souvent le peloton d'exécution. Cassie aurait pu s'en souvenir, elle. C'est elle qui a tout appris à Connie Sachs, non ? Ma Cassie. La meilleure de la première génération. Impossible aujourd'hui, je le crains. »

Quelque part dans la maison, très doucement, des pleurs se firent entendre. Smiley ne savait pas si c'était la malade ou l'infirmière.

Le trajet du retour exigea un effort de volonté, et Smiley fut bien content que la route soit déserte. L'odeur de la maison imprégnait son manteau ; il savait que c'était devenu une partie de son travail, qu'il n'y prendrait plus jamais plaisir. Il baissa la vitre et laissa le froid lui maintenir les yeux ouverts jusqu'à la ville.

Toby Esterhase était dans une des salles de réunion du troisième étage. Contre un mur s'alignaient des placards en stratifié très laids, avec un vernis moderne qui ne trompait personne, mais le reste de la pièce n'avait pas changé depuis cent ans : une simple cheminée et une plaque d'ardoise noire en guise d'âtre. Toby avait ôté sa veste et l'avait accrochée à un portemanteau près du linteau. Il avait déniché quelque part une couverture en laine et deux oreillers. Ces derniers temps il avait son bureau à Acton, avec le reste des lampistes, bien que son portefeuille fût moins précis.

« George, dit-il en se levant et en frappant dans ses mains. Entrez, il y a un courant d'air. Qu'est-ce que je peux faire pour vous ? Un café ? De l'alcool ? Ou bien un lieu tranquille pour vous cacher de Control et vous reposer ?

– Róka », répondit Smiley avant de fermer la porte obligeamment.

Esterhase écarta les mains, paumes vers le ciel, tel un chef de rang déplorant un mauvais repas.

« J'interroge mes compatriotes, George. Il n'y a pas mille manières d'être hongrois dans ce pays. Évidemment, ils connaissent Bánáti. Pour la plupart, pas si impressionnés que ça. Le genre de type qui boit votre alcool jusque tard et ne bouge plus de votre canapé. Peut-être qu'il recueille des ragots pour arrondir ses fins de mois, vous savez ? Peut-être qu'il cherche un peu trop à savoir qui parle politique avec qui. Peut-être qu'il envoie des lettres au pays. Mais peut-être pas. Peut-être qu'il a tout simplement trop de sœurs, trop de femmes. Ce genre de choses. À entendre Bill, on croirait qu'il était le meilleur d'entre nous. J'aime à penser que je suis le Hongrois le plus sournois de Londres. Je me sens un peu menacé, pour tout dire. »

Smiley secoua la tête et leva les mains comme pour attraper quelque chose en l'air.

« Róka s'est fait chasser de Hongrie pour avoir misé sur le mauvais cheval. Il a dû abandonner sa femme, une universitaire. Elle avait un fils, *a priori* pas de lui. »

Toby haussa les épaules. La couverture enveloppait ses épaules à la manière d'un châle.

« Histoire classique, très triste.

– D'après Steed-Asprey, cette femme était une poétesse ou une artiste. Une enseignante. Il ne devait pas y en avoir tant que ça à Budapest à l'époque.

– Bien sûr. Les ragots, George. On peut la retrouver. Demain matin, facile. Là, si je téléphone à quelqu'un, il voudra savoir où est l'incendie, voyez ? Et si je lui réponds qu'il n'y a pas d'incendie, il y a le risque qu'on en allume un. Honnêtement, George, si vous n'avez pas Mendel qui vous appelle avec un cadavre ou un tueur, allez vous coucher. Reposez-vous. Ils peuvent vous préparer une autre chambre, ici.

– Je peux rentrer chez moi. » Smiley tendit l'index vers l'extérieur. « Ce n'est pas loin.

– Mais vous êtes ici.

– Au fait, où est Peter Guillam ?

– Berlin, dit Esterhase en prononçant le nom à l'allemande. Couverture non officielle, une espèce d'affaire commerciale.

Il perd de l'argent, c'est gênant. Control appelle ça un apprentissage.

– Ça ne m'étonne pas.

– Rentrez chez vous, George. J'ai l'impression d'entendre Bill, et ce n'est jamais bon signe chez vous. Le matin nous ferons du travail d'espion, d'accord ? Ce soir, ça suffit. Même vous, vous devez dormir de temps en temps. »

Aussi surprenant que cela puisse paraître, Smiley n'objecta pas.

Le domicile des Smiley, dans Bywater Street, était singulièrement vide et un peu triste. Smiley avait beau régulièrement convaincre le service technique de venir procéder à des recherches en profondeur et faire des réparations, le chauffage était toujours capricieux. Il allait devoir trouver un plombier normal, dont le talent, peut-être, irait jusqu'à trouver une vraie solution. En attendant, l'air était frais et charriait l'odeur boueuse de la Tamise qui arrivait par Smith Street. Une atmosphère froide régnait en ce lieu, dont Smiley se rendit compte qu'il était aussi négligé qu'à l'époque de sa brouille avec Ann. Peut-être fallait-il y voir un signe : il était temps d'agir, d'admettre que ces quelques pièces avaient fait leur temps, dans la maladie comme dans la santé, et qu'une nouvelle ère s'annonçait. Il monta les marches, savourant presque l'idée. La brique était chargée de souvenirs, et peut-être que dans le monde de demain il n'en aurait pas grand besoin.

Il se coucha et ne trouva pas le sommeil. Le baiser de l'oreiller sur sa joue était glacé. Il voulut parler à Ann, la rassurer – se rassurer lui-même –, mais elle devait être encore dans leur cabine à bord du ferry de nuit. Elle arriverait à l'hôtel le lendemain, et il allait devoir attendre jusque-là. Sur sa table de chevet, une petite pile de livres : un recueil de poésie allemande, un des thrillers que lisait Ann et un joli guide Baedeker. Il prit ce dernier, en huma les pages, puis lut l'introduction au chapitre consacré à l'Autriche. C'était ce livre-là qui l'avait envoyé là-bas la toute première fois, de longues années auparavant, semblait-il. Entre-temps, il y avait eu une guerre et Alec Leamas, et c'était bien assez.

Smiley se réveilla juste après 7 heures avec la honte que seuls connaissent ceux qui travaillent trop dur, cette impression d'avoir, en dormant, succombé à une faiblesse. Il fit sa toilette et s'habilla. Trouvant que son manteau sentait encore la maison de Steed-Asprey, il ne put se résoudre à le mettre. Il le plia en deux et le fit envoyer au pressing. Puis, avec une inexorabilité familière, il sortit de l'armoire du couloir son vieux pardessus anonyme de rond-de-cuir. Il entendit Leamas rire devant le revers soigneusement reprisé et le style ringard. *Bon sang, Smiley, vous êtes un espion, pas un homme en deuil ! On est en 1963. Trouvez-vous quelque chose d'un peu chic ! La vie, quoi. On n'est pas obligés de rester dans les nuances de poussière et d'os.*

Un espion et un homme en deuil, manifestement, répondit-il au fantôme, *et j'en suis navré.*

Ça ne me fait ni chaud ni froid, mon vieux. Ce n'est pas moi qu'on a persuadé de remettre le couvert, si ? Pas cette fois.

Il referma la porte et s'aperçut que sa main gauche, dans sa poche, fouillait un petit sachet en papier pareil à ceux destinés aux bonbons. Celui-ci contenait des copeaux de bois. Il en posa quelques-uns sur sa paume et les regarda bêtement. Il vit que sa main droite se mouvait toute seule pour en récupérer deux, tout fins, et les caler dans l'interstice entre la porte et l'encadrement, au-dessus et au-dessous de la serrure. Il sentit revenir en lui une familiarité et une forme de honte. Les éclats de bois lui permettaient de se prémunir contre une intrusion discrète dans l'appartement. Quand avait-il cessé de s'en servir ? La sécurité n'était jamais garantie, même pour un retraité. C'était Ann qui le lui avait demandé, se rappela-t-il. Elle trouvait cela morbide, ce dont il ne doutait pas, mais en attendant – pendant ce bref retour de son ancienne vie dans la nouvelle – cela redevenait nécessaire.

Le siège conducteur de la Hillman était d'un froid mortel.

Entrer au Cirque en plein jour représenta une autre forme de pénitence. Smiley avait redouté un excès de familiarité, l'approbation bruyante de ses collègues. Au lieu de ça, ce furent de nouveaux visages qui l'observèrent à l'accueil, et un nouveau garde qui le fit patienter. À l'intérieur, un petit groupe d'officiers subalternes l'aperçut et s'empressa de détourner le regard, voyant en lui un apostat, en conflit avec le diktat de Control, et par conséquent susceptible d'être frappé par la foudre à tout moment. Il se surprit à chercher un visage connu, Guillam, Jim Prideaux ou, l'espace d'un terrible, d'un vertigineux instant, Leamas lui-même. Il voulait bavarder, confier ses irritations actuelles à une oreille compréhensive. Il voulait Ann. Elle avait dû arriver à Paris, à l'hôtel. Il se plut à penser que les fleurs l'avaient fait sourire.

De retour à la Serre, Smiley prit un petit déjeuner et, en plein repas, vit Oliver Mendel passer une tête par la porte. Dans la nuit, Mendel avait travaillé sur l'aspect intérieur, c'est-à-dire qu'il avait cherché la moindre trace de Róka dans tous les services de police. Juste après avoir déposé Susanna au Cirque, il avait commencé par envoyer Sally Roberts au commissariat local de West Hampstead. Là, malgré l'heure tardive, elle avait tiré le gros lot. Un homme correspondant à la description de Róka avait été aperçu samedi au bord du terrain de football de Shirland Road, en train de regarder jouer les gamins du coin. Un père à l'œil sagace, voyant en lui un possible détraqué sexuel, l'avait dénoncé. Mendel commenta, acerbe, que ça n'empêchait pas ces gens d'envoyer leurs enfants dans des écoles privées. Le policier de garde avait demandé à deux agents de procéder à une approche discrète – « le genre square du village », pour reprendre la formule de Sally Roberts. Ils avaient remarqué que l'individu tenait un filet à provisions orange contenant un ballon de football tout neuf. Cela ne dissipa pas leurs soupçons. Ils lui avaient demandé si un de ses enfants faisait partie du groupe, à quoi il avait répondu par la négative. C'était un étranger, bien habillé et courtois.

« On doit toujours l'appeler Bánáti ? voulut savoir Mendel. En externe, je veux dire ?

– Oui, fit Smiley. Bánáti pour tout le monde. Róka uniquement entre nous, et pour ceux qui sont déjà au courant. Ce qui serait révélateur. »

Pressé de questions, l'individu avait expliqué avoir acheté le ballon de football pour l'offrir à son filleul, Leo. Le plus capé des deux agents, Brand, avait alors eu une discussion instructive sur la manière de prononcer le nom : Leyo, rapporta-t-il par la suite à son sergent. Pas du tout la bonne prononciation.

Quel âge avait Leo ? La vingtaine passée. N'était-il pas un peu trop vieux pour recevoir un ballon de football ? Sans doute, mais de toute façon l'individu n'avait pas l'intention de le lui offrir. Leo vivait très loin. Alors pourquoi ce cadeau ? Parce qu'ils avaient joué au football ensemble, dans le temps. Cela aurait eu du sens pour l'un comme pour l'autre.

À ce moment-là, l'agent Brand et son collègue s'inquiétaient moins d'avoir affaire à un prédateur qu'à un éventuel fauteur de troubles. Il était manifestement très émotif, nonobstant le fait qu'il venait d'un autre pays, et il fallait éviter une bagarre au cas où il s'emporterait.

Si l'individu était tellement pressé de trouver Leo, serait-ce impoli de savoir pourquoi il restait planté là à regarder des gamins jouer ?

Excellente question, avait répondu l'individu. Les souvenirs, bien sûr, et la fantaisie d'un vieil homme. Mais : oui. Il ferait mieux d'y aller. Il avait beaucoup à faire.

Il leur avait serré la main et était parti – ce qui était logique, puisqu'ils n'avaient aucune raison de l'arrêter. Brand était positivement sûr que l'homme pleurait. Pas le genre torrent de larmes, non, plutôt quand ça devient quelque chose qu'on fait souvent.

« Pas dans son état normal, nota Sally Roberts. À cause de problèmes émotionnels personnels. Dans notre métier, on dirait que ça ne sent pas bon. »

Fin du rapport.

Tandis que Roberts s'occupait des autorités locales, Mendel avait changé de veste et s'était rendu dans un lieu où il n'était pas le bienvenu.

Parce que leur mission consistait à surveiller le troupeau, les membres du conseil diplomatique de la police métropolitaine étaient surnommés les Bergers. Mais au Cirque on les appelait les Chiens de Berger, car ils faisaient beaucoup de bruit et se laissaient souvent manger la laine sur le dos. En théorie, ils avaient pour tâche peu enviable de protéger des dignitaires étrangers accrédités qui en général ne souhaitaient pas leur compagnie. En réalité, leurs responsabilités avaient peu à voir avec le bien-être de leurs charges, et beaucoup avec le besoin de s'assurer que les *soi-disant** diplomates se limitaient aux frasques qui convenaient à leur poste, et de garder une trace de leurs agissements en mettant l'accent sur tout ce qui sortirait de l'ordinaire.

En temps normal, les Bergers n'aimaient pas la Branche Spéciale, mais c'était encore moins le cas en début de soirée, à l'heure où tous les bons flics – du moins tous les bons flics chevronnés – devraient débaucher. L'inspecteur adjoint Allen ne faisait pas mystère de considérer les hommes de la Branche comme des cow-boys ; il n'aimait ni leur main lourde ni leur refus de partager les informations en temps et en heure. Mendel avait dû se confondre en excuses pour obtenir ne fût-ce que dix minutes avec Allen avant qu'il rentre chez lui. Ils s'assirent de part et d'autre du bureau d'Allen, en un face-à-face glacial. Mendel expliqua ce qu'il voulait et lui tendit la photo de Róka.

« De quoi s'agit-il ? voulut savoir Allen. Je ne vous aiderai pas tant que je ne saurai pas tout. »

Il appartenait à l'autre catégorie de policiers, et il se faisait faire ses uniformes sur mesure.

« Un possible enlèvement, dit Mendel. Il a disparu. On retrace ses faits et gestes.

– Et pourquoi ses faits et gestes impliqueraient-ils quelqu'un de mon ressort ?

– C'est toute la question, convint Mendel. Et pourquoi quelqu'un voudrait l'enlever ? Sans vouloir être méchant, on n'a pas affaire à Rockefeller, si ? On pourrait le plumer, certes, mais il n'a personne pour payer sa rançon. Personne à qui la remettre, d'ailleurs. De l'avis général, il copule comme un lapin, donc je pensais peut-être à un mari jaloux. Sauf que pour l'instant rien de ce côté-là, à notre connaissance. Reste alors le pouvoir, et je me pose la question : quel genre de pouvoir ? Il est hongrois, donc on regarde plutôt vers l'Est, simple précaution. Ce n'est pas notre meilleur travail, concéda-t-il, tel un fils pénitent qui aurait une autre aventure en tête, mais c'est une piste. Et je pensais – puisqu'en toute franchise il est peu probable qu'elle mène où que ce soit –, il m'a traversé l'esprit que ça pourrait être l'occasion pour mes hommes et les vôtres de communiquer sans friction. Bien sûr, il se peut que ça produise quelque chose de votre côté et qu'on vous remette le tout emballé dans du papier cadeau avec un ruban. Thé et médailles à gogo. »

Allen se rembrunit.

« Vos collègues de la Branche sont traditionnellement peu loquaces avec nous, inspecteur Mendel. Beaucoup trop portés sur d'autres entités, si vous voyez ce que je veux dire. Des entités dont le rôle ressemble peut-être au travail policier, mais qui ne respectent pas les règles du métier. Quand on regarde certaines des opérations menées par la Branche, on est en droit de se demander si vous êtes vraiment des flics. »

Mendel acquiesça comme si c'était le grand drame de sa vie.

« Oh, oui, monsieur. Plus d'une fois sur deux, c'est un foutoir sans nom. On nous appelle toujours trop tard et après c'est à nous de le démêler, si vous voyez ce que je veux dire. Et des tas de choses sont faites qui ne devraient pas l'être. En ce qui me concerne, je dois admettre que c'est dans les hommes, pas dans les services, que je place ma confiance. »

Il y eut un long silence au cours duquel Allen médita ce compliment tout en douceur. Et je préférerais ne l'avoir jamais dit, pensa Mendel, quand tout ça se cassera la figure. Ce qui finira inévitablement par arriver.

« Je voudrai un renvoi d'ascenseur un jour ou l'autre, dit Allen.

– Entendu, monsieur.

– Et plus que ça, je ne veux pas voir vos hommes tomber sur un de mes protégés, même s'il est impliqué. Tout devra passer par les canaux habituels. »

Mendel hocha la tête en pensant : Mon cul, et supposa qu'Allen se disait certainement la même chose.

« Dans ce cas, je verrai ce qu'il en est et je vous transmettrai les informations.

– J'apprécie le geste, monsieur. »

Ils se séparèrent avec une cordiale détestation.

Ce matin-là, le téléphone du bureau de Mendel avait sonné de bonne heure. La voix d'Allen était chargée de ce qui aurait pu être de l'excitation. D'après le sergent en charge des archives chez les Bergers, il n'y avait pas eu la moindre communication avec le représentant officiel hongrois à Londres. En revanche, la semaine précédente, l'équipe chargée du bien-être du second attaché commercial à l'ambassade soviétique, Antonov, l'avait suivi jusqu'à un grand magasin du West End, où il avait montré un empressement aussi fastidieux qu'improbable à trouver un cadeau pour sa femme, à Moscou. Après avoir regardé des écharpes et des boucles d'oreilles pendant une demi-heure, il avait décidé de s'installer au café du troisième étage. Là, il avait engagé la conversation avec un autre client, et leur échange n'avait pas duré plus de dix minutes. Malgré le beau temps, la discussion avait été du genre orageux, surtout pour deux individus qui se connaissent à peine et décident de bavarder autour d'un café. L'autre homme était reparti sans même dire au revoir. Oui, ils avaient photographié le contact – le protocole l'exigeait. En voyant sa photo, les deux agents avaient immédiatement reconnu Bánáti.

« Ils l'ont suivi ? demanda Mendel. Ils savent où il est allé ?

– Non », répondit sèchement Allen. La consigne imposait en effet de ne pas lâcher Antonov et de laisser d'autres services s'occuper des investigations ultérieures.

« Comment voyageait-il ? Est-ce qu'ils ont au moins noté ça ?

– Oui, parce que ce sont des policiers, inspecteur Mendel. Ils ont interrogé le portier au moment où Antonov repartait dans la voiture de l'ambassade. Le sujet a été pris en charge par une Renault Dauphine équipée d'une radio. Un taxi privé, sans doute un de ceux qui travaillaient autrefois pour Welbeck Motors. » La tristement célèbre entreprise Welbeck avait été jugée coupable de concurrence déloyale et dissoute à la demande du syndicat des taxis londoniens. « Voilà. On vous a presque entièrement mâché le travail. »

Mendel eut envie de lui raccrocher au nez, mais Allen disait vrai. Les Bergers avaient fait ça dans les règles.

Il renvoya Sally Roberts à West Hampstead, avec la liste de toutes les licences de taxi privé de la zone, puis appela Millie McCraig et la pria de demander à Susanna si « M. Bánáti » avait régulièrement recours à un tel service local. Susanna répondit par l'affirmative : Artemis Transport. Elle connaissait leur numéro par cœur. Le temps que Mendel remette la main sur Sally Roberts, celle-ci se trouvait déjà au siège de la société Artemis, qui avait été tout en haut de la liste. Elle lui passa le patron au téléphone, et Mendel jeta dans la bataille toutes ses forces de persuasion de policier. Deux minutes plus tard, son interlocuteur lui lisait directement les noms sur son registre.

Aussitôt terminé son rendez-vous avec Antonov, Róka s'était rendu à une adresse de Brick Lane que Mendel reconnut tout de suite : un endroit où se déroulaient des activités criminelles plus ou moins clandestines.

« Les Cattermole, dit-il à Smiley. Pas du tout votre genre. Des escrocs. Protection, casinos véreux, pornographie, tout ça. Doués pour les violences patriotiques, s'il y a une fanfare dans le coin.

– Et en quoi pourraient-ils être utiles à László Bánáti ?

– Tout dépend de ce qu'il leur a demandé. Si c'est strictement commercial, et avec beaucoup d'argent à la clé, j'imagine qu'ils oublieront que c'est un étranger. On voit de temps en temps de vieux pistolets allemands ou autres quand quelqu'un dévalise un fourgon de la poste. S'il vend, ils achètent.

– Et des colis ? Des papiers ? »

Mendel fit un geste de la main pour dire peut-être, peut-être pas. « Il faudra que je pose la question.

– Ils accepteront de nous parler ? »

Mendel poussa un petit ricanement.

« Oui, si je leur en donne l'ordre. Mais obtenir une réponse claire mettra un peu plus de temps. Ce n'est pas comme si tous leurs gars rédigeaient des rapports. Il faudra qu'ils aillent à la pêche aux renseignements. »

Smiley acquiesça, et Mendel le vit de nouveau s'échapper dans ses pensées.

« J'y ferai un saut et je vous tiendrai au courant », proposa Mendel.

Il partit sans même attendre le hochement de tête.

4

Dimitri Petrovitch Antonov était le chef de poste de l'antenne officielle du Centre à Londres, et le canal privilégié pour toutes les sources dont la Mère Russie disposait sur le sol britannique.

« Un homme atroce, s'affligea Connie Sachs auprès de Smiley. Il était à Paris avant et il était atroce. Il n'arrête pas de pérorer sur la puissance inhérente des installations industrielles dirigées par le prolétariat, comme si personne ne savait qu'il était un espion.

– Et avant Paris, où était-il ?

– Oh, partout, George. Aux quatre coins du monde. D'après la rumeur, quand il est parti pour la première fois à l'étranger, sa femme Lena a été retenue à Moscou pour qu'il n'ait pas la mauvaise idée de s'enfuir. Ils font ça avec tout le monde, certes, mais apparemment il est fou d'elle, et c'est réciproque – à chacun ses goûts. Donc ils croyaient le tenir par les couilles. Sauf que cette chère Lena était la fille d'un des cadres originels. Quand elle était gamine, Staline la prenait sur ses genoux et lui racontait les histoires de son combat révolutionnaire. Plus tard, elle a fait partie d'une des brigades féminines. Bien que censée être simple auxiliaire, elle s'est retrouvée tireur d'élite chez les partisans biélorusses. Elle connaissait tous les vieux de la vieille, et en l'absence de Dimitri, elle est allée les déterrer de leurs minables appartements de héros dans l'Arbat pour les faire parler de leur gloire passée, leur rappeler qui ils avaient été, qui elle était, et combien cet Antonov qu'elle avait épousé était un type merveilleux, exceptionnel, loyal, un véritable héros en puissance. Or les vieux soldats aiment se sentir forts, n'est-ce pas ? Forts, et capables, et dans le coup. Donc haut les cœurs, et Antonov gravit les échelons, de poste en poste, vers la gloire. Dans quelques années, il reviendra à Moscou sur la première marche du podium.

– Et dans la réalité ?

– Il est suffisamment compétent pour ne pas empiéter sur son ambition à elle. Et méchant quand il faut l'être. »

Mais pas un instigateur, expliqua Connie. Pas un organisateur suprême. Ce qui convenait bien au Centre de Moscou, car ces gens-là aimaient l'ambition, mais pas chez les autres.

« Et Bánáti. Qu'est-ce que Bánáti lui voudrait, à Antonov ?

– Ce n'est pas Bánáti, George. C'est Róka. Qu'est-ce que Moscou lui veut ? On est bien obligés de supposer qu'il s'agit d'espionnage. Quel genre, je n'en sais rien. »

Elle agita les doigts.

« Aucun élément.

– Très bien, quelle est leur couverture ? Comment se connaissent-ils ?

– Antonov se montre beaucoup sur la scène londonienne. Une fête n'est pas vraiment réussie sans la présence de quelques diplomates, n'est-ce pas ? Et si les Russes viennent, alors peut-être que les Français vont débouler, ou les Américains, pour montrer leur patriotisme, et en deux temps trois mouvements tout le monde se retrouve là et une mauvaise comédie à propos de rien du tout défraie la chronique. Vous savez ce que c'est.

– Vous croyez qu'il s'agit de ça ? De cocktails ? »

Elle le regarda avec curiosité.

« Vous vous êtes ramolli, mon cher ? Dans une petite maison de retraite à la campagne ?

– Nous avons surtout habité chez la famille d'Ann, pour tout dire.

– Eh bien, dans ce cas : non, évidemment que je n'y crois pas », répondit Connie.

Le rendez-vous de Miki Bortnik était fixé à 16 heures, à l'hôtel Five Star Marylebone Station, un établissement sinistre sur Melcombe Place dont l'auvent jaune vif faisait mentir son âge. Entre-temps, Smiley cuisina de nouveau Susanna Gero. Avait-elle transporté des colis pour Bánáti ? Tout le temps. Se rappelait-elle les destinataires ? Les classiques, bien sûr : surtout des éditeurs, parfois des auteurs. Lui avait-on déjà demandé de faire des choses inhabituelles ? Oui, sans doute. On lui avait dit d'aller au commissariat de Baker Street, deux fois, pour en faire sortir des clients contre un dépôt de garantie ; de régler l'addition dans un restaurant réputé de Londres qui incluait une somme de cinquante livres pour des « articles divers », lesquels après examen se révélèrent être le prix du silence d'une prostituée outragée ; enfin, de fournir rapidement à une maison située dans Belgravia deux poulets vivants, pour des raisons fort heureusement obscures. Ces choses-là étaient tout à fait inhabituelles dans la vie, mais Susanna avait le sentiment que dans le monde de l'édition elles passaient inaperçues.

Elle regarda Smiley et se demanda ce qu'il pensait. Sa voix était toujours douce. Il restait cette tortue timide, gentille et néanmoins presque amère du premier jour, mais à présent son calme recelait autre chose : une vigilance qui portait sur tout, comme si un brouillard s'intéressait à la maison qu'il entourait. Bánáti et elle avaient-ils jamais parlé politique ? Non, ils étaient bien contents de ne pas le faire. Avaient-ils évoqué sa vie avant Londres ? Oui, sans entrer dans les détails. Garçon de ferme, puis soldat et, à force, penseur. Lecteur dans les tranchées et par la suite éternel étudiant. La mère de Susanna avait été une grande lectrice. Elle aurait plu à Bánáti. Dans une autre vie, peut-être qu'elle aurait pu les présenter l'un à l'autre.

Smiley insista : Bánáti lisait-il pour le plaisir, et si oui, quoi ? Elle n'en avait pas la moindre idée. De la poésie, pensait-elle, mais sans doute son appartement fournirait-il des réponses. Elle en avait remis la clé. À son tour, elle posa des questions.

« Vous l'avez retrouvé ? »

Smiley fit non de la tête.

« Je crois qu'il a l'intention de ne pas être facile à retrouver. Rien ne vous a laissée penser qu'il comptait disparaître ? Pas de problèmes d'argent ? Pas d'inquiétudes soudaines ?

– Il était inquiet », dit-elle, comprenant maintenant. Pas fatigué, espèce d'idiote, ni insomnies, ni gueules de bois. « Il avait peur, je crois.

– Pour lui-même ?

– Non. »

Encore une fois, la réponse sortit spontanément.

« Pour quelqu'un d'autre. Un ami.

– Quelqu'un de sa famille ?

– Peut-être. Je ne sais pas.

– Il avait de la famille ? »

Il m'avait, moi. Presque une réaction de jalousie ; gênée, elle cligna des yeux pour l'évacuer. Cinq ans d'un bureau partagé ne valaient pas titre de propriété.

« Non. » Sauf qu'il avait dû en avoir une, qu'elle fût de cœur ou de chair. Tout le monde avait une famille, volontairement ou non. La seule question était de savoir ce qu'elle était, ou qui elle était, ou la distance qui nous en séparait. « Mais à mon avis il n'a su que très récemment qu'il partirait. Il avait pris des rendez-vous. »

D'un autre côté, pensa-t-elle, il avait pu les prendre précisément parce qu'il savait qu'ils seraient découverts. « Son agenda doit être au bureau », dit-elle. Elle pouvait y aller, le récupérer et y jeter un coup d'œil.

Smiley décrocha le téléphone et murmura deux ou trois mots. Quelques minutes plus tard, l'agenda apparut, noirci par la propre écriture de Susanna. Oui, se rendit-elle compte. Ils ont le contenu intégral du bureau de Bánáti, et sans doute de son appartement, ici même, pour mieux l'étudier et le comprendre. Ils veulent absolument le retrouver. Elle repensa aux lettres qu'elle avait rapportées de l'appartement et eut envie de rire. Un tel trophée, au prix d'un danger aussi élevé, quoique imaginaire, alors qu'eux avaient dû se contenter de faire venir un camion et de tout emporter.

Là-dessus, enfin, elle commença à se demander ce qu'avait bien pu faire M. Bánáti pour mériter une telle attention.

« Oh, ce n'est rien, j'en suis sûr, répondit Smiley après qu'elle lui eut posé la question. Mais nous devons lui parler. C'est comme ça que nous travaillons. »

Elle comprit qu'il voyait en elle quelqu'un du passé, quelqu'un qui ne faisait plus partie de l'actualité ; c'était peut-être le cas, se dit-elle, et c'était peut-être mieux ainsi. Bánáti avait disparu et Smiley n'avait pas l'air de croire à son retour, du moins chez Bánáti & Clay. Ce qui signifiait… Quoi ? Avait-elle hérité de la clientèle ? Devait-elle simplement garder le bureau ouvert, se payer sur les bénéfices et mettre de côté le reste ? Pouvait-elle accepter de nouveaux clients ?

Elle s'imagina dix ans plus tard, dirigeant encore le bureau pour un fantôme. Elle voulut demander conseil à Smiley, mais s'aperçut qu'il s'était déjà échappé.

L'agenda mentionnait quatre déjeuners la semaine suivante. Trois d'entre eux étaient avec des clients, d'après Susanna. En revanche le quatrième, PL, ne lui disait rien. Smiley se rendit donc dans Charlotte Street à l'heure convenue, s'assit à la table de Bánáti et attendit. PL se trouva être Posie Lloyd, une femme d'une quarantaine d'années aux cheveux blond cendré. Smiley lui expliqua qu'il était M. Clay, l'associé de M. Bánáti, lequel avait été appelé en urgence pour raisons familiales.

« Désolé de ne pas avoir pu vous prévenir, dit-il. Mais ce pauvre László a dû partir si précipitamment que tout est sens dessus dessous chez nous. De vous à moi, je ne sais plus quoi faire depuis vendredi.

– Oh, c'est terrible », répondit Posie Lloyd, qui ne s'était toujours pas assise.

Belle, dotée d'un nez affirmé et d'une voix profonde et chaude, vêtue d'un chemisier blanc et d'un veston gris moderne sur ce qu'Ann eût appelé une jupe de paysanne, elle n'était pas sans évoquer certaines femmes que Smiley avait connues pendant la guerre, déterminées et piquantes. Sa main droite, enroulée sur la gauche, portait une alliance.

« J'ai bien conscience de ne pas avoir la vivacité d'esprit de László, poursuivit Smiley, et je crains de devoir vous quitter à 14 h 15 tapantes. Aussi ce déjeuner sera-t-il nécessairement bref. Mais si vous acceptez de vous joindre à moi, je me demandais… Pourriez-vous m'aider à y voir un peu plus clair dans certains de ses projets, puisque j'imagine que vous étiez amis ?

– Des connaissances, plutôt, précisa Posie Lloyd, et Smiley tendit les deux mains comme s'il rattrapait un ballon de plage.

– Parfait. Je vous en prie, asseyez-vous. Je crois savoir que la truite est délicieuse. »

Elle avait commandé du turbot avec un bourgogne blanc et s'était exprimée librement. Bánáti était un charmant fripon qui portait encore beau. Certains hommes, à la soixantaine, se laissaient aller. Pas Smiley, elle en était persuadée, mais d'autres, oui. Smiley, qui n'avait pas encore atteint la soixantaine, en convint. Posie avait rencontré Bánáti à la soirée de lancement d'un livre – elle avait été en classe avec l'auteur – et ils s'étaient découvert plein d'affinités. Il était terrible, au meilleur sens du terme. Il portait du velours et elle adorait le velours. Il était énergique. Ils se retrouvaient parfois quand elle allait en ville et déjeunaient dans un bon hôtel. Ils parlaient politique et poètes français. Baudelaire et Rimbaud. Ils couchaient ensemble.

Quelles étaient les opinions politiques de Bánáti ?

Diverses. Il était de gauche mais amoureux d'une aristocrate – enfin, presque une aristocrate – et il n'y voyait aucun problème. Il gagnait sa vie grâce aux aristocrates qui colportaient des ragots, bien que son vœu le plus cher fût de faire connaître aux intellectuels britanniques les auteurs moins connus de l'Europe centrale. Tout le monde lit Kafka mais personne ne parle de Baum ou de Winsloe, ni même de Sándor Petőfi. C'était un idéaliste. Il voulait un monde meilleur. Et en tant que Hongrois, il en connaissait un rayon sur l'autre genre de monde, n'est-ce pas ? C'était un émigré, même s'il se qualifiait quelquefois de réfugié. Il n'aimait pas les Américains. Elle attribuait cela au fait qu'ils avaient découpé la Hongrie en 1918. Il était allé aux États-Unis dans les années 1950 et ça ne lui avait pas plu. La côte ouest, pensait-elle. Hollywood. Pas la meilleure période pour être un gauchiste hongrois en Amérique, si ? McCarthy et tout. Alors il était venu ici.

Avait-il une famille ?

À sa connaissance, pas vraiment, mais c'était un homme très secret.

« Qui êtes-vous, en fait ? » demanda-t-elle soudain.

Le visage de Smiley laissa entendre que c'était une question qu'il se posait lui-même de temps à autre.

« Je sais que vous n'êtes pas M. Clay. László m'a dit qu'il n'existait pas. C'était sa petite blague. Il a des ennuis ?

– Oui.

– À cause de vous ?

– Non.

– Vous essayez de l'aider ?

– Si possible.

– Mais vous essayez vraiment ? »

Ses yeux étaient pénétrants.

« Si j'arrive à le retrouver, je pourrai lui proposer mon aide. Ensuite, qu'il l'accepte ou… » Smiley ouvrit de nouveau les mains pour indiquer les limites de ses pouvoirs.

« Et si je ne vous dis plus rien ? Vais-je voir des policiers surgir par toutes les portes et les fenêtres pour m'emmener ? »

Smiley répondit que c'était peu probable.

« Il est méchant ? László ?

– Peut-être. »

Smiley n'ajoutant rien, elle soupira. Tous les hommes bien sont un peu méchants, pensa-t-elle. Quant à la famille de Bánáti : pas grand-chose à en dire. Ses parents étaient morts depuis longtemps, à l'évidence, et il y avait une ancienne maîtresse – son grand amour – dont il était à moitié séparé. Un filleul, Leo, qui lui causait des soucis. Une tête brûlée, disait Bánáti, le grand espoir du monde.

« Séparé comment ?

– Au sens littéral, je crois. Une mésentente qui remontait à l'époque où il était à Budapest, ou parce qu'il n'était pas assez là. Les deux. Vous savez ce qu'est la passion, je suppose. »

Tournant la tête, elle l'observa franchement, comme un spécimen romantique.

« Vous est-il arrivé d'aimer en dépit du bon sens, monsieur Clay ?

– Hélas, non. Je suis d'un conservatisme tragique. Donc ils n'étaient plus en contact ?

– J'aurais cru que ça vous était arrivé. Elle lui écrivait tout le temps au sujet du garçon. C'était toujours Leo ceci, Leo cela, Leo lui-même n'étant pas le plus grand épistolier du monde, apparemment. Il m'a l'air d'être un vrai désastre. Surexcité, tout le temps : les filles, les garçons, l'alcool et les idées. Celles-ci étant sans doute ce qu'il y a de pire. »

Smiley dit que les enfants étaient un problème agréable, et Posie Lloyd lui demanda s'il en avait. Il inventa un garçon et une fille adolescents, puis raconta en quelques mots un tour insolent qu'ils lui avaient joué et qu'il n'avait pas eu la force de condamner comme il l'aurait dû. À quoi elle répondit qu'elle-même n'aurait pas sorti le martinet.

S'il était le parrain d'un enfant, Bánáti était-il donc croyant ? Non, pas qu'elle sache. Cependant il prenait son rôle au sérieux. Oui, elle s'était demandé si derrière ce filleul ne se cachait pas en réalité son vrai fils, mais peu importe. Maintenant le garçon était grand, de retour au vieux pays, et Bánáti était ici. En tout état de cause, ils avaient une relation pragmatique. Elle n'avait pas plus de droits sur son passé qu'il n'en avait sur son présent. Posie Lloyd tapota l'alliance qu'elle portait au doigt.

« Ce n'est pas seulement pour faire joli. Je l'aime vraiment, mais il voyage. Pour son travail. Je ne pose aucune question et il ne raconte rien, et vice versa. Et vous ?

– Et avant son arrivée ici, vous dites que László vivait en Amérique ?

– À votre tour.

– J'ai bien peur d'être d'une banalité sans nom.

– Mon Dieu, vous dites la vérité, n'est-ce pas ? J'en ai croisé, des gens comme vous : honnêtes comme on n'a pas le droit de l'être, sauf quand ils mentent.

– Bánáti. L'Amérique.

– J'avais l'impression qu'il était allé dans des tas d'endroits. Il disait avoir fait partie du gouvernement hongrois et s'être fait chasser. Et je crois qu'il a été plutôt courageux pendant la guerre. Peut-être moins au cœur de la guerre qu'à sa périphérie, d'ailleurs, vu ce qu'était la Hongrie. Il avait une blessure par balle à la jambe gauche. Pas une blessure compliquée, mais sur le coup ç'avait dû lui faire un trou sacrément gros.

– Une balle, vous êtes sûre ?

– J'ai été infirmière de guerre, répondit Posie Lloyd, soudain échauffée. Je sais à quoi ressemble une foutue blessure par balle. Et par la même occasion, puisque vous et vos amis faisiez tous passer vos filles par mon unité, je sais aussi à quoi ressemble un espion. »

Elle jeta un rapide coup d'œil autour d'elle, au cas où elle aurait parlé trop fort. Le mot resta quelques secondes en suspens entre eux.

« Pardon, marmonna-t-elle.

– Avez-vous autre chose à me dire au sujet de László ?

– Bien sûr. Je couche avec lui.

– Si on le retrouve... Si je peux l'aider... Voulez-vous que je vous tienne au courant ? »

Elle réfléchit.

« Non. Il peut venir me chercher lui-même. Et si vous le retrouvez quelque part avec une balle dans la tête, ne me le dites surtout pas. Je ne veux pas le savoir. »

Smiley régla l'addition et lui donna un numéro à composer si Bánáti la contactait. Elle le regarda dans les yeux.

« Vous pensez que je le ferai ?

– J'en suis convaincu.

– Ça m'a l'air un peu audacieux. Qu'est-ce qui vous le fait croire ?

– Demandez M. Barraclough. On vous mettra directement en ligne.

– Transmettez toute mon affection à vos enfants », dit-elle au moment où ils se séparèrent. Il ne savait pas si elle avait voulu, par cette phrase, le blesser.

L'hôtel Five Star Marylebone Station était un immeuble de six étages, haut et étroit, dont le hall se voyait trop majestueux. Les chambres étaient mal agencées et décorées dans le style moderne, jaune acide et orange brûlé, avec des meubles en plastique bizarres qui ressemblaient à des balles de tennis géantes. Seuls les matelas étaient classiques, losanges plats et mous reposant inertes sur leurs cadres en pin importé. Aux murs pendaient des photos en noir et blanc de jolies personnes, en jean, jouant de la musique et dansant. L'ensemble faisait penser à une veuve baptiste qui aurait été habillée par une amie bien intentionnée mais beaucoup plus jeune.

Smiley regarda Toby Esterhase préparer le terrain. D'abord un micro fiché dans le mur jaune citron de la chambre voisine jusqu'à se retrouver juste sous le plâtre de celle que Miki Bortnik avait prise pour deux nuits. Puis un autre impeccablement glissé à l'intérieur du fil qui fournissait une lumière chiche au plafonnier. Un dernier, enfin, posé dans l'interrupteur du néon qui surplombait le miroir de toilette.

Opérant sur le territoire national, le Cirque pouvait en théorie demander l'assistance d'à peu près n'importe qui – mais la trace écrite finirait par se retrouver chez le service frère, dont les sbires voudraient tout savoir. En vertu du silence imposé par Control, la chose ne pouvait être envisagée. Cela n'avait pas grande importance. Dans son art, Esterhase était un maître. Il avait suffi qu'il passe dix minutes avec le propriétaire pour que le personnel de l'hôtel considère toute cette affaire – jusques et y compris les petits travaux faits dans la nuit – comme la lubie d'un client. Lorsque Smiley lui demanda comment au juste il avait obtenu un tel niveau de coopération, Toby resta évasif.

« George, le secteur hôtelier, il a des exigences. Ces gens n'aiment pas se fâcher avec les personnes utiles. Ils respectent leurs clients, c'est sûr. Mais en même temps, eh bien, ça dépend du client. Allez, venez voir, il faut que vous rencontriez Diane. »

Diane était une femme d'une soixantaine d'années qui avait remplacé le concierge de jour. Cheveux gris, visage féroce et très ridé, moue boudeuse, elle fumait sans arrêt, allumant chaque cigarette avec le mégot de la précédente.

« J'habite sur la côte, dit-elle à Smiley lorsqu'il lui demanda poliment si elle avait fait bon voyage. J'ai dû venir exprès. Mais ça marche comme ça avec Toby. Ça ne me dérange pas. »

Diane accueillerait Antonov, puis passerait un coup de fil au café où Miki et Tom Lake attendaient pour les informer que le rendez-vous était confirmé. Smiley la regarda s'installer, déplacer les stylos et le registre, positionner sa chaise et foudroyer les porteurs jusqu'à ce qu'ils se redressent automatiquement dès qu'ils la voyaient. Chaque fois qu'il posait les yeux sur elle, elle lui apparaissait de plus en plus comme une créature du lieu – ou peut-être s'était-elle encore plus approprié le lieu.

« Allez, George, murmura Esterhase. Laissez la scène aux acteurs. »

Dans la chambre de Miki, Esterhase dégaina un rouleau de cellophane peu adhésif et commença à retirer les cadres des photos. Obéissant aux instructions de Smiley, il nettoya toutes les surfaces en verre, puis étira dessus une couche de cellophane avant de remettre le cadre.

C'était une astuce des Cousins, connus pour dépenser tous leurs dollars en jouets. Dans le monde des agents secrets c'était presque une nouveauté, désormais utilisée par la police pour recueillir les empreintes digitales. Smiley y avait tout de suite vu un piège pour les espions de sa génération. L'habitude était gravée dans son cerveau, comme dans celui de ses contemporains, de tout noter sur une surface en verre, en se servant d'une seule feuille de papier à la fois, de sorte qu'un crayon à mine tendre ne laissait aucune trace de ce qui était écrit ailleurs que sur la page, qu'on pouvait ensuite localiser, archiver ou détruire. En voyage, il se débrouillait avec les photos retirées des murs de ses chambres d'hôtel, qu'il prenait soin de nettoyer deux fois par jour à l'aide de son mouchoir, ainsi qu'après chaque utilisation. Cette précaution prise, il se montrait parfois plus loquace et plus spéculatif dans son rapport écrit qu'avec n'importe quel être humain.

« C'est vraiment un coup tordu, George, dit Esterhase, admiratif, en regardant le dispositif mis en place sur les photos. Je dirais que j'ai presque honte. »

À moins de la chercher, la fine couche de cellophane était indétectable. Avec un peu de chance elle garderait une trace complète, quoique confuse, des opinions du preneur de notes. Le monde de l'espionnage n'était pas à l'abri du changement, et les certitudes de la veille devenaient les pièges du lendemain.

Smiley espérait qu'Antonov, formé au sein des structures rigides du Centre, serait moins en mesure de s'adapter aux possibilités de l'espionnage moderne.

« Encore quarante et une minutes, murmura Esterhase. Tout va bien, George ? Vous êtes très silencieux. Donnez-moi une preuve de vie. Comment vous sentez-vous ? Comment va notre homme ? »

Miki était à son poste, à la gare d'Euston. Selon le protocole, Antonov devait arriver le premier et attendre dans le lobby, après avoir momentanément semé ses Bergers. S'il avait la certitude que la voie était libre, il négligerait sa propre sécurité et signalerait que le rendez-vous pouvait se poursuivre, en posant son chapeau sur ses genoux et en y plaçant ses gants.

D'après Lake, Miki était de bonne humeur.

« Encore Dieu, avait-il expliqué au téléphone. Dieu dit qu'il fait ce qu'il faut, donc il ne ment même pas vraiment. Il m'a demandé si je pouvais l'amener à la cathédrale orthodoxe de Gunnersbury pour qu'il puisse avoir une petite conversation avec Lui, après. Oh, et il a commencé à écrire son film. Il dit que M. Sellers voudrait peut-être un rôle pour Sophia Loren. Je lui ai répondu qu'il pourrait en discuter avec lui quand ils se verraient. »

Dans la chambre d'hôtel, Esterhase attendait toujours une réponse.

« Il va bien », dit Smiley.

Quarante minutes plus tard, Diane confirma qu'Antonov avait donné le feu vert à Miki et qu'ils se trouvaient à présent dans l'ascenseur, direction le deuxième étage. Lake, couvrant Miki, était passé devant l'entrée, sur le trottoir d'en face, et avait repéré le sbire d'Antonov en train de fumer sur une banquette de la gare.

« C'est un peu rudimentaire, pour être franc, murmura Lake sur un ton désapprobateur après être revenu par la porte de service. Il se contente du minimum. Je me suis même demandé si ce n'était pas un leurre et si le vrai n'était pas caché dans l'ombre. »

Smiley haussa les sourcils.

« Et ? »

Lake haussa les épaules.

« Il ne faut jamais dire jamais, reconnut-il, mais il n'y a rien qui saute aux yeux.

– Ils sont dans la chambre, dit Esterhase. Ils discutent en russe, bien sûr. Vous voulez que je vous fasse le compte rendu en direct ? »

Smiley répondit par l'affirmative. Esterhase s'assit et plaqua un des deux écouteurs sur son oreille, laissant l'autre libre. Les cassettes magnétiques tournaient déjà.

« Antonov est grincheux. Il n'est pas à l'aise en dehors du protocole. Pourquoi Miki l'entraîne-t-il dans une opération de non-intervention ? Qu'est-ce qu'il y a de si important, nom de Dieu ? Il est un espion respectable, avec une bonne couverture, et ainsi de suite. Honnêtement, cet homme ne veut surtout pas dire adieu à Harrods. Et il en remet une couche : que diront les gens s'ils le voient entrer dans une chambre d'hôtel avec un voyageur étranger tout crasseux ? Miki dit que dans cet hôtel on le prendra pour un homosexuel. Antonov n'aime pas ça non plus. Ouin-ouin. Miki dit qu'Antonov préfère peut-être le voir partir directement pour Moscou : Si vous ne m'aidez pas, ce sera aux autorités compétentes au sein de la 13e Direction d'en juger, et voilà qu'il cite des règlements. Il est très bon, George. Un emmerdeur fini. Il me plaît. » Un silence, puis Esterhase leva l'index. « Miki lui donne ses références : je suis un grand héros des exécutions extrajudiciaires soviétiques, je chasse les contre-révolutionnaires rusés tapis dans l'ombre de la jungle capitaliste. Je paraphrase, George, d'accord ? C'est au tour d'Antonov, maintenant : j'ai personnellement nettoyé les bottes de Staline et fusillé plein de Hongrois en 1956. Je suis content qu'il ait précisé la date, vous savez, parce que franchement ça aurait pu être n'importe quand. Pour nous, les Hongrois, la chasse est toujours ouverte. Vous êtes là, George ? Vous me suivez ?

– Oui, je vous suis, dit Smiley.

– Miki : Aujourd'hui je me retrouve dans cette opération critique et Moscou a tout foutu en l'air. Ce n'est pas l'expression en russe. En réalité, il dit qu'ils ont fait ça avec les manches baissées et l'ont laissé seul avec son nez. Antonov répond bien sûr, c'est normal. Tu m'étonnes, dit Miki, mais ne parlons pas trahison au cas où Moscou pourrait nous entendre. Grand rire. Maintenant on est tous copains, car qui n'a jamais eu un patron qui le laisse tout le temps seul avec son nez ? Sans vous manquer de respect, je ne parle pas de vous. Antonov dit qu'il l'aidera s'il le peut, mais il esquive toujours. Miki pourrait-il lui passer la grande photo de la jolie fille ; il a son propre papier. Bravo, George, votre horrible cellophane entre en scène. Ils restent assis, personne n'est à l'aise : la camaraderie du mauvais mobilier. Si c'est ça, le progrès, je vous le laisse. Pour être très honnête, dans ce cas précis, je ne suis pas totalement hostile. Alors… Alors Miki parle de sa mission à Antonov. Depuis le début : le Centre demande à Miki de montrer à ce vieil espion où dort la vieille écrevisse. Ça veut dire lui donner une bonne leçon. Miki dit que ses leçons sont très définitives pour l'élève. Au cas où Antonov n'aurait jamais croisé un tueur avant ça. Personne dans notre métier n'aime être pris pour un naïf, pas vrai, George ? Donc Antonov est un peu agacé, maintenant. Nous sommes des hommes d'expérience, dit-il, nous comprenons les nécessités désagréables. D'accord, il comprend, mais l'a-t-il déjà fait ? Je ne le crois pas. Cet homme n'a jamais mis les mains dans le cambouis. Miki est du même avis… C'est parti. Miki : Sauf que cette fois j'arrive et Moscou a déjà tout gâché. Bizarrement, le type s'enfuit avant que je le retrouve. Son appartement est vide, son bureau aussi. Il a une jolie réceptionniste mais il n'est pas avec elle, et d'ailleurs c'est un vrai crime contre l'État. Grand rire, blague salace très drôle. Voilà le hic… Miki : Ce Róka est dans la nature, mais tout près. Il y a des indices comme quoi ma cible se cache ici, à Londres, avec des sympathisants, donc ce qu'il me faut, distingué second attaché commercial Antonov, ce qu'il me faut, c'est tout renseignement dont vous disposez sur Róka afin que je le retrouve et que je finisse le travail. Comme ça ni vous ni moi ne serons obligés de rappeler à Moscou l'état de leurs manches. Au lieu d'entendre des conneries de justifications énervées, on aura droit à du caviar et des médailles. Pouvez-vous faire ça pour un confrère au nom de la solidarité prolétarienne, et aussi de la promotion ? Antonov n'est pas sûr. Où est l'urgence ? Il y a urgence parce que la mission vient d'en haut. On l'a bien fait comprendre à Miki à Moscou. Par tous les moyens et ne revenez pas tant que le travail n'est pas terminé. Donc ? » Il y eut un long silence. « George, entre nous, je mordrais complètement à l'hameçon. Miki ment aussi bien qu'une comtesse autrichienne. Vous êtes sûr qu'il est dans notre camp ? Antonov, maintenant : le marxisme-léninisme est un attribut fondamental de l'univers matériel, le caractère inévitable de la victoire est garanti par la connaissance scientifique. Tous les hommes intelligents le savent. Mon Dieu, j'ai l'impression d'être au catéchisme.

– Antonov est nerveux, dit Smiley. Il a besoin de se couvrir. »

Toby secoua la tête, intrigué.

« Voilà qu'ils parlent courses de chevaux. Antonov désapprouve les paris. Tous les bookmakers de Londres seront étonnés de l'apprendre. Mais de quels micros a-t-il peur, au juste ? Des nôtres ou des leurs ? »

Smiley était en train de nettoyer les verres de ses lunettes, ce qu'il faisait toujours quand il était angoissé. Il déployait la doublure de sa cravate ; il exhalait délicatement sur le verre ; il repliait la doublure autour du verre puis, son ongle maintenant le tissu sur la monture, il faisait avec le doigt un geste méticuleux. Rebelote avec l'autre verre. Toby l'interrompit.

« Mon Dieu, ce type. Il complique tout, il n'a pas envie de jouer. Antonov : On prend ça à la légère, mais au Centre, ces derniers temps, ils sont beaucoup plus attentifs qu'avant. Ils sont perspicaces. Il y a une surveillance accrue. Et Antonov n'a pas envie d'avoir des ennuis avec eux. Vous pensez qu'on lui tombe dessus tout de suite ? Conduite scandaleuse de la part d'un soi-disant diplomate, fréquentation d'assassins professionnels, nous sommes tous choqués, dites-nous tout ou c'est *persona non grata* et fini Harrods.

– Que dit Miki ?

– Il dit qu'il a des obligations regrettables. C'est de vous, ça, George ? Miki ne connaît pas le mot “regrettable”.

– C'était une solution de repli, répondit Smiley. Au cas où Antonov serait réticent à donner l'information.

– Eh bien, Dieu vous bénisse, George, car réticent est bien le terme. Miki raconte qu'il a trouvé dans l'appartement de Róka un bout de papier mentionnant un rendez-vous à Knightsbridge avec le second attaché Antonov. C'est un problème pour Miki, parce que s'il doit envoyer un rapport d'échec cela en fera forcément partie. Pour lui, c'est une évidence : Róka rencontre Antonov pour des raisons tout à fait légitimes, sauf que malheureusement ça va passer pour de la collaboration. Miki n'a pas envie de causer des ennuis à Antonov, mais certains éléments au sein de l'appareil sécuritaire tireront certaines conclusions, ou feront semblant de les tirer, au profit de leur propre agenda politique interne. Voilà une jolie façon de dire qu'Antonov est foutu. Nom de Dieu, George, ça joue serré, je crois que ça me plaît. »

Puis le silence, pour la première fois. Smiley les imaginait dans la chambre au-dessous, ne se regardant pas : Miki toujours cordial et affable, Antonov en train d'envisager son propre assassinat. Avait-il l'air apeuré, ou sévère, ou autre chose ? Et comment en étaient-ils arrivés là si vite, au point que Smiley exerçait une pression mortelle sur un homme qu'il ne connaissait pas ?

Sans un bruit, Esterhase brandit le poing : gagné.

« Antonov dit qu'il le fera. Il dit que Miki, ou la section de Miki, lui devra ça. Miki répond : Bien sûr, et une fois le travail terminé tous les mérites seront partagés, mais partagés pas comme en politique, partagés entre soldats. Je crois qu'Antonov veut lui donner l'accolade. Ils sont des camarades combattants pour toujours. OK, ajoute Miki, maintenant dites-moi ce que Róka voulait quand vous vous êtes vus. Donnez-moi les détails. Antonov : En fait, ç'a été un choc complet que Róka soit ici. Je n'avais pas été informé. Comment n'ai-je pas été prévenu de la présence d'un agent de Moscou dans mon périmètre ? Une fois de plus, on laisse le pauvre Antonov seul avec son nez ; c'est toute l'histoire de sa vie. Oh, mais en réalité c'est dur partout. Ça arrive maintenant, dit Antonov. Il l'apprend par des camarades officiers. De nouveaux réseaux, en dehors des structures établies. Nouveaux hommes, nouveaux protocoles. Un nouveau centre à l'intérieur du Centre. Épuisant, mais si ça ne vous plaît pas, vous vous endormez peut-être jusqu'à la fin des temps. Donc, bien sûr, il dit : Róka m'envoie un signal, je n'y comprends rien, mais on se retrouve parce que c'est le protocole. Miki : Quel signal ? Antonov : Il appelle un de mes subalternes et laisse un message. C'est une phrase codée, pas récente, ancienne, mais qui sait ? Je vais au rendez-vous, je ne suis pas complètement à l'aise ; on dirait qu'il est en pleine déchéance. Il a des cernes sous les yeux et parle à la manière d'un fou. Je lui dis : Qu'est-ce que vous foutez ici ? Róka répond qu'il exécute une mission spéciale au service de la révolution mondiale. Quelle mission spéciale ? C'est top secret, répond Róka. D'accord, mais donnez-moi un exemple. Róka ne veut rien lâcher. Finalement il s'avère qu'il ne fait rien du tout. Il a reçu l'ordre exprès de ne pas recruter, de ne pas chercher des sources. Tous les trois mois, il envoie un rapport qui ne dit jamais rien. Moscou renvoie : "CONFIRMEZ." C'est tout. Ils veulent qu'il soit ici mais ils ne lui disent pas pourquoi. Il attend mais il ne sait pas quoi. Comment envoie-t-il ces rapports ? veut savoir Antonov. Róka explique qu'il a un contact à Paris. Il envoie simplement une carte postale, des phrases codées. C'est tout. Maintenant, Antonov à Miki : Ce type aussi se retrouve seul avec son nez. Miki fait comme s'il n'en avait rien à faire. Il est un assassin, pas un psychothérapeute. Continuez. OK, dit Antonov, OK. Quant à ce qu'il veut, c'est totalement délirant. Antonov : Róka veut que j'appelle la Stasi pour ordonner la libération d'un garçon. Róka est certain que les gens de la Stasi ont arrêté ce garçon, mais personne n'a l'air au courant. La raison de cette requête est si secrète que je ne dois en parler à personne. Quel est le rapport avec le travail secret bidon de Róka ? Il ne peut pas l'expliquer : c'est trop secret. Antonov dit que c'est sûrement un sujet qui relève du contact parisien de Róka. Róka répond que son contact direct n'est pas disponible, mais que ce garçon est une source irremplaçable qui doit être protégée. Miki : Vous l'avez cru ? Antonov : Pas une seconde. Alors Antonov dit à Róka qu'il ne peut pas faire une chose pareille. Róka change de ton. Dans ce cas il y a une autre chose dont il a besoin. Antonov pourrait-il lui indiquer où se trouvent les individus suivants, essentiels au maintien de la sécurité soviétique ? Miki demande : Quels individus ? Antonov dit qu'il avait une liste. Pour la plupart d'anciens espions du Tourmaline, pour la plupart morts. Deux ou trois soldats, un politique, Antonov ignore s'ils sont morts aussi, il ne suit pas les provinciaux. Miki : Alors qu'est-ce que vous lui avez dit ? Antonov répond qu'il a dit à Róka d'aller se faire voir. Il le fout dehors, sauf qu'ils sont dans le café du magasin Harvey Nichols et feignent de faire les soldes, donc en réalité il fait quelques grimaces et ils se séparent. Point final. Selon Antonov, de quoi s'agissait-il ? Il n'en a aucune idée. Il dit que Róka était de toute évidence au bout du rouleau. Ça arrive parfois aux vieux agents – ils deviennent un peu cinglés. C'est malheureux. Róka était un grand soldat de l'Union soviétique, Antonov respecte son passé et patati et patata, maintenant on a droit à l'éloge funèbre du type qu'ils conspirent à assassiner. Miki n'a pas de temps à perdre avec ces conneries. Merci, camarade, envoie-moi ces foutus dossiers, on est des frères d'armes mais tu as aussi le couteau sous la gorge, ce soir ça te va ? Antonov dit : D'accord pour 21 heures. Il range ses notes dans sa poche, ne veut pas laisser ses gros secrets dans cet hôtel répugnant où des hommes viennent trouver l'amour. Ah, sauf qu'il est obligé de rester un moment, c'est le protocole. Miki lui dit de profiter du minibar parce qu'il s'en ira en premier. Antonov devra patienter dans la chambre encore dix minutes. Ça, c'est la porte… Et on attend. »

Ils attendirent. Smiley imagina comme toujours des scénarios absurdes : un des micros tombant du mur ; un employé diligent de l'hôtel entrant dans la chambre et demandant à Antonov s'il voulait se joindre aux messieurs à l'étage du dessus. C'était l'impossible qui vous faisait trébucher – l'imprévisible ou le ridicule plus souvent que le sublime.

Dix minutes plus tard, Antonov quitta la chambre et laissa à Diane un pourboire suffisant pour se faire oublier.

« Et c'est terminé, dit Toby. Terminé. »

5

Assise seule dans un bureau, Susanna Gero comprit qu'elle avait été, en un sens, abandonnée. Smiley était venu l'interroger sur Leo, le bon à rien de filleul, et Irén, sa mère. Quelle était la force du lien ? avait-il demandé. On ne peut plus grande, avait-elle répondu. Où était Leo ? Elle l'ignorait. Elle se rendait compte seulement maintenant que M. Bánáti s'en était tenu à des généralités à propos de Leo. L'amour, oui, mais pas la vie. À son avis, Irén était-elle une ex-petite amie ? Un ancien amour ? Oui. Elle n'avait jamais posé la question mais cela allait presque sans dire. Irén était le mètre-étalon des autres, celle dont les avis, pourtant impossibles à connaître, décidaient du sort des manuscrits et des clients. Smiley avait paru satisfait. Puis : Susanna aurait-elle la gentillesse de contacter les services du téléphone et de leur demander une facture détaillée ? Susanna eut la gentillesse de le faire. Lorsque McCraig intervint à son tour, le bureau de la comptabilité accepta d'accélérer la procédure afin qu'elle puisse récupérer ladite facture l'après-midi même. D'ailleurs, Bánáti s'était-il beaucoup servi du téléphone ? Elle le supposait. Davantage ces derniers temps ? Peut-être, oui. Sur le moment, elle n'avait rien remarqué. Aurait-elle dû ? Smiley la rassura : pas d'inquiétude.

Et apparemment ce fut tout. Il la remercia pour services rendus à la nation. Elle aurait droit à quelques questions supplémentaires de la part d'un autre agent, M. Glenn. Elle avait bien travaillé. Elle avait réussi. Elle ne devait pas s'attendre à connaître la fin de l'histoire, même si M. Bánáti devait revenir. Dans ce métier, lui dit Smiley, les conclusions claires sont un luxe rare. Il lui serra la main. Elle n'eut aucun mal à voir dans ce geste la fin d'une histoire d'amour.

Il l'avait alors confiée à un jeune homme inexpérimenté et mal coiffé qui l'interrogea ingénument sur son travail pour M. Bánáti. Après lui avoir fait comprendre que son employeur était en butte à de sérieux soupçons et qu'elle, par la force des choses, devait se blanchir, il insista pour qu'elle signe une série de documents comminatoires par lesquels elle acceptait de ne plus jamais parler de rien à personne. À présent, elle se sentait comme une patiente dont l'état de santé n'était pas préoccupant et qui attendait sa sortie. On la relâchait dans la nature. Mme Jeremy, lui avait expliqué le jeune homme, viendrait la chercher. Elle devait absolument appeler la police au cas où elle se sentirait menacée, mais cela n'arriverait pas.

Elle se retrouvait donc assise là. On avait rendu une partie de sa vie terrifiante, puis on avait refermé la parenthèse.

« Le silence devient soudain difficile », dit une voix. Elle aperçut Millie McCraig dans l'encadrement de la porte. « Quand on se retrouve sans travail. On peut se sentir un peu à la dérive. »

Susanna acquiesça. La femme plus âgée haussa les épaules.

« Je peux vous aider, si vous le souhaitez.

– Comment ?

– Oh, d'une manière ou d'une autre. Je ne sais pas encore, mais par exemple : Bánáti & Clay n'a pas disparu. Même en l'absence de Bánáti, l'entreprise pourrait continuer. Vous avez pleine autorité sur le compte en banque, vous savez. Imaginons que M. Clay meure et que sa fille reprenne sa part ? Je parle de vous, ajouta-t-elle comme Susanna ne répondait pas. Vous seriez Mlle Clay.

– Qu'est-ce que vous y gagneriez ?

– Vous feriez partie de la Revue et vous seriez sous ma responsabilité. De temps en temps, à ma demande, vous accepteriez un client ou un agent subalterne. Vous les embaucheriez, vous feriez parler d'eux. Vous leur donneriez des références. En toute légalité et avec l'aval du gouvernement, bien sûr. Mais ça ajouterait une nouvelle dimension à votre vie, si c'est ce que vous voulez. L'impression d'en faire plus que le commun des mortels.

– Pourquoi ?

– J'aime travailler avec des gens que je connais. Vous êtes là devant moi et vous avez besoin d'aller de l'avant. Le monde n'est pas facile. Je ne peux rien y changer. En revanche, je peux changer les choses qui sont en mon pouvoir. Connie le fait à la section Recherche. Moi, je le fais ici.

– Votre M. Smiley n'a pas confiance en moi.

– Il n'a pas de défiance à votre égard. Je crois qu'il vous apprécie, en un sens, mais c'est son travail de voir l'invisible. Donc il vous regarde et il voit d'abord une jeune femme qui a fui la Hongrie et s'est trouvé une vie ici, et ça lui plaît. Il croit en l'Occident. Au deuxième coup d'œil, il voit quelqu'un qui a porté des colis pour un homme recherché par le Centre de Moscou – et qui, le jour où un tueur s'est présenté devant elle, n'a pas eu de vapeurs et n'a pas prévenu la police. Mieux que ça, elle l'a séquestré dans son bureau, est allée récupérer des documents au domicile de sa cible et s'est rendue au siège des services secrets. Vu sous cet angle, mademoiselle Gero, vous êtes assez inquiétante. Un peu trop compétente. Un peu suspecte.

– Parce que je ne me suis pas évanouie.

– Parce que vous avez fait mieux que quiconque aurait pu s'y attendre, à moins que vous ne soyez pas la femme que vous semblez être.

– M. Bánáti est-il l'homme qu'il semble être ? »

McCraig haussa de nouveau les épaules.

« Pour le moment ? Oui. »

Susanna s'aperçut que cette réponse pouvait signifier plusieurs choses.

« Je ne sais pas quoi faire, dit-elle.

– Parfait. Si vous le saviez, ça m'inquiéterait. J'ai parlé à Rose Jeremy. Elle dit que vous pouvez rester encore quelque temps dans l'immeuble Adams, histoire d'être à l'abri. Si László Bánáti vous contacte, et même si vous pensez qu'il essaie de le faire, je dois le savoir. Il préférera peut-être ne pas le faire, mais il est en danger et il agit n'importe comment. Si vous le voyez, appelez-moi tout de suite. Je vous donnerai un numéro. Vous demandez les Comptes Fournisseurs et vous dites où vous êtes. N'importe quel autre renseignement plus tard, d'accord ? Même en cas d'urgence – surtout en cas d'urgence, d'ailleurs. D'abord votre localisation. Croyez-moi : je sais comment faire face à toutes les complexités, quelles qu'elles soient.

– Et s'il n'essaie pas ?

– Ce qui sera le cas, au passage. Vous patientez, vous sondez votre âme et vous revenez me voir quand vous savez ce que vous voulez. »

Ce qu'elle voulait, à cet instant précis, c'était une copie du portrait de Bánáti, qui l'avait beaucoup impressionnée quand elle en avait vu la version achevée, car elle ne possédait aucune photo de ses parents. Elle pensait qu'ils étaient tous deux morts aux travaux forcés. Un autre émigré le lui avait dit, mais elle s'était fâchée et n'avait pas voulu le croire. Elle avait refusé d'entendre les détails. À présent, le croquis imparfait et néanmoins essentiel qu'avait produit sa description de Bánáti lui devenait précieux. Elle avait honte de ne pas savoir comment le demander, ni s'il était trop secret pour un usage purement sentimental.

Ce que je veux pourrait prendre un certain temps, pensa-t-elle, et le visage de McCraig semblait lui dire : Ça aussi, je le sais.

Des nombreux visages du Cirque, la section Recherche était le plus catholique. Connie, qui avait le sang aussi bleu que Haydon, ne s'intéressait pas beaucoup aux opinions insipides de ses pairs. Peut-être plus que quiconque au sein du Cirque, elle avait pour credo la vérité : les meilleurs renseignements, avec les meilleures explications, fournis sans partialité, sans crainte, sans favoritisme. Si l'armée soviétique déplaçait du matériel près de Kiev, elle pouvait s'adresser à Richards ou à Neumann ; si la frontière chinoise semblait s'agiter, alors Braques, de Salis ou Lee. Mais pour une chose qui en apparence n'avait aucun sens, quand la brume de l'espionnage recouvrait le terrain et que l'ennemi ne pouvait être identifié que par les empreintes de ses pas, elle disposait des Tantes Indignes. Choisies dans toutes les régions et toutes les classes sociales du défunt Empire, les Tantes formaient une équipe chargée de répondre aux questions qui laissaient sans voix l'analyse conventionnelle. Smiley connaissait les deux femmes que Connie avait convoquées pour cette urgence-là. Katrin, minuscule et frêle rescapée des horreurs qui avaient frappé la Mitteleuropa au mitan du siècle, et dont l'âge – contrairement à celui de Connie – semblait inversement proportionnel à sa vigueur, et Jessica, venue des Caraïbes avec ses parents non pas à bord de l'*Empire Windrush*, mais du *SS Ormonde* un an plus tôt ; Jessica dont les longs doigts aux extrémités recourbées évoquaient toujours, chez Smiley, le piano ; Jessica qui aimait les mots croisés et les casse-tête en bois ; Jessica qui apprenait les langues étrangères comme d'autres écrivaient des cartes postales.

Calquées sur l'amas hétéroclite qui avait déchiffré le code Enigma vingt ans plus tôt, les Tantes Indignes étaient curieuses, indisciplinées, dérangeantes et capables, les bons jours, de présager d'avenirs plus lointains que quiconque était en droit de le demander. C'était l'essentiel, disait Connie, et si pour en arriver là il fallait faire venir des gens qui ne pouvaient être « dûment agréés » car trop juifs, ou trop jamaïcains, ou trop proches d'autres femmes, alors elle déménagerait son service sur le trottoir d'en face, et ces messieurs dames de la cour de

Control n'auraient qu'à marcher dans le fumier sur la pointe de leurs chaussures à plate-forme en liège pour aller lui demander les faits dont ils avaient besoin.

Les Tantes vivaient leur exil au troisième étage, dans un appartement immense qui avait été autrefois un genre de club. Les corniches étaient raffinées et l'on voyait encore, aux endroits où s'écaillait la peinture blanche, du noir brillant au-dessous.

« Du papier peint floqué à motif tigre sur tous les murs, lui avait dit un jour Connie avec un effroi salace. J'aurais presque préféré qu'on le laisse. »

Désormais, la vie de Róka y était étalée sur quatre pièces. La première accueillait le bric-à-brac rapporté de son appartement. Il y avait là des manuscrits, des livres publiés, des revues et, sur une table à part, le contenu de ses tiroirs, corbeilles et poches de manteau : des talons de chéquiers, des allumettes, des mouchoirs, des rouleaux de pastilles mentholées à moitié consommés, une cravate de rechange assez effrayante. Des punaises, oui, mais pas de craie. Des trombones. Un rouleau de ruban adhésif, un petit bout de ficelle de jardin. Smiley se dit que ça correspondait bien à un homme du métier. Il pensa à la caisse, et à son poids. Il espérait qu'elle contenait des livres de code, même s'il doutait fort d'avoir autant de chance. Il se dit qu'il pouvait s'agir d'un pistolet, une de ces armes courtes soviétiques conçues pour un usage hors de la ligne de front. Si le destin était généreux, Róka n'aurait pas besoin de s'en servir.

La pièce voisine était celle de Jessica. Elle était assise et, en silence, lisait puis mettait de côté des notes en hongrois ou des Mémoires en anglais, des relevés de droits, des listes de courses et l'interminable litanie du quotidien. Elle avait déjà reçu la facture de téléphone et en avait parcouru la moitié. Le doigt sur la page, elle était en train d'associer un numéro international avec le siège d'une petite imprimerie milanaise. Enveloppée d'un châle clair face à l'humidité qui parvenait toujours à s'infiltrer, elle paraissait d'un calme surnaturel.

« Je peux vous apporter quelque chose ? » demanda Smiley.

Jessica sourit et fit signe que non.

Dans la troisième pièce, Katrin s'occupait de toute la correspondance personnelle. Les lettres que Susanna avait récupérées chez Róka étaient punaisées au mur, eu égard à leur statut de témoin des récents événements. Elle leva les yeux et laissa échapper un petit ricanement.

« Smiley ! fit-elle d'un ton de reproche. Vous arrivez trop tôt ! On est encore en train de reconstituer la vérité à partir de lambeaux. Vous allez nous voir plier la dame dans la boîte pour la couper en deux. Sauvez-vous ! Le tour de magie n'est pas encore prêt. Trop tôt. »

Avec sa main, elle fit mine de relâcher un papillon, et congédia Smiley.

Il retourna dans la pièce au bric-à-brac, qui devait être, il s'en aperçut, le domaine de Connie. Elle aimait s'accorder une petite sieste en pleine journée, encouragée en cela par Control, car autrement elle avait tendance à divaguer. Plus tard, elle lirait non seulement tous les rapports de Jessica et de Katrin, mais tout ce sur quoi elle pourrait mettre la main, si bien qu'elle deviendrait, pendant un court laps de temps, un oracle du passé de Róka. En attendant, elle cherchait autre chose que de simples faits : une identité, l'odeur de cet homme, sa stature, ainsi que la réponse à la même question qu'ils s'étaient posée dans la salle de réunion de Control. Était-il chair ou poisson ? Connie avait ce don : entre les crayons cassés et les vieux tickets de cinéma, parmi tout ce ramassis d'éléments inutiles et sympathiques qui fait une vie, elle saurait trouver la vérité de l'homme et la révéler.

D'un air absent, et fort de l'injonction de Katrin à ne pas briser la magie, Smiley allait de-ci, de-là, tel un promeneur dans un vide-grenier, soulevant des salières ou des paires de lunettes comme si elles pouvaient lui murmurer les secrets qu'il désirait connaître. Finalement, obnubilé par le récit qu'avait fait

Antonov de son rendez-vous avec Róka, il s'intéressa à un objet en particulier : la photo encadrée de la femme et de l'enfant que Róka possédait chez lui et sur son lieu de travail. Il la retourna plusieurs fois, en huma le métal, en toucha les bords. Il souleva le cadre en espérant y trouver un objet glissé au-dessous – en vain. Cette photo l'intriguait car elle clochait en tous points. Le papier était anglais, et récent, l'impression était brillante et nette, enfin la coupe et la forme des vêtements étaient plus associées à Bethnal Green qu'à Budapest. De surcroît, comment imaginer qu'un vieux briscard de la trempe de Róka se permette, non pas une fois mais deux, une telle faille dans sa couverture ? D'un autre côté, s'ils faisaient partie de la couverture, même en théorie, pourquoi mettait-il un point d'honneur à ne jamais les appeler ? Qu'y aurait-il de plus naturel ? De fait, les coups de fil passés depuis son bureau étaient, en apparence du moins, irréprochables. Il n'y avait même pas de faux numéros.

Smiley trouva l'autre exemplaire, dans son cadre presque identique, et le retourna. Au dos, un autocollant donnait le nom d'un magasin de développement et de tirage situé non loin de l'appartement de Róka. Il mit la photo dans sa poche et, avant de partir, s'assit à la minuscule table dans le coin où trônait un téléphone branché. Consultant ses notes, il composa le numéro de Posie Lloyd. Elle décrocha rapidement. Était-ce une coïncidence ou rôdait-elle près du téléphone ?

« Madame Lloyd ?

– Oh, dit-elle. C'est vous.

– J'en ai bien peur.

– N'ayez crainte, ça va. Vous l'avez retrouvé ?

– Non. Je me demandais simplement s'il s'était servi de votre téléphone récemment, peut-être pour un appel professionnel. »

Un long silence.

« Il ne vient jamais à la maison. C'est une règle. »

Smiley patienta.

« Bon, d'accord, nous avons enfreint les règles. Il est venu. La semaine dernière. Jeudi. Je ne l'attendais pas, mais il a sonné à la porte, nom d'un chien. Je lui ai dit qu'il ne pouvait pas entrer. Il a dit bien sûr, il voulait seulement me regarder. Bon. Je lui ai demandé ce qu'il voulait regarder au juste, et ce qui devait arriver est arrivé. Nous avons fait l'amour et ensuite il s'est rendu compte qu'il était en retard. Pouvait-il donc passer un rapide coup de téléphone ? Il est allé dans la pièce d'à côté.

– Vous n'avez pas essayé d'écouter.

– Non. »

Une fois de plus, il patienta.

« Je ne comprenais pas ce qu'ils racontaient. Du hongrois, j'imagine. Ça n'a pas du tout été aussi bref que promis. J'étais embêtée parce que ça se saurait et que Harry poserait des questions. J'ai dû inventer une excuse, une histoire de robe. C'était un numéro parisien.

– Vous avez une idée ? A-t-il parlé de Leo ?

– Oui. Et pas qu'un peu. La conversation s'est animée, voyez-vous. Très agitée. Et il criait. Leo blablabla, Leo ceci, Leo cela. La personne à l'autre bout du fil ne lâchait rien, c'était de pire en pire. Leo, et Leo, et *kérem*. Ça veut dire "s'il vous plaît" en hongrois.

– A-t-il mentionné d'autres noms ? Des lieux ? Tout est bon à prendre. »

Elle demeura silencieuse un long moment, et Smiley craignit qu'elle n'ait abandonné le téléphone et ne soit partie.

« J'ai cru l'entendre dire "Bogdan". C'est bien un nom, oui ? Bogdan ? Mais vous savez comment c'est quand on entend une langue qu'on ne parle pas. Les mots prennent des formes et le cerveau n'arrête pas de faire semblant de comprendre. Si vous écoutez assez attentivement, vous finissez par piger. Et il pleurait. Si ça se trouve, c'était seulement ça.

– Vous lui avez demandé ce qui n'allait pas ?

– Oui. Bien sûr.

– Et qu'a-t-il dit ?

– Que ce n'était rien qui mérite que je m'inquiète. J'ai répondu : "Leo va bien ?" Et il a dit qu'il était sûr que tout irait bien. Je voyais qu'il pensait le contraire. Je l'ai interrogé sur Bogdan, aussi. Il m'a expliqué que j'avais mal entendu. J'aurais dû vous le dire au déjeuner.

– Oui.

– Vous ne comprenez pas. Il pleurait. C'était horrible. Je ne voulais pas y penser. Désolée, vous devez trouver ça absurde, je suis sûre. »

Smiley l'assura du contraire, lui demanda l'heure du coup de téléphone et la laissa tranquille. Il fit une note de toute la conversation et la transmit aussitôt à Jessica, avec la mention URGENT. Róka avait considéré cet appel comme spécial, avait pris du recul et, dans la chronologie des événements qui se dessinait peu à peu, avait peut-être compris que c'était pour cette raison-là qu'il serait puni, car c'est après ce coup de fil, après avoir dit au revoir à Posie, qu'il avait disparu – et que, à l'autre bout de la chaîne, Miki Bortnik avait reçu son ordre de mission.

Était-ce la personne à qui il avait parlé qui occupait une position dangereuse dans la hiérarchie secrète de Moscou ? Ou était-ce cet autre homme, ce Bogdan ? Quoi qu'il en soit, Róka avait offensé quelque autorité supérieure, et sciemment.

Derrière sa simple devanture, le magasin Marshall Photo, dans West End Lane, était d'une profondeur insoupçonnée. Smiley marchait donc entre de longues vitrines remplies d'appareils photo et d'objectifs Nikon ou Canon, avec une section dévolue aux derniers modèles Minolta, près d'un poster de l'astronaute John Glenn. Les trépieds et les monoculaires, destinés aux ornithologues amateurs ou aux pervers, occupaient une dernière vitrine, près de la caisse.

« Bonjour, dit Smiley. J'aimerais m'entretenir quelques instants avec le patron. »

Derrière le comptoir, le jeune homme haussa ses épaules étroites.

« Allan ! Le client veut te parler ! » Derrière un rideau de rubans arc-en-ciel décolorés, une voix d'homme grommela. « Qu'est-ce que j'en sais, lui répondit le vendeur. Tu veux que je demande ? »

Mais Allan avait dû se dire que ce n'était pas là une attitude très commerçante, car il donna une tape sur le jeune homme pour prendre sa place et fit le tour du comptoir en tendant la main. Smiley la serra. Des doigts agiles, comme ceux d'un pianiste ou d'un tailleur. Mendel avait mené sa petite enquête – il n'était pas rare qu'un établissement comme celui-ci fasse aussi dans la pornographie légère –, mais d'après le commissariat du quartier ce n'était pas le genre de la maison. M. Marshall était un prédicateur laïque et un type respectable.

« Je peux vous aider, monsieur ? » Il haussa les sourcils en signe de ponctuation. Puis, avec un coup d'œil attendri vers le rideau, il ajouta : « Mon fils. Un petit coquin.

– J'espère bien, répondit Smiley qui, sans autre forme de procès, sortit la photo de sa boîte. J'essaie d'identifier ces personnes. Je recherche un homme qui a disparu, et il avait cette photo sur son bureau. Vous verrez qu'il y a votre autocollant au dos. Tout renseignement me serait utile. Si vous pouviez vous rappeler ce qu'il y avait d'autre sur cette pellicule, et même à quelle date elle a été tirée. »

Allan Marshall reconnut l'autocollant. Toutefois, lorsqu'il retourna la photo, il éclata de rire, avant de se couvrir la bouche avec la main.

« Désolé, ça n'a rien de drôle, j'en suis sûr. Ça m'a l'air d'être une affaire sérieuse. Mais j'ai bien peur que vous soyez mal tombé. Ce n'est pas une vraie photo. Ou enfin si, sauf que vous n'y trouverez rien d'intéressant. C'est moi qui l'ai prise, c'est ma femme et notre deuxième fils. On met ces photos-là dans les cadres qu'on vend, les gens les retirent après leur achat. »

Il désigna le mur du fond, avec trois rangées d'affreux cadres modernes, en chrome et en cuivre. Chacun exhibait fièrement une photo.

« Celle-ci date de l'an dernier. Je les change à Noël, j'utilise le dessin d'un renne, parce que ça ne change jamais, puis je tire la nouvelle photo. Comme je fais des portraits, ça me fait de la publicité, pas vrai ? » Il haussa les épaules. « Mais ça ne vous apprendra rien sur votre bonhomme disparu, j'en ai bien peur. »

Smiley n'en était pas si sûr. Róka avait de toute évidence traité cette image avec le respect dû à une relique sainte. En admettant qu'il n'était pas amoureux de Mme Marshall et qu'il n'était pas mauvais au point d'attirer autant l'attention sur une composante essentielle de sa technique d'espionnage, il devait s'agir d'un substitut, dont l'importance résidait non pas dans ce qu'il montrait, mais dans ce qu'il signifiait. Une femme et un petit garçon, toujours proches de son cœur. Leo et sa mère, dans un moment de bonheur que László Bánáti ne pouvait pas s'approprier, parce qu'ils appartenaient au passé de Ferenc Róka.

Pendant que Smiley trimait à West Hampstead, Sam Collins, à Paris, ouvrait le club en début d'après-midi. Le personnel du bar avait beau être fiable et les videurs parfaitement compétents, Sam n'aimait pas laisser les autres le faire à sa place. Il disait toujours à Louis, le gérant, que si quelqu'un devait découvrir à une des tables un cadavre, oublié depuis la veille, il voulait que ce soit lui. C'était une blague entre eux. Louis ne la trouvait pas drôle, de toute évidence, mais Sam, parce qu'il était son patron, tenait à le voir en rire. En vérité, Sam avait envie de humer l'atmosphère et de passer son doigt sur le comptoir. Ce club, c'était son endroit, et, avec une certitude qu'on pouvait seulement qualifier de superstitieuse, il pensait que si on l'épiait ou si on lui tendait un piège, il le saurait dès ce premier moment de la journée. Il y avait toujours la possibilité, aussi, que quelqu'un, à l'intérieur ou autour du Cirque, s'en serve comme d'une boîte aux lettres morte en cas d'urgence. Ce n'était pas censé être le cas, mais si ça devait arriver, il fallait que ça tombe sur lui, et personne d'autre. Dans ses rêveries les plus sombres, il imaginait des renseignements cruciaux en provenance d'Égypte traverser clandestinement la Méditerranée, remonter de Naples par le train, poursuivis par les limiers du Centre qui aboyaient, et enfin quelque agent anonyme déposer le colis dans son club, le Nid de Chouette Saint-Germain, tout ça pour que les femmes de ménage jettent ledit colis avec les bouteilles vides. Le sort de la civilisation occidentale envoyé à la décharge parce que Sam avait laissé quelqu'un d'autre ouvrir à sa place.

Il se fit un café avec l'absurde machine en cuivre derrière le bar et s'assit pour le boire au milieu des odeurs de tabac froid et de vin aigre. Quelques secondes plus tard, il dut abandonner sa tasse. Le téléphone sonnait.

« Le Nid, j'écoute ? » dit Sam en français.

En entendant la voix de Jessica, il sentit ses sourcils remonter légèrement. Contrairement à beaucoup de gens du Cirque, Sam adorait les Tantes Indignes. Quand il s'agissait de trouver des renseignements, elles étaient folles, méchantes, insupportables, et à ses yeux il n'y avait que ça qui comptait. Jessica lui demanda s'il tenait une librairie ; il s'excusa et répondit que ce n'était pas le cas. Jessica parut troublée. Un nid de chouette, ce devait être une librairie, non ? Non, répondit Sam, c'était un club, danse et boissons, peut-être souhaitait-elle y faire un tour ? Pendant qu'elle objectait, il griffonna sur une feuille de papier : librairie, puis le numéro de téléphone, et pour finir le nom de l'ami de Jessica qui lui avait donné son numéro – Leo. N'y avait-il vraiment aucun Leo là-bas ? Il lui redemanda si elle voulait faire un tour au club et ajouta qu'elle avait une belle voix. Elle répondit qu'il était un débauché et qu'elle n'avait jamais été aussi offensée de sa vie.

« D'ac », dit Sam, et elle raccrocha.

Il nettoya le comptoir à l'aide d'un chiffon, astiquant le cuivre jusqu'à être sûr qu'il n'y restait aucune trace de sa feuille de papier. Il attendit ensuite vingt minutes, le temps que Louis arrive. Il lui dit d'ouvrir grand les fenêtres parce que ça sentait mauvais. Il allait flâner sur les berges de la Seine.

Collins appartenait à une génération plus jeune du Cirque. Même s'il n'avait que quelques années de moins que Guillam, il était d'une tout autre trempe. Guillam était un aventurier classique, loyal et d'une étonnante franchise pour quelqu'un du métier. Sam était tout le contraire. Il aimait dire de son père, ancienne figure politique locale, qu'il était aussi véreux qu'une pomme pourrie. Sa mère, issue de la meilleure famille de la ville, l'avait épousé par erreur et avait vite fichu le camp, laissant leur fils en apprentissage chez ce vieux salaud. Trente ans plus tard, Sam était fringant, fiable et, à sa connaissance, totalement dénué de sens moral. Il aimait gagner et il aimait voir les autres perdre, point final. Le Cirque lui avait donné l'occasion de mettre à profit ses talents, et c'était peut-être la seule chose au monde dont il se souciait, en tout cas pour le moment. Son secteur de prédilection était l'Extrême-Orient, mais les espions proposaient et Control disposait, moyennant quoi il avait été envoyé à Paris. Paris étant Paris, au moins y trouvait-on une cuisine vietnamienne correcte.

En sortant cet après-midi-là, il se dirigea bel et bien vers la Seine, mais tourna rapidement à gauche dans les rues étroites entre le club et Saint-Sulpice. Il finit par déboucher sur une jolie petite place et trouva l'endroit qu'il cherchait, adossé à l'arrière d'absurdes bureaux de l'époque napoléonienne. Il entra et entendit une sonnette quelque part à l'intérieur. L'endroit sombre et chaleureux sentait à peu de chose près ce que devait sentir une librairie, quoique avec un soupçon de reliure moderne à la colle remontant de la vitrine principale. Une femme était assise derrière le comptoir, la quarantaine et un air intellectuel. Elle lui rappela l'intendante de la petite école privée qu'il avait fréquentée, où son père avait allègrement piqué dans le budget sportif puis, une fois le déficit découvert, s'était amendé en en restituant la moitié sous la forme d'un don en urgence, assurant au passage sa désignation comme maire de la ville. Avec le reste de l'argent, ils s'étaient offert une belle soirée dans un casino de Londres. Sam avait quatorze ans.

« Bonjour, dit-il. Je cherche une édition complète du *Bossu* de Féval en feuilleton. Je me demandais si vous saviez par où commencer. »

La femme hocha la tête mais n'en avait pas la moindre idée, raison pour laquelle il lui avait posé la question. C'était loin d'être une requête facile. Elle fit mine de s'enthousiasmer – comme c'est passionnant, quelle histoire fabuleuse – et Sam entendit des pas légers : le patron descendait lentement l'escalier en colimaçon. Des pantoufles, pensa aussitôt Sam, vieilles, confortables, velours à rayures, suivies d'un pantalon large démodé, et enfin d'un cardigan si laid qu'il n'aurait pas déparé sur Control ; pas de lunettes, ce que Sam trouva dommage ; et une coupe de cheveux étonnamment soignée, presque militaire, dernier vestige d'une vie antérieure qui refusait de mourir.

« Bonjour, dit l'homme en français. Bienvenue. Que puis-je pour vous ? »

Son accent était bon, mais pas son élocution, presque trop parfaite, sans la désinvolture propre à ceux dont c'est la langue natale.

« Voici M. Grodescu, dit la femme. Il pourra vous aider mieux que moi. »

Ils se serrèrent la main. Celle de Grodescu était presque totalement molle, comme pour faire comprendre qu'il était trop épuisé par son intellect pour établir un contact physique. Sam donna son nom de couverture, Daniel, et redit son espoir de trouver ou de reconstituer la version intégrale du *Bossu* dans sa forme originale, en feuilleton. Il avait choisi cette œuvre-là parce qu'elle était difficile mais pas impossible à trouver, et parce que s'il finissait par en acheter deux ou trois volumes il n'y verrait pas d'inconvénient. Grodescu dit qu'il ouvrirait l'œil. Acheter les volumes au fil du temps coûterait moins cher, certes, mais ne serait pas une garantie de succès : les uns étaient évidemment plus rares que les autres, et il s'agissait d'un très long roman. D'un autre côté, si *monsieur** y parvenait, son investissement serait plus que remboursé – mais qui voudrait se séparer d'un tel trésor ? Il prit le numéro de téléphone de Sam au club et convint de l'appeler le moment venu. Ils bavardèrent aimablement, déplorant la folie des gouvernements et la rareté des bons films.

Pour finir, Sam le remercia et prit congé. Soudain – Grodescu avait déjà levé la jambe pour remonter par l'escalier –, il se frappa le front.

« Et Leo ? » demanda-t-il. Dans le reflet de la devanture, il vit Grodescu tourner la tête à la manière d'un faucon. Sam regardait toujours ailleurs. « *Anna Karénine !* s'exclama-t-il en montrant une nouvelle édition en vitrine. Vous pouvez me trouver une traduction ancienne ? »

Grodescu ravala ostensiblement son agacement, et ils repartirent pour un tour sur la qualité, le prix et la livraison. Cette fois, les yeux de Grodescu fixaient Sam, et celui-ci s'efforça d'être exactement le même type ordinaire qui était entré dans le magasin, allant jusqu'à acheter l'édition récente de Tolstoï pour la lire en attendant sa récompense. Revenu au club, il consigna par écrit tout ce qui s'était passé et rangea le papier dans la poche d'un manteau oublié la semaine précédente. Quelqu'un passerait le prendre plus tard. Première ligne : CONFIRMEZ. D'après Sam, Grodescu était un espion actif du Centre et devait être surveillé de près. Il avait su qui était Leo, sans l'ombre d'un doute – contrairement à Sam. Tout autre renseignement exigerait une opération sérieuse et l'accord des Français. Il subodorait des complications. Il ne fut donc pas étonné, dans la soirée, lorsque l'ordre lui parvint : ATTENDEZ.

De retour à l'annexe de la section Recherche, Smiley trouva un maigre dossier mis de côté exprès pour lui. En l'ouvrant, il découvrit une photo des notes qu'avait prises Antonov, en cyrillique, et leur traduction fidèle en anglais, qui en respectait la pagination approximative originelle. Il y avait eu deux feuillets, expliquait le résumé de Jessica qui y était joint, mais le second avait été rédigé par-dessus le premier, d'où – outre l'écriture douteuse d'Antonov – le retard dans sa transcription. La première page était l'aide-mémoire d'Antonov concernant la demande de Miki, saupoudré d'irritation officielle. Pourtant ce fut la deuxième, rédigée à la hâte presque comme une réflexion ultérieure, qui retint l'attention de Smiley. Ce genre d'indiscrétion n'était possible que lorsque, par habitude idiote, vous pensiez qu'il n'y avait aucun risque d'interception – précisément ce qu'il avait espéré, et par ailleurs ce qu'il redoutait le plus pour lui-même. Il s'agissait d'une liste de trois noms, écrits en diagonale en haut de la page :

Leonov
Gourine
et
Grodescu

Le premier n'avait rien de mystérieux. Youri Leonov était le chef de poste du Centre à Bruxelles : un ancien soldat musculeux qui avait été – à en croire la note de Katrin – l'officier traitant du Centre pour plusieurs membres du Tourmaline, jusqu'au début des années 1950. Le deuxième était également familier : Aslaan Gourine occupait le même poste à Rome, bien que selon la rumeur il fût considéré comme trop vieux et bon pour la retraite.

Grodescu était nouveau, mais Smiley vit que Jessica l'avait déjà identifié et avait demandé à Collins de procéder à une première évaluation. Très habile, décrivait Sam, au point de devenir invisible. Le haut du panier. Une telle maîtrise de soi qu'il vous faisait douter de vos intuitions – venant de Collins, qui se targuait de posséder un flair presque mystique face au mensonge, c'était le compliment suprême.

Smiley fut interrompu dans sa méditation par Tom Lake, désœuvré pendant qu'on débriefait Miki.

« Royal dit que je suis intimidant, se plaignit-il. Je ne suis pas intimidant, c'est juste que je ne suis pas petit. »

Smiley répondit qu'il n'en doutait pas un instant.

Voulant se rendre utile, Lake avait rejoint l'équipe d'Esterhase pour étudier les groupes d'émigrés. Pourtant, le tableau d'ensemble était déjà clair. Róka, jusqu'à présent membre peu enthousiaste de la diaspora hongroise, avait demandé de l'aide et s'était fait rembarrer. L'expérience de Lake était un classique. Toby l'avait envoyé voir Andrea Medve, surnommée Mama Andi, qui organisait des soirées à Kilburn pour les Européens de l'Est désireux de renouer avec leur monde englouti. Toby disait d'elle qu'elle était l'entremetteuse des Habsbourg à Londres.

Grande et toujours jeune, mais avouant ses quarante-neuf printemps, Mama Andi avait regardé Lake et lui avait clairement fait comprendre qu'il pourrait lui poser toutes les questions du monde tant qu'ils partageraient une bouteille de vin. Autour du premier verre, Lake lui montra la photo de Bánáti. Oui, dit-elle aussitôt. Pas un habitué, mais pas non plus un inconnu. László, pas de nom de famille. Séducteur, gentleman, probablement voleur. Pourquoi donc ? L'instinct, chéri, répondit Mama Andi. Il existe une catégorie d'hommes qui vous font l'amour toute la nuit et vous volent vos perles avant l'aurore. Pas pour eux. Pour la cause. Lorsque Lake lui demanda quelle cause, elle répondit que ce n'était pas le sujet.

Était-il passé récemment ? Elle l'ignorait. Maurice, lui, savait peut-être. Maurice étant son associé et amant, qui appréciait nettement moins Lake qu'elle. Oui, bien sûr : Maurice connaissait László. Oui, il était passé deux semaines plus tôt. Comment avait-il l'air d'aller ? Pas bien. Pas bien comment ? Maurice n'était pas certain de vouloir le dire. Mama Andi lui expliqua alors qu'il était certain de vouloir le dire, et Maurice ressembla à un homme prenant conscience que la situation ne ferait qu'empirer.

« Avant il est toujours le roi du monde. Parfois il ramène des gens du travail, ils font la fête. Des Anglais, surtout, excités par musique hongroise exotique, deviennent ivres, draguent le personnel. Cette fois il vient seul. Il me donne dix pounds. Maurice, il dit, j'ai besoin d'aide. Bien sûr, pour dix pounds, beaucoup d'aide. C'est un paiement, il dit. Pour des rencontres. Je dis je ne fais pas ce genre de travail. Je pense qu'il veut parler des putains. Il dit non, pas ça, merci, il a tout ce qu'il faut dans ce domaine. Quoi, alors ? Et il dit qu'il a besoin d'amis. Je dis, bien, d'accord, mais des amis, c'est plus cher. Il rit. Je suis drôle.

« "Quelqu'un que j'aime a des ennuis", il dit. "J'ai besoin de quelqu'un qui connaît quelqu'un."

« Alors je dis : Vous avez tous ces amis anglais, László. Je vous vois avec eux. Vous les amenez ici, ils adorent, alors allez les voir. Ils peuvent vous aider. L'Angleterre c'est compliqué, je lui dis. Ici, les choses se règlent à l'anglaise. Demandez à eux, pas à Maurice. Mais ce n'est pas bien pour lui. Il dit qu'il a besoin de nouveaux amis en Europe. Quelle Europe ? Il dit l'Est. Je n'aime pas ça. Pourquoi il n'a pas déjà ce genre d'amis ? Il en a peut-être et ils ne veulent pas avoir affaire avec lui. Ils ont peut-être raison ! Pourquoi il a besoin de nouveaux amis, je dis, mais gentiment, comme si c'était blague. Il dit que cette personne a des ennuis à Berlin, du mauvais côté. Donc est-ce que je connais quelqu'un qui connaît quelqu'un qui connaît ? Non, vraiment pas du tout. Maurice pas un espion ! Pas d'amis à la Stasi, même pas ces foutus prêtres de la Stasi qui font semblant pas savoir à qui ils parlent. Pas d'amis soviétiques non plus, pas de cousins, d'oncles, de vieux copains. Maurice est un patriote. Je suis un peu en colère, maintenant. “Tout le monde connaît quelqu’un”, dit László. Alors pourquoi lui ne demande pas à son foutu quelqu’un ? » Maurice soupira. « Alors je me sens comme un connard.

– Pourquoi ?

– Parce qu’il dit qu’il a déjà demandé mais personne ne l’aide. Il a demandé et il ne reçoit rien, et cette personne qu’il aime a toujours des ennuis de l’autre côté. Il dit qu’il n’est pas une bonne personne à connaître, c’est pour ça qu’il reste dans son coin. Avec lui c’est toujours des ennuis, il dit, c’est pour ça qu’il n’a pas d’amis avant. Je m’en veux un peu. Beaucoup. »

Lake acquiesça.

« Donc qu’avez-vous fait ?

– Il ne m’a pas demandé, voilà ce qu’il a fait », intervint Mama Andi.

Maurice tressaillit.

« Andi est occupée. Je demande autour de moi. Je raconte à quelques personnes. Si elles peuvent aider, aller s’asseoir à sa table. Je dis que c’est un service pour moi. Pas un grand service, je ne veux pas être impliqué, mais je leur dis d’aller voir, d’entendre ce qu’il dit. Comme ça.

– Et ils l’ont fait ? »

Maurice éluda, et le visage d’Andi devint glacial. Elle le fusilla du regard jusqu’à ce qu’il se relève et s’en aille. Elle remplit deux verres et demanda à Lake de boire à la santé de László Bánáti, tout seul à sa table jusqu’à la fermeture.

« Comme à un foutu enterrement », marmonna Lake.

Jessica vint leur annoncer que le moment était venu.

Connie, tournant le dos à la porte, était en train de planter une punaise colorée dans le liège. Elle tenait dans sa main libre une liasse de notes et, en marmonnant, transférait des renseignements des pages vers le panneau. Elle faisait toujours ça quand elle était absorbée par l’analyse d’un problème nouveau : elle avait des conversations avec son sujet, lui renvoyait ses secrets ou l'accusait de la contrarier dans ses amours.

Elle était sensiblement plus grande que Smiley et n'avait que deux ans de plus que lui, mais elle accusait son âge. Elle aimait se draper dans des étoffes amples pour dissimuler ses hanches. Ses articulations se desséchaient et depuis la fin de la guerre, vingt ans plus tôt, elle s'était mise à boire, à la cadence implacable des intoxiqués. Traumatisme, indiquait son dossier administratif. Loyauté infaillible. Alcool deviendra peut-être un problème avec le temps. Transmettre au Chef. Smiley, qui était lui-même l'auteur de ces mots, les détestait.

« C'est une litanie de malheurs, George, dit-elle. Vraiment. Toute la saga de l'Est dans une seule vie. » Elle sembla oublier où elle voulait en venir : une, deux, et elle revint à elle, l'œil vif. « Vous irez ? »

Elle voulait dire : vous allez le traquer ?

Smiley répondit que non, que c'était à quelqu'un d'autre de s'en charger. Un homme plus jeune, encore en activité. Connie cligna lentement des yeux et hocha la tête : bien sûr, entendu.

« Je pose la question uniquement parce que celui qui ira devra être prudent. Antonov a été averti par la petite Lena, et maintenant il avertit à son tour Miki. Elle dit que ce n'est pas le moment de tester la patience de Moscou. Les voix fortes se taisent. Elles s'endorment, dit-elle, et ne se réveillent pas toujours. Le vent tourne, George. Celui qui ira, vous lui direz de faire attention ? »

Smiley répondit qu'il le ferait. Connie parut se rendre compte qu'ils n'étaient pas seuls. Elle éleva la voix et se raidit comme un sergent.

« Voyons les sources, déclara-t-elle à toute l'assistance. Plus ou moins fiables. On a le dossier d'Antonov, qui est bon, mais qui vient des Russes, et ils se mentent les uns aux autres. Parti égale destin, et désaccord égale récidive. Donc quand les faits ne soutiennent pas l'appareil de sécurité, c'est une erreur qu'il faut réparer. Ensuite, on a nos archives de l'époque. On savait faire du bon travail d'espionnage dans le temps, chapeau à Prideaux et à son complice. La presse, également sous contrôle soviétique. Les bruits colportés par les transfuges et les observations du Foreign Office, qui se valent largement. Un collage, pas une photographie. D'un autre côté, les photographies mentent aussi, pas vrai ? Alors à qui fait-on confiance ? On fait confiance à Connie. Où en étais-je ?

– Róka, répondit Smiley, et elle acquiesça.

– Róka a été garçon de ferme, puis soldat. Il est tombé de bonne heure dans la marmite communiste. Vous ne vous souvenez plus de 1917, n'est-ce pas, George ? Voyez-vous, je suis juste assez vieille. L'étrange espoir : une nouvelle manière de faire, encore jamais vue. Ou une nouvelle barbarie, si vous lisiez le *Times*. Un roi cruel éliminé, un plan économique audacieux et une promesse de liberté. Vladimir Ilitch tellement chic avec sa casquette plate, on aurait dit une star de cinéma. Tout ça transformé en mensonges, hélas, même si je suis sûre qu'à l'époque ils y croyaient. Le facteur humain vient toujours empêcher la perfection. Mais, ah, Ferenc Róka. Né dans le vieil empire des Habsbourg, il a grandi au milieu de toute cette fierté blessée et de ce potentiel perdu, ces espoirs ruinés par un voyou qui aimait agiter ses médailles. Róka a donc adhéré au Parti dans les années 1920. Il portait des messages ici et là. Là-dessus, en 1936, il a pris son fusil et son manteau pour aller combattre Franco en Espagne. Là-bas, dans les montagnes, il est devenu rusé, très rusé. Et qui devait-il rencontrer en Espagne, sinon Andrei Alexeïevitch Roudnev, officier supérieur des services de renseignement soviétiques, et plus particulièrement de la 13e Direction ? Des mensonges, des foutus mensonges, et l'infiltration pour spécialité. Ce n'est pas comme ça que le dossier d'Antonov le formule, mais on le sait, pas vrai ? Le camarade Róka aimerait-il continuer à agir au service de la Lutte ? Oui, le camarade Róka aimerait beaucoup. Dans ce cas, viens à Moscou, mon petit gars, c'est la belle vie au Comité pour la sécurité d'État – ce qu'il fait, et très bien, dans un petit local minable près de la grand-rue, baptisé sans ironie l'hôtel Tourmaline. Tournez au coin et vous pourrez rencontrer tous les nouveaux visages radieux de l'Internationale. Mais ne vous attachez pas trop, car le camarade Staline a tendance à les éliminer par dizaines quand il est nerveux. »

Elle tendit la main. Katrin lui donna une tasse de thé. Connie but une gorgée, fit une grimace de déception et reposa la tasse.

« Et le voilà qui se met à espionner, jeune pilote du navire du monde. Un peu de France ici, un peu d'Amérique là, un peu de Palestine, même, à la grande époque. En 1938 – et pas en 1939, soit dit en passant, c'est une petite marotte britannique, toujours notre insularité –, la guerre éclate. Il retourne en Hongrie pour terrasser les mécréants : d'abord les hommes de l'amiral Horthy qui brutalisent les voisins pour obtenir des fournitures et des recrues, ensuite les voyous des Croix-Fléchées quand ils commencent à prendre le pouvoir, enfin les nazis eux-mêmes en 1944. »

Elle s'éloigna quelques instants, voyant d'autres vies.

« Vous savez, George, ils ont des dossiers sur chacun d'entre eux : les Russes sont comme ça. Il y a une salle à Moscou où ils ont les noms de tous les nazis qu'ils n'ont pas pendus, et dès que l'un d'eux relève la tête, quelqu'un vient lui tapoter l'épaule. On sait qui vous étiez. On connaît le rang, le matricule, et les noms des morts. Faites ce qu'on vous demande ou on vous balance. Peut-être que Róka en a gardé une copie dans sa tête. Si c'est le cas, voulons-nous ces secrets ? Ferions-nous mieux ? Les Américains feraient-ils mieux ? Ou ferions-nous exactement la même chose ? Mundt figure sur cette liste, bien entendu. Vous pensez qu'il a lui-même appuyé sur la détente ou qu'il était simple spectateur quand ce pauvre Alec s'est fait tuer ? Avant de devenir le fier défenseur du communisme soviétique, Mundt était dans l'appareil de sécurité nazi. Vous croyez qu'ils ne le savent pas ? Évidemment qu'ils le savent. C'est pour ça qu'ils l'aiment bien. Parce qu'il est infiniment disponible à tout moment. »

Smiley, très délicatement, toucha sa main.

« La Hongrie. 1944. »

Elle hocha la tête.

« Oh, c'était le *echter Napoleon*, George. Plus vrai que nature. Des tunnels, des planques secrètes, et nous, notre heureuse petite bande de frères !, égorgeant dans la nuit au nom de la paix, de la patrie et de la gloire de la révolution. Qui pouvait résister à ça ? Certainement pas Irén Pártos, poétesse éblouissante et beauté farouche au service de la cause, qui a caché Róka dans sa cave après qu'il eut reçu une balle dans la jambe quelque part. Elle est tombée amoureuse de lui, s'est battue à ses côtés. Sexe, balles et idéologie. Et il y avait le petit garçon, bien sûr, né avant l'arrivée des Soviétiques. Pártos est recensée comme veuve de guerre. La version officielle voulait qu'elle ait épousé un soldat juste avant qu'il parte au front, mais tout le monde sait que Leo est l'enfant de Róka.

– Pourquoi ont-ils menti ?

– Oh, parce qu'elle jouait encore la jeune patriote hongroise, qui transmettait des messages et faisait passer des armes en contrebande à la Résistance. Tout ça en donnant le sein à son petit, sans doute. Elle pouvait difficilement faire ça et se dire la maîtresse de Róka dans le péché, la putain d'un sale communiste. Sans compter qu'avoir un filleul fait de vous un bon chrétien, n'est-ce pas ? Et personne ne pose même la question. Ils ont inventé quelque noble sacrifice, un paysan qu'elle avait aimé et qui s'était jeté sur une grenade pour sauver ses camarades. Là-dessus, en 1945, la gloire et les médailles. Les Soviétiques libèrent les Hongrois, et c'est la première fois dans l'histoire connue que quelqu'un vient les soutenir. Et ç'a été sanglant. »

Elle jeta un coup d'œil à Katrin, qui haussa les épaules.

« Non, pas l'histoire, pas dans la Mitteleuropa. C'est l'erreur des Anglais, de séparer le passé du présent. Dans ces pays-là il n'y a que le présent, et il remonte à une éternité. Ici, la Hongrie d'il y a sept cents ans, seule contre Subötaï et Batou Khan. Là, la Hongrie de 1530, de nouveau seule contre Soliman le Magnifique. Ici, la Hongrie de 1914, quand François-Ferdinand se fait assassiner, au cœur des intérêts des autres puissances et donc le noyau dur d'une guerre. Et la voici encore, quatre ans plus tard, alors que cette guerre est terminée et que pour ses péchés son empire doit cesser d'exister. Voici la fin de la deuxième grande guerre, qui pour la Hongrie a été aussi la poursuite de la première, et voici la Hongrie : seule contre l'armée libératrice de Staline, qui s'est révélée être tout simplement une deuxième occupation. Voici la Hongrie, la nouvelle démocratie, demandant la paix et la liberté en 1956, mais à la place de l'aide ? Voici Suez et une autre armée venue de l'Est. C'est toujours la même histoire. Seule l'horloge change. Il y a toujours Budapest sur le Danube, qui frappe à la porte de l'Europe, qui veut entrer, et toutes les belles chancelleries du Rhin, de la Seine et de la Tamise qui hochent la tête et disent oui alors qu'elles pensent non. Telle est la Hongrie de Ferenc Róka : la Hongrie qui ne recevra jamais l'aide qu'on lui a promise.

« Enfin… murmura Connie. Staline allait l'aider, c'est vrai. Quand les gens ont voté pour que les koulaks bourgeois dirigent le pays, le camarade Staline leur a donné les communistes, et c'est le processus inexorable du matérialisme historique. Le destin en action. Et le destin de notre Róka était radieux ! Les gens de Moscou lui ont dit de se présenter et qu'ils le feraient élire. On ne sait pas, bien sûr, mais je doute qu'ils aient même eu besoin de bourrer les urnes. Pas pour lui, le héros. Et pourquoi pas elle, me direz-vous ? Qu'importe. Il a accédé aux hautes sphères. Ou, du moins, il a été élu, contrairement à la plupart des autres. Voyez-vous, la Hongrie n'était pas communiste. De Sárvár à Debrecen, pas un rouge à l'horizon. Alors les Hongrois ont voulu poursuivre un agrarisme bourgeois on ne peut plus ordinaire – ils ont voté en masse, mon cher, pour le Parti des paysans indépendants. Un lopin de terre, une flasque de vin et toi chantant à mes côtés. Le camarade Jojo avait fait avancer ses troupes le long du Danube, puis en sens inverse, et maintenant ils lui disaient : “Merci beaucoup, Joseph, mais ton armée est une menace, et toi tu es un satané Ossète, alors prends ta révolution et mets-la-toi dans le derrière.” Ce qu’il n’était pas, mais je suis sûre qu’ils ont bien rigolé. Staline, en revanche, qui n’est pas connu pour son sens de l’humour, dit qu’il respecte le processus démocratique et que les paysans peuvent prendre toutes les décisions qu’il leur dit de prendre. Voici une coalition, par quoi j’entends une dictature, et tous ceux qui ne sont pas contents pourront présenter leurs arguments convaincants et sophistiqués devant le peloton d’exécution. Ce qu’ils ont fait, par centaines. » Elle tira la langue et imita une mort patriotique pleine de fierté. « Mais Róka était un authentique héros de guerre dans son district. Un espion honnête. » Elle écarta les mains pour signifier son étonnement. « Donc ils en ont fait un sous-ministre adjoint de je ne sais quoi. Ferenc, Irén et le petit Leo vécurent heureux jusqu’à ce que le gamin ait neuf ans, à peu près. À ce moment-là, Ferenc Róka a merdé.

– Comment ça ? »

Même dans les dossiers russes, les détails n’étaient pas clairs. Avec un Staline moribond et plus qu’un peu fou, Moscou était en émoi. À qui voulait survivre dans le bloc de l’Est, la dénonciation régulière des infiltrés antisoviétiques s’imposait. Róka choisit une cible et comprit tout de suite qu’il avait fait une énorme erreur d’appréciation. L’autre avait plus d’influence que lui – beaucoup plus. Róka perdit son boulot et fut décrété indigne de confiance, inapte à exercer des fonctions publiques. Quelques jours plus tard, un des rares amis qu’il lui restait l’avertit qu’il était encore loin d’avoir touché le fond.

« Il a fait sa valise et s’est volatilisé dans la nuit, abandonnant son fils et sa bien-aimée. Une autre mort au champ d’honneur pour Irén, une enfance perdue pour le petit garçon. » Connie écarta les doigts en l’air. « Où cela, nous l’ignorions. Les Russes, de toute évidence, ne s’y sont pas trompés, parce qu’il parcourait la France pour eux en 1953. Les Cousins affirment qu'il était en Égypte pendant la crise de Suez, mais ils disent ça de tout le monde. On a perdu sa trace après Marseille. En Amérique du Sud, pensait-on. Jusqu'à ce qu'il ressurgisse avant-hier sur le pas de notre porte. Voilà où on en est.

– C'est-à-dire, Connie ? Où est Róka ?

– Dans le pétrin, George, lança Toby Esterhase, devant la porte. Excusez-moi de vous interrompre, Connie, mais j'ai besoin de George de toute urgence. Les Suisses ont découvert un corps à Zurich, deux balles dans le visage, à bout portant. Un classique de Moscou, je dirais. Le mort est Harto Latour, un Belgo-Finlandais qui dirigeait un vilain petit trafic d'armes illégales. Sauf qu'il voyage avec un faux passeport au nom de László Bánáti ! Vous comprenez ? » Esterhase sautillait légèrement sur ses orteils. « Vous comprenez, George ?

– Où est Mendel ? demanda Smiley.

– J'ai téléphoné. Il travaille. Dites-moi, vous comprenez ? »

Smiley prit une inspiration et concéda qu'il comprenait peut-être.

6

« Je suis Róka, dit Smiley sans regarder Esterhase. Ça fait des années que je vis à Londres et que je fais profil bas. Voilà que j'enfreins le protocole. Je vais voir Antonov et il m'envoie promener. Et après ?

– Vous pouvez le prendre dans n'importe quel sens, George, vous aurez un problème, répondit Esterhase. N'est-ce pas ? Antonov va vous dénoncer. C'est tout à fait son genre. »

Smiley pensa au coup de fil à Grodescu mais préféra ne pas donner tort à Esterhase. Il restait possible qu'Antonov ait tout déclenché : une soudaine prise de conscience opportune.

Esterhase avait le mors aux dents.

« Róka est en train d'appeler tous les vieux espions connus. Pour nous c'est un don du ciel, George. Connie dispose déjà d'une demi-douzaine de noms. Des noms qu'on connaissait, certes, mais ça reste une belle liste de courses. Grillez la couverture de six ou sept de vos collègues en une semaine, et les gens du métier commenceront à devenir irritables. C'est naturel. Vous prenez donc vos jambes à votre cou, de toute évidence. Et vous vous volatilisez.

– Mais où vais-je ? Et, surtout, comment ? »

Katrin intervint avant qu'Esterhase puisse répondre.

« Si tout ce qu'il veut, c'est disparaître, alors n'importe où. Il a peut-être une autre légende qui l'attend quelque part et il se fond dedans, comme un homme qui aurait deux femmes. C'est Róka, après tout. Ce ne serait pas la première fois.

– Bien sûr, c'est Róka », reprit Esterhase, hochant la tête mais d'un air sceptique.

Smiley ne l'écouta pas.

« Ce serait l'option la plus sage, assurément. Mais ce n'est pas ça qu'il veut. On le sait. Il a une mission : le garçon à Berlin. Il dit à Antonov que Leo est une source, ce qui est douteux. Il se découvre. Alors que fait-il ensuite ?

– Il a besoin d'un vieil ami, murmura Connie. Jessie, entrez, on espionne. George nous fait son regard. Il peut voir à travers les murs. »

Elle prit une autre tasse et y versa le contenu d'une flasque en faisant claquer ses lèvres. Jessica s'appuya contre le chambranle de la porte.

« Quelqu'un à l'étranger, dit-elle. À Londres, après Antonov, il descendrait forcément les échelons. »

Connie était d'accord.

« Non, personne à Londres. Personne en Grande-Bretagne, d'ailleurs. À Paris ? Mais le libraire l'a déjà éconduit. Peut-être… Istanbul. Hong Kong. N'importe où. »

Smiley acquiesça. Il attrapa l'instant au vol et le garda serré contre lui. D'un signe de tête, il désigna Esterhase, reconnaissant la logique que celui-ci avait repérée dès le début. « Et pour ça, il a besoin de voyager. Il a besoin de papiers et d'argent. Bon, mettons qu'il ait l'argent. En revanche il peut difficilement se servir de passeports soviétiques alors qu'il fuit son propre camp, n'est-ce pas ? Donc il lui faudra un produit local. Quelqu'un qui ne traite pas avec Moscou mais n'est pas directement lié au Cirque non plus. Un indépendant. Qui irait-il voir ? »

Jessica montra du doigt Esterhase, qui hocha le menton.

« C'est une question très intéressante. Dans l'industrie du free-lance, il y a plein de cercles. Clients différents, artisans différents. Mendel pourrait savoir.

– Je ne vous suis pas, dit Lake. Quel est le rapport avec un Finlandais retrouvé mort à Zurich ? Ça, c'était du Moscou pur jus, ajouta-t-il avec une impartialité professionnelle. Tout l'inverse de ce que Miki s'apprêtait à faire. Pan, pan, c'est réglé. Beaucoup plus propre.

– À Londres, ils voulaient qu'il disparaisse, répondit Smiley. Avant qu'il signifie quoi que ce soit pour qui que ce soit. Maintenant que le cheval s'est échappé, ils se foutent de devoir fermer la porte de l'écurie. Quant au reste… »

Il fit signe à Esterhase de prendre le relais.

« Róka a des passeports russes, mais il ne veut pas s'en servir car Moscou connaît les noms et les numéros. Donc il va voir quelqu'un ici, à Londres, qui peut lui fabriquer ce dont il a besoin, et il donne ses faux passeports russes pour payer en partie les nouveaux. Il se volatilise. Seulement, le type à qui il a refourgué ses passeports ne reste pas les bras ballants. Il sait que les passeports russes sont compliqués – Róka le lui a dit. Sauf qu'il ne veut pas perdre au change, donc il les trafique en vitesse et les revend : nouvelle photo, nouveaux numéros. En revanche, il ne change pas le nom, parce que ça prend plus de temps – si toutefois il en est capable. Malheureusement, les Russes ont quelqu'un au service de l'immigration de Zurich qui est à l'affût du nom, et le jour où il les prévient ils ne perdent pas de temps. Pan, pan, comme vous dites. Le pauvre M. Latour fait ses adieux. »

Toby ouvrit les mains, manière de laisser à Smiley le soin de conclure.

« La mort de Latour nous dit que Róka a l'intention de voyager et nous apprend que Moscou ne veut surtout pas qu'il nous parle. Ni à personne d'autre, plus jamais. Ce qui signifie, bien sûr, qu'on doit essayer d'organiser une rencontre. Mais, plus que ça, elle nous dit ce qu'on doit chercher ici. »

Lake eut l'air enfin soulagé.

« Un artiste, dit-il. Un spécialiste des papiers. »

Smiley téléphona au bureau de Mendel et tomba sur Sally Roberts. Elle lui raconta que son chef avait pu discuter avec les Cattermole et deux de leurs lieutenants, lesquels avaient fièrement déclaré n'avoir aucun lien avec la drogue, les Siciliens ou les espions russes.

« Donc toutes les horreurs qu'ils commettent sont *made in England* », ajouta Roberts. Elle accepta d'adresser une liste d'artistes locaux qui auraient pu passer sous les radars du Cirque. Smiley appela Donal Evans, du service jumeau, pour lui demander la même chose. Contrairement à Roberts, Evans avait tendance à poser des questions. Visage glacial, il faisait partie de ces gens qui vous ferment leur porte parce qu'ils veulent l'ouvrir à quelqu'un d'autre.

« Pourquoi, George ? Vous comprenez ? Mon patron voudra savoir le pourquoi.

– Moi-même, j'ai bien peur de ne pas tout savoir, Don. Je suis à la retraite – vous êtes peut-être au courant. Control m'oblige à régler tous les détails, et c'est une de mes corvées. Il semblerait qu'il y ait dans la Bahnhofstrasse de Zurich un trafiquant d'armes mort, détenteur d'un faux passeport russe. Le chef de poste là-bas pense que le travail a été fait ici, mais personne n'avoue. Je me demandais donc si vous connaissiez quelqu'un à qui on n'aurait pas pensé.

– Certainement, George, répliqua Evans. Cependant on a un peu le sentiment, ici, que vous n'êtes pas toujours très coopératif en matière de sécurité. Vous jouez avec le feu et on ne l'apprend que plus tard. Il y a presque de l'hostilité dans l'air. On est dans le même camp, après tout. On devrait collaborer.

– Bien sûr, on devrait, convint Smiley. Même si c'est surtout vous qui devriez. Je m'apprête à quitter la scène. Si vous ne pouvez pas me citer un nom que nous ne connaissions déjà, aucun problème. Je pense, dans le fond, que je suis puni parce que je m'en vais au moment où ça chauffe. Je suis censé être à une fête, à Genève. Avec Ann, vous voyez ? Donc si vous êtes d'humeur généreuse, vous pouvez me raccrocher au nez. Ça m'irait.

– Si j'étais censé être à une fête avec Ann, je ne suis pas sûr que j'aurais appelé.

– Non. Eh bien, je n'aurais peut-être pas dû. En tout cas, merci, Don. Je suis désolé que vous n'ayez pas pu m'aider. »

Mais, voyant une occasion de prendre sa revanche, Evans avait changé d'avis. Quelques instants plus tard, Smiley avait sa liste punaisée au mur et Jessica, de son long doigt pointu, parcourait la colonne des noms. Elle avait des lunettes de lecture dorées et avançait le menton pour les remonter devant ses yeux. Esterhase se tenait près d'elle, un paon à côté d'un aigle.

Jessica passait d'un papier à l'autre et tapotait avec son ongle. Esterhase acquiesçait.

« Là, dit-elle. Près de Bow Road. »

Le panneau sur la porte avait le regret d'annoncer que l'accès n'était possible que sur rendez-vous. Smiley avait téléphoné. On lui avait répondu que M. Vishwakarma était pris toute la journée. Toby y vit une invitation officielle.

« Vous savez ce qu'on dit des Hongrois, George ? Que ce sont des gens qui entrent dans une porte à tambour derrière vous mais en ressortent devant vous. Nous irons là-bas à 14 h 05. »

Smiley avait insisté pour s'y rendre avec une baby-sitter, si bien que Tom Lake attendait un peu plus loin, dans une voiture, et lisait le plan de Londres tout en surveillant les allées et venues.

« On est un peu en avance. Allez, George, on va faire un petit tour. On va respirer le bon air londonien. » Prenant Smiley par le bras, il marcha jusqu'au coin de la rue, où ils regardèrent un pub aux volets fermés comme si c'était la Post Office Tower ou Buckingham Palace. « Architecture d'après-guerre, dit Toby. Peut-être trop moderne à votre goût, George ? Allez, c'est l'heure. Soyez naturel, ayez l'air affairé, d'accord ? »

Le bâtiment occupé par Vishwakarma était grand, et d'épaisses vitrines teintées laissaient deviner un intérieur luxueux. L'auvent était moderne et très élégant, fait d'un tissu noir tendu comme un parapluie de chez Smith & Co, et affichant fièrement, en lettres argentées bien dessinées, VISHWAKARMA FRÈRES : LONDRES, MILAN, SPIEZ, HONG KONG. Le bureau de Spiez, situé à une demi-heure de la capitale helvète, correspondait à un cabinet d'avocat. À première vue, les autres adresses relevaient plus du souhait que de la réalité.

En réalité, le nom de Raghuraman Vishwakarma avait été doublement cité, une fois par Evans et l'autre par Roberts. Curieusement, il avait échappé à la vigilance du Cirque. Né Udangudi Balakrishnan Raghuraman Vishwakarma sur la côte de Coromandel, en 1921, il s'était formé dans un atelier de Madras, fabriquant des coins métalliques pour la Monnaie de Calcutta, avant de s'installer à Londres dans les années 1950 pour y chercher fortune. Rejeté par Tower Hill et invité à se débrouiller seul, il avait joint les deux bouts dans l'arrière-boutique d'une bijouterie avant d'imprimer des prospectus publicitaires et des gazettes locales, puis s'était mis à arrondir ses fins de mois en fabriquant des devises étrangères destinées à l'export. Les enquêteurs le tenaient pour un pragmatique, mais faisaient remarquer qu'on ne peut jamais affirmer avec certitude que quelqu'un n'a pas de convictions.

L'activité de Vishwakarma avait un visage officiel qui permettait le blanchiment de ses revenus moins licites. En façade, il vendait à la bourgeoisie raffinée des papiers peints à la main ou à la planche. Sa production plus lucrative était exclusivement commerciale et criminelle : il avait pour spécialité les francs suisses, qui se retrouvaient dans de grosses transactions d'argent liquide illégales, généralement en Extrême-Orient et au Moyen-Orient, échappant ainsi à la surveillance des chiens de garde bernois. Au fil des ans, il s'était intéressé aux passeports de fuite pour clients huppés, le plus souvent des hommes d'affaires richissimes désireux d'avoir une échappatoire si leur activité tombait en disgrâce à Beyrouth ou à Vientiane et s'ils devaient procéder à un départ aussi rapide que discret. Dans le milieu des affaires de la City, à un quart d'heure de là, il jouissait d'une excellente réputation. À l'échelle plus locale, les collègues de Mendel rapportèrent que sa prospérité lui avait fait une publicité négative ; il avait déposé plusieurs plaintes au commissariat de quartier pour harcèlement en pleine rue.

« Oh, punaise », murmura Toby en regardant vers Spitalfields.

Lorsque Smiley se retourna, il vit quatre hommes massifs en bleu de travail s'approcher de l'entrée de Vishwakarma Frères. Arrivés là, ils commencèrent à faire du grabuge. Quelques secondes plus tard, une voix parla dans l'interphone, assez poliment, ce qui ne fit qu'envenimer la situation. Les cris prirent une tournure ignoble, pleins d'une fierté anglaise blessée, et quelqu'un sortit un marteau. La vitre de sécurité trembla mais résista. Un deuxième coup produisit un cratère blanc, comme si la porte ou le marteau était fait de glace.

Esterhase s'élança aussitôt et marcha droit vers les voyous. Smiley l'observa : une petite silhouette mince, un pantalon strict et un blouson d'aviateur américain à la mode. Il aurait pu être le héros des tentatives cinématographiques de Miki Bortnik.

Au milieu de la rue, il aboya un ordre, et les hommes se retournèrent d'un coup, sidérés. Ils auraient légitimement dû se ruer sur lui, ne serait-ce qu'à cause du ton de sa voix, mais – par cette même autorité absolue – Toby fut un instant quelqu'un qui méritait d'être écouté. Ils entendirent alors son accent, et l'un d'eux dit en ricanant que les étrangers étaient tous les mêmes, que ce soient des foutus Indiens ou des foutus Allemands. Esterhase se braqua et fit remarquer qu'il était un foutu Hongrois, merci infiniment. Pour faire bonne mesure, il ajouta une phrase extrêmement insultante et resta sur place, une main sur la hanche et l'autre indiquant la direction d'où ils étaient venus, manière de leur dire de retourner là-bas et de revoir leurs choix de vie.

Cela semblait ridicule, ce freluquet face à quatre colosses, mais Smiley l'avait vu se battre à Vienne. Esterhase avait la vigueur des hommes petits et l'absence totale de remords de ceux qui connaissent les vraies conséquences de la défaite. Le voyou le plus proche leva le poing. Esterhase se pencha comme pour lui confier quelque chose. Avec une lenteur surprenante, sa tête ne s'arrêta pas, et le nez du colosse s'aplatit. La main droite d'Esterhase, qui indiquait toujours le bout de la rue, vint soudain serrer l'épaule de son adversaire, tandis que la gauche faisait une chose indescriptible, tordant un bout de chair qui était soit l'aine, soit la cuisse, en tout cas une partie tendre. Cent mètres plus loin, Lake essayait encore d'ouvrir la portière et de voler à son secours, mais à l'évidence Esterhase se débrouillait très bien tout seul. Il abandonna sa première victime pour s'en prendre à la suivante. Un objet très effilé, tel un sixième doigt, dépassait maintenant de son poing. L'objet s'arrêta sous le menton du bonhomme, et la discussion reprit. Il y eut un bref échange horrifié et la petite bande battit en retraite dans le désordre, en hurlant des insultes. Esterhase sortit son mouchoir, essuya quelques taches de sang sur son blouson de cuir et réclama que le Cirque lui rembourse le nettoyage. Lake, enfin sorti de la voiture, dut remonter. Il semblait chagriné d'avoir raté le spectacle.

« C'était un peu trop voyant », murmura Smiley.

Le visage d'Esterhase n'était qu'innocence.

« Je ne vois pas de quoi vous parlez, George. Une pure coïncidence. Mais comme ça s'est passé juste devant nous, j'aime défendre les cosmopolites sans racines quand j'en ai l'occasion. » Il appuya sur la sonnette de l'interphone. « Monsieur Vishwakarma, je suis vraiment navré de vous déranger. Je m'appelle Preuss. Je suis là avec mon ami Adam Barraclough. Nous espérions parler affaires avec vous et nous sommes arrivés par hasard au moment où vos autres clients faisaient leur petit numéro. Vous pouvez nous accorder quelques minutes de votre temps ? »

La porte s'ouvrit et révéla un homme d'une quarantaine d'années, petit et mince. Il portait un col roulé bleu clair et un pantalon en velours côtelé d'un chic décontracté. Mais sa main, lorsque Smiley la serra, était dure, et sa poigne, puissante.

« Je vous en prie, entrez, monsieur Barraclough », susurra-t-il. Puis, s'adressant à Esterhase : « Monsieur Preuss. »

Ils entrèrent. Vishwakarma referma la porte vitrée derrière eux et une deuxième porte en métal. Les murs de la partie ouverte au public, éclairée par une fenêtre de toit, étaient couverts d'une peinture crème. Les affaires se concluaient manifestement dans la salle en contrebas, autour d'une table basse, ce qui créait une atmosphère parfaitement détendue. Esterhase se vautra, tout heureux, les bras déployés sur le dos du canapé comme s'il attendait une compagnie plus agréable. Des coulisses parvenaient l'odeur forte et humide de l'encre, et celle, indéfinissable mais immédiatement reconnaissable, du métal incandescent. Aux murs étaient accrochées des affiches tricolores encadrées de spectacles du West End.

« Que puis-je faire pour vous, messieurs ? demanda Vishwakarma. Quelque chose dans une toile épaisse, peut-être ? Le tissage doré est excellent pour les intérieurs londoniens. Très chaud. Non ? Bon, dans ce cas… »

Il leur servit à boire sans leur demander leur avis, du jus de fruit dans des verres opaques. Smiley s'installa sur une chaise, trouvant apparemment le confort inconfortable.

« Vous avez récemment fait un travail d'impression pour une personne qui se trouve être un de mes collègues, dit-il. Je crois savoir que le résultat était satisfaisant. J'espère trouver quelque chose de similaire. Du papier pour une propriété de style suisse au Cambodge – en quantité assez importante. Et bien sûr, dans son contexte, l'apparence de l'authentique est une vraie préoccupation. Pour cela, il va de soi que nous paierons un supplément. Je suppose, vu l'enthousiasme de mon collègue, que l'on parle d'un produit en lin pur. »

À la mention du papier suisse, Vishwakarma, qui jusque-là avait paru s'ennuyer un peu, montra de l'intérêt. Mis au défi de produire de la qualité, il agita la main comme pour signifier que toute autre option n'était pas envisageable.

« Bien entendu.

– Et qui supporte assez bien les ultraviolets, par exemple. »

Les sourcils d'Esterhase se haussèrent légèrement. Sous une lumière à ultraviolets, le papier de lin d'un billet de banque devrait briller ; or, même les meilleures contrefaçons ne brillaient souvent pas, car le lin utilisé pour leur fabrication était trop neuf. Non pas que la question de Smiley fût mauvaise – bien au contraire. Simplement, Esterhase n'avait jamais imaginé qu'il saurait la poser. Vishwakarma, lui, eut l'air content d'avoir affaire à un client compétent.

« Et même très bien. Nous nous procurons le tissu auprès d'ateliers dans le Nord, trop petits pour fournir les grandes marques de la région... » Ce par quoi, devina Toby, il entendait les banques centrales. « ... mais avec le même savoir-faire. Le lin est excellent. Je vous invite à en rapporter un échantillon chez vous et à comparer.

– Bien aimable.

– Dans ce genre de situations, il y a certains usages, monsieur Barraclough. De même que vous souhaitez un échantillon, j'ai aussi besoin d'une garantie. Je dois acheter des fournitures. Préparer certaines choses qui ont un coût fixe. »

Smiley acquiesça. Pendant quelques instants, ils discutèrent échéances et moyens de paiement, et possibilité de rupture mutuelle sans préjudice après règlement de l'échantillon.

« Je voudrais vous demander, monsieur Barraclough. Comment en êtes-vous venu à choisir ma société pour ce service ?

– Une recommandation, comme je vous l'ai dit.

– Par un collègue, je crois. De quel collègue s'agit-il ? »

Pour la première fois, Smiley sembla pris en défaut. Vishwakarma s'empressa de le rassurer.

« Pardonnez-moi, monsieur Barraclough, loin de moi l'envie de vous poser une question désobligeante. Si vous préférez ne pas me donner le nom de cette personne, je comprends parfaitement. Nous trouverons d'autres chemins vers la confiance. »

Smiley secoua la tête.

« J'ai bien peur que d'être prudent à l'excès ne soit une habitude chez moi, monsieur Vishwakarma. Cette fois, je crains d'avoir été un peu grossier. Bien qu'il me vienne à l'esprit que le nom que cet homme vous a donné et celui que je connais ne sont peut-être pas les mêmes, et je ne voudrais pas être une cause de friction dans ce qui est, je n'en doute pas, une relation fructueuse. Dois-je commencer par le décrire ? »

Vishwakarma hocha la tête.

« Beau, un peu plus âgé que moi, grand, mais pas immense. Coquet, bien habillé, dans le genre artiste. Il est d'origine hongroise, même si je pense qu'il pourrait passer pour russe ou autrichien. À Londres, il est surtout connu sous le nom de László Bánáti. Mais cela ne dirait pas grand-chose à sa mère. »

Si l'ombre d'une hésitation passa sur le visage de Vishwakarma, elle ne dura qu'un instant. Esterhase n'en fut pas sûr, pourtant il l'avait guettée.

« Je suis navré, monsieur Barraclough, mais votre ami ne m'évoque rien. Vous êtes sûr que c'était du papier peint qu'il souhaitait m'acheter ?

– Oh, non, en effet. M. Bánáti est représentant de commerce. Au cours de ses voyages, il lui arrive d'aller dans des pays où l'attachement aux règles de l'ordre public laisse à désirer. Pour parer à cette éventualité, il aime avoir sur lui plusieurs documents d'identité. Idéalement, trois, voire quatre. S'il est accompagné, cela vaut pour chaque personne. Cette fois-ci, comme son fournisseur habituel était indisponible à cause d'un conflit d'intérêts, il est venu chez vous en payant en liquide. Je dis liquide, mais il a très bien pu vous donner un document spécimen de son fournisseur habituel en guise d'acompte. Une occasion de percer les secrets de vos concurrents à l'étranger. »

Vishwakarma poussa un soupir et se leva.

« Magnifique prestation tout à l'heure, monsieur Preuss. Je me suis laissé prendre. J'espère que ça n'a pas coûté trop cher. » Il haussa les sourcils, et Toby fit une grimace laissant entendre que c'était le genre de somme qu'un gentleman ne dévoile pas. Vishwakarma avait l'air sincèrement content. « Tout ça est excellent. Néanmoins, je n'ai plus rien à voir avec le gouvernement britannique. On me l'a bien fait comprendre. Je regrette de ne pas pouvoir vous aider, monsieur Barraclough. Finissez vos verres. Rien ne presse, mais je crains que nos échanges commerciaux ne s'arrêtent là. »

Smiley acquiesça.

« À titre gracieux, dans ce cas, permettez-moi de vous dire que Harto Latour a été retrouvé mort ce matin, dit-il comme si c'était le bon moment. Si j'étais vous, je prendrais peut-être un peu le large. Je fermerais boutique, le temps de laisser passer l'orage. »

Le visage de Vishwakarma resta de marbre, mais sa main caressa sa mâchoire.

« Que représente ce Latour pour moi ?

– Le monsieur belge à qui, me semble-t-il, vous avez donné un des passeports russes de Bánáti. Peut-être par un intermédiaire, si son nom ne vous dit vraiment rien. Il est mort. Mort et bien mort, je crois. La police de Zurich est très agitée et très mécontente à l'égard de Moscou. C'est un coup des Russes, au passage. C'est d'eux que Bánáti se cache – vous a-t-il dit qui il était vraiment ? Pas de moi. Ils ont fait une bourde à Zurich, sans doute par excès de zèle. S'ils avaient repris le passeport – encore une fois, celui que vous lui avez vendu –, nous n'aurions pas fait le rapprochement, du moins pas assez vite. Vous auriez pu avoir une tout autre conversation cet après-midi.

Je comprends que vous hésitiez à me parler, sur un plan aussi bien professionnel que personnel. Mais je suis en mesure de vous aider.

– Et en quoi pouvez-vous m'aider, au juste ?

– Oh, une sécurité renforcée. Un logement provisoire, si besoin. Les contingences.

– Je ne vois pas mon activité survivre à votre aide, monsieur Barraclough.

– Nous ne sommes pas des policiers. Nous nous appuyons sur nos confrères de la police, mais je crains que ce ne soit une relation à sens unique. Votre problème disparaîtra le jour où l'affaire Bánáti sera réglée. Après, vous serez un artisan hautement qualifié dans un domaine restreint. Quelque chose comme un trésor national, j'imagine.

– Avec mon nom sur une liste.

– Il y figure déjà. Sur plus d'une liste, d'ailleurs. »

Vishwakarma hocha la tête mais ne céda pas.

« Donc vous aussi, vous êtes représentant de commerce ? Comme ce Bánáti ?

– Je l'étais. Il se trouve que je prends ma retraite.

– Avez-vous déjà voyagé pour affaires en Inde ? Peut-être à la grande époque, avant l'indépendance ?

– Je n'ai jamais été en poste là-bas. Je ne suis pas vraiment fait pour l'Empire, pas dans ce sens-là. »

Vishwakarma l'observa de nouveau, puis s'intéressa à Esterhase, encore occupé à nettoyer les taches sur son manteau. Smiley se demanda ce qu'il voyait, et en quoi cela différait de ce qu'il voyait en se regardant lui-même.

« Connaissez-vous quelqu'un de votre métier qui y est allé ?

– Oui, fit Smiley, pensant à Haydon ou à Steed-Asprey.

– Dites-lui de ma part que c'est un salaud qui a du sang sur les mains. »

Puis Vishwakarma tourna la tête.

L'espace d'un instant, Smiley s'imagina le faire. Haydon serait incrédule. Steed-Asprey, seul face au naufrage de sa vie, peut-être pas.

Au bout d'un certain temps, Vishwakarma laissa échapper un long soupir.

« Les Russes, vous disiez ? »

Smiley confirma d'un signe de tête.

« Mais, vraiment, ces satanés Russes ?

– J'en ai bien peur.

– Alors ce n'est bon pour personne, si ? »

Vishwakarma avait fabriqué quatre passeports pour Róka : trois pour lui – un suisse, un maltais et un suédois – et le dernier, suisse également, pour Leo. La photo de Leo, dit-il, devait remonter à deux ou trois ans, et elle était absurde : un adonis sous forme d'écolier, portant une drôle de tenue démodée.

Au terme d'un laborieux travail de recoupement, Mendel et les Tantes Indignes avaient également établi que Róka était parti de Londres en train le vendredi, peu de temps après son coup de téléphone à la librairie parisienne. Arrivé sur les côtes, il avait organisé un voyage simultanément à Calais, à Dieppe et à Bilbao. Les compagnies de ferry se montraient aussi rigoureuses que possible, mais ne gardaient pas trace des noms, sauf ceux des passagers ayant réservé des cabines privées. Róka, qui devait forcément le savoir, ne l'avait pas fait, et il n'était même pas sûr qu'il ait embarqué à bord d'un de ces bateaux. Il aurait tout aussi bien pu rebrousser chemin, débarquer sur la côte ouest et partir pour la neutre Irlande, dont le gouvernement pourrait avoir envie, ou non, de coopérer avec Londres. De l'aéroport de Dublin, il aurait pu s'envoler partout où il le souhaitait.

Cela rendit Smiley nerveux. À l'aise devant la lenteur des opérations quand il en était à l'origine, il n'aimait pas qu'on la lui impose. Dans l'air glacé de la Serre, il faisait les cent pas et marmonnait, pestant contre la faiblesse de la surveillance dans les ports et contre le spectre de Róka passant inaperçu à Londres pendant près de dix ans.

« Qu'est-ce qu'il faisait ici ? demanda-t-il à Glenn, qui n'avait aucune raison de le savoir. Le dossier d'Antonov dit qu'il avait une ligne de contact légale et distincte avec le Centre, sans en référer au chef de poste local. Pourquoi ? Pourquoi, alors qu'il s'était fait chasser de Hongrie comme traître ? Il raconte à Antonov qu'il est un chien de garde du Centre à Londres, qu'il attend quelque chose. Il attend quoi ? Et quand ?

– Je ne saurais dire, monsieur Smiley. »

Smiley lui hurla de déguerpir et de se rendre utile. Cinq minutes plus tard, il marcha d'un pas lourd jusqu'au bureau partagé de Glenn et s'excusa, avant de se précipiter de l'autre côté de la rue pour exiger davantage de Connie et des Tantes Indignes. Très délicatement, Katrin toucha les lettres que Susanna Gero avait rapportées de l'appartement de Róka : une, puis deux de plus, et enfin une quatrième, où son ongle était posé.

« Vous feriez mieux de lire, monsieur Smiley. Le fil de sa vie qui se déroule comme une bobine. » Voyant le regard de Smiley, elle soupira. « Connie l'a confirmé. Le garçon a disparu. »

Mon cher ami,

Je suis contente que tu m'écrives souvent et que tu demandes des nouvelles de Leo. Ton filleul continue de faire des prouesses dans tous les domaines. Il a terminé le lycée et souhaite s'inscrire à l'université pour étudier l'économie. Il y voit une science noble, que seule surpasse la physique, qu'il adore également. Mais il ne veut pas devenir un savant. Il dit que la science est la fondation du monde mais que l'économie est la maison. Il voudrait être architecte, pas ingénieur.

Merci pour ton aide l'été dernier. Tu avais raison : l'homme à qui j'ai parlé s'est montré très prévenant et tout a été vite réglé dès qu'il a compris la situation. Je n'ai pas dit à Leo que tu y étais pour quelque chose, mais il l'a deviné. Ce n'est plus un enfant et il comprend notre vie. Peut-être même t'a-t-il un peu pardonné ton absence.

Leo dit que tu devrais voir s'il existe un marché britannique pour les textes de Darvas. Il m'explique que c'est un penseur moderne particulièrement doué, et très admiré ici, à Budapest.

Écris-moi vite et s'il te plaît dis-moi que tu es amoureux.

Je reste, toujours, ta dévouée
Irén

Mon cher ami,

Merci pour ta gentille lettre. Je me réjouis que dans ton histoire il y ait de l'amour et de la réussite, et que tu sois fidèle à tes rêves. Quand tu décris la femme que tu aimes, je la vois sur la page avec toi et je crois en l'espoir. Dis-m'en plus dans ta prochaine lettre. Est-ce qu'elle danse ? J'aime à penser que tu danseras toute ta vie. Je crois que quand on cesse de danser on devient vieux, et non l'inverse.

Penses-tu venir nous rendre visite ici un jour ? La musique n'est pas moins excellente qu'avant. Les vieux, dans les cafés, jouent pour nous briser le cœur, et les vrais concerts sont merveilleux.

Leo a terminé son premier semestre et tout va bien pour lui. Il est très apprécié des autres étudiants. Il a amené un petit groupe de Prenzlauer Berg visiter Budapest et ils étaient tous très mignons, très intelligents, amusants et sages. Il y avait un garçon, Piotr, et deux sœurs, et d'autres dont je ne me souviens plus, tous brillants, vifs, et en leur présence je me suis sentie vieille. Leo dit qu'il faut absolument que tu lises Darvas et que tu lui trouves un éditeur en Angleterre, il est vraiment pionnier. Il est urgent, dit-il, que les gens le découvrent.

Tu te rappelles quand j'ai rencontré le père de Leo ? J'ai dansé avec lui toute la nuit et je l'ai amené dans mon lit en vitesse tant il était magnifique, tant il était drôle. Je me souviens de son odeur sur mon oreiller. Quand il est parti, j'ai gardé l'oreiller sous une jatte pour pouvoir le humer en son absence. Il me manque. Il me manque beaucoup.

Je reste, bien sûr, ton amie
Irén

Mon cher ami,

Leo me demande si tu viendras à Noël. Je lui réponds que je n'en sais rien. Il est en colère. Il dit que tu ne viens jamais et que si tu te souciais de lui tu viendrais. Si tu te souciais de nous. Je lui dis que tu aimerais le connaître à travers ces lettres, qu'il compte pour toi. Il me dit qu'on ne peut pas être compris grâce aux seuls mots, que si tu veux le connaître tu dois être présent, que même un poète peut comprendre cette équation.

Ça fait tellement longtemps, je pense qu'il a oublié toutes les belles choses. Il était encore jeune quand tu as dû partir. L'homme que j'aime est bon avec lui. C'est un homme gentil. Mais maintenant, quand Leo est en colère, il le rejette. Il dit que son vrai père est le soldat mort et qu'il n'a pas besoin d'un autre père, pas même toi.

J'en suis navrée. J'ai l'impression de t'avoir laissé tomber. J'essaie toujours de lui expliquer que tu reviendras, même si je n'y crois pas, mais j'ai peur que ma propre colère n'apparaisse par éclairs. Pourquoi n'avons-nous pas pu partir avec toi ? Je sais pourquoi, et pourtant je ne l'accepte pas. Tu disais que ce serait dur, mais ça ne peut pas être plus dur que ça.

Leo vient d'entrer et il a vu que je t'écrivais. Il me demande de te dire de nous laisser tranquilles, de nous laisser être qui nous sommes. Il dit qu'il a cessé de vouloir ton retour et qu'il souhaite que tu restes loin. Je ne pense pas qu'il mente, mais je vois son espoir dans chaque parole haineuse. Si tu reviens à la maison, je crois qu'il se pardonnera le fait que tu sois parti, et peut-être qu'ensuite qu'il nous pardonnera à tous deux.

Avec espoir,
Irén

Et, pour finir, une quinzaine de jours plus tôt :

Mon cher ami,

Écris-moi vite, s'il te plaît. Ça ne va pas très bien ici et tes pensées pleines de sagesse me manquent. Le professeur de Leo m'écrit qu'il n'assiste plus à ses cours ; il paraît qu'il s'est fait arrêter lors d'une fête au club de jeunes. Des hommes sont entrés, ils lui ont parlé, il est reparti avec eux et personne ne l'a revu depuis. La police dit ne rien savoir. La sécurité d'État dit la même chose, mais il a été emmené et il n'est pas revenu. J'ai peur qu'il ait dit la mauvaise chose au mauvais moment. J'ai peur qu'ils aient lu un de mes poèmes, qu'ils l'aient décrété contre-révolutionnaire et qu'ils me punissent aujourd'hui en le faisant souffrir. J'ai peur. J'aurais dû coucher avec cet imbécile qui dit être le neveu d'un haut fonctionnaire. Parfois j'ai peur que ma peur provoque des choses. J'ai peur d'avoir peur.

Je suis sûre que tu sauras quoi faire. Moi non, et personne ne peut m'aider.

Leo a besoin de toi, et de toi seul. Tu es mon unique espoir.

Irén

À deux semaines de distance, à travers les images invoquées, les témoignages d'étudiants compatissants, la conversation avec Antonov et d'autres lettres ou notes griffonnées avec une ferveur croissante, Smiley sentit Ferenc Róka passer du train-train d'une existence stable à un désespoir accablant. Entre l'arrestation de Leo à Berlin et le soir de son départ, Róka avait fait tout ce qui était en son pouvoir pour récupérer son fils. Il avait d'abord interrogé poliment l'ambassade de RDA à Londres, puis passé une série d'appels internationaux coûteux, à Rome, à Vienne, en Hongrie, et même à Moscou. Smiley percevait le lent crescendo de son agitation et de ce qu'il était prêt à risquer pour obtenir un début de réponse.

Tu as commencé doucement, dit-il mentalement à Róka. Tu as fait tout ce qu'il fallait, mais aujourd'hui tu regrettes de ne pas avoir été déraisonnable, de ne pas avoir été plus audacieux, car si dans l'intervalle il arrive quelque chose d'irrévocable tu ne te pardonneras jamais d'avoir été sage.

Ce n'était pas la première fois que Leo avait des ennuis. De fait, la voie semblait déjà bien tracée, et même connue. Ses choix relevaient, dans le meilleur des cas, de l'imprudence. Il s'était marié sur un coup de tête à vingt ans, et son couple avait explosé. Sa femme l'avait abandonné, et avec lui la Hongrie. Irén, dans ses lettres, la soupçonnait d'avoir toujours eu cette idée derrière la tête, d'avoir épousé Leo en sachant qu'elle pourrait profiter de son entregent pour se ménager un retour aux yeux des autorités, et de l'avoir choisi, lui, parce qu'elle ne ressentirait rien en le quittant. Leo partageait cet avis et il avait applaudi un peu trop fort. Il avait donc été dénoncé comme complice de menées hostiles à l'État, puis torturé. Ici, les renseignements recueillis par le Cirque prenaient brièvement le relais du récit d'Irén, sous la forme d'un échantillon de dossiers de la sécurité d'État achetés par un des éphémères réseaux hongrois de Toby et de Jim Prideaux, et repérés par Karin dans le système d'indexation des Archives. Le médecin présent mentionnait avec réprobation le recours non scientifique à des cigarettes allumées sur les jambes de Leo. Il avait fallu, sur ordre de Róka, l'intervention d'un diplômé du Lux nommé Vaştag pour que Leo soit libéré avant d'être plus sévèrement estropié. « Une mauvaise communication interne, écrivit Vaştag, a entraîné une grave erreur de jurisprudence socialiste. Ce n'est la faute de personne. » Ce qui ne l'empêcha pas, le moment venu, d'en imputer la faute à un officier subalterne, mort peu de temps après dans la salle d'interrogatoire où avait été détenu Leo.

Un an plus tard, il y avait eu un problème à Sofia, qu'on fit disparaître presque avant même qu'il apparaisse, et la rumeur d'une grande histoire d'amour avec un autre garçon. Leo disait de lui qu'il était un prince parmi des fripons ; il proposa de fonder un village prolétaire modèle, qu'ils gouverneraient ensemble – une communauté au sein du communisme. Il affirmait avoir le soutien d'un membre éminent du PCB de Jivkov. En réalité, cet homme semblait ne le connaître ni d'Ève ni d'Adam, et Leo fut officiellement expulsé du pays. L'année suivante, il s'était fait méchamment rouer de coups devant un café pour avoir raconté la vieille blague de la navigation des Russes et des Hongrois sur le Danube – « C'est plutôt équitable : eux peuvent passer, nous on peut traverser ! » Ce qui l'incita à vouloir faire ses études à Berlin, et une fois de plus le père Róka exauça son vœu. Mais il était évident désormais que la fêlure de Leo affectait sa beauté, et la combinaison agissait comme une lampe dans le brouillard. Elle attirait les gens à lui, elle attirait l'attention et le danger plus qu'elle n'éclairait. Partout où il allait, on ne voyait que lui – l'exemple, l'occasion de tirer un enseignement. Chacune de ses rencontres avec l'appareil de sécurité au cours des cinq dernières années aurait pu être la dernière, n'eût été la limite ténue imposée par les connexions moscovites de son parrain, notées dans son dossier. À chaque fois, la réaction de Róka était prompte et efficace : il faisait jouer ses relations, appelait de vieux amis et ne sollicitait la ligne de commandement directe qu'en cas d'absolue nécessité, de peur que la bienveillance du Centre ne s'érode. Ainsi les années passèrent. Ferenc Róka faisait son travail spécial qui ne consistait en rien du tout, si ce n'est envoyer au pays, presque en manière d'excuse, un fatras de renseignements exploitables glanés dans les soirées mondaines et enrobés de spéculations ou de pures inventions. En parallèle il recherchait et obtenait une longue liste de faveurs et d'échappatoires pour son magnifique rebelle de fils.

Jusqu'au jour où la musique s'était inexplicablement arrêtée et où, en réponse aux prières laïques de Róka, le Centre de Moscou avait dépêché non pas un ange de l'absolution marxiste-léniniste, mais Miki Bortnik. Róka savait qu'il était allé trop loin, et il ne s'était pas arrêté là.

Ce fut – comme toujours – Millie McCraig qui finit par se lasser d'avoir un ours mal léché en semi-hibernation dans ses bureaux. Elle mit les choses au clair.

« Nom de Dieu, ça suffit, George, exigea-t-elle de lui. Expliquez-moi tout. »

Smiley regardait le mur d'un air grincheux en pensant à Ann. McCraig s'assit lourdement sur l'autre chaise. Le regard mouillé de Smiley demeura fixe.

« Combien de temps faut-il pour obtenir de nos partenaires de l'OTAN des renseignements sur les frontières ?

– Si on insiste, on peut les avoir en même temps qu'eux. Environ vingt-quatre heures. Le double si on ajoute les noms des passeports de Vishwakarma à une vingtaine d'autres en disant qu'on garde simplement l'œil ouvert.

– Et les non-alignés ?

– C'est au cas par cas. En général, le mandat de recherche pour fraude fiscale est notre meilleure option. Personne n'aime les mauvais payeurs. Trois jours, au mieux. Ou alors on insiste lourdement, bien sûr. On laisse penser qu'il transporte un sachet d'uranium dans sa trousse de toilette.

– Mon Dieu, non ! fit Smiley en se levant d'un bond. Ça ne fera que l'inciter à être encore plus clandestin. »

Il la foudroya du regard.

« Si on veut avoir une chance de le retrouver, on doit le suivre à la trace ou faire en sorte qu'il vienne à nous. »

Elle acquiesça.

« Comment ? »

Smiley haussa vaguement les épaules.

« On sait ce qu'il veut : il veut le gamin. Il peut difficilement débarquer à Berlin et réclamer qu'on le lui remette. Donc il cherche quelqu'un qui puisse l'aider. Le devoir d'un officier traitant : rembourser la dette due à un agent par son agence. Mais ça ne marche pas. »

McCraig parut méditer sur ce point.

« Qui a-t-il sollicité en premier ? »

Smiley hocha la tête.

« Grodescu, à Paris. Seulement, qui est cet homme ? À l'origine, Róka était l'agent de Roudnev. Mais qui en a hérité ? Pogodine ? Agapov ? Quelqu'un d'autre ? Qui est le patron de Grodescu ?

– Demandez à Connie, pas à moi. »

Smiley hocha la tête et se remit à scruter le mur de la Serre.

« Qu'est-ce que vous n'avez pas envie de faire, George ? »

Avec réticence, son visage sembla s'éclairer.

« Oui, fit-il, d'accord avec ce qu'elle n'avait pas dit. Oui. Merci. Vous avez raison. »

« Pendant un court laps de temps, expliqua Smiley à Control, nous en savons plus que le Centre de Moscou. Ils ont un rapport qui leur annonce la mort de Róka. Ils y croient peut-être, à moins qu'ils, ou jusqu'à ce qu'ils, s'intéressent de plus près à l'identité de l'homme à Zurich. Les policiers suisses ne seront certainement pas pressés d'informer Moscou de l'erreur d'identité : ils n'aiment pas qu'on assassine dans leurs rues. Pourquoi devraient-ils aimer ça ? Et rien ne garantit qu'ils repéreront eux-mêmes le passeport. Malheureusement, ça ne durera sans doute pas. Ferenc Róka continuera de contacter d'anciens collègues ou amis, et ce n'est qu'une question de temps avant que le Centre l'apprenne. Dès lors, les Russes voudront savoir pourquoi Miki Bortnik leur a fait faux bond. Ils interrogeront Antonov et entendront l'histoire que Miki lui a racontée à Marylebone. Cela les retiendra peut-être encore un ou deux jours. Une fois qu'ils auront constaté que Bortnik n'est pas aux trousses de Róka, ils en déduiront qu'il est venu nous voir. Tous ses protocoles de contact deviendront non seulement invalides, mais dangereux. N'empêche, pendant peut-être quarante-huit heures, on a une fenêtre de tir.

« Dans la colonne négative, même si on sait ce que veut Róka, on ignore totalement où il est. Donc soit on l'attend quelque part où l'on sait qu'il ira, soit on l'attire à nous avec quelque chose qu'il veut. Si on arrive à obtenir Leo, ou tout renseignement concret à son sujet que Róka ne possède pas, on a tout en main. Et contrairement à Róka, qui doit approcher la Stasi de façon indirecte, par des canaux officieux et d'anciens contacts, il se trouve que nous avons un ami dans la place.

– Vous voulez approcher Mundt.

– Exactement.

– Et comment expliquera-t-il son intérêt pour la chose ? Surtout si c'est une affaire sensible.

– Comment l'expliquera-t-il ? Vous avez forcément une couverture toute prête. S'il sait quelque chose avant tout le monde, ça renforce son aura. Ça fait passer ses sources pour excellentes.

– Mais c'est vraiment trop frais.

– Sauf si la chose se sait. Ce qui ne saurait tarder. Róka y veillera.

– Quoi qu'il en soit, notre relation avec Mundt a un objectif particulier qui n'a aucun rapport avec ça. »

Smiley sembla y réfléchir.

« Sans doute, oui. Mais Antonov a dit que Róka attendait sans savoir ce qu'il attendait. Nous ne le savons pas non plus, bien entendu. En revanche, nous savons où il attendait : ici même, à Londres. On pourrait choisir de ne pas prêter attention à ce que ça implique. Si on avait confiance dans notre propre maison. »

Control concéda de mauvaise grâce qu'on pouvait peut-être tenter quelque chose.

« Berlin d'abord, dit Smiley. Si on réussit là-bas, le chemin sera très court. Sinon, partout où ça nous mènera. »

Mais Control traça une ligne rouge.

« Pas "partout". Certainement pas. Vous le savez pertinemment. »

Smiley ouvrit la bouche pour protester.

« Non ! dit Control. En aucun cas. Des pays alliés, bien sûr. Des pays neutres, également, avec les précautions d'usage. Mais jamais vous ne devez aller derrière le rideau de fer, pas même une journée. Si vous traitez avec Mundt, vous le faites à Berlin-Ouest ou par l'intermédiaire de Guillam. Si le chemin vous emmène en Tchécoslovaquie, vous appelez Jim, et ainsi de suite. Vous prenez Lake avec vous, peut-être Esterhase aussi, et vous y allez doucement, Smiley. Je me moque de savoir quelle soirée vous allez louper ou combien Ann est fâchée. Vous pourrez vous en occuper à votre retour. Vous y allez doucement et vous restez prudent. En cas de doute, vous m'appelez directement. D'accord ? Je me suis bien fait comprendre ? »

Smiley dit d'accord.

« Mais vous y allez. Voilà. Vous y allez et vous me ramenez Róka et ses secrets. »

Il oubliait que Smiley pouvait, en vertu de leur accord, choisir de ne pas y aller.

« Oui, convint Smiley. J'y vais. »

*

La liaison internationale était très mauvaise, et la voix d'Ann très lointaine. Smiley pensait qu'elle était amoureuse de lui ; il avait peur qu'elle ne soit en larmes ; mais il n'entendait rien. Il l'avait appelée pour lui expliquer, dans la mesure du possible, ce qu'il faisait et pourquoi : que c'était de son devoir, qu'il détestait ça mais ne pouvait pas refuser, que c'était un dernier adieu. En guise de réponse, elle parla longtemps, et lorsqu'il l'interrompit pour dire qu'elle était inaudible, cela ne changea rien. Il écouta le rythme de sa voix, le flux et le reflux des émotions, en essayant de deviner les mots. Bénédiction, ultimatum, pardon ? Ou, pire, indifférence ? Aucun moyen de le savoir. Lorsqu'elle eut terminé, il répondit comme il le put, en laissant son cœur dire sa vérité. Elle était son monde, son espoir, sa lumière. Il se rappela la lettre d'Irén et faillit lui demander s'il était trop tard pour qu'ils aient un enfant. Au lieu de ça, il répéta qu'il lui restait cette toute dernière chose à faire, qu'il n'entendait pas ce qu'elle disait et ne savait pas si elle l'entendait, mais qu'il lui faisait confiance, qu'il la vénérait et qu'il rentrerait le plus vite possible. Il l'entendit répondre. Ça aurait pu n'être qu'une ponctuation. Il dit : « Je t'aime » et attendit trois secondes. Après que la ligne eut été coupée, il se repassa plusieurs fois la conversation dans sa tête pour y retrouver la réponse d'Ann. Il était convaincu qu'elle était là, à condition de pouvoir l'isoler du silence.

7

Prenez une ville parfaitement normale et rendez-la impossible : pensez à Venise, où chaque *calle*, chaque *sottoportego* donne non pas sur une autre rue mais sur un canal, et où les ponts relativement peu nombreux vous font passer d'un labyrinthe à un autre. Berlin était différente, avec ce Mur qui lui faisait une balafre au milieu de la figure, mais les mêmes règles s'appliquaient. Les rues étaient coupées en deux par un *no man's land* de barbelés et de projecteurs ; les écoles étaient séparées de leur cour de récréation, les entrepôts des marchés. Guillam avait entendu dire qu'il existait même quelque part un chantier maritime sans accès à l'eau. La carte de la guerre était à jamais gravée en lettres de feu sur ce qui aurait dû être la reconstruction, et la ville vivait figée dans un simulacre de paix.

La première chose que Guillam avait remarquée en arrivant, c'était la petitesse de Berlin, une île au milieu de l'océan est-allemand, et dont seule une moitié était accessible. On s'y cognait contre les bords à une fréquence étonnante. Ensuite, la couleur. La zone occidentale était presque criarde : consciemment ou non, ses habitants rehaussaient leurs tenues professionnelles de touches écarlates et azur, ils parlaient fort et énonçaient des opinions tranchées, comme pour bien se faire comprendre de ceux qui vivaient au-delà du Mur. En comparaison, Berlin-Est était une ville assourdie. Même si on pouvait y trouver des couleurs vives, on choisissait quelque chose de plus discret. Nul n'ignorait que détonner était fâcheux : on se savait observé, mais pour autant il n'était pas sage d'attirer l'attention. La gare de Friedrichstraße, tournée vers l'Ouest, résumait à elle seule cette satanée ville : l'achat d'un billet et le franchissement des barrières de sécurité vous obligeaient à faire tant de détours que vous alliez peut-être en RFA, mais vous ne pouviez certainement pas en montrer la direction avec votre index. Des caméras et des miroirs étaient braqués sur votre nuque. Vous étiez vu, vous le saviez, et en contrepartie vous ne pouviez pas voir. À l'Ouest, les couleurs ; à l'Est, la visibilité. Entre les deux, le Mur, tel un miroir en béton de tout ce qui n'allait pas.

« Allez au bureau, avait dit Control. Faites des réunions. Puis partez de bonne heure et amusez-vous. N'en faites pas trop, mais laissez tout le monde s'habituer à vous. » Guillam devait devenir un élément familier du paysage, inoffensif, récurrent et inaperçu, peut-être un tantinet dissipé. « Fréquentez les clubs et les bars, les conférences publiques. Les cafés, si c'est votre truc. Soyez un visage. » Mais un visage que personne ne connaîtrait.

Son passeport l'identifiait sous le nom de Matthieu Gisriel, natif de Strasbourg, ancien spécialiste du transport commercial en vrac devenu, grâce à son réseau familial, chef du bureau local des fourrures internationales Causse-Bergen, et chargé d'ajouter à la gamme de l'entreprise une ligne d'ours en peluche est-allemands étonnamment prisés. Il ne devait rien faire qui puisse être interprété comme de la collecte de renseignements, pas même garder un œil sur d'éventuels talents locaux. Lors de ses très rares contacts avec le ministère du Commerce est-allemand, Gisriel traversait la frontière en grande pompe et était reçu avec un dédain calculé. En dehors de cela, il devait pour ainsi dire hiberner sur place. Non pas le messager de Mundt, mais son officier traitant, et son ultime recours si tout s'effondrait. Dans ce cas, Guillam devait entrer dans Berlin-Est muni d'un visa journalier et d'un passeport britannique, le remettre à Mundt afin qu'il puisse partir avec l'encre du tampon d'entrée encore fraîche, puis se rendre à un autre check-point et utiliser son passeport au nom de Gisriel, avec un faux tampon, pour sortir. Mundt et lui ne se ressemblaient guère, mais avec une mauvaise photo et une gueule de bois, la chose devenait plausible. Si une exfiltration réussie tenait pour l'essentiel à la planification, le reste était affaire d'élan et de culot. Par une journée bien chargée au check-point, l'opération avait quelque chance de succès. Et quel garde-frontière sensé s'attendrait à voir Hans-Dieter Mundt, l'enfant chéri de la Stasi, franchir les barbelés sous une fausse identité britannique ? Ou, l'ayant reconnu, oserait intervenir ?

Guillam flânait donc dans d'étranges impasses du côté ouest du Mur, et la nuit, les projecteurs, en balayant le *no man's land*, éclairaient la fenêtre de son grenier. Ses rêves étaient habités par Leamas et Karl Riemeck, ponctués par le bruit de la garde prenant la relève à 2 heures du matin et les bavardages des Est-Allemands. Schulz était un noceur ; Friedmann était un arriviste politique ; Hecht détestait son beau-frère, qui vivait à l'Ouest mais manquait à sa femme, et ils se disputaient à ce sujet. Le sergent n'avait pas d'opinions. Guillam le préférait parmi tous.

Il savait comme tout le monde que Smiley avait déposé les armes. Il pensait avoir vu les choses venir, comme on assiste à un grave et inévitable accident de la route. N'importe lequel des conducteurs aurait pu braquer sur le côté à tout moment, et pourtant il était évident qu'aucun ne le ferait, que chacun était campé sur les choix qui mèneraient à la collision. Leamas avait eu besoin non pas de travail, mais de repos : une affectation imposée dans un endroit chaud et absurde. Control était un homme obsédé par les complexités d'un jeu auquel même ses adversaires n'avaient peut-être pas conscience de jouer. Liz Gold avait eu besoin d'une occasion pour peser, et la malheureuse l'avait trouvée. Et Smiley ? Smiley ne croyait pas à l'idéologie, mais – en dépit du bon sens – aux personnes, péché que nul, dans le monde secret, ne pouvait se permettre. Quant à Guillam, il s'était jugé indigne du combat : un homme sans responsabilité car sans autorité – erreur qu'il n'avait comprise que sur le tard et s'était juré de ne plus jamais commettre.

Aussi, cette voix qui l'appela d'une table invisible, au fond de son café favori, était soit une coïncidence absurde, soit le début d'un effondrement mental. Smiley était dans les Home Counties, en train de faire l'amour à Ann.

« Bon sang, mais c'est M. Gisriel, n'est-ce pas ? Nous nous sommes rencontrés lors d'une foire commerciale au lac de Constance. Willow, de l'entreprise Deniston. Naturellement, je ne vous en voudrais pas du tout si vous ne me reconnaissiez pas. »

Guillam se retourna et le regarda : le cheveu grisonnant, l'œil vif, l'épaule plus charnue, le ventre moins. Une version plus saine pour le marché du printemps. Les lunettes, à la monture épaisse en écaille, étaient neuves et à la mode ; le manteau était presque tape-à-l'œil. Et pourtant, évidemment – après tout, ça restait George –, ces détails le rendaient plus anonyme que visible : les vanités d'un homme marié d'âge mûr soucieux de se distinguer parmi une foule d'autres faisant exactement la même chose.

« Monsieur Willow ! répondit Guillam. Évidemment que je me souviens de vous et de votre société. John, c'est bien ça ?

– James, dit Smiley.

– Je suis désolé. James, bien sûr. »

« Tout ça est bel et bon, dit Guillam tandis qu'ils retournaient à son bureau pour la visite qu'il avait promise à M. Willow. Mais que diable faites-vous ici ?

– Je viens régler quelque chose, dit Smiley. Une affaire, une seule.

– Régler quoi ? Quelle affaire ? Pourquoi ne suis-je pas au courant ?

– Il paraît que le cloisonnement est le maître mot. Comment les Américains appellent-ils ça ? Les silos. Chacun doit rester dans son silo. Seul Control est au courant de tout.

– Et Dieu sait qu'il adore ça.

– Oh, je crois qu'il aime l'idée d'avoir en main toutes les cartes et de ne laisser personne voir son jeu. Mais ça fait beaucoup de cartes à tenir et il n'a que dix doigts. Donc voilà où nous en sommes. Avez-vous déjà entendu parler d'un certain Ferenc Róka ? »

Guillam réfléchit, puis secoua la tête : non.

« Avant votre époque. Quasiment la première génération d'espions soviétiques, je dirais. De la fournée du Tourmaline. Ça, vous connaissez ?

– Une école de formation soviétique dans les années 1920 et 1930. Les instructeurs étaient un mélange. Des professionnels européens de l'époque de Bismarck, un ou deux tchékistes repentis. Beaucoup ont été exécutés par leur propre camp – paranoïa soviétique précoce. Jim Prideaux faisait une fixette sur eux. Il s'était donné pour mission de retrouver les autres. Haydon aussi. Pourquoi n'allez-vous pas voir Jim ?

– Je ne peux pas aller en Tchécoslovaquie. Control a des idées très arrêtées. Mais peut-être que Jim viendra me voir à Vienne, si besoin. Bref. Un diplômé du Tourmaline se trouvait à Londres jusqu'à la semaine dernière. Personne n'en savait rien. Apparemment, il faisait profil bas, même si à mon avis Control craint qu'il n'ait été un intermédiaire pour quelqu'un de mieux placé.

– Donc ça le travaille encore, malgré tout. Des espions russes à Mayfair.

– Il n'insiste pas là-dessus. À sa décharge, il y a énormément d'agents soviétiques dans les parages ces temps-ci. En Amérique, en Suède, au Japon. Ce serait surprenant qu'ils n'essaient pas au moins de retourner certains des nôtres. Un peu déprimant, même : notre importance toujours plus réduite, mesurée sur une feuille de budget du Centre de Moscou. Il dit qu'il prend les précautions qui s'imposent.

– Le cloisonnement. Comprenez par là le chaos absolu, au passage. On ne peut rien faire à Londres. J'entends les cris jusqu'au

Ku'damm. Mundt est au courant, bien sûr. Il dit que c'est une histoire de fantômes. De celles que les espions racontent aux enfants pour leur faire peur avant de dormir.

– N'empêche. Pour vous en parler, j'ai dû obtenir la permission expresse de Control. Et vous ne devez en informer aucun de vos collègues sans en référer à son bureau.

– Rien que de très normal. »

Smiley haussa les épaules.

« Ferenc Róka a été un espion soviétique talentueux dans les années 1930 et un combattant de la résistance pendant la guerre, chez lui. Il a quitté la Hongrie en butte à des soupçons – réels ou fabriqués – et a disparu. Prideaux, accessoirement, le voyait parti pour l'Amérique du Sud. Il y a trois semaines de ça, le filleul de Róka – peut-être ou sans doute son fils naturel, mais pour l'instant ça n'a pas grande importance – s'est fait arrêter lors d'une fête musicale étudiante, près de l'université Humboldt. Je crois comprendre qu'il ne s'agit pas toujours de quatuors à cordes patriotiques.

– Il faut bien que jeunesse se passe, convint Guillam avec le dédain de celui qui n'avait pas connu ce genre d'excès depuis une demi-douzaine d'années. Satanée Babylone.

– Ce n'était pas la première rencontre entre Leo et les services de sécurité, et Róka s'est toujours débrouillé pour le repêcher. Ce qui explique aussi que Control pense qu'il doit être encore plus ou moins actif. Ce coup-ci, néanmoins, Róka a échoué – le gamin est perdu dans la machine. Par conséquent, son parrain se montre toujours plus audacieux – ou désespéré, si vous préférez.

– Pourquoi pas les deux ? Donc vous voulez le récupérer et le presser comme un citron pour recueillir tous ses souvenirs de la grande époque.

– Les deux, en effet. Mais pas que de la grande époque. Cette fois, l'intervention de Róka a provoqué une sorte de crise dans ses propres affaires, vraisemblablement en se mêlant de celles de quelqu'un d'autre. Moscou a dépêché un homme pour mettre un terme définitif à ses récriminations. Par chance, le type qu'ils ont choisi a eu un genre de… Eh bien, Dieu lui a dit de ne pas aller au bout.

– Un orthodoxe russe, dit Guillam en acquiesçant, comme si ça expliquait tout. Vous ne ressentez pas du tout l'attrait, si ? Pour la religion ?

– Non, fit Smiley. Quand j'étais petit, peut-être. Mais je l'ai plus ou moins mise de côté, comme on me l'a demandé. »

Guillam haussa les épaules.

« Et encore, c'est l'anglicanisme, dit-il. Il faut essayer la version sanglante. Du côté de ma mère, on est catholique, mais même eux n'arrivent pas à la cheville de la version orientale. C'est impressionnant. C'est pour ça que Lénine a fait raser tous les clochers. »

Smiley semblait penser qu'on ne pouvait que comprendre.

« Róka n'était déjà plus là quand son assassin supposé est arrivé. Il faut en conclure qu'il avait anticipé la réaction. Donc il sait qu'il tient le bout de quelque chose. Soit dit en passant, il est très fort – fausses pistes, brouillard de l'espionnage, dissimulation au vu et au su de tout le monde. Je me demande si Control n'a pas raison et si Róka n'était pas vraiment en train de faire quelque chose d'important. Mais aujourd'hui il est dans la nature. Paris, Lisbonne, Madrid… Washington ou Hong Kong. Comment savoir ? Tout dépend du service qu'il compte maintenant demander. Donc je suis venu ici parce qu'il devra bien venir ici aussi. C'est ici que tout se joue, en fin de compte.

– Le garçon.

– Oui.

– Arrêté, vous dites. À Berlin-Est.

– Oui.

– George…

– Je ne peux pas y aller, Peter. Je ne vais pas vous forcer.

– C'est terriblement risqué. Pas pour moi. Pour lui.

– S'il ne peut pas le faire en toute sécurité, il doit s'abstenir. S'il trouve un moyen qui lui permet de gagner des points, tant mieux. Mais quel intérêt d'avoir un agent si vous ne pouvez pas vous en servir ? »

Une rafale de vent les fouetta. Sur la Spree, des mouettes picoraient quelque chose, peut-être le cadavre d'un chien.

« Et vous ne pensez pas que vous êtes prêt à le mettre en danger parce que vous vous en fichez ?

– Oh, bien sûr que si. J'échangerais volontiers Mundt contre Róka, même si Róka ne sait rien du tout. Sauf que j'ai déjà échangé Alec contre lui, ce qui lui donne une valeur comptable bien supérieure à sa valeur personnelle. Ou à sa valeur en matière de renseignement, d'ailleurs. »

Guillam le regarda droit dans les yeux. À sa grande surprise, Smiley en fit autant. Son large visage montrait de la franchise et une absence d'embarras. Ann lui faisait beaucoup de bien, pensa Guillam, dans cette nouvelle constellation de leurs vies. Nom de Dieu. La banque. Et même pas la banque secrète – la vraie, avec les réceptions, le champagne et les costumes à rayures. Si le destin avait un tant soit peu le sens de l'humour, Smiley pourrait même se hisser jusqu'à un des comités qui supervisaient le Cirque. Il pourrait finir, indirectement, patron de Control.

« Que voulez-vous au juste ? demanda Guillam.

– Dans le meilleur des cas, je veux que Leo me soit remis. Ensuite, on verra.

– Vous ne demandez pas grand-chose, si ?

– S'il y a une chose qu'il peut faire, c'est celle-là, Peter. Sinon, il pourra au moins nous fournir des renseignements.

– Peut-être. Il est… différent. Pas comme dans votre souvenir.

– Différent comment ? »

Mais Guillam secoua la tête.

*

Guillam était arrivé à Berlin sans grandes espérances. Mundt était une source en danger et recrutée sous la contrainte ; ces gens-là avaient la réputation de traîner des pieds. À l'automne, il avait compris ce que c'était que d'avoir des lampes en plein visage et de voir tout s'effondrer. Pour ne rien arranger, il savait ou soupçonnait que son rôle était spécifique : une fois l'affaire réglée, il pourrait facilement être mis au rebut. S'il pouvait éviter d'être productif, il ne s'en priverait pas. Pour Guillam, cela faisait peu de doutes.

En cela, comme en tout, Mundt était pervers. Son apport fut colossal, à telle enseigne qu'on aurait pu croire qu'il avait attendu toute sa vie cette occasion : un catalogue presque inépuisable d'informateurs et de sources qui ignoraient l'être au sein de la RDA, une somme d'opérations d'écoute est-allemandes dans des ambassades-cibles à Bonn, Vienne et Londres, et les noms et fausses identités d'une douzaine d'agents de la Stasi postés sur le sol américain, que Control se fit un plaisir de transmettre, avec les condoléances de rigueur, à son homologue outre-Atlantique. Mundt avait même mis en place un système au service de sa trahison : profitant de ses fonctions à l'intérieur de l'appareil sécuritaire, il envoyait et recevait régulièrement des communiqués estampillés Stasi à des agents à l'Ouest, lesquels agents, déjà dénoncés à Londres par Mundt, remettaient en toute innocence ses rapports à des membres de la section Voyages. Moyennant quoi, l'ensemble du réseau apparaissait plus clairement dans l'organigramme de la Stasi que dans celui de Control. Le rôle de Guillam dans le travail de contact proprement dit était minime. Mundt lui indiquait des heures et des lieux, Guillam s'adressait aux Voyages et s'en occupait. L'hypothèse, toujours présente à l'arrière-plan – que Mundt fût non seulement un agent de la Stasi, mais un agent soviétique dans l'appareil de la Stasi –, devint très vite plausible aux yeux de Guillam. Si Mundt transmettait déjà des secrets à Moscou, il était logique qu'il ait une réserve disponible et un mode opérationnel pour Londres. De même, qu'il eût du mal à reconnaître que son âme était déjà vendue ailleurs et devait donc être considérée comme très défraîchie, n'avait rien de choquant.

Tout bien considéré, l'homme Mundt demeurait d'une opacité exaspérante. Au Cirque on avait coutume, quand des agents étaient recrutés par la compromission ou l'extorsion, de faire de la trahison une forme de dépendance. On réglait les problèmes au fur et à mesure, on faisait des cadeaux et on entretenait les addictions, si bien qu'à la fin le Cirque était beaucoup plus recherché pour ce qu'il donnait que détesté pour ce qu'il exigeait en échange. Dans ce cas précis, pourtant, Guillam était pieds et poings liés. Si Mundt acceptait la situation, il n'allait pas plus loin. Les rares fois où ils se retrouvèrent face à face, Guillam tenta de le faire parler, en vain. Hans-Dieter avait-il une famille ? Hans-Dieter n'en avait pas. Des amis qui pourraient réclamer de l'aide, en RDA ou ailleurs ? Encore une fois, non. Eh bien, dans ce cas, il devait être seul. On pouvait lui trouver de la compagnie. Y avait-il peut-être quelque chose en guise de consolation, inacceptable même pour des officiers de confiance, qu'il souhaitait se voir discrètement accorder ? Là encore, Mundt semblait trouver la chose presque pittoresque, comme s'il regardait quelqu'un exécuter méticuleusement à la main une tâche qui devrait déjà, à notre époque, être automatisée.

Mundt avait toujours été un pisse-froid, presque une caricature d'Allemand retors. Nazi par inclination et officier de la Stasi par opportunisme, il servait le Cirque avec la même efficacité glaciale qu'il avait déployée devant ses autres maîtres. Quand la plupart des hommes éprouvaient du désir, il n'y avait chez Mundt qu'opiniâtreté et instinct de survie. S'il tirait une forme de satisfaction de quoi que ce soit d'extérieur, Guillam soupçonnait que c'était du meurtre. Il était à la fois l'agent parfait et le pire de tous, car totalement lisse.

Jusqu'au lendemain de Noël, quand il était devenu effroyablement et inopportunément humain.

Le premier signe inquiétant était apparu lors du rendez-vous secret en Yougoslavie. Guillam devait établir un rare contact direct avec Mundt, présent à Belgrade sous l'identité du capitaine Adler, de la sécurité diplomatique. Mundt avait annulé les deux premiers rendez-vous mais s'était rendu au troisième, dans une boîte de nuit principalement destinée aux touristes et aux investisseurs étrangers cajolés par le régime de Tito.

« Un endroit luxueux, dit Guillam à Smiley avec une réprobation prudente. Je n'aurais pas choisi ça. Il faut partir du principe que les murs ont des oreilles. Cuivre et velours rouge, petites lampes vertes sur les tables et sonnette pour le serveur. Ils tamisent les lumières à 19 heures, pour que tous les clients puissent défaire un bouton de leur col et poser les mains sur des genoux accueillants. Et si vous n'en trouvez pas, le personnel se chargera de vous en présenter. »

Le jour dit, Guillam était arrivé avec une demi-heure d'avance, comptant s'asseoir au fond du bar, d'où il pourrait observer toute la salle. On lui avait dit de s'attendre à un échange discret, mais Mundt était déjà là. Il vint à sa rencontre, le salua comme un vieil ami, puis le traîna jusqu'à une table pour boire des verres et admirer une fille : Katinka. Mundt lui expliqua bruyamment qu'il venait de la rencontrer mais qu'il pensait qu'ils allaient se marier. La fille rigolait et s'interrompait parfois pour plaquer sa bouche sur celle de Mundt et l'embrasser longuement, comme si elle cherchait une chose enfouie en lui. Puis elle se détachait en levant les mains en l'air et jurait ne pas plus comprendre la situation que Guillam. Ce n'était pas seulement indiscret : ils attiraient tous les regards. La fille était superbe, peut-être ivre, et Mundt, cravate dans la poche et cheveux plus longs que la coupe militaire dont Guillam gardait le souvenir, ressemblait à un objet en marbre fabriqué par une entreprise postulant pour le Parthénon.

Pendant que Mundt se disputait avec le barman à propos du whisky, Guillam demanda à la fille : « Où l'avez-vous connu ? »

Il estimait devoir faire semblant pendant cinq minutes, peut-être dix, avant de prendre ses jambes à son cou.

« Au casino de Pola, répondit la fille. Le Brioni.

– Il jouait de l'argent ? » demanda Guillam.

C'est une mise en scène, pensait-il. Ça ne peut pas être autre chose. Mundt essaie de semer quelqu'un, peut-être les Russes, ou les hommes de Tito, ou peut-être moi. Il n'est pas fou à ce point. Mais il n'en était pas moins inquiet. Parfois les agents s'écroulaient, et dans ces cas-là vous pouviez aller au-devant de sérieuses déconvenues.

« Bien sûr. Il a gagné le pactole ! C'était formidable. » Elle haussa les épaules. « Et c'est toujours formidable ! Vous savez quoi ?

– Quoi ?

– Il garde son chapeau pour faire l'amour. Un chapeau de cow-boy, comme dans les films. Il dit qu'il l'a gagné auprès d'un Américain. À la table de jeu. Il trouve ça très sensuel, il veut que je le porte aussi.

– Et vous le portez ?

– Évidemment ! Je suis sa cow-girl, maintenant. On va élever du bétail dans un ranch et faire notre vin. *Yee-hah !* »

Elle mima un lasso au-dessus de sa tête. Mundt revint avec la bouteille de whisky, de l'irlandais plutôt que du scotch, mais tout de même hors de prix. Guillam en but un verre avant de s'excuser et de filer directement à l'aéroport. Il prit un vol pour Vienne et câbla au Cirque que leur agent était peut-être sévèrement dérangé. Dans l'avion, il trouva le rapport de Mundt, que ce dernier avait glissé dans la poche arrière de son pantalon pendant leur accolade d'adieu. Il le parcourut, au cas où il y aurait une urgence, décréta qu'il ne savait pas quoi en penser et le rangea dans la valise diplomatique pour Londres, à l'attention personnelle de Control.

« Recommande examen immédiat de la situation d'Adler par personnes connaissant bien passé et contexte », écrivit sagement

Guillam dans sa note de présentation. C'était ainsi que les hommes de terrain informaient l'organisation qu'ils jugeaient une affaire trop épineuse ou carrément trop effrayante pour la confier à leurs seules compétences.

Le deuxième signe, plus préoccupant, était le rapport lui-même, où les renseignements recueillis par Mundt, d'ordinaire pertinents et détaillés, laissaient place à des passages décousus d'introspection et de paranoïa criante. Tout en reconnaissant sans ambages n'avoir aucun élément à l'appui de ses dires, Mundt se pensait victime d'une surveillance constante. *Ich habe da so ein Fingerspitzengefühl* : Je le sais d'instinct. Deux ans plus tôt et avec une prémonition effarante, Willy Brandt avait dit la même chose à propos du Mur.

Mundt proposait que Control fasse tout ce qui était en son pouvoir pour déterminer si cette surveillance était l'œuvre de Moscou ou de Washington – voire, suggérait-il, s'il n'était pas la cible d'une tentative de compromission par le département central d'investigation du ministère chinois de la Sécurité d'État. Il était normal, admettait Mundt, que des haut gradés de son service s'espionnent les uns les autres. S'il ne s'agissait que d'intercepter son courrier ou de mettre son bureau sur écoute, ça n'aurait aucune importance. Mais Mundt suivait son propre catéchisme. C'était une nécessité, expliquait-il, pour un homme dans sa position impossible. À tout instant il était régi par deux processus de pensée parallèles : l'un qui dirigeait sa vie à la fois en tant qu'officier de la Stasi et qu'agent britannique ; l'autre qui cherchait constamment à se voir à travers les yeux d'un agent fictif du contre-renseignement qu'il nommait *Gegner*, soit « ennemi ».

Et Gegner, comme la Stasi – dont on estimait qu'elle avait pénétré la société est-allemande à un degré de transparence exceptionnel, presque inimaginable, et recruté des agents dans la quasi-totalité des foyers –, voyait tout. Gegner était dans la pièce même quand la pièce était vide. Gegner pensait plus loin, plus en profondeur, plus sagement. Gegner ne manquait rien et comprenait tout ; il vous connaissait mieux que vous-même. Gegner entendait des mots que vous n'aviez jamais prononcés et s'en servait pour vous nuire.

Il était impossible de devancer Gegner, impossible de lui échapper, et pourtant c'était à cette tâche que Mundt – d'après lui – consacrait la moitié, sinon plus, de son activité cérébrale. Cette fois, alors que le monde soufflait après la crise cubaine de l'année précédente, Mundt sentait Gegner tout proche, l'œil rivé sur Berlin et sur l'officier qui avait été si triomphalement innocenté quelques mois plus tôt.

« Et vous avez lu ça dans l'avion, dit Smiley. Qu'en avez-vous pensé ?

– J'en ai pensé qu'il était dingue, répondit Guillam. Je me suis dit qu'un agent à la fois nazi, communiste est-allemand, communiste soviétique et britannique, ça faisait trop pour un seul crâne. Je m'attendais à recevoir le signal d'exfiltration au réveillon du Nouvel An et à le trouver au check-point, en habit traditionnel de ramoneur, ivre mort. Ça aurait pu marcher. Même les gardes-frontières sont humains. Même ici. »

Il repensa à Schulz et à Friedmann qui chantaient dans la nuit.

« Mais vous ne l'avez pas reçu.

– Non. Ce n'est pas une bonne nouvelle pour autant. Après Belgrade, Mundt est redevenu normal. Le retour de l'homme-glaçon. Produit irrégulier, mais relativement fréquent – on envoie la section Voyages à Paris le mercredi, puis plus rien, puis deux semaines plus tard on organise un rendez-vous à Rome. Une semaine après, des informations concernant des remous chez les prolos serbes, piquées dans une circulaire soviétique et livrées via un bookmaker à Stockholm. Intelligent, stable et productif, ce qui vous fait vivre à l'ombre d'un foutu volcan.

– Et vous, Peter ?

– Moi ?

– Qu'est-ce que votre instinct vous dit ? Qu'est-ce qu'il vous disait à Belgrade ?

– À Belgrade, rien. Il y avait trop de bruit. Et Mundt qui jouait les Hugh Hefner, avec son Stetson à la noix, et qui disait qu'il allait se marier.

– Oui, j'imagine que ça devait être un sacré spectacle. »

Guillam voûta les épaules comme si quelqu'un s'apprêtait à le frapper et qu'il voulait faire le dos rond.

« Le problème, ç'a été Vienne. Avant mon arrivée, personne ne savait que j'y allais. Le prétexte était une urgence commerciale – j'ai demandé au Cirque d'envoyer un message daté de la veille expliquant qu'il y avait un problème avec les douanes sur le Danube, des papiers qui manquaient. Après Belgrade, les douze premières heures ont ressemblé à une bouffée d'air frais. Puis le temps s'est gâté. Mon dos me démangeait. Bill Haydon m'avait dit un jour, à l'époque où j'étais encore un blanc-bec : quand vous pouvez sentir l'espace derrière vous, quand vous avez l'impression qu'il y a du monde, c'est là qu'il faut faire attention. Et là, c'était noir de monde. Je suis rentré à l'hôtel. J'étais sûr que quelqu'un avait retourné la chambre. Mais à ce moment-là il n'y avait rien à y trouver. J'ignorais qui c'était. Les Yougoslaves ? Les Russes ? Les Autrichiens ? Ou alors cette foutue Stasi, surveillant son propre agent. »

Vienne était un territoire neutre, et Guillam n'avait aucune mission d'espionnage à y mener. Il rendit visite au service des douanes et se fit remettre une collection de formulaires autrichiens extrêmement complexes. Il demanda poliment à ce que quelqu'un les lui explique, tâche dont s'acquitta une très jolie jeune femme derrière le guichet. Ils convinrent d'un rendez-vous le soir même. Entre-temps il se promena, but des cafés et laissa ses yeux « écouter ». Dans le quartier des banques, il alla dans un bar, choisit une table d'angle bien placée et mémorisa tous les visages qui entraient. Le soir, Jelske et lui burent de la Dôle. Pendant qu'elle lui parlait des futuristes italiens et de leur haine des femmes, il admirait celle qu'il avait sous les yeux et essayait de repérer des visages familiers. Comme Smiley, il savait très bien qu'en temps normal il ne pourrait pas démasquer une équipe d'observateurs compétents, mais les gens étaient humains : s'il les faisait travailler, ils commettraient peut-être une bourde et se trahiraient.

« Eh bien, pas du tout, résuma Guillam. Si tant est qu'ils aient été là.

– Et où étaient-ils ? Je ne vous demande pas de savoir, Peter. Seulement de deviner. »

Guillam réfléchit longuement.

« Oui, dit-il enfin. Ils étaient là. Mais je me suis trompé dans mon rôle. Je ne sais pas ce qu'ils attendaient que je fasse, en tout cas je ne l'ai pas fait. »

Il était allé à l'aéroport directement depuis l'appartement de Jelske et, suivant les instructions de Control, avait essayé de chasser cette affaire Gegner de ses pensées.

« Si on part du principe qu'il existe un Gegner, suggéra Smiley, et que Mundt n'a pas tort même s'il est au bout du rouleau, qui est-ce ?

– Moscou, répondit tout de suite Guillam. Si on admet que Mundt a un accord de survie avec la 13e Direction ainsi qu'avec nous, peut-être qu'ils l'ont dans le collimateur depuis l'année dernière. Peut-être que Leamas était suffisant pour la Stasi, mais pas pour le Centre.

– Agapov et Pogodine », fit Smiley.

Guillam eut l'air surpris.

« Agapov est hors jeu, dit-il comme si c'était l'évidence même. Pogodine a fini par avoir sa peau. Il est assigné à résidence chez lui, à Leningrad. Control ne vous l'a pas dit ?

– Le cloisonnement, murmura Smiley en repensant à la mise en garde de Lena Antonova à son mari, et au nouveau patron de Miki. S'il peut l'éviter, il ne partage rien.

– Et je peux vous assurer qu'il ne se fait pas d'amis avec ça, grommela Guillam.

– Quel est le prétexte ? » demanda Smiley.

L'espace d'un instant, Guillam ne sut pas s'il parlait de Moscou ou de Control.

« Comportement indigne d'un bolchevik. Pogodine prétend qu'il a piqué dans la caisse. C'est peut-être vrai. Peu importe, de toute façon. Il est fini.

– Pogodine n'est pas du genre à faire la chasse aux sorcières. C'est un soldat de formation, il croit en la loyauté entre officiers. C'est ce qui l'a retenu sous Staline. »

Guillam haussa les épaules.

« Avant que je quitte Londres, Oakmoor était persuadé qu'il y avait quelqu'un d'autre. Il disait en avoir l'intuition profonde, ce qui signifie sans doute que les Américains le lui ont dit. L'adjoint de Pogodine, un dur à cuire, un vrai croyant. Il y a une question qui se pose à propos de ces deux-là : lequel est le maître, lequel est le disciple ? Mais Agapov n'est plus là, en tout cas il n'était plus là le mois dernier.

– Dans quelle mesure est-ce fiable ?

– Je suis loin d'être le mieux placé. Mais Control a dit "très". Je ne suis pas payé pour donner mon avis, George. Je me contente de manger ce que j'ai dans mon assiette. »

Ce qui, ce jour-là, signifiait demander à Mundt d'organiser une exfiltration.

Si Guillam, dans la Mitteleuropa, sentait une foule de gens derrière lui, Susanna Gero, à Londres, avait l'impression d'un vide abyssal. Tandis qu'elle s'attardait dans le salon partagé de l'agence de secrétariat Adams, elle était passée d'une forme de soulagement à l'ennui, puis à l'épuisement, enfin à une énergie léthargique qu'elle était bien en peine de nommer et qui lui faisait arpenter la moquette Axminster comme une panthère en cage. Le deuxième soir, elle fit la cuisine pour tout le monde, par gratitude, laissant ses mains travailler et oubliant momentanément que la conception hongroise du paprika et des épices était mal connue des délicats palais anglo-saxons originaires des villes de banlieue situées au-delà de Reading. Si Rose Jeremy, son bol terminé, exprima bruyamment sa satisfaction et se resservit, les filles avec qui logeait Susanna la regardèrent comme si elles avaient affaire à une Borgia, ou tout simplement à une folle à lier. Plus tard, en faisant la vaisselle, elle cassa deux assiettes et jura. Mlle Adams soupira et partit chercher une pelle à poussière.

« La rage, dit Rose Jeremy dans l'embrasure de la porte.

– Quoi ?

– Le mot que vous ne trouvez pas. C'est "rage". Vous enragez parce que votre patron s'avère être quelqu'un dont vous ignoriez tout, que vous avez pu jeter un coup d'œil derrière le rideau et que c'était excitant, et qu'ensuite ils vous ont laissée tomber au fond d'un trou. Pas vrai ? Alors aujourd'hui, vous ne pouvez plus rester assise bien sagement ou vous empêcher de frapper des objets ou de les balancer en l'air, car vous êtes tellement en colère que vous n'en voyez même pas les limites. Encore une fois : la rage.

– C'est absurde.

– Ah oui ? Parce que je crois bien que vous ne m'avez encore jamais parlé de la sorte. Pas de femme à femme, comme si vous étiez sur le point de me décapiter avec cette éponge à récurer. »

Susanna baissa les yeux vers ses poings fermés.

« Pour être sincère, j'aime assez l'air que ça vous donne, reprit Rose Jeremy. Vous avez de quoi être en colère, n'est-ce pas ? Donnez-moi ça, je ne suis pas un plat, je n'ai pas peur d'un bout de savon. »

Elle lui tourna son large dos et s'attela à la tâche. Susanna, voyant une fois de plus quelqu'un faire le travail qu'elle estimait être le sien, faillit hurler. Elle se rendit soudain compte qu'elle la ressentait, cette frustration qui bouillonnait en elle, l'impression que le monde se trompait lourdement et devait être tout de suite corrigé.

« Oh », dit-elle, avant de rire.

L'impression n'était pas partie, ne s'était pas du tout dissipée, mais s'était logée à la place qui lui était réservée. Désormais, ses pieds savaient dans quelle direction se tourner, et tout ce qui était lamentable devenait au contraire un défi.

« Voilà », murmura Rose Jeremy devant l'évier.

*

Une heure plus tard, Susanna s'approcha de la porte latérale et frappa vigoureusement. Elle attendit, puis frappa encore et encore. Au bout de dix minutes, un homme mince au visage idiot entrouvrit la porte.

« Qui êtes-vous ? demanda-t-elle lorsqu'il ouvrit la bouche. Je veux voir Smiley.

– Glenn », répondit-il. Il se couvrit aussitôt la bouche comme s'il avait vendu la mèche. « M. Smiley n'est pas là.

– Je veux le voir. Je dois le voir. Tout de suite. Il s'agit de… »

Elle faillit dire Miki Bortnik, mais Smiley l'avait prévenue : Miki devait rester secret, y compris ici.

« Il s'agit de mon employeur László Bánáti et de sa récente disparition. Il s'agit aussi de certains amis. »

Elle y mit la même intonation qu'elle avait entendue dans le couloir, prononçant le terme technique sans savoir à quelle technique il renvoyait. Elle vit Glenn écarquiller les yeux. De toute évidence, les amis avaient des amis haut placés. Il ouvrit la porte, la fit entrer, puis referma comme s'il pouvait y avoir des loups derrière le traîneau.

« M. Smiley n'est pas là, répéta-t-il.

– Dans ce cas je parlerai à McCraig », répliqua-t-elle, repensant à l'offre d'emploi dont elle savait maintenant qu'elle ne l'intéressait pas.

Glenn donna l'impression d'affronter un vent violent. Il ouvrit enfin une boîte en bois verte fixée au mur et décrocha le téléphone.

« Glenn, dit-il. Mlle… »

Il se tourna vers elle.

« Hofbauer, répondit la bouche de Susanna.

– Mlle Hofbauer est ici et veut voir M. Smiley. Je lui ai dit… Oui. Oui. Parfait. Entendu. »

Il raccrocha et la regarda presque avec admiration.

« Vous devez venir avec moi », dit-il, comme si ce n'était pas déjà le cas.

Il l'emmena dans le même couloir qui, en plein jour, semblait de moins mauvais augure et plus poussiéreux. Arrivés dans la partie ouverte, ils tournèrent non pas à droite, mais à gauche, et une étroite porte d'ascenseur s'ouvrit, révélant une cabine assez grande pour accueillir deux personnes, à condition qu'elles se connaissent bien. Glenn lui fit signe d'y aller.

« Vous ne venez pas ?

– Non, fit-il. Seulement vous. »

Elle entra dans l'ascenseur et tendit la main vers le panneau des boutons.

« Cinquième étage », dit Glenn sur un ton déférent.

Et les portes se refermèrent.

L'ascenseur avait beau sentir l'encaustique et le nettoyeur pour tapis, lorsqu'elle éloigna sa main de l'élégant tableau de commande en laiton, son doigt gardait l'odeur âcre de la cendre froide. Un ascenseur de fumeur, mais que quelqu'un s'efforçait péniblement de maintenir propre et étincelant.

La montée fut lente et Susanna se dit que la cabine devait se balancer un peu dans sa cage, car les poils de sa nuque se dressèrent et le sol lui parut mouvant, comme en équilibre sur un lit de mercure. Après avoir vu défiler des plafonds et des planchers derrière la vitre étroite, elle arriva enfin. L'ascenseur brinquebala, puis s'immobilisa. Poussant la porte, elle découvrit un couloir en lambris marron et des lucarnes qui laissaient passer juste assez de lumière sur la moquette verte, de style club, pour dissimuler le reste. L'odeur de tabac était plus prégnante, plus récente. Quel était cet endroit silencieux sous les avant-toits ? Où devait-elle aller ?

Elle entendit une voix prononcer son nom quelque part devant elle. Elle tendit le cou et vit qu'à l'autre bout du couloir, rendus invisibles par un rayon de lumière grise londonienne, il y avait une pièce et, dans l'encadrement de la porte, un homme mince, mal à l'aise, vêtu d'un cardigan informe par-dessus une chemise de Jermyn Street. Elle le trouva vieux, du moins dans sa tête. Il avait la posture d'un homme âgé, comme s'il avait supporté trop de choses au cours d'une vie longue et médiocre. Près des coutures de son pantalon, ses mains tremblaient.

« Mademoiselle Gero », dit-il une deuxième fois, et elle distingua non pas ses yeux, mais les verres de ses lunettes. « Entrez donc. Je suis ravi de vous rencontrer. »

Il se retourna et elle le suivit dans une grande pièce, avec un bureau robuste et des fenêtres à gable presque aussi venteuses que celles près desquelles elle avait grandi. Devant la cheminée hors d'usage se trouvaient deux fauteuils et une table basse, ainsi qu'un radiateur électrique qui semblait ne donner que de faux espoirs.

« Asseyez-vous, je vous en prie, et dites-moi en quoi je peux vous aider.

– Est-ce que vous travaillez pour M. Smiley ? »

Il rit – un petit toussotement.

« C'est ce qu'il m'arrive de penser. »

Il enveloppa l'anse de la théière d'un torchon et servit le thé. Il ne lui demanda pas si elle souhaitait du lait ou du sucre, mais les ajouta comme si ça allait de soi. Il posa la tasse près d'elle puis, en crabe, contourna son fauteuil pour rejoindre son bureau, où il récupéra un paquet de papier à cigarette et une rouleuse.

Il roula une cigarette et la lui proposa ; elle refusa ; il plaça la cigarette entre ses lèvres, l'alluma et se cala enfin au fond de son fauteuil. Elle s'était attendue à ce que, comme Smiley, il l'interroge. Il ne le fit pas, et elle s'aperçut qu'elle l'avait, en un sens, espéré, que tant que quelqu'un ne lui poserait pas les questions elle ne connaîtrait pas les réponses. L'homme sembla se contenter d'écouter les allées et venues des pigeons sur le toit et le vent qui faisait trembler ses fenêtres. Il recracha la fumée en un long soupir vide. Elle eut l'impression de le voir lâcher son dernier souffle, et une deuxième fois, et une troisième. En attendant, il ne lui demandait toujours rien.

Que voulait-elle, au juste ? Ce n'était pas clair. L'avait-elle su quand elle s'était élancée une heure plus tôt ? Elle l'avait cru. À présent, elle en doutait. C'était comme expliquer ses rêves. Elle avait eu un éclair de lucidité, indéniablement, pourtant les détails lui échappaient dès qu'elle les poursuivait, partis en fumée. Elle regarda la rouleuse. Une inscription en belles italiques était gravée dessus, quelque chose en lien avec des décennies de charbon britannique. Le plaqué argent était terni, parsemé de taches brillantes, là où l'homme le tenait pour préparer ses cigarettes.

Il finirait par fumer sa cigarette et boire sa tasse de thé, et tôt ou tard il la congédierait. Elle devait parler. Elle voulait dire quelque chose d'important, quelque chose qui l'oblige à écouter.

« J'ai rencontré Bill », dit-elle les yeux dans le vide.

Il devait forcément être au courant : elle avait dit qu'elle s'appelait Hofbauer et on l'avait quand même laissée entrer. Elle avait connu une famille Hofbauer à Budapest, dans un appartement d'angle de son immeuble. En hiver, la lumière y était si rare qu'on ne pouvait pas lire dans leur salon en pleine journée.

« Et qu'avez-vous pensé de Bill ? »

Qu'avait-elle pensé de Bill ? C'était un filou, mais pas un imbécile. Elle l'avait éconduit, mais il lui en avait coûté.

« Il est passable. »

Sa propre mère, prenant le contrôle de ses lèvres.

« Pauvre Bill. » Il rit de nouveau, et elle se rendit compte qu'elle n'avait toujours pas de nom à lui attribuer. Il était l'homme, tout simplement. « Votre travail vous plaît ? Pour M. Bánáti. Est-ce gratifiant ?

– Passable aussi.

– Pourtant, quand un homme s'est présenté à votre porte en disant qu'il était un assassin, votre premier réflexe a été de courir chez Bánáti pour le prévenir. Tout en sachant que c'était soit inutile, soit risqué. À votre avis, pourquoi avoir fait cela pour un travail passable ?

– Je n'ai pas dit que lui était passable. J'ai dit que le travail l'était.

– Vous l'appréciez tant que ça ? En tant que personne ?

– Oui.

– Mais vous n'êtes pas amants.

– Non.

– Une relation paternelle, peut-être.

– Je ne sais pas. »

À quoi étaient censés ressembler les pères ? Ou les filles, en l'occurrence ? Une fille ferait-elle ça en cas de crise ? Elle le supposait, même si dans les films américains c'était le contraire – les pères protégeaient leurs filles. S'il n'était pas convenable, au cinéma, que la relation fonctionne en sens inverse, dans la vraie vie elle pensait que ça l'était. Les gens faisaient des choses, parfois des choses idiotes, et les mains secourables se dirigeaient partout où il le fallait.

« Je me demandais si vous aviez envie de refaire quelque chose de dangereux. D'avancer au lieu de fuir. Smiley voulait vous laisser en dehors de ça, mais il a une vision romantique de l'humanité. Comme s'il sacralisait la vie civile. Moi, au contraire, il m'a semblé que vous étiez ici parce que vous le vouliez. »

La tête se tourna vers elle ; elle vit enfin ses yeux. Elle pensa qu'ils étaient marron, mais sans en être certaine. Les paupières étaient lourdes, les sourcils fournis. La lumière tombait sur ses joues et l'arête de son nez mais s'arrêtait là, lui donnant un air sournois ou las – peut-être était-il un peu des deux. Pourtant sa voix se fit brusquement impérieuse, comme s'il habitait son propre corps pour la première fois depuis qu'ils s'étaient assis.

« Je peux vous l'offrir, voyez-vous. Si ça vous paraît attrayant. Je peux vous proposer un travail un peu plus que passable, à la place de celui que vous avez perdu. Car vous l'avez perdu. Votre M. Bánáti – ce n'est pas son vrai nom… Je crois hautement improbable qu'il revienne dans le monde littéraire. Vous l'aviez déjà compris, je suppose. »

Oui. Pas à haute voix, pas même avec autant de mots. Mais oui, elle l'avait compris.

« De nos jours, ce n'est plus aussi spectaculaire que pendant la guerre. Pas de parachutes, j'en ai bien peur, pas de Résistance française. Néanmoins, je ne peux pas vous cacher que, si vous choisissez d'aller sur le terrain, il y aura des aspects désagréables et peut-être pas mal de risques. De manière générale, même si vous travailliez ici, au Cirque, vous seriez séparée de vos amis, de tous les gens que vous connaissez, d'une certaine façon pour toujours. Je ne dis pas que vous ne les reverriez plus, seulement vous devriez leur mentir à propos de choses simples. Mais vous auriez une influence, si tant est que ça signifie quelque chose. Vous feriez pencher la balance. Et au lieu de fuir, vous avanceriez. Qu'en dites-vous ? »

Elle n'était pas venue là pour obtenir un travail. En tout cas, elle ne le croyait pas. Pour quoi, alors ?

« Je veux retrouver M. Bánáti.

– Même s'il n'est plus votre patron. Et pas votre amant.

– Oui.

– Des affaires pendantes.

– Oui.

– Quelquefois, il vaut mieux les oublier. Les laisser telles quelles.

– C'est ce que je veux. Je ne sais pas pourquoi.

– Smiley est à la recherche de votre Bánáti. Sauf qu'il ne parle pas le hongrois. Il parle un allemand très châtié, ou l'argot de la rue quand il veut, mais ni le hongrois, ni le tchèque, ni le russe. Si je lui ordonne de vous emmener, il y sera bien obligé, mais ça le gênera. Ça lui pèsera. Il se sentira responsable de vous.

– C'est ce que vous voulez, non ? »

Les yeux n'étaient plus là, et les verres brillaient.

« Je veux que chacun soit dans le rôle qui lui convient le mieux. Et gagne. Il s'agit d'une guerre, après tout, et tant qu'à faire la guerre, mieux vaut la gagner avec tous les désagréments que cela comporte plutôt que de la perdre et de subir le prix de la défaite. Vous ne pensez pas ? Je crois savoir que ce prix-là, vous le connaissez. »

Elle ne répondit pas. Ils burent du thé et écoutèrent la rumeur de la circulation, jusqu'à ce que Millie McCraig entre, pousse un soupir, et la raccompagne.

8

Rejoindre la Grande-Bretagne après 1956 avait ressemblé – comme Susanna l'imaginait – à un voyage du temps de la marine à voile. Dans une sorte de brouillard, elle avait enchaîné les procédures bureaucratiques, sans bien savoir pourquoi elle partait à l'Ouest mais consciente qu'elle le faisait, comme si un vent soufflait et que seules ses voiles le sentaient. Rien n'avait véritablement de sens, rien n'était prémédité, et pourtant les choses se faisaient. Vienne l'aurait accueillie, comme des milliers d'autres avant elle, mais elle n'était pas autrichienne et ne souhaitait pas le devenir. Elle n'avait pas quitté sa maison pour s'installer chez le voisin. Paris était trop austère, Stockholm trop au nord, Madrid trop au sud. Elle n'aurait pas formulé ces choses-là, n'aurait pas pu les nommer, pourtant elle obéit à leur diktat et se laissa porter par la vague. Elle passa d'un monde familier à un monde dont la forme lui était totalement inconnue mais qui était la seule destination envisageable. La ligne de chemin de fer partait vers l'Ouest, alors elle en fit autant, jusqu'à Calais et son absurde ferry cubique équipé – à sa grande surprise – d'un bar sur le pont supérieur, où elle s'installa avec un verre de mauvais vin qu'elle n'avait pas tout à fait le droit de boire, bien que, ayant menti à la police autrichienne sur son nom et son âge, elle disposât de papiers provisoires qui rendaient la chose possible. Elle contempla la

Manche, comprenant qu'elle n'était ni morte, ni prisonnière, ni rien de tout ce à quoi elle s'était attendue, et elle ne sut absolument pas quoi en penser. Un touriste égrillard essaya d'engager la conversation ; la sévère barmaid – elle n'avait encore jamais vu de femme noire – envoya promener l'importun. Elle eut le mal de mer et s'en moqua, puis passa par les services de l'immigration, où personne ne comprit comment elle était arrivée seule alors qu'il existait une procédure – évidemment, vu les centaines de réfugiés qui déferlaient de son pays natal au cours de ces semaines-là. Mais elle était bien là, et il lui fallait quelque chose à faire. Deux mois plus tard, elle se trouvait dans le bureau de Genevieve Adams, où Rose Jeremy épluchait tous les mensonges polis qu'elle avait débités sans avoir l'air de s'en offusquer. Ensuite il y avait eu les cours de langue puis, de contrats courts en faux départs, le temps avait passé, les saisons s'étaient succédé, et finalement était arrivé Bánáti & Clay.

Le voyage en sens inverse était d'autant plus troublant qu'il était soudain. Pour son séjour à Berlin, McCraig lui avait donné de nouveaux papiers, établis au nom de Hofbauer. Elle était une interprète stagiaire, attachée à l'ambassade de Bonn, à l'essai. Elle se présenterait à Smiley comme un fait accompli, car c'était bien le cas, et il aurait pour instruction de se servir d'elle pour mieux appréhender M. Bánáti – de son vrai nom Róka, apparemment – et établir un premier contact, que faciliterait la présence d'un visage connu. McCraig avait l'air irritée. Susanna en déduisit qu'elle s'y opposait fermement. Elle exigea d'en connaître la raison.

« Mais parce que c'est dangereux, pardi, répondit McCraig sans s'énerver. Pour vous tous. On est très loin des normes en vigueur. S'il existe une seule règle dans l'utilisation des civils, c'est que s'ils ont envie de participer, on les en empêche.

– Et la formation ?

– Oui, eh bien ? »

Ne devait-elle pas, demanda-t-elle, apprendre les rudiments de l'espionnage ? Pour l'impressionner, un des clients de Bánáti – Bánáti qui était lui-même manifestement un maître espion sans qu'elle l'ait jamais remarqué – lui avait dit avoir été recruté après l'université et contraint de passer une semaine dans un curieux établissement de la côte est, où le jour on leur enseignait le combat à mains nues, et où la nuit ils dormaient dans des dortoirs face à une rangée de cabanes hébergeant plus d'une centaine de types de toilettes différentes. Rien, avait-il expliqué, ne risquait plus de griller votre couverture que l'incapacité à manier des toilettes que vous étiez censé connaître depuis votre enfance. Elle raconta cela à McCraig, qui la dévisagea avec une sorte de fascination horrifiée.

« Cet établissement ne me dit rien, hasarda celle-ci au bout d'un moment. Peut-être le Département. Pas nous, en tout cas. Quant à la formation, faites ce que Smiley vous dit. Quoi qu'il arrive, même si ça paraît dément.

– Même s'il ne parle pas le hongrois.

– C'est le meilleur d'entre nous. Si vous décidez de poursuivre – d'en faire votre vie –, ils vous soumettront à la formation de Sarratt. Ça dure des mois. Ils vous épuisent, vous font faire toutes sortes d'exercices collectifs, kidnapper des cyclistes, baratiner pour faire ouvrir des portes, vous battre comme une tigresse. À la fin, ils feront venir Smiley, qui vous dira tout ce qui ne peut pas être enseigné, c'est-à-dire l'essentiel. Et de toute façon vous connaissez déjà mieux le métier que la plupart de ceux qui suivent cette formation. Vous avez quitté la Hongrie en 1956. Vous savez ce que vivre là-bas signifie et vous avez fui. Si ça ne suffit pas, vous pouvez vous demander ce que ferait votre M. Bánáti.

– Il n'a jamais rien fait d'excitant. Il était tout à fait ordinaire. »

Suanna écouta ces mots sortir de sa bouche, puis reporta son attention sur le petit sourire de McCraig. « Oh.

– Ils se ressemblent par certains aspects, j'ai l'impression : Smiley et Róka. Vous verrez.

– Mais si je dois me battre contre quelqu'un ?

– Dans ce cas vous aurez de gros ennuis. Alors ne le faites pas. Et pas seulement si vous perdez – si vous gagnez, aussi. Donc faites en sorte que ça ne se produise pas, d'accord ? »

Elle eut un regard noir, puis se radoucit.

« Oh, ne prenez pas cet air de chien battu. Je vais vous dire trois choses auxquelles penser au cas où ça se produirait. Premièrement : pas de demi-mesures. Soyez péremptoire. Vous n'avez ni le temps ni la force pour être gentille, donc oubliez. Si ça va vraiment mal, donnez ce que vous avez de plus méchant, le plus fort possible, et ainsi de suite sans vous arrêter, jusqu'à ce que vous puissiez vous enfuir ou qu'il soit mort. Pas assommé, pas sidéré – mort et bien mort. Deuxièmement : ne vous servez pas de vos poings pour cogner, sinon vous allez vous casser les doigts. Ramassez un bout de bois. Utilisez vos coudes, le plat de la main, vos genoux, tout ce que vous voudrez. Une partie dure de vous sur une partie de molle de lui. Le nez, c'est bien, la bouche aussi. Si vous pouvez lui entailler le front avec quelque chose, ça saignera dans ses yeux. Les petits os du pied si vous avez de bonnes chaussures. Piétinez-moi ça comme un caïd de cour de récréation. Ne visez pas les parties, sauf nécessité absolue. Il saura comment esquiver et ça lui donnera des idées. Si vous le faites, prenez-les en main, essayez de les tordre et de les arracher, puis passez à autre chose avant qu'il se reprenne. Les oreilles, les yeux, le nez, les doigts. Troisièmement : la clavicule est une zone fragile et critique. En cas de doute, tombez dessus de toutes vos forces et essayez de la faire descendre vers ses pieds. Servez-vous du poids de votre corps et mettez tout dedans. Si vous la cassez, il est fichu. Assommez-le et donnez-lui des coups de pied dans la tête jusqu'à ce que ce soit fini. »

Susanna la regardait fixement.

« C'est ça qu'on enseigne à la formation de Sarratt ? »

McCraig haussa les épaules.

« À mon époque, on apprenait sur le tas.

– C'était quelle époque ? »

La femme plus âgée crispa la mâchoire et redressa la tête – presque un tressaillement. Sous le maquillage bien mis, une cicatrice fine, blanche et très discrète zébrait sa joue.

« Faites ce que Smiley vous dit, répondit-elle. Il vous ramènera.

– Pourquoi est-ce qu'il fait ça ? » demanda Susanna au bout d'un moment.

« Il » désignant Control. Elle trouva puéril qu'il n'ait pas d'autre nom.

« Qu'est-ce que j'en sais ? » répondit McCraig avant de lui tendre un billet d'avion.

Le jour même, en début d'après-midi, Susanna se trouvait dans une ville allemande qui sentait les marrons chauds, la viande grillée provenant d'une buvette, et l'odeur âcre de l'essence locale. Elle était de retour dans la Mitteleuropa, tout étonnée de constater combien celle-ci lui avait manqué et à quel point le fait d'arriver dans ce lieu qu'elle n'avait jamais vu – qui n'existait même pas deux ans plus tôt – lui donnait le sentiment d'être rentrée chez elle. McCraig lui avait donné la photo de l'homme qu'elle allait rencontrer. Elle devait l'appeler M. Prescott. Prescott, qui travaillait comme chauffeur pour Willow.

Elle le vit, qui tenait un panneau ENTREPRISE DENISTON, et le salua. Il la fit monter dans une voiture.

« Ce sera l'hôtel Elegant, dit-il sur le ton déférent des chauffeurs. J'espère que ça ira. »

N'en ayant pas la moindre idée, elle répondit par l'affirmative, puis accepta la main qu'il lui tendait.

« Bien, dit Lake en s'installant à l'avant. En voilà, une surprise. Le patron n'aime pas du tout ça.

– J'ai cru comprendre qu'il n'était pas obligé.

– Il a cru comprendre ça aussi. Je vous laisse imaginer comment il le prend. »

En réalité, Smiley fut on ne peut plus accueillant, à la manière d'un proche parent recevant en catastrophe un invité pour le réveillon de Noël. S'il trouvait la présence de Susanna importune, il n'en montra rien. Il a changé de manteau, pensa-t-elle, hors de propos. Le vêtement coûteux qu'il portait à Londres avait été remplacé par un autre, plus vieux, d'une laine plus grossière. Le col gris lui comprimait la peau sous le menton, et sans ceinture il ressemblait à un seau renversé. Seuls les boutons étaient de qualité. Une astuce de pauvre, que sa propre mère connaissait bien : mettre de jolis boutons sur un vilain manteau. À condition de ne pas y regarder de trop près, ça faisait illusion.

Il voyageait sous le nom de James Willow, importateur de fourrures allemandes pour les salles de tir en Grande-Bretagne. « Le tweed est passé de mode, apparemment, avait dit McCraig. Ou du moins c'est ce que vous raconterez partout, à la moindre occasion. »

Il l'accueillit dans le lobby de l'hôtel et lui dit, en murmurant, de ne pas s'inquiéter du retard qu'avait pris son avion, il s'était débrouillé. Voyant le concierge mécontent, elle s'en voulut aussitôt d'être en retard. Le concierge l'accompagna jusqu'à une petite chambre au second étage, dans le même couloir que celle de Smiley, et lui adressa un sourire entendu. « Fraülein Hofbauer désire-t-elle un double de la clé de sa chambre ? » Bien sûr : si à Londres tout le monde supposait qu'elle était la maîtresse de Bánáti, ici elle serait celle de Willow. Elle répondit que non et le fit sortir, espérant afficher le même dédain professionnel de Mlle Adams face à tout ce qui était scabreux. Elle le vit esquisser un sourire narquois et essaya de se rappeler que c'était une bonne couverture. Elle se demanda si Smiley s'en rendait compte, et si oui, ce qu'il en pensait.

*

Ils étaient quatre dans la petite salle de réunion, chacun assis devant un calepin qui recelait déjà les notes d'une réunion sur les revenus trimestriels. Tous les crayons émoussés étaient gravés d'un CB – pour Causse-Bergen. Smiley, elle le connaissait déjà, et c'était le patron. Le Français était Guillam, et il n'était pas français. Prescott s'appelait en réalité Lake. Elle crut déceler une hiérarchie, quoique subtilement tacite : Smiley le vieux sage, Guillam l'apprenti sorcier, Lake l'ouvrier. Lake et Guillam avaient échangé un hochement de menton en arrivant ; étaient-ils amants ? Chacun avait toujours conscience de l'espace physique de l'autre, de l'envergure de ses bras, ils se mouvaient ensemble comme s'ils en avaient l'habitude et ne craignaient plus la promiscuité. Non, pas amants – autre chose. Des chirurgiens. Des garçons de bains. Des coiffeurs. Elle finit par comprendre : des combattants. Ces deux-là étaient pareils aux anciens lutteurs que son père avait connus. Lui-même en avait été un, supposait-elle, même si le sujet n'avait jamais été abordé, et elle pensait qu'il n'avait pas dû être très doué. Mais eux aussi avaient le dos et les cuisses larges, et aucun complexe à toucher leurs camarades de ring. Se rendaient-ils compte à quel point c'était patent, à quel point ils se trahissaient ? Elle allait devoir poser la question à Smiley ; lui le voyait à coup sûr. Son rejet du contact physique était aussi naturel que puissant, tant vis-à-vis d'elle que d'eux, et cela risquait de poser un problème s'ils devaient jouer les amants. Mais peut-être pas : car s'il le cachait, cela traduisait un sentiment de culpabilité, or tout le monde savait que les hommes anglais avaient la sexualité coupable. À combien de couches de supercherie s'arrêtait-on ? Jusqu'où devait aller le mensonge pour être assez profond, et pouvait-on aller tellement loin qu'il ne fonctionnait plus, car on cachait cela même qu'on voulait que tout le monde sache ?

« Je vous présente Susanna Gero, dit Smiley, bien qu'ils fussent déjà au courant. Elle a été l'assistante de Ferenc Róka à Londres, et Control pense qu'elle peut nous aider à le convaincre de nous parler. Si tant est, bien sûr, qu'on le retrouve. Ce pour quoi on pourra également demander l'aide de Susanna. De toutes les personnes auxquelles nous avons accès rapidement, elle est celle qui connaît le mieux Róka, même s'il se faisait passer pour un autre. En tant que Hongroise naturalisée britannique, elle parle un allemand viennois correct et le hongrois de son Budapest natal. Elle n'a pas l'expérience du protocole et des méthodes du Cirque. Je crois que nous ferons tous de notre mieux pour la considérer comme un sympathique groupe d'émigrés à elle toute seule. » Elle trouva son sourire triste, mais pas désagréable. « Pendant notre séjour à Berlin, je demanderai à Tom ou à Peter de vous accompagner toutes les fois où je ne serai pas présent. Notre couverture commerciale devrait suffire à l'expliquer. Cela pourrait changer si, et quand, nous nous retrouverons directement face à votre ancien employeur. Mais vous devez bien avoir conscience qu'il y a une part de risque, et l'accepter. J'avais promis à Millie McCraig que je vous sortirais de là et vous y êtes entrée de manière assez résolue, donc je pars du principe que j'ai votre accord. »

Elle confirma d'un signe de tête.

« Eh bien, parfait. Je vous demanderai en premier lieu de vous asseoir avec nous et d'exprimer vos opinions. Vous ne devez pas hésiter à intervenir s'il vous semble que nous passons à côté d'une évidence dans un domaine que vous connaissez bien. Pour information : Róka – votre M. Bánáti – voyage avec de faux passeports qu'il a récupérés à Londres et cherche probablement à obtenir l'aide d'anciens amis. On connaît les noms qu'il utilise mais, quand il franchira une frontière alliée, on aura les signalements avec un ou deux jours de retard, au mieux.

– Des faux passeports, dit-elle. D'accord. C'était ce qu'il y avait dans la caisse ? »

Elle entendit sa question et la regretta. Une question de débutante.

Cependant, personne ne rit. Smiley fit signe que non.

« Il a obtenu ses nouveaux papiers auprès d'un certain Vishwakarma, à Brick Lane. Ce M. Vishwakarma est prêt à se montrer coopératif. Je crois qu'il y voit une occasion à saisir. »

Guillam lâcha en ricanant un mot qui aurait pu être « Esterhase ».

Smiley n'en tint pas compte.

« Vous avez eu peur de poser une mauvaise question. Je vous en prie, posez-en autant que possible. Pour commencer, Peter a des choses à faire qui prendront… » Il jeta un coup d'œil à Guillam. « Douze heures ?

– Au minimum.

– Quant à moi, je vais devoir procéder à quelques visites. Tom me couvrira, et vous apprendrez par l'observation. Vous serez sa couverture, il sera la vôtre. Un flirt, peut-être. Ou une corvée. Essayez de ne pas trop réfléchir. Laissez l'histoire se raconter d'elle-même. »

Lake, pensa-t-elle, a l'air gêné. Elle se demanda laquelle de ces deux possibilités lui paraissait le plus pénible.

« Mais à quoi diable joue Control ? voulut savoir Guillam vingt minutes plus tard, dans son bureau. C'est déjà difficile d'avoir affaire à un fou, je n'ai pas besoin d'en avoir une deuxième derrière moi.

– Control agit selon les renseignements dont il dispose et son analyse de ce qu'ils signifient, répondit Smiley. Nous ne les connaissons pas, donc pour l'instant nous ne pouvons pas évaluer sa rationalité. La même chose vaut pour Mundt, d'ailleurs. Vous aviez raison, à Belgrade, de vous demander s'il jouait contre vous. Je ne le crois pas, mais c'était la bonne question à se poser.

– Et vous pensez que Mundt a raison de s'inquiéter.

– Toujours, convint Smiley. Mais oui, particulièrement maintenant. Moscou sait aussi bien que nous que le meilleur moment pour attraper quelqu'un, c'est quand il se croit à l'abri. Ce qui signifie, au passage, que vous devez faire attention également. Si vous jugez trop risqué de le rencontrer en face-à-face, on trouvera un autre moyen. C'est vous, l'homme de terrain. L'expert.

– Ça va aller. Je passe de la même façon à chaque voyage, aussi peu souvent que possible, et je fais les mêmes choses. Je me dispute surtout avec des petits fonctionnaires du commerce au sujet des délais d'expédition. De temps en temps, ils me donnent du fil à retordre au check-point. Parfois, ils me confisquent mes cigarettes et on rigole un bon coup en attendant que le chef me déclare acceptable. Mais je ne transporte rien de sérieux. Jamais. Donc ils ne peuvent rien trouver sur moi, sinon l'ordinaire. Alcool et petites culottes. »

Le soupir de Smiley trahit son dégoût, et Guillam se rebiffa.

« Mais c'est le boulot, non ? Être ce à quoi je ressemble. Alors je cajole les fleurs de Berlin-Est à coups de lingerie parisienne, je leur parle de mes affaires à l'Ouest et des fortunes que je pourrai gagner. Elles font demi-tour et vont raconter à leurs supérieurs que je suis un érotomane franco-capitaliste typique. On fait tous ce qu'on nous demande de faire. Ce qui est prévisible est ennuyeux, et ce qui est ennuyeux est sûr. Sauf que maintenant, il y a votre secrétaire hongroise. Quelle est l'idée de Control ?

– D'après Connie, on a trop de taureaux sur le pré et pas assez de vaches.

– Connie est alcoolique.

– Vous le seriez tout autant », rétorqua Smiley, soudain très remonté.

Guillam leva les mains en l'air pour s'excuser.

« Désolé. Je suis à cran, George. Je n'aime pas les surprises. »

Au bout d'un moment, la mauvaise humeur de Smiley regagna, à contrecœur, sa tanière. Il agita la main.

« Susanna n’est pas une surprise, Peter. Par certains aspects, c’était inévitable. De son point de vue, parce qu’elle veut régler le problème. Du point de vue de Control… Eh bien, c’est plus nébuleux. Mais pour commencer par l’évidence même, il n’a pas tort de dire que Róka pourrait parler à Susanna, alors qu’il nous fuirait. Ce serait absurde, bien sûr. Elle ne peut être ici qu’avec notre aval, ou celui de Moscou. Si j’étais Róka, je me méfierais d’elle comme de la peste.

– Mais vous pensez qu’il ne le fera pas.

– Je pense qu’il y a certaines obligations dans la vie qu’on ne peut pas ne pas honorer, même si on est prévenu. Il lui a refilé la patate chaude à Londres et l’a mise en danger. Je ne suis pas sûr qu’elle en ait bien conscience. Mais en tout cas il lui doit une chose que l’on cherche ardemment.

– Quoi donc ?

– Une explication, Peter. Une justification de ses actes.

– Dès qu’il la verra, il détalera comme un lapin.

– C’est la voie de la sagesse.

– Oui, et pas qu’un peu. Et vous disiez qu’il était fort. Très fort. »

Smiley haussa les épaules.

« Pourriez-vous résister à pareille occasion d’être jugé par une personne à qui vous avez fait du tort ? De vous expliquer : le bien-fondé de votre comportement, son caractère absolument impérieux ?

– Oui, répondit Guillam, si j’étais en cavale, absolument.

– Peut-être que vous le pourriez, en plus. Sauf que Róka l’a embauchée. Pas n’importe quelle employée de bureau, mais une femme qui a fui le même pays que le sien et qui est dans la panade. Depuis, il ne lui a fait aucune proposition indécente, bien qu’étant ce que Toby qualifierait de “très *activ*”. Au contraire, il a passé beaucoup de temps à être Bánáti pour elle – à lui apprendre des choses, à la faire rire, à la rassurer. Un homme qui a un fils rebelle et une famille qu’il ne peut pas reconnaître, partageant la même pièce avec une jeune femme tous les jours de la semaine. S'il n'est pas attiré par elle, que signifie-t-elle pour lui, je vous le demande ? Est-il vraiment coincé au point de ne voir en elle, après tout ce temps, qu'une salariée ? Dans quelque temps, Peter, je vous redemanderai si vous pourriez lui tourner le dos. »

Finalement, Guillam dut reconnaître que le mensonge était à tout le moins convaincant : James Willow, un homme d'âge mûr, et sa jeune et jolie maîtresse, à Berlin pour acheter des tissus et des peaux à l'Est et comprendre la discrète et scandaleuse vie nocturne locale. Berlin n'était peut-être pas Hambourg, mais ce n'était pas non plus Grantchester. Il y avait certainement assez de péchés auxquels succomber.

Une heure plus tard, par l'intermédiaire du représentant du Cirque à Berlin, on apprenait que Róka s'était servi d'un de ses passeports à la frontière italienne et avait été aperçu à Rome. Il avait de toute évidence trafiqué lui-même le passeport avec une certaine habileté, ce qui signifiait que les noms fournis à Smiley par Vishwakarma ne valaient plus rien. Clancy, le permanent, n'avait pu persuader les autorités italiennes d'interpeller Róka sans un mandat d'arrêt émis par Londres pour une activité tout aussi illicite au regard du droit italien. Il avait donc tenté de l'approcher lui-même, mais avait découvert un appartement vide dans le quartier de Parione, et aucune trace de lui. Il rapporta par ailleurs que Róka avait rencontré Aslaan Gourine, le chef de poste soviétique qui était sur le départ mais qui, curieusement, ne partait jamais. Gourine, précisait pieusement l'addendum de Connie, bien qu'étant un abominable ivrogne, avait été jadis un agent de Moscou plutôt respectable dans tout le bassin méditerranéen. Il avait courageusement espionné les lieux de débauche de Lisbonne et de Barcelone pendant et après la Seconde Guerre mondiale, quand les secrets constituaient la seule véritable monnaie en circulation. Les deux hommes s'étaient retrouvés dans un bar. Comme Gourine était arrivé saoul, Róka dut soudoyer les vigiles pour qu'ils le laissent entrer. Ils avaient écouté la musique, bu d'autres verres, et Gourine avait dragué les serveuses, même si personne ne voyait ce qu'il pourrait faire avec elles si elles acceptaient. Le rendez-vous avait alors tourné vinaigre. Ils s'étaient disputés au sujet de Leo et, comme de juste, s'étaient fait chasser de l'établissement. Une des serveuses croyait avoir entendu un autre nom, mais c'était du russe et elle ne s'en souvenait pas. Boris, peut-être, ou quelque chose qui ressemblait à du *marilenghe* : Furlan ?

En annexe figurait aussi la réponse à la requête faite par Connie auprès de Jim Prideaux. Ce dernier connaissait Róka, évidemment ; un des meilleurs, d'après lui. S'il avait été à Londres, disait-il, le Cirque devait vérifier que rien ne lui avait été volé. Le seul Bogdan qui lui venait à l'esprit dans l'entourage de Róka s'appelait Molchaline : un anticommuniste de second ordre, qui avait été candidat à l'élection du premier Parlement hongrois et s'était presque aussitôt retiré en comprenant que ses espoirs ne pesaient d'aucun poids dans le nouveau pays allié des Soviétiques. Pourquoi Róka le cherchait-il ? Prideaux n'en avait pas la moindre idée. Si Molchaline était encore de ce monde, il devait avoir plus de quatre-vingts ans ; il était par définition hors jeu. Prideaux pensait même qu'il y avait de l'eau dans le gaz entre les deux hommes. Pour lui, il devait s'agir de quelqu'un d'autre.

En apprenant ce qui s'était passé à Rome, Lake broya du noir. Son intuition de Voyageur lui disait qu'ils auraient dû commencer par traquer Róka. Il voulut prendre le premier avion et remonter sa trace. Sa section était le royaume des limiers agiles et enthousiastes, et Lake avait confiance. D'après lui, Clancy avait mis trop de temps à réagir et s'était montré faible avec la police italienne.

« Si seulement ç'avait été à Paris, grommela Lake. Collins aurait fait le travail. »

Smiley demeura imperturbable.

« Il a disparu avant même qu'on sache qu'il était là, répondit-il calmement. Ce qui est notre problème depuis le début. Aujourd'hui, il pourrait être n'importe où. C'est le même petit jeu qu'à Londres : on doit être en tête, sinon on est trop loin derrière.

– On aurait trouvé quelque chose, affirma Lake. Il y a toujours quelque chose.

– Oh, absolument. Il y a ça. »

Smiley se replongea ostensiblement dans sa lecture.

À Londres, les Tantes Indignes s'étaient penchées sur l'histoire récente du gouvernement hongrois et les mésaventures de Róka dans la vie politique. Jim Prideaux était un excellent agent opérationnel, doué d'un instinct hors pair, mais les Tantes contestaient son intrusion dans le domaine de l'analyse. Selon Connie, ce qui suivait avait été bricolé à partir d'articles du journal du Parti, des trajectoires professionnelles connues de ministres subalternes dans les années 1950, et des archives et souvenirs de diplomates du Foreign Office en poste à Budapest. Enfin, Toby Esterhase avait dégotté une vieille dame, ancienne employée au ministère des Travaux publics hongrois, qui vivait désormais à Peckham Rye, au-dessus d'un fleuriste. Elle prétendait bien se rappeler cette histoire, même si Connie, gênée par sa mémoire chancelante, la soupçonnait de surestimer sa connaissance des menus détails. Dans l'ensemble, dit-elle, c'était une bonne intuition : ce qui s'approchait le plus de la vérité, mais pas rigoureusement vérifié.

Lors des élections qui avaient suivi la guerre, Róka fut encouragé à occuper un poste de second rang au sein du nouvel appareil d'État hongrois. De l'avis général, il semblait apprécier la partie la plus juteuse de la construction nationale, et y montrer même un certain talent. Mais en 1952 les échecs de la nouvelle administration exigèrent les habituels sacrifices, et Staline surveillait Budapest de très près. Il fallait des coupables. Aussi l'appareil déclencha-t-il une frénésie de dénonciations internes, aussi injuste qu'hypocrite et d'une vigueur implacable. Róka refusa d'y participer. En renâclant, il devint lui-même une cible. Il se savait menacé et n'était pas assez fier, ou assez vertueux, pour ne pas voir l'évidence. S'il pouvait trouver quelqu'un qui fût, même de très loin, un traître, il le pousserait dans la fosse. Or il n'avait pas de candidats sérieux. Il avait la faiblesse de considérer qu'une dénonciation de ce genre devait avoir un sens.

D'après Connie, il disposait alors de moins d'une semaine avant que la salve d'interrogatoires suivante l'envoie derrière les barreaux. Craignant pour sa vie, il fit comme beaucoup de gens. Il négocia, et balança un de ses amis : un Russo-Hongrois nommé Bogdan Molchaline.

D'après ce que l'on savait, ils s'étaient rencontrés à l'époque où Róka combattait les Croix-Fléchées et où Bogdan en faisait autant sur la rive opposée d'un affluent du Danube. Ils avaient été quelquefois en contact et s'étaient mutuellement épaulés. Bogdan avait vingt ans de plus. Enfant, il avait intégré l'armée du tsar et combattu en tant que soldat de deuxième classe, notamment à bord d'un train militaire blindé pendant la guerre russo-japonaise, douze ans avant la Révolution. Même en 1944, sa vie semblait appartenir à une époque d'aventuriers dont le monde moderne était désormais très éloigné. Bogdan n'était pas un bolchevique mais un farouche démocrate – héritage de sa mère hongroise –, et avait fini par être renvoyé de l'armée du tsar pour incitation à la sédition libérale, ce qui lui avait évité au passage de faire la guerre civile de Lénine.

Après la chute de Horthy et l'invasion soviétique en 1945, il avait emprunté la même voie que Róka et présenté sa candidature non pas au nom des communistes hongrois, mais pour le parti des Petits Propriétaires, plutôt démocrate. Contrairement à ceux de Róka, ses votes n'avaient pas été scrupuleusement comptés et il avait perdu face à un délégué syndical autoproclamé, issu de l'unique usine de son district. Acceptant cet état de fait, Bogdan était reparti de l'autre côté du fleuve, maussade, et avait disparu de la circulation. Róka s'aperçut, lorsque la situation se compliqua pour lui, qu'il tenait là le bouc émissaire parfait. Dans ses opinions politiques, Bogdan était la franchise même, et le fait d'être autant russe blanc que hongrois ne jouait évidemment pas en sa faveur. Bogdan était un ami mais, en tant que défenseur déterminé et conscient des intérêts de la classe bourgeoise, son influence néfaste sur la société ne faisait pas de doute. Dans le calcul moral, on pouvait arguer que ne pas le dénoncer était en soi un acte de complicité. Róka, lui, avait le soutien de la bande du Tourmaline. C'était un Moscovite pur sucre, d'une loyauté patente à l'égard du bloc soviétique, au-dessus de toute allégeance nationale. Faire valoir sa parole contre celle de Bogdan serait un jeu d'enfant. Et il pourrait respirer.

En réalité, il fit un très mauvais choix. S'il avait moins cédé à la panique, Róka aurait pu se demander comment Bogdan, au vu de ses antécédents, avait survécu jusque-là. Au lieu de quoi il fonça dans un mur, tête baissée. Le lendemain même de son rapport, il fut convoqué à un rendez-vous avec le ministre et deux membres de la police secrète. Après l'avoir informé que la loyauté de Bogdan Molchaline ne faisait aucun doute, on lui demanda de justifier plusieurs aspects de son propre comportement. À mesure que l'entretien devenait de plus en plus orageux, il se rendit compte qu'il filait un très mauvais coton. Il insista lourdement sur ses appuis moscovites mais découvrit que ceux-ci avaient été contrecarrés. Ses interrogateurs déclarèrent que c'était uniquement grâce à ses services rendus à la cause internationale qu'il ne croupissait pas déjà en prison en attendant d'être jugé, et que si de nouveaux éléments venaient le mêler à une quelconque infraction, même la plus anodine, il devait s'attendre à ce que cette indulgence s'arrête. De cet entretien et de son contenu, il ne devait parler à personne. On le renvoya chez lui, et il comprit deux choses : d'abord que, d'une manière ou d'une autre, Bogdan était bien protégé ; ensuite, qu'on l'invitait à prendre la poudre d'escampette.

Et il l'avait prise, cette fois-là comme la suivante. Quant à Bogdan, on ignorait s'il était toujours en vie, et, si oui, pour quelle raison Róka s'imaginait que l'ami qu'il avait trahi l'aiderait à sauver le fils qu'il redoutait tant de perdre.

Le soir même, vers 18 heures, Guillam se rendit au minable café Beatrice, situé près de la Johannisthaler Chaussee mais un peu à l'écart : un sinistre restaurant de carrefour, tiraillé entre les styles faux viennois et américain, toisé par les appartements du côté soviétique du Mur. Le patron, Ludo, était un des correspondants de Mundt dans le secteur allié. Il ne fallait y voir aucune conviction politique. Ludo avait de la famille à l'Est, et c'était sa manière de veiller sur elle.

Guillam venait de passer plusieurs heures à taper le rapport d'une source inexistante à l'ambassade de France à Bonn, connue dans les dossiers de la Stasi sous le nom de GOTTFRIED. Gottfried ne relevait pas directement des services de sécurité français, mais son travail permettait d'accéder de façon irrégulière aux communications entre Bonn et Paris. Si Guillam avait dû observer de l'extérieur le produit Gottfried – comme aurait pu le faire le Gegner imaginaire de Mundt –, il en aurait certainement conclu qu'il s'agissait soit d'un diplomate de second rang auquel on avait négligemment demandé de couvrir un département lesté d'une grosse charge de travail, soit d'un haut responsable du service de nettoyage et d'entretien disposant d'un accès autorisé. Si la production de Gottfried était en général désespérément lacunaire, elle venait parfois corroborer par écrit certains renseignements diplomatiques importants soigneusement choisis que les services est-allemands connaissaient déjà. Ce jour-là, Gottfried n'avait pas grand-chose à raconter mais il réclamait de l'argent de poche et, pour donner des gages de son dévouement, livrait quelques ragots. Les Américains, prétendait-il, cherchaient discrètement à en savoir plus sur un étudiant de l'université Humboldt, originaire de Budapest et prénommé Leo, qui avait été arrêté le mois précédent lors d'une soirée culturelle dans un club de jeunes. Le bruit courait, dans les cafés de Bad Godesberg, que ce Leo était peut-être le fils illégitime, né pendant la guerre, d'un officier américain aujourd'hui pressenti pour jouer un rôle politique de premier plan à Washington. Assurément, disait Gottfried, ce genre d'information sensible valait bien quelques marks supplémentaires.

Mundt comprendrait parfaitement le message : Londres voulait qu'il retrouve Leo et fasse un rapport. Passer par le lien direct du café Beatrice, cela signifiait qu'il y avait urgence et que Mundt devait, si possible, organiser un rendez-vous sous vingt-quatre heures. La fiction partagée était que toutes les communications se faisaient par signaux, contre-signaux et messagers. Mais Guillam soupçonnait Ludo de posséder un émetteur radio par rafales. À Berlin, la chose n'était pas impossible ; il y avait tellement de trafic que le plus difficile était de trouver une fréquence libre. Mundt, à l'autre extrémité, pouvait transmettre à tour de bras, chef d'orchestre secret dirigeant ses violons.

Guillam dîna et laissa quelques sous au serveur. En ressortant, il se força à regarder au nord et à l'est, ce que les Berlinois en général ne faisaient pas : la balafre de la séparation de leur ville était si douloureuse que la plupart du temps ils vivaient à l'intérieur d'elle et feignaient de croire qu'elle n'existait pas. Or, Gisriel n'étant pas originaire de Berlin, pour lui le Mur et le territoire figé au-delà devaient être encore étonnants, voire fascinants. Lorsqu'il regarda la lumière faiblarde aux fenêtres des appartements du Heideweg, Guillam se demanda laquelle épiait Ludo et attendait son signal ; si depuis cette fenêtre on pouvait voir l'endroit où Alec Leamas était mort ; si Mundt y cachait Katinka et lui faisait l'amour tout en étudiant les défenses antifascistes et l'Ouest dégénéré.

9

Smiley et Gero avaient regagné leur hôtel, et Lake le sien, nettement moins salubre, à quelques rues de là, laissant Guillam avec la nuit pour lui. Il descendit au sous-sol des bureaux et marcha parmi les caisses de fourrures. Autour de lui ça sentait le sel, le cuir de renne, la peau séchée de tigre et de lynx, de renard argenté et de vison. Les plus ordinaires venaient de la région, les autres de Russie, du Caucase et d'Asie du Sud, transportées sur le Don et le Danube jusqu'en Hongrie, puis par route à travers la Tchécoslovaquie jusqu'à Berlin. Fret en tout point licite, du moins à sa connaissance et à celle du Cirque, et qui avait pour objectif élémentaire de faire non pas de l'argent, mais du papier : cachets des douanes et masse de reçus ou de connaissements pour attester l'existence de l'entreprise. La section Finances réceptionnait les articles à Paris, les revendait Dieu sait où, renvoyait l'argent. En attendant, ils emplissaient l'entrepôt d'une odeur où se mêlaient l'allumette brûlée et, écœurant, tenace, l'ammoniac.

Il n'était jamais allé voir l'endroit du Mur où Leamas avait trouvé la mort. Seul un agent britannique pouvait s'y intéresser, si bien que quiconque en avait connaissance évitait scrupuleusement de le faire. Guillam avait songé à passer devant un jour, malgré tout, l'air de rien, mais il n'était pas sûr de pouvoir se retenir de tourner la tête. Alors il avait instauré une sorte de rituel : il marchait le long du canal et imaginait que l'eau était du béton et du barbelé.

Il avait la bouche sèche. Il ne savait pas combien de temps il était resté dans le noir, mais l'odeur des fourrures lui restait dans les narines, sur la langue. Il regarda autour de lui. Sa tasse avait disparu de son bureau. Il se rendit compte que la vieille Sandra avait dû la débarrasser en fermant : la femme de ménage, sans doute la seule personne au monde certifiée civile par le Cirque autant que par la Stasi. Une bigote et une vieille commère extrêmement conventionnelle, qui estimait qu'il était grand temps pour Matthieu Gisriel de rencontrer une gentille fille et de se caser. Elle avait eu une candidate en tête, aussitôt exclue quand il lui avait dit poliment : « Pas de luthériennes. »

Il passa une heure à lire un livre, puis une autre à travailler sur les papiers de Gisriel. Alors qu'il envisageait de se coucher ou d'aller dans un bar pour trouver quelqu'un que Sandra jugerait inconvenant, le téléphone sonna. Il décrocha.

« Causse-Bergen, Gisriel à l'appareil. »

À l'autre bout du fil, la voix était hésitante. Une femme d'un certain âge. Elle demanda s'il n'était pas Udo. Il dit non, il s'appelait Matthieu, elle avait dû se tromper de numéro. Elle lui rétorqua qu'elle savait très bien de quel numéro il s'agissait, elle l'avait elle-même composé, et le répéta sans erreur. Dans ce cas on lui avait donné un mauvais numéro et, avec tout le respect qu'il lui devait, ce n'était pas sa faute à lui.

« Je veux parler à Udo, insista-t-elle. Je sais qu'il est là, en train de boire. Udo Lange. Je suis sa femme, Frau Lange.

– Je vous assure, madame, il n'y a pas de Udo ici. »

Udo, dit-elle, avait un rendez-vous prévu le lendemain. Elle lui indiqua l'horaire et une adresse tout à l'ouest du secteur allié. Elle ajouta qu'il était un libertin et que Dieu le jugerait, ce à quoi Gisriel répondit en raccrochant.

En train de boire – rendez-vous confirmé. Immédiatement, venez sans attendre.

Udo – prudence absolue.

Libertin – le lobby de l'hôtel Störche, à un kilomètre de là, dans Berlin-Est.

Dans une boîte à chaussures rangée à la diable en haut de l'armoire à papeterie, coincé entre deux couches de cartons et dissimulé par les caoutchoucs qui accompagnaient les chaussures, Guillam disposait d'un authentique passeport est-allemand fourni par Mundt. De toutes les fausses identités qu'il avait jamais possédées, celle-ci était à la fois la plus sûre et la plus dangereuse. Sûre, parce qu'elle était couverte par Mundt et lui permettrait de franchir sans difficulté les check-points. Dangereuse pour la même raison, car tout en ayant le don de le rendre invisible aux yeux des gardes-frontières ordinaires, s'il arrivait un jour que cet aspect ait son importance, elle était loin d'être invisible à ceux de la Stasi.

Dans une autre boîte, il récupéra un objet presque plus illicite encore, et dont Mundt lui avait fait jurer de ne le laisser en aucune circonstance repartir de l'autre côté du Mur : un tampon numéroteur à bandes rotatives. Avec effort, il repensa à sa conversation avec la fictive Frau Lange : les numéros de l'adresse à Berlin-Ouest, et l'horaire, pour lequel elle avait hésité. Se les remémorant dans le bon ordre, il les régla sur le tampon, pressa celui-ci sur l'encreur puis l'apposa avec force sur la page suivante du passeport. Les bandes formaient un code journalier, validant le cachet. Il attendit et fit un gribouillis indéchiffrable en guise de signature. Comme le passeport, tout ça passerait sans encombre à un haut niveau, tant que Mundt ne serait pas directement compromis.

Il laissa l'encre sécher, puis mit un long manteau gris et un bonnet. À l'instar du passeport, l'un et l'autre étaient authentiquement de l'Est et portaient encore les odeurs tenaces du savon est-allemand et de la margarine Sonja. Smiley approuverait, pensa-t-il, même si c'était Prideaux qui lui avait mis dans le crâne, pendant des mois et des mois, que lorsqu'on entrait avec une couverture locale, seuls les détails comptaient. Vous pouviez dire que Moscou était la capitale de l'Allemagne ou que Walter Ulbricht était le chancelier en poste à Bonn, on vous prenait pour un ivrogne. Mais si vos vêtements n'avaient pas la bonne coupe ou si vos cheveux faisaient plus Paris que Potsdam, vous étiez grillé.

Il regarda dans le miroir et vit un homme vaguement jeune avec un visage étroit, piqué et blafard sous le néon, quelque chose de militaire dans le menton saillant. Un bureaucrate prometteur, ambitieux sans être présomptueux, tout à fait le genre d'individu à avoir un rendez-vous tardif dans un respectable hôtel socialiste.

Il changea de chaussures en dernier, choisissant une paire lourde mais étonnamment confortable. Celle-ci aussi était authentique, fabriquée quatre ans plus tôt, avant le Mur.

Guillam téléphona à l'hôtel Elegant et demanda à être mis en communication avec la chambre de M. Willow. Smiley répondit en allemand, avec le débit de Willow, et Guillam s'exprima dans son meilleur anglais teinté d'accent strasbourgeois. M. Willow voudrait-il venir déjeuner le lendemain afin de discuter des perspectives avantageuses d'une expédition via Odessa plutôt que par la voie terrestre ? Peut-être amènerait-il sa charmante assistante ? Gisriel ferait en sorte d'être lui aussi en bonne compagnie. M. Willow accepta. Gisriel ajouta qu'il avait eu des nouvelles de leur ami commun Harold et aimerait lui en faire part. Harold n'était pas le nom de code officiel de Mundt, mais celui sur lequel ils s'étaient mis d'accord, le temps de la visite de Smiley.

« Ah, parfait, dit ce dernier. Ce bon vieux Harold. Toujours aussi amusant, pas vrai ? »

Guillam faillit s'étouffer. Il se fit la réflexion qu'en matière de fausse piste, c'était rude mais excellent.

« Je vous passerai un coup de fil demain matin, quand j'aurai trouvé une table », dit-il à Willow. Il eut droit à un au revoir enjoué.

Passer de l'Ouest à l'Est n'était pas aussi éprouvant pour les nerfs que le trajet inverse, même si l'intuition de Guillam, comme toujours, objectait contre la perversité du choix. Les distances étaient infimes. Dans les années 1930, on aurait pu marcher de l'université au Großer Stern en moins d'une heure. Le problème n'était pas qu'on se retrouvait loin derrière les lignes ennemies, mais que le contraste entre les deux parties de Berlin était total. L'une était un îlot cosmopolite perdu dans les conséquences des pires et des plus impardonnables décisions de l'Allemagne. L'autre était comme une maquette de forêt tout en plomb et pas encore peinte, une réplique glacée qui pouvait bien ne jamais vous laisser partir. Impression que n'atténuait pas l'opinion évidente, chez les gardes du côté Ouest, que Guillam avait dû perdre la boule.

Dans les premiers mois qui suivirent la construction du Mur, la circulation informelle entre les deux moitiés de la ville avait été quasiment nulle. La coupure était délibérée, totale. Peu à peu, une forme de souplesse s'était installée, comme l'humidité s'infiltre, et à présent – même si les familles ne pouvaient pas passer Noël ensemble ou se retrouver aux enterrements –, une certaine dose de contacts nécessaires était possible. Curieusement c'était plus facile à un niveau officiel et international qu'au jour le jour, et les majestueux hôtels internationaux de l'Est étaient en fin de compte plus outrageusement luxueux que leurs homologues de l'Ouest. Il existait une petite coterie douteuse d'hommes et de rares femmes, en majorité des membres du Parti venus d'autres régions de la RDA, mais aussi quelques Occidentaux, qui avaient le droit, voire l'obligation, de passer régulièrement d'un côté à l'autre de la ville. C'est au sein de cette catégorie nébuleuse que se glissa Guillam, déposant sèchement son passeport est-allemand dans les mains d'un jeune soldat au visage dodu. Il faisait nuit depuis plusieurs heures, et le check-point n'était éclairé que par l'éclat blanc d'une herse de projecteurs au-dessus de la guérite. Placé dans la lumière, on ne voyait rien au-delà, comme si le monde entier se réduisait à elle.

« But de votre voyage ? demanda le jeune homme.

– Infrastructure hydrologique », répondit Guillam, comme si ça allait de soi.

Le jeune homme hésita, inspecta le passeport, retourna dans sa guérite. Guillam, seul dans la lumière, prit soin de ne pas consulter sa montre. Ça prendra le temps qu'il faudra, se dit-il. Tu le supportes. Tu l'acceptes. Tu respectes ce besoin ou alors tu aimes faire partie d'une machine qui mène les gens à la baguette. Peut-être qu'un jour tu seras le chef, tu auras le poste d'Ulbricht. Mais il lui vint à l'esprit qu'il avait oublié de troquer sa montre française contre un modèle soviétique plus sobre. Il ne se rappelait plus. Peut-être qu'il n'en portait aucune. Il ne la sentait pas sur son poignet. S'il vérifiait, il trahirait sa nervosité. Il faisait un froid de canard. Il tapa des pieds sur le sol en tournant sur lui-même, ce qui était formellement interdit. Il se rendit compte qu'il fredonnait. Que fredonnait-il ? Cette foutue *Marseillaise* ? Non, Dieu merci, ce n'était pas ça. Sa pomme d'Adam s'agita dans sa gorge. La-la-LI-la. *Les Bateliers de la Volga*, le chant des haleurs qui tiraient les bateaux sur la rive. « Encore UNE fois, oui… » C'était une blague à Londres, le thème récurrent des cérémonies soviétiques pompeuses. Qu'est-ce que ça donnait ici ? Il n'en savait rien. Il ne connaissait pas non plus la suite des paroles.

Devant lui, au-delà du cercle de lumière, quelqu'un reprit la mélodie. Guillam faillit bondir. Il s'interrompit et entendit quelqu'un le saluer en russe. Il leva les mains en l'air pour s'excuser. *Tut mir leid.*

Il entendit des pas. Non pas le jeune soldat dans sa guérite, mais le russophone. Un Allemand qui parlait le russe ? Un Lituanien ? Ou un officier soviétique en train d'inspecter les indigènes ?

Ça prendra le temps qu'il faudra. Espionner, c'est attendre.

Il resta à l'intérieur du cercle lumineux, agitant de temps en temps les mains le long des hanches pour les réchauffer.

« Vous n'avez pas de voiture, Herr Doktor », dit la voix du jeune soldat, très solennel maintenant qu'il avait vérifié le faux passeport.

Guillam afficha l'air réprobateur d'un pionnier.

« Je ne suis pas un gratte-papier. Dans ma jeunesse j'étais mineur de fond. Je n'ai pas besoin d'une voiture pour parcourir trois kilomètres – ce n'est même pas un hiver digne de ce nom. »

Le jeune homme acquiesça doctement, comme si Guillam venait de confirmer une chose qu'il avait toujours soupçonnée, et lui fit signe de passer. Le Störche se trouvait à encore trente-cinq minutes de marche. Guillam sentit l'Est peser sur lui à chaque pas, jusqu'à ce que le portier l'invite à entrer. Au fond du lobby, il repéra plusieurs fauteuils en cuir disposés devant un impressionnant feu, où l'attendait Hans-Dieter Mundt.

Au point de vue du physique, Mundt était le même qu'à Belgrade. De dix ans plus vieux que Guillam, il avait des épaules larges et un visage ciselé, revêche. Des cheveux d'un blond pur, comme s'il avait oublié à quel Parti il rendait maintenant des comptes. Des doigts longs et fins, parfaits pour jouer du piano ou appuyer sur la détente d'une mitrailleuse, si d'aventure il fallait assassiner Alec Leamas.

« Cher ami, bienvenue, dit Mundt dans un enjoué *Hochdeutsch* septentrional. Nous avons une salle à manger privée. Bien mieux pour discuter. Comment allez-vous ?

– Très bien. J'ai appris que vous vous étiez fiancé. »

Les yeux de Mundt brillèrent.

« Hélas, murmura-t-il, ce n'est plus d'actualité. Allons-y. »

Il fit un geste, et Guillam s'aperçut qu'il allait devoir laisser Mundt passer derrière lui. Son instinct lui ordonnait de ne pas le faire et sa formation exigeait que quelqu'un couvre ses arrières. Faisant fi de l'un et de l'autre, il franchit la porte comme s'il faisait les boutiques du West End. Les murs de la salle à manger privée étaient recouverts de panneaux en stratifié, très modernes et déjà constellés de minuscules impacts qui laissaient voir la pulpe de bois sous le vernis. La nappe était du même blanc improbable que le sourire de Mundt. Guillam prit à gauche, choisissant le siège qui lui ferait tourner le dos au mur plutôt qu'à l'entrée du personnel, et Mundt le laissa faire. L'Allemand ferma la porte et se retourna.

« Mais vous avez tous perdu la tête, bon sang », dit-il.

Guillam tressaillit, non pas à cause de ses mots, ni même de son ton, mais parce que Mundt avait parlé en anglais. L'accent était fort et la cadence hésitante, si bien que ce « bon sang » trahissait plus Rostock que Londres.

« Pardonnez-moi, Herr Mundt, répondit Guillam en allemand. Je n'ai pas tout à fait saisi. »

Mundt ricana.

« C'est un peu tard pour jouer les délicats, non ? Si on ne peut pas parler anglais ici, alors on est foutus. Ou peut-être que moi, je suis foutu, et que vous avez passé un accord, je ne sais pas. Peut-être que vous faites défection. Vous me balancez et vous recevez en échange une belle maison à Prague ou ailleurs. Vous pourrez peut-être épouser Katinka. Au moins ça me semblerait logique. »

Quelqu'un frappa à la porte. Mundt ordonna à Guillam de la boucler. Il dit à l'employé de l'hôtel d'entrer, puis ils restèrent assis pendant que deux bols de soupe leur étaient servis, accompagnés de pain sec. Aussitôt l'employé reparti, Mundt se leva et commença à faire les cent pas. Par réflexe, Guillam fit de même – et Mundt perdit tout son sang-froid. En trois foulées rapides, il se rua sur Guillam, mains tendues, et ce dernier sentit ses pieds littéralement décoller du sol lorsque Mundt, de tout son poids, lui rentra dans le torse. Son dos heurta le lambris en stratifié. Il y eut un bruit sec. Quelque chose s'était cassé. Heureusement, c'était une pièce de menuiserie est-allemande et non un os. Il sentit, plus qu'il ne le vit, le métal froid d'un pistolet semi-automatique Makarov appuyer sur sa gorge, juste au-dessus du col, puis eut un haut-le-cœur au moment où le canon s'inclina vers le haut, sous sa mâchoire. Mundt lui hurla au visage, ni en anglais ni en allemand – un bruit qui dura beaucoup trop longtemps. Ils durent l'entendre au guichet de la réception, dans la cuisine. Quelqu'un le remarquerait, s'en rendrait compte, le dénoncerait. Mais non, évidemment, car c'était Mundt. Les cris faisaient partie du programme, et il ne servait à rien de dénoncer l'État à lui-même.

« Bande de crétins de salauds, lâcha Mundt. Espèces d'incompétents ! Vous me tuerez et vous direz : "Hans-Dieter était un imbécile, et un nazi n'importe comment, qu'il aille au diable." Mais ce sera vous ! C'est vous qui m'avez tué. Pas moi. »

Guillam prit une lente inspiration, cherchant l'apaisement, et garda les mains éloignées de celles de Mundt. Il sentit son haleine, et derrière, une odeur d'huile d'arme.

« Et si vous me disiez en quoi nous avons mal agi ? » proposa-t-il.

Au bout d'un long moment, sans cesser de plaquer Guillam au mur avec son pistolet, Mundt énuméra ses griefs, à la manière d'un instituteur partageant sa déception. Comment le Cirque osait-il l'exposer à un tel danger ? Étaient-ils des professionnels ou un ramassis de vieillards idiots, de nostalgiques de l'Empire s'attendant à ce que chacun connaisse sa place ? Leo n'était en rien le bâtard d'un Américain et ils devaient forcément le savoir ; il était persuadé qu'ils le savaient et qu'ils l'avaient piégé. Oui, piégé, transformé en cible, car Moscou lui posait la même question à la gomme : où était Leo Pártos et qui l'avait arrêté ? Et Mundt, l'homme qui en dernière analyse arrêtait tout le monde, le chef de l'organe de sécurité de l'État, Mundt n'en avait pas la moindre idée et passait pour un imbécile. Pire : il avait failli tomber sur l'enquêteur russe venu de la direction opposée, et c'était bien joli de dire qu'il pouvait expliquer que

Gottfried l'avait mis sur le coup, mais il ne voulait pas qu'ils s'intéressent de trop près à Gottfried non plus. Le Cirque faisait preuve de désinvolture, et ce Russe n'avait rien de désinvolte. Il était petit et simple, avec des poches sous les yeux qui lui donnaient l'air d'un vieux chien de chasse, mais malin et d'une froideur totale. Mundt l'avait immédiatement reconnu : c'était Gegner fait homme. Gegner était ici, à Berlin, et le Cirque avait placé Mundt sur sa route.

Le corps de Mundt s'était détendu, et son inquiétante poussée de fièvre avait laissé place à la mélancolie. Le pistolet était toujours là, mais il avait éloigné son doigt de la détente et mettait tout son poids dans la crosse. Dans cette position, il lui serait difficile, sinon impossible, de tirer avant que Guillam le lui arrache. Et Guillam avait très envie de le frapper. Ce serait justifiable, aux yeux de Londres et sans doute même à ceux de Mundt. Il eut une vision, brève, sublime : il lui assenait un grand coup de coude, lui cassait sa fière pommette d'Aryen et l'envoyait valser au sol. Il le serrait de près, finissait le boulot et racontait par la suite à Control qu'il était navré mais Mundt avait frappé le premier, il n'y avait qu'à voir les bleus sur son cou. Il pouvait tuer Mundt maintenant, la conscience tranquille. Il pouvait faire ça, s'en aller en demandant au personnel de ne pas déranger son hôte, puis retraverser la frontière avant même qu'on ait découvert le corps. Ou alors les Allemands de l'Est le rattraperaient et il mourrait sous une pluie de balles, comme Alec. Il s'en fichait. Le jeu en vaudrait la chandelle.

Sauf qu'il ne s'en fichait pas du tout, car il y avait des renseignements en jeu. Pas des renseignements clairs et nets, mais quand même. Il le sentait autour de lui : un secret dont Mundt lui-même ne se faisait qu'une vague idée, le secret que Smiley avait cherché à Londres, d'abord, et maintenant ici. Pourquoi les Russes se souciaient-ils tant de Leo Pártos et de Ferenc Róka ? Pourquoi un poids lourd soviétique se donnait-il tant de mal pour un étudiant ivre et son espion de père absent ? Si c'était important au point d'occasionner un tel remue-ménage, cela valait la peine de laisser Mundt vivre un jour de plus et, par la même occasion, de se laisser vivre soi-même un jour de plus.

Pour la première fois dans cette lamentable série de traversées et retraversées du Mur, et alors que des milliers de gens à l'Est risquaient leur vie pour ne le franchir qu'une fois, Guillam flaira une récompense.

« Dans ce cas vous feriez mieux de vous ressaisir, répondit-il à l'homme aux yeux de chien de traîneau. Vous avez envie de vous faire arrêter ? »

Il fallut qu'il pose la question pour s'apercevoir que la réponse était peut-être oui, que Mundt, au fond, n'en pouvait plus d'être aussi cruel au nom de sa survie. Il arrivait que, dans une situation impossible, on s'autorisât à feindre la folie, pour admettre seulement plus tard qu'il n'y avait jamais rien eu de factice là-dedans.

Pas ce soir-là, manifestement. Car Mundt lâcha le col de Guillam, tapota au passage ses revers de veste, le rassura, comme si tout cela n'avait été qu'un chahut entre garçons. Son visage retrouva son équilibre impassible.

« La soupe n'est pas bonne, dit-il sur le ton d'une douairière outrée. Je vais leur demander d'apporter la viande. Nous discuterons. C'est normal. Il y a toujours du travail. »

« Le coquelet », dit Smiley en cherchant des yeux l'approbation de Susanna. Le serveur fit un bruit sous-entendant que lui, en tout cas, coucherait avec toute personne qui lui commanderait un coquelet.

Ils étaient au Martello, célèbre restaurant de Berlin-Ouest situé à l'extrémité du Tiergarten, et Susanna peaufinait sa couverture de femme entretenue. Quand il lui demandait quelque chose, elle faisait en sorte de s'illuminer ; quand son attention s'égarait, elle se décourageait. S'il regardait n'importe quel être de sexe féminin âgé de dix-sept à soixante ans, ne serait-ce que pour lui demander quelle était leur table ou lui tendre son manteau, elle lançait des éclairs avec ses yeux. C'était un comportement qu'elle avait vu à l'œuvre chez les maîtresses de Bánáti, et elle l'imitait bien. Elle se demandait encore si Smiley avait saisi. Il semblait surtout plus opaque et plus ordinaire que jamais.

Non qu'il ne comprît pas les humeurs et le langage corporel. L'usage qu'il en faisait lui-même était remarquable. La personne qu'il était en dehors d'une pièce s'évaporait dès qu'il y entrait et en comprenait les enjeux et les priorités. Ainsi prenait-il instantanément la forme qui s'imposait, qu'il s'agisse d'un client huppé ou d'un cireur de chaussures. Fort de cela, il aurait dû répondre à son petit manège, croiser de temps en temps son regard, sourire en coin, tout heureux de la posséder – or il restait de marbre, comme si l'idée même de flirt le dépassait. Elle avait craint, un instant, qu'il ne croie que ce n'était pas un jeu, qu'elle cherchait vraiment une liaison, ce qui, elle en était persuadée, eût été une faute professionnelle. Mais il lui avait offert son bras au moment d'entrer dans le restaurant, et pendant quelque temps ils avaient évolué ensemble comme deux danseurs, lui la mettant en avant tandis qu'ils rejoignaient leur table, elle se pavanant, fière et provocante. Le contact en apparence intime avait été froid, clinique de part et d'autre, et elle avait aperçu une lueur d'approbation dans son regard quand ils s'étaient assis. Alors pourquoi ne réagissait-il pas ?

« Vous vous inquiétez pour lui ? demanda-t-elle, une fois le serveur parti.

– Oh, non. Matthieu finira par se joindre à nous, c'est une évidence, répondit Smiley, adoptant le ton chaleureux de Willow. Il connaît les itinéraires d'approvisionnement, les franchissements de frontière et ainsi de suite. C'est un vrai spécialiste de la Mitteleuropa. S'il dit Odessa, c'est que c'est Odessa. »

Elle réfléchit à la meilleure manière de formuler sa question suivante.

« Je n'en doute pas, mais toute entreprise de ce genre comporte un risque. On n'a jamais encore emprunté cet itinéraire.

– Non, mais lui, oui. Je suis persuadé que sa méthode habituelle fera l'affaire. Et la marchandise est de qualité supérieure. Excellente, même. Il a une fourrure blanche douce – du renard, je crois, ou du loup – que j'ai hâte de voir transformée en un produit exceptionnel. L'innovation, il n'y a que ça de vrai, en fin de compte. On ne peut pas se contenter d'attendre que le marché vienne à nous. »

Elle acquiesça.

« Je ne suis pas sûre d'avoir les nerfs assez solides pour cette partie-là.

– De ce point de vue, vous avez beaucoup plus d'atouts que la plupart des autres, mais il n'y a aucune raison d'insister si vous trouvez ça gênant. *Unbequem*, dit-on en allemand. J'aime bien ce mot, pas vous ? »

Elle haussa les épaules. Elle réfléchit.

« Oui, dit-elle, étonnée. C'est un bon mot. »

Le coquelet arriva, fumant et savoureux, ce qui rendit bien plus difficiles la conversation comme la coquetterie.

« Il nous fera savoir dès que possible ce qu'il en pense, dit Smiley lorsque le festin connut un répit provisoire. Afin qu'on puisse préparer nos questions. Ensuite, quand nous aurons fait tout notre possible, vous et moi – et M. Prescott, bien entendu – nous irons à notre prochain rendez-vous, et M. Gisriel réglera les affaires ici. »

L'espace d'un instant, elle ne se rappela plus qui était Prescott. Puis elle pensa à Lake, assis seul dans une taverne plus populaire de Berlin. Elle voulut demander si Lake aurait dû accompagner Guillam, mais elle ne sut pas comment le dire intelligemment, car la réponse allait de soi. Le chauffeur de M. Willow devrait-il travailler avec son contact commercial sur une nouvelle proposition ? Peu importait, Smiley sembla déchiffrer la question.

« M. Gisriel est très bon dans son métier, dit-il. Il n'y a aucune crainte à avoir. »

C'est ainsi qu'elle s'aperçut qu'il était lui-même atrocement nerveux.

« *Dessertkarte* », dit le serveur derrière elle.

Smiley jeta un coup d'œil à la carte et hocha la tête.

« La crème brûlée, s'il vous plaît.

– Et pour votre fille ? » demanda le serveur, se tournant vers Susanna.

Tout à coup, Susanna rougit. Ce fut encore pire lorsqu'elle vit pour la première fois Smiley lui-même décontenancé. De toutes les partitions qu'ils auraient pu jouer, ils avaient évité celle-là ; elle exigeait, elle s'en rendit compte, une complicité inconsciente qui rendait cette question anodine d'autant plus surprenante. Oui, se dit-elle, c'était une façon comme une autre de les voir. Après tout, Smiley avait l'âge requis, et l'aimable indifférence qu'il montrait à l'égard du corps de Susanna, ajoutée à sa sollicitude, correspondait bien au rôle. C'était comme être à un rendez-vous galant et entendre quelqu'un demander quand aurait lieu le mariage. Trop rapide, trop tôt. Elle éprouva un profond sentiment de tromperie.

Ils se dévisagèrent, épouvantés, et le serveur prit peur. Il se mit à bredouiller des excuses. Smiley leva la main pour endiguer le torrent.

« Mlle Hofbauer n'est qu'une collègue de travail, je le crains », murmura-t-il.

Plus tard, il laissa ostensiblement un énorme pourboire, soit la meilleure forme d'absolution qui lui vînt à l'esprit.

Lake retrouva Guillam du côté ouest du check-point de Bösebrücke juste après minuit. Incarnant un Prescott ragaillardi, il flâna dans la rue et vit que personne, ni à pied ni en voiture, ne s'intéressait à lui. Lorsque Guillam tourna au coin et quitta le champ de vision de Berlin-Est, Lake arriva à sa hauteur et lui demanda son chemin. Guillam suggéra qu'ils marchent ensemble, car c'était sur sa route. À l'intention d'observateurs dont ils savaient pertinemment qu'ils n'étaient pas là, ou d'une forme magique de surveillance qui n'existait pas, ils jouèrent leur petit numéro jusqu'au bout, c'est-à-dire l'hôtel de Lake.

« Nix, murmura ce dernier lorsqu'ils se serrèrent la main devant la porte.

– La voie est libre », convint Guillam, avant de regagner le bureau pour consigner par écrit tout ce qu'il avait appris, le chiffrer et l'expédier à Londres.

Smiley l'entendrait de sa bouche, mais Control exigeait aussi son tribut.

Le lendemain matin, après un sommeil trop court et une douche qui, sans être vraiment froide, fut loin d'être aussi chaude qu'escompté, Guillam rapporta à Smiley ceci : Mundt avait reçu son message et s'était mis au travail, découvrant presque immédiatement qu'il pêchait en eau très profonde.

D'abord, Mundt avait quitté l'étage des politiques, où il disposait bien entendu d'un des plus luxueux bureaux, pour rejoindre, deux niveaux plus bas, les tristes couloirs blancs et la toile de jute institutionnelle du bureau du chef de la surveillance. Il y trouva Bendt Lehmann, dont une des tâches consistait à superviser les activités officielles du ministère de la Sécurité d'État. En particulier, quand il était de service, Lehmann s'occupait du registre, en réalité un classeur à levier contenant les originaux de formulaires de rapport numérotés. C'était pour l'essentiel un index d'autres registres envoyés aux archives, où l'on conservait les comptes rendus minutieux de toutes les actions, grandes ou petites, menées par les agents de la Stasi – y compris les détails des captures et des arrestations.

Lehmann était un petit bonhomme, juste assez grand pour satisfaire aux critères de taille, mais il venait des montagnes proches de Pirna et son corps semblait posséder l'élasticité infatigable d'un alpiniste. Même si on n'attendait pas des gradés qu'ils aient la même condition physique que les défonceurs de portes, Lehmann, comme Mundt, l'avait. Ces deux-là s'entendaient bien, en partie pour cette raison, en partie parce que Lehmann avait accès au système des archives de la Stasi. Mundt le manipulait discrètement de telle manière à ce qu'il prenne la foudre au cas où ses propres trahisons déclencheraient d'autres enquêtes internes.

Mundt était passé voir Lehmann comme ça, l'air de rien ; ils avaient parlé de choses et d'autres. Passionné de football, Lehmann supportait le club local de l'Aufbau, dont la nullité sautait aux yeux. Mundt compatit avec lui et s'apprêta à partir, mais se rappela au dernier moment la raison de sa présence. Il avait eu vent d'une chose intéressante – Lehmann pouvait-il lui donner un coup de main ? Lehmann le pouvait. Alors voilà : y avait-il eu, une quinzaine de jours auparavant, des problèmes impliquant certains membres du personnel universitaire ? Lehmann ne le pensait pas, mais il vérifia. Non, rien de notable. Mundt pouvait-il être plus précis ? Non, c'était à la fois hautement hypothétique et hautement secret. D'ailleurs, Lehmann devait considérer cette conversation comme officieuse. *Unter vier Augen*, rien de plus. Lehmann dissimula mal son enthousiasme. Il était, rapporta plus tard Mundt à Guillam, d'une loyauté affligeante. Cela expliquait en partie pourquoi Mundt l'appréciait en tant que bouc émissaire : plus on creusait dans sa vie, plus on y trouvait d'honnêteté, et rien n'était plus parfaitement calculé pour alerter un enquêteur qu'une apparence d'irréprochabilité permanente. D'où le fait que Mundt s'était lâché à Belgrade et avait fait une telle scène avec Katinka : vous deviez pouvoir leur donner quelque chose, vous faire punir de temps en temps, sans quoi vous dépassiez un peu et risquiez d'être fauché.

« Et quelle a été votre punition pour Belgrade ? » avait demandé Guillam.

Katinka s'était vu refuser le droit de résider en RDA, avait répondu Mundt. Le mariage fut annulé. Officiellement, il avait le cœur brisé. Et on n'avait pas manqué de l'informer qu'un suivi psychologique était disponible pour les agents en quête de conseils sur la bonne conduite émotionnelle à tenir en public. C'était, avait-il insisté, un résultat optimal.

Lehmann s'agaça de ne pouvoir satisfaire la demande de Mundt et élargit le périmètre de ses investigations, d'abord aux chercheurs et intellectuels associés d'un peu plus loin à l'université mais ne vivant pas à Berlin, voire en programme d'échange avec d'autres institutions. Il y avait bien un ingénieur en pétrochimie attaché à la faculté de Leningrad. Il avait un problème d'addiction au jeu et était considéré comme susceptible d'être recruté par les agences de renseignement fascistes, probablement l'Amérique. Était-ce le lien que Mundt cherchait ? Puisqu'il ne s'agissait pas de ça, Lehmann posa enfin la question que Mundt attendait depuis le début : se pouvait-il que le problème fût du côté non pas du personnel enseignant ou des chercheurs, mais des étudiants ?

Mundt montra tous les signes d'une stupéfaction absolue. Non, dit-il, c'était impossible, et pourtant… En réalité, rien ne permettait de l'affirmer, il avait simplement supposé, il avait déduit du rapport l'idée que, maintenant qu'il y réfléchissait – eh bien, Lehmann avait raison. Il pouvait s'agir d'un étudiant, après tout. Lehmann, sentant qu'il avait peut-être élucidé une affaire d'importance, se rengorgea et se replongea dans son classeur.

Il fallut en tout et pour tout vingt et une minutes à Mundt pour obtenir ce qu'il était venu chercher : la confirmation que Leo Pártos avait été arrêté à 22 h 47, trois semaines plus tôt, puis amené ici même, Ruschestraße, pour un interrogatoire approfondi sur d'éventuelles activités antisoviétiques ou hostiles au Parti. L'arrestation était confirmée par la vieille dame qui gardait le club de jeunes. Elle avait tout raconté à son curé, lequel avait rendez-vous chaque semaine avec une des oreilles de Mundt. Comme il ne s'agissait pas d'une confession, le curé put rapporter sans remords les propos de cette dame à un respectable fonctionnaire. L'interrogatoire avait débuté à minuit, duré une heure, puis une pause, puis encore une heure, puis – après une discussion interne – Leo avait été tout bonnement relâché dans le désert de Prenzlauer Berg. L'officier sur place avait noté que le jeune homme, intellectuellement capable, était un socialiste dévoué, mais aussi un jeune crétin au ventre rempli de bière.

« Est-ce que ça répond à votre question, camarade Mundt ? » demanda Lehmann, pantelant.

Mundt prit des airs de sorcier impressionné par son talentueux apprenti. Oui, c'était parfait, et cela le mettait sur une piste qui pourrait se révéler de la plus haute importance. Lehmann était un officier fiable, et un frère d'armes.

Cependant, Lehmann n'avait pas l'air content, ce qui ne manqua pas d'inquiéter Mundt. Le petit homme aurait dû être aux anges. Alors que Mundt venait de lui faire miroiter une promotion et un appui uniques, il affichait une mine très sombre, comme s'il venait annoncer un décès. Des casiers installés derrière le poste du chef de la surveillance, il sortit deux dossiers annexes et les ouvrit sur le bureau. Avec ses doigts épais, il suivit plusieurs lignes manuscrites, s'interrompit pour parcourir le calendrier et revint au texte.

« Qu'est-ce qui ne va pas ? demanda Mundt. Quel est le problème ? »

Lehmann fut tout près de lui intimer de se taire. Finalement, il se retourna.

« Il y a un problème avec le registre », dit-il.

Lehmann avait pris son poste à 16 heures, relayant Klein, de service depuis midi. Le registre n'était pas là. Klein lui expliqua qu'il se trouvait chez les secrétaires pour transcription et copie aux archives. Ce n'était pas la procédure habituelle, mais Klein avait reçu des ordres. Lehmann supposa, à voix haute, que ces ordres venaient du bureau de Mundt. Entendant cela, Klein devint très nerveux. Il finit par admettre qu'un officier supérieur russe était présent, ici même, Ruschestraße, et procédait à une inspection. Quel genre d'inspection ? Klein n'avait pas ressenti le besoin de poser la question. Dans ce cas, où était l'ordre écrit autorisant la coopération à un niveau intergouvernemental ? Une fois encore, Klein haussa les épaules. C'étaient les Russes, dit-il. On ne discutait pas, on obéissait. Lehmann se mit en colère et lui dit de but en blanc qu'il était un piètre officier doublé d'un mauvais Allemand. Il y avait des règles, et l'une d'elles voulait qu'il y ait toujours une trace écrite. Pendant qu'ils se disputaient, Lehmann entendit quelqu'un entrer. Il se retourna et vit qu'un homme, à peu près de sa taille et portant une belle veste de prolétaire, les observait en silence.

« Le camarade Lehmann a raison, dit l'homme, en allemand, avec un accent. Mais la discussion s'arrête là. Je veux être le plus informel possible. » Il leur fit comprendre que cela vaudrait mieux pour tout le monde. Puis, sans autre forme de procès, il s'en alla, et Lehmann s'aperçut qu'il ne connaissait même pas le nom de cet homme.

Le registre avait été rendu peu de temps après par un messager du service, et Lehmann n'en avait pas fait grand cas jusqu'à maintenant, quand il avait touché les pages de l'entrée concernant Leo Pártos et les avait trouvées froides. L'encre en était sèche, mais au dos du formulaire précédent, à l'endroit où le classeur avait été refermé sur les mots tout juste écrits, il y avait une petite tache encore humide. Lehmann pointa le doigt vers les dossiers annexes étalés sur le bureau. Ils ne correspondaient pas au rapport figurant dans ce qu'il soupçonnait être, désormais, le registre modifié. Dans les dossiers annexes, l'arrestation de Leo était toujours mentionnée, mais sa libération était plus nébuleuse, et suivie de la mention EN RÉFÉRER, ce qui signifiait que Moscou s'intéressait à cette affaire. Le dossier personnel de Leo avait totalement disparu.

Mundt comprit – il le raconta à Guillam, sans aucune modestie – que cet épisode pourrait décider de son avenir. Il opta pour l'offensive et dit à Lehmann que cette rencontre, et surtout la présence du Russe, devaient désormais être considérées non seulement comme informelles, mais absolument secrètes. Mundt n'était jamais venu ici et Lehmann n'avait jamais fait sa découverte. La dissimulation devait remonter jusqu'au plus haut niveau. Elle concernait, outre les officiers subordonnés à Lehmann, tout officier supérieur qui n'était pas placé directement dans sa chaîne de commandement et au-dessus de Mundt, et s'appliquait en particulier aux membres des services de renseignement de pays alliés n'étant pas déjà directement impliqués. Les demandes émanant de ces officiers devaient être redirigées vers Mundt en personne. Même s'il savait que cela ne tiendrait pas plus d'une seconde si les Soviétiques cuisinaient Lehmann, Mundt pourrait, au besoin, désigner n'importe quelle infraction comme étant la violation d'un ordre direct, et une atteinte, mineure mais agressive, à la souveraineté socialiste démocratique est-allemande de la part de Moscou. Il emporta le registre et les entrées de l'annexe qui l'intéressaient, puis ordonna à Lehmann d'ouvrir un dossier temporaire.

Regagnant son bureau, Mundt estima que ce serait une question de minutes, ou d'heures, avant qu'il reçoive la visite de cette personne venue opérer au sein de ses propres services. Il s'assit et se mit au travail, établissant ce que Smiley, à ce moment-là, savait déjà : que la situation de Leo avait fait l'objet d'une demande à trois occasions distinctes depuis le soir de son arrestation et qu'à chaque fois la question était revenue sans réponse, sans jamais remonter à l'étage des politiques, où elle aurait dû atterrir. Il apprit que les deux officiers chargés de l'arrestation avaient, le matin même, demandé et obtenu un détachement provisoire dans des postes assez prestigieux auprès des renseignements soviétiques à l'étranger, précédé d'un programme de formation clandestin long de six mois au cours duquel ils seraient totalement incommunicado. Sur ce document figurait uniquement la mention 13e DIRECTION, suivie d'une signature en cyrillique qu'il jugea d'assez mauvaise facture et qui semblait correspondre à un prénom féminin : Karla. Mundt cherchait justement à établir des liens avec certains dossiers qui seraient encore disponibles, pour combler les trous, lorsqu'un grand coup à la porte lui annonça qu'il n'avait plus le temps.

« Entrez, dit-il sans lever les yeux. Je suis assez occupé. Déposez ce que vous avez, je vous prie, et partez. »

N'obtenant d'autre réponse qu'un silence, il jeta un coup d'œil à la porte et fit mine d'être surpris.

Il ne connaissait qu'un seul des deux hommes qui se tenaient dans l'encadrement. Il s'appelait Bezroukov. L'envoyé permanent de la 13e Direction à la branche berlinoise de la Stasi. Un type grand et mince, dont les épaules voûtées évoquaient toujours, pour Mundt, les blés. Il le considérait comme un bagage nécessaire. Un intermédiaire et bien sûr un espion, mais pas vraiment une menace. À ses côtés se trouvait un homme plus petit, sans uniforme, qui semblait montrer un intérêt distant. Ce deuxième personnage – vraisemblablement celui que Lehmann avait rencontré – s'exprima avec une curiosité aimable que Mundt trouva aussitôt suspecte.

« Sur quoi travaillez-vous à une heure aussi tardive, camarade Mundt ?

– Si vous êtes l'officier supérieur soviétique qui trifouille dans mes dossiers, alors je crois que je suis en train de remettre de l'ordre après votre passage. »

Un instant, Bezroukov parut sur le point de partir en courant. Un officier supérieur, en effet, et à l'évidence quelqu'un à qui on ne parlait pas sur ce ton. Mais Mundt, dans la légende de sa propre vie sur laquelle reposait désormais son destin, était un rescapé des missions à l'étranger, des putschs internes et des purges ratées, et on ne lui parlait pas sur ce ton non plus. Il attendit et, rien ne se produisant, il baissa la tête pour se replonger dans ses dossiers, comme si les deux Russes n'étaient même pas là. Au bout d'un moment, Bezroukov ressentit le besoin de s'expliquer.

« Camarade Mundt, nous aimerions aborder avec vous le cas du jeune Leo Pártos.

– Eh bien, maugréa Mundt, si quelqu'un n'avait pas fourré son nez dans mes dossiers comme un malpropre, j'aurais sans doute pu vous aider. J'imagine que vous vouliez faire disparaître toutes les traces ? Pas seulement la moitié ?

– Les faire disparaître, convint Bezroukov, mais aussi les suivre. »

Il jeta un coup d'œil de côté, comme pour partager ce qui était déjà de toute évidence un péché dont il devait se repentir auprès de son compagnon. Ou, non : de son patron.

« Le garçon n'est pas chez nous, dit Mundt. Quand j'aurai terminé, il n'aura jamais été chez nous. Mais même avant votre… votre tripatouillage d'amateurs, si vous me permettez… Même avant ça, il n'était pas détenu. Il a été arrêté, il a répondu à des questions et il n'y a eu aucune suite. Point final. »

Sauf que vous êtes passés une fois, deux fois, trois fois, et encore ce matin, dès que vous avez ressenti le besoin d'exfiltrer deux de mes officiers, et sans doute de les enterrer.

Même si l'autre homme ne le regardait toujours pas particulièrement, Mundt savait qu'il l'écoutait. Il avait l'air de quelqu'un qui s'approche peu à peu, s'insinue comme l'eau dans les interstices, puis les fait exploser comme si c'était de la glace. Il finit par parler.

« Camarade Mundt. Merci pour votre temps et votre travail. Mais puis-je vous demander ? Qu'est-ce qui, dans notre tripatouillage d'amateurs, a attiré votre attention ? »

Encore une fois, Mundt sentit le champ des possibles s'ouvrir et se refermer devant lui comme une mâchoire. Souligner telle ou telle erreur : d'un point de vue opérationnel, elles étaient nombreuses ; appeler ça coïncidence et payer d'audace ; ou se rabattre sur le faux renseignement donné par Gottfried. Il ne choisit aucune de ces options.

« Rien », reconnut-il avec la timidité d'un enquêteur professionnel pris en flagrant délit d'élucubration. « Je supervise Lehmann. »

Les yeux doux clignèrent très lentement.

« Vous avez quelques inquiétudes. »

Mundt haussa les épaules.

« Légères. Un petit pressentiment que je ferais mieux d'oublier. Sauf que j'ai de la bouteille.

– Pourtant vous ne les signalez pas, ces inquiétudes. »

Mundt se permit une pointe de rancœur. « L'idée de proférer de fausses accusations contre un patriote et un collègue officier me déplaît. »

Et il vit, l'espace d'un instant, les talons du petit homme tressaillir, comme s'il portait des bottes de cavalerie.

Je t'ai bien eu, espèce de salaud.

Pendant tout le récit de Guillam, Smiley avait fixé dans l'espace un point connu de lui seul. On aurait presque pu croire qu'il rêvait, mais de temps en temps ses mains se levaient de ses genoux, comme s'il voulait écrire quelque chose au tableau puis se ravisait. Il avait les yeux mi-clos. Susanna se demanda s'il n'était pas en train de s'endormir – après tout, il avait plus de cinquante ans et il était minuit passé. Le bureau était sobre et pas particulièrement douillet mais, avec la lumière orangée d'une cheminée électrique et l'obscurité derrière les fenêtres, c'était leur endroit, et elle pouvait s'imaginer dormir ici, comme une aventure d'enfant. Une cachette secrète dans une ville fortifiée, tous les ennemis maintenus à bonne distance derrière les murailles.

Lake, pensa-t-elle, était en proie à une sorte de crise, car Guillam avait tout fait et ne lui avait laissé que l'ombre. Il n'était pas habitué à ça ; il lui tardait de faire ses preuves. Son énergie fébrile incita Susanna à repenser à elle, à l'embardée soudaine qui l'avait amenée jusque-là, une parmi tant d'autres dans sa vie qui lui tombaient dessus, sorties de nulle part, et décidaient de tout. Que faisait-elle dans cette pièce, à se regarder en train de regarder les autres, sans rien comprendre ? Quel était l'intérêt ?

Comme pour lui répondre, Smiley rouvrit les yeux et les braqua sur elle.

« Bien, alors. Qu'est-ce que ça vous inspire ?

– Moi ?

– Oui, vous. Moi, je sais ce que j'en pense. Et Peter et Tom viennent de la même maison – je les ai même formés –, donc ils ne peuvent pas être tenus pour totalement indépendants. Vous, en revanche, vous n'êtes que vous. Votre expérience, vous la tenez de Róka et de votre propre vie. Vous êtes une émigrée hongroise à Berlin, en l'an de grâce mille neuf cent soixante-trois. Vous devez voir les choses différemment – ou voir des choses différentes. »

Qu'avait-elle pensé en écoutant le récit ? Rien de joyeux.

« Il est mort », dit-elle sèchement, s'efforçant de ne pas voir Bánáti, ni la douleur que ce verdict lui causerait. « Leo est mort. Ils ont fait une bêtise. Ils ont eu la main trop lourde, ils l'ont tué. Après coup, ils ont découvert que Moscou tenait à lui, ils ont peut-être lu le dossier. Ils se sont rendu compte que quelqu'un cherchait à le tirer d'affaire. Ils se sont affolés, ont fait disparaître le dossier, jeté le corps dans un fossé, une rivière ou... Peu importe. Ils ont menti à Mundt, à tout le monde. Ensuite, votre petit professeur est arrivé et a terminé le travail. Il les a fait disparaître aussi. »

Smiley se tourna vers Guillam.

« Peter ? »

Ce dernier secoua la tête, mais pas pour marquer son désaccord.

« Mundt était du même avis. Ce qu'il ne savait pas, c'est pourquoi diable ils tenaient à lui. Pourquoi cet homme de Moscou a débarqué un jour pour tout cacher. Cacher de qui ? Pas de la Stasi. Pas de nous, même s'il soupçonne Mundt d'être un agent double.

– Je suppose que Mundt avait une théorie là-dessus.

– Eh bien, c'est Gegner, non ? Alors il prend un risque maximal.

– Mundt voulait-il dire que cet homme était Gegner en particulier ? Ou simplement qu'il était Gegner ce jour-là ? Était-il focalisé sur lui parce qu'il était là ou parce qu'il devinait qui c'était ?

– Il ne me l'a pas dit. Pourquoi ? Qui est-ce ?

– Oh, c'est Karla. Un surnom surgi du passé.

– Vous en avez déjà entendu parler ?

– De temps à autre, oui. Il a opéré en Allemagne toute la première moitié de 1945, contre les nazis restés derrière les lignes. Il a ensuite dirigé un joli réseau en Amérique du Nord, en 1954 – Vancouver et Seattle. Mais j'avais tendance à croire qu'il s'était fait éliminer à son retour au pays. Il était proche de Roudnev. » Smiley haussa les épaules. « Nous avons une vision brouillée des choses. Et maintenant il oblige la Stasi à tourner en rond. Pourquoi ? »

Il regarda Guillam, puis de nouveau Susanna, qui à son tour haussa les épaules : aucune idée. Il se tourna vers Lake.

« Pour la même raison que nous », répondit ce dernier, trop vite. Le petit frère, pensa Susanna ; le petit dernier. Inquiet que Smiley lui préfère l'aîné – ce qui était manifestement le cas. Elle voulut lui dire de garder son calme, de rester sur son quant-à-soi. Smiley, elle en était persuadée, appréciait la retenue. « S'il a le garçon, il a Róka.

– Mais que veut-il de Róka ? Est-ce Karla qui a envoyé Miki Bortnik ou est-ce quelqu'un d'autre ?

– Ça n'a pas d'importance. Soit il veut le faire taire, soit il veut lui venir en aide. C'est du pareil au même. Dans une certaine mesure, précisa Lake comme Guillam fronçait les sourcils.

– Ça n'a pas d'importance du point de vue de Róka, mais du nôtre, si, objecta Smiley. En apparence, Karla est à Berlin pour dissimuler ce qui est arrivé à Leo. Le dissimuler à qui ? Les deux hommes qui l'ont arrêté – et ils ne sont peut-être pas morts, ils ont même pu être promus – contrecarraient déjà les efforts de Róka. Karla n'avait pas besoin d'intervenir pour ça. Et il ne nous le dissimule pas non plus car, à sa connaissance, on ne regarde pas. Reste donc son propre camp. Son flanc exposé. Ce qui, s'il occupe maintenant un poste haut placé, est plutôt intéressant pour nous, n'est-ce pas ?

– C'est fragile, objecta Guillam.

– Oh, c'est même pire que ça – mais les hypothèses sont la nature même de ce travail. Si on veut avoir un coup d'avance, on doit deviner dans quelle direction le jeu s'orientera. Une chaîne relie Ferenc Róka à Karla, et Karla souhaite que cette chaîne reste invisible. Et nous, par définition, nous voulons la connaître. »

Lake eut l'air très impressionné. Puis il croisa le regard de Susanna et se ressaisit.

« Avait-elle raison, monsieur Smiley ? À propos du garçon ? »

Smiley jeta un coup d'œil à Susanna.

« La Stasi ne lésine pas sur la violence physique – et intellectuellement le désastre a de quoi séduire. La littérature nous enseigne que le chagrin est plus profond que la joie – conception très russe, pour le coup. Avec les années, je suis de plus en plus convaincu que c'est notre valorisation de la souffrance qui rend le monde si triste. On l'anticipe, on l'approuve, et ce faisant on la crée. Il nous faut une meilleure approche. Donc, à titre personnel : Leo est en vie. Même si cela, en tant que tel, ne garantit pas un monde meilleur. » Il agita la main comme pour évacuer un cauchemar. « Mais on ne doit pas non plus tomber dans le panneau et croire que Mundt nous dit toute la vérité. Il n'est ni notre homme ni notre ami. Il n'est même pas notre agent, d'ailleurs – il espionne pour son compte et nous en livre le fruit pour se procurer un bien qu'il convoite : notre patience. Ce qu'il nous raconte de Karla et de son enquête doit être pris avec des pincettes. Peut-être que Karla n'existe pas. Ou alors il existe, mais il reste à Moscou, indifférent. Peut-être que Lehmann n'existe pas et qu'il n'y a aucune trace d'une arrestation. Peut-être que Mundt a tué lui-même le garçon pour la simple et bonne raison qu'il en avait le pouvoir. On accepte l'existence du récit de

Mundt, pas sa véracité. On émet des hypothèses, on considère les faits, et au bout du compte on fait au mieux avec ce qu'on a. Mais que Karla soit ici, aujourd'hui, n'est pas une bonne chose pour nous. Il ouvre l'œil, ce qui signifie qu'il a vu la photo de Latour et sait que Róka est toujours en vie. Le temps dont on croyait disposer nous a filé entre les doigts pendant notre sommeil. Comme vous dites, Tom : celui qui a Leo maîtrise le jeu – et ce n'est pas nous, hélas. Je me retrouve donc face à un défi opérationnel. Mon espoir était de faire venir à moi Róka, or je me retrouve une fois de plus devant la botte de foin, en espérant toucher une aiguille du bout des doigts. »

Il se leva et, par la fenêtre de Guillam, admira la vue sur le canal de l'Oder à la Spree.

« Si vous arrivez à mettre la main sur lui, Susanna pourra lui parler, au moins », dit Guillam en haussant les sourcils pour faire de sa remarque une demande.

Susanna acquiesça, puis imagina la scène. Elle houspillerait Róka comme une vieille femme au marché. *Arrêtez cette quête absurde de votre enfant volé et revenez au bureau, où est votre place. Qui suis-je, nom de Dieu, sinon un substitut parfait pour votre affection paternelle ? Vous devriez avoir honte ! Un homme de votre âge. Que penseront les gens ?* Puis, plus sobrement, elle regretta de ne pas pouvoir le réprimander de la sorte, parce qu'il faisait l'imbécile et que les Russes allaient le tuer. Elle les avait vus faire en 1956, et ces hommes-là ne s'étaient même pas justifiés.

« Oui, convint Smiley. Il se trouve que Susanna représente notre meilleur espoir pour que Róka prenne le temps de réfléchir. Je suis désolé », ajouta-t-il en la regardant.

Elle ne savait pas trop de quoi. Smiley, ayant présenté ses excuses, reporta son attention sur Lake.

« Vu les circonstances, nous n'avons pas le temps de jouer au chat et à la souris. Tom, je vais donc vous demander de faire quelque chose d'un peu dangereux, si ça ne vous dérange pas. »

Lake eut l'air soudain heureux comme jamais depuis plusieurs jours.

« Le Scalpel, monsieur Smiley, répondit-il. À la vie à la mort. »

Susanna crut qu'il s'agissait d'une devise officieuse. Elle vit Guillam grimacer.

« Faites vraiment gaffe, intervint celui-ci. Vous faites ça bien, vous revenez et ensuite vous racontez à tout le monde à quel point vous avez été intrépide. Je mettrai même une remarque glaciale dans votre dossier. Culture institutionnelle de l'irresponsabilité au sein de la section Voyages, actions de force brutale en apparence efficaces mais néfastes à la collecte de renseignements sur le long terme. Ces fous furieux de Brixton adoreront. Mais avant ça, je veux vous voir revenir.

– Ça ira, Peter, dit Smiley. Tom est plus sage qu'il n'y paraît. Control me l'a assuré.

– Parfait, concéda Guillam. Vienne ?

– Oui, fit Smiley. Comme il se doit, Vienne.

– D'accord. J'irais bien à l'aéroport, mais on ne se connaît pas si bien que ça. »

Susanna mit un moment avant de comprendre qu'il parlait de Gisriel et de Willow.

« Bonne chance, ajouta Guillam.

– Et vous, Peter, soyez prudent. »

La voix de Smiley sembla un instant se serrer, ce qui n'était pas banal. Guillam se leva.

« Content de vous avoir vu, George. Mais ne laissez pas Control vous convaincre de rester. »

Quelques secondes plus tard, à la grande surprise de Susanna et à l'étonnement sincère de Lake, ils se donnèrent l'accolade.

10

La British European Airways était le visage que Londres voulait montrer à la jet-set : des hôtesses de l'air impeccables, avec des voix dignes de la BBC, guidant la civilisation dans les cieux. Tandis que le *Comet* s'élevait au-dessus de l'aéroport de Tempelhof, le soleil levant moucheta d'or son aile, et toute la morosité de Berlin, balafrée en son centre par le trait gris et marron du Mur, disparut derrière eux. Susanna essaya de repérer les bureaux de Causse-Bergen, et Guillam. Elle pensa avoir trouvé : un pauvre cube blanc près de la rive indésirable de la Spree. Elle regarda ailleurs.

« Mais voyez, dit Lake sur le siège voisin, vous devez toujours rester vigilante, compris ? Vienne n'est pas comme Berlin. C'est différent. »

Elle jeta un coup d'œil vers Smiley. Il avait piqué du nez dès qu'ils s'étaient assis. Maintenant que l'avion virait sur l'aile et se dirigeait vers le sud et l'est, son torse se soulevait très doucement. Il avait l'air insouciant, et même jeune. Susanna revint vers Lake.

« Différent comment ? »

Il n'avait rien d'un poète. Il avait des rapports plein la tête, pensa-t-elle, mais aucun chant. Son visage trahit un effort de concentration.

« Est-ce qu'il vous est déjà arrivé, quand vous étiez petite, d'écarter les bras pour essayer de voler ? »

Elle rit.

« Bien sûr.

– Est-ce que vous vous êtes jamais dit que ça pourrait marcher ?

– Non. Il n'y a pas assez de vent pour ça.

– Dans certains endroits, si. »

À la montagne, supposa-t-elle. Ou peut-être dans le Kansas.

« Dans certains endroits », dit-elle.

Lake haussa les épaules

« C'est la même chose. »

Vienne ne semblait pas être un endroit où le vent pourrait vous faire décoller du sol. Après la descente paisible entre les montagnes, jusqu'à une piste qui paraissait plutôt courte pour un avion plutôt long, la capitale elle-même était exceptionnellement belle. Le Danube – son fleuve, se disait encore la Hongroise qu'elle était – coulait le long de la vieille ville avec une assurance austère, et Vienne sentait la neige fondue, le pin et le feu de bois. Dans le Budapest de son enfance, le Danube était une vérité fondamentale, courant des pays situés à l'ouest, qui se voyaient modernes, jusqu'à la mer Noire, dans laquelle le reste du monde se reflétait, tout comme Budapest se reflétait dans Odessa – et tout comme Vienne, se rendit-elle compte, se reflétait dans l'une et l'autre, à moins que ce fût l'inverse. Le fleuve était à la fois sacré et commercial, et peut-être n'y avait-il aucune différence, après tout. À Londres, au contraire, la Tamise n'était que de la boue, où des barges sinistres se traînaient pour livrer charbon et pétrole. Les Londoniens ne regardaient pas leur fleuve, ils ne le voyaient pas, sauf quand ils franchissaient un pont et que la circulation était ralentie. Seul un fou aurait pu encore y nager. Elle avait pensé qu'il en allait différemment dans les autres villes mais, après avoir posé la question, elle avait compris que non et avait cessé d'en parler, de peur que le sujet ne devienne une de ces erreurs grossières qui trahissaient en elle l'étrangère. Cette fois, elle put de nouveau sentir l'odeur du fleuve, dense et âcre, et le petit frisson sur sa nuque fut comme un retour au bercail, même à quelque distance.

Pendant que Lake, à dix mètres derrière eux, faisait mine de chercher des cartes postales, Smiley et elle jouèrent les touristes, M. Willow et Mlle Hofbauer écumant les rues commerçantes proches de la cathédrale Saint-Étienne, où les marques de luxe, installées dans de beaux immeubles viennois, promettaient le sommet absolu de la sophistication capitaliste. Willow, en tant qu'amant, se ruinerait à moitié pour lui acheter des articles chez Hermès ou Cartier. En tant que père, peut-être lui rapporterait-il une de leurs babioles à son retour de voyage. En tant que Smiley, elle pensait qu'il les voyait à peine. Elle n'en revint pas lorsqu'elle le vit s'éclairer de l'intérieur, par une sorte d'épiphanie fiévreuse, et foncer au hasard dans un magasin de soieries italiennes en lui demandant de l'aider à choisir quelque chose pour sa femme.

Il n'était pas venu consciemment à l'esprit de Smiley, jusqu'à l'instant où il découvrit sur la vitrine l'affiche d'une femme enchantée par les fanfreluches et les froufrous, qu'Ann – si tant est qu'elle eût suivi le programme à la lettre – se trouvait ici même, à Vienne, et qu'elle séjournait dans un hôtel à moins d'un quart d'heure de là. Willow ne pouvait pas aller lui rendre visite mais, s'il se servait à bon escient de l'ambassade, il pourrait faire entrer Willow et ressortir – brièvement – Smiley. C'était un manque de professionnalisme évident, mais dans les faits le risque était négligeable, et il s'agissait précisément du genre de concession à l'humanité qu'on lui devait bien en tant qu'ex-espion consultant plutôt que membre du Cirque à plein temps.

À l'intérieur, la vendeuse, quoique plus grande qu'Ann, avait le même teint qu'elle. Avec l'aide dubitative de Susanna, il choisit et acheta une écharpe de soie bleue qui pouvait convenir à la conduite en décapotable, à la marche dans les cols ou à l'aviation. C'était surtout un objet frivole, coûteux et inutile, tout juste bon à exprimer l'amour. Il demanda un supplément de ruban, de boucles et de volutes pour le paquet. L'objet était presque grotesque ; il le prit fièrement et délicatement sous le bras. Susanna ressentit une fierté étrange, presque de l'affection, lorsqu'elle se rendit compte qu'il avait accompli là un acte qui était, pour lui, très difficile.

« Willow, dit Smiley à l'insolent garde du portail. James. J'ai rendez-vous avec Sandy Layton. »

L'ambassade du Royaume-Uni à Vienne occupait un cube couleur crème qui ressemblait à tous les immeubles adjacents sans en être. Ici, les ornements qui rehaussaient les fenêtres voisines avaient été retirés pour raisons de sécurité ou n'avaient jamais été ajoutés à ce qui aurait pu être une mauvaise imitation du style viennois. Sévère, massive et inélégante, on aurait dit un poney de caserne à un spectacle pour chevaux de course à la retraite.

Le garde donna l'impression de subodorer quelque chose, peut-être que Smiley était un parfait criminel, mais la confirmation arriva peu après, via le téléphone à fil noir logé dans la boîte de sécurité. De mauvaise grâce, le jeune homme le laissa passer.

À l'intérieur, l'endroit n'était pas plus agréable qu'à l'extérieur. Le guichet de l'accueil était petit et isolé par un écran. Smiley resta debout pendant que la réceptionniste mouillait son index avant de tourner chaque page de son registre, en quête d'un détail qui lui déplairait. Finalement, un visage étroit et rougeaud apparut, tel un loir, de derrière une des cloisons séparatrices.

« Monsieur Willow ?

– Oui, répondit Smiley.

– Layton, dit la femme. Sandy. Du service commercial, précisa-t-elle. Venez par ici. Alice, je m'en charge. »

Alice, perpétuellement insatisfaite, fit une moue dégoûtée, comme si la complicité de Sandy expliquait tout. Ce qui était le cas, indéniablement, si les diplomates de l'ambassade avaient identifié Sandy comme appartenant autant au Cirque qu'au monde plaisant et honnête de la coopération internationale.

« Première porte à droite, dit Layton. Je suis ravie de vous voir, monsieur. Nous nous sommes déjà rencontrés, en Angleterre. Il y a trois ans, je crois. »

Smiley se souvenait vaguement d'elle, jeune diplômée de Sarratt : travailleuse et affable, une combinaison qu'il appréciait beaucoup.

Elle le fit entrer dans une longue pièce étroite sans fenêtres. Il y avait un bureau tout au fond et, relié à une armoire métallique verte d'une dimension inquiétante, un télex.

« Vous aurez un accès total, dit Layton. Les chiffreurs sont à votre disposition si vous le souhaitez, tout comme moi. Il y a un colis qui vous attend. Il est arrivé par la valise diplomatique. » Elle posa un regard sceptique sur les boucles et les rubans du cadeau pour Ann.

« Voulez-vous que je mette ça dans le coffre ?

– Ah, oui, fit Smiley au bout de quelques secondes. Hautement confidentiel. »

Il la vit prendre son cadeau comme s'il menaçait à tout moment d'exploser.

*

Guillam avait dû être extrêmement rapide, au point que Smiley le soupçonnait d'avoir envoyé un message à Control avant même de l'avoir briefé, lui, la veille. Le colis en provenance de Londres renfermait la meilleure biographie de Karla que Connie et Kristin aient pu fournir.

Karla, agent soviétique, véritable nom : inconnu. Né au tournant du siècle, peut-être juste avant, ce qui faisait de lui un enfant de l'époque tsariste et un Soviétique de la première génération, avec toute la fougue intacte que cela sous-entendait. Âge exact :

également inconnu. A été, d'après la rumeur, parmi les tout premiers espions moscovites, la fournée fondatrice de la 13e Direction, formée par le mythique Arno Berg, lui-même apprenti-vedette de Metternich. A combattu en Espagne en 1936, détails : inconnus. Infiltré en Allemagne via Rostock en 1943, chargé de faire de la reconnaissance et du recrutement pour des opérations de renseignement contre le Troisième Reich. En 1944, assassin présumé du commandant SS local au moyen d'une bombe à billes placée dans sa tête de lit. Pendant l'avancée des Russes à travers les pays baltes, a commandé un petit groupe chargé de localiser et neutraliser les unités de guérilla nazies opérant autour et à l'arrière des lignes de contrôle mouvantes. Après la guerre, apparitions fugaces au Japon, à Hong Kong et finalement en Amérique du Nord, établissant des réseaux radio soviétiques sous la houlette d'Andrei Roudnev, chef de la 13e Direction. Arrêté à New Delhi en 1955 sous le nom de Heinrich Gerstmann, où il a été interrogé, avec perspective de recrutement, par un certain G. Smiley. Résultat : aucune suite. Est retourné volontairement à Moscou, où jusqu'à peu on pensait qu'il avait été fusillé.

Smiley parcourut le document. Il se souvenait de Gerstmann, bien sûr, et de cette soirée à la prison de Delhi, même s'il ignorait alors à qui il avait affaire. L'aurait-il su qu'ils auraient peut-être eu plus de choses à se dire. Pour Smiley, il ne faisait aucun doute qu'ils s'étaient ratés de peu à Magdebourg en 1944, puis une autre fois au Nouvel An, à Rathenow. Insignifiant aujourd'hui, mais à l'époque ? Les leaders politiques étaient conseillés par leurs agents secrets, et ces agents secrets racontaient leurs histoires à partir de ce qu'ils savaient et de ce qu'ils avaient vu. La compréhension du monde remontait la chaîne de commandement. Si une dizaine d'hommes et de femmes, de part et d'autre de ce qui allait bientôt être le fossé entre l'Est et l'Ouest, avaient eu l'occasion de discuter, ce fossé aurait-il jamais vu le jour ? La direction soviétique aurait-elle vu dans le mot « encerclement » un synonyme d'« étranglement » ?

Or, cette rencontre fortuite n'avait jamais eu lieu, et Gerstmann n'avait été qu'un énième officier soviétique en perdition, s'efforçant de garder la tête hors de l'eau pendant l'après-Staline, et – comme la plupart des autres – bien parti pour échouer. Smiley l'ignorait ce jour-là, mais il était lui-même assez malade, et il n'avait pas bien mené la rencontre. Gerstmann s'était muré dans un silence total, Smiley avait jacassé dans un demi-rêve enfiévré avant d'indiquer silencieusement que l'interrogatoire était terminé. Sur le plan humain, Smiley avait regretté que son interlocuteur préfère le peloton d'exécution. Un vrai gâchis pour tout le monde. À titre personnel, toutefois, il s'était senti quelque peu soulagé. Il pensait s'être montré à la fois imprudent et bête, et ces souvenirs quitteraient le monde avec ce petit homme dont le silence avait vaincu le sien.

Mais Karla avait survécu, et il se retrouvait là, au sommet ou pas loin. Son identité avait désormais une portée qui allait bien au-delà de Róka et de Leo. Son passé laissait voir un idéaliste, un homme qui s'était lui-même ligoté au mât du navire communiste en croyant sincèrement bien faire. Comme Róka, ou Smiley, ou Prideaux, ou Haydon, en réalité comme quiconque à peu près du même âge et faisant le même métier, il affrontait un monde accéléré, volatil et, dans la longue histoire des horreurs humaines, singulièrement capable de destructions. Tout ça plaidait pour la possibilité d'un conflit moins ignoble, moins voué à dégénérer en une violence dangereusement affichée.

En revanche, les échos de Moscou laissaient entendre que Karla et Pogodine étaient à couteaux tirés. Pogodine ne supportait pas la présence de Karla, qu'il trouvait arrogant : un agent de terrain aspirant à monter des opérations. L'opinion que Karla se faisait de Pogodine n'était pas connue mais, en l'espace de sept ans, il avait par la ruse et le compromis annihilé les soutiens politiques de Pogodine et brisé son équipe au sein de la 13e Direction. Aussi leurs positions s'étaient-elles inversées par rapport à 1955 : Pogodine se retrouvait seul, isolé, et cherchait désespérément n'importe quel moyen de renverser la vapeur. Karla devait forcément avoir des points faibles. C'était un homme d'un certain âge ; il avait un passé et un passif. Quelque part, cachés au milieu de ses succès et des défauts des autres hommes, il y avait des appétits et des conséquences qui guettaient sa chute.

Cependant Pogodine ne les trouva pas. Plus il cherchait, plus il rencontrait le néant. Karla connaissait la maxime de Richelieu et en comprenait le sens réciproque. Si six lignes écrites de la main d'un homme suffisaient à le faire pendre, celui qui voulait se garantir de ses ennemis ne devait laisser aucune trace, écrite ou autre. Il devait effacer jusqu'aux souvenirs de ceux qui l'entouraient ou – si c'était impossible – les effacer eux-mêmes. Ce que Karla avait fait avec une exhaustivité effarante. Pogodine n'avait trouvé personne à Moscou qui connût encore les autres vies de Karla. Celui-ci s'était coupé de son propre passé, et son présent était tellement inatteignable qu'il aurait pu être une cité aperçue dans les nuages.

Smiley avait l'espoir – parler de théorie eût été très excessif – que ce soit justement ce que Ferenc Róka avait, par accident, menacé de révéler ; que Róka puisse faire le lien entre l'homme de Moscou et la vie qu'il avait eue. En obtenant Róka, Pogodine aurait de nouveau accès aux moyens de pression susceptibles de déloger ou de détruire Karla. Pour l'instant, il semblait ignorer que la porte était ouverte et que, à condition de la franchir au bon moment, le bon jour, elle le mènerait là même où il souhaitait aller. Moyennant quoi, c'était Smiley, et non Pogodine, qui apercevrait peut-être, dans l'entrebâillement, l'univers intime de ce Karla qui avait tant terrifié Mundt et dont les yeux noirs indifférents l'avaient un jour regardé se débattre, lui Smiley, derrière une table de la prison de New Delhi – l'étoile montante au sein du département secret le plus agressif du Centre.

Quelle que fût la justesse des analyses de Smiley à propos de Róka, la mesure opérationnelle la plus évidente consistait à envoyer une bouée de sauvetage à Pogodine, à le courtiser, à le convaincre et à lui arracher tout ce qu'il serait en mesure de révéler – une belle moisson de secrets en perspective, à coup sûr. La décision en revenait à Control, parce qu'il l'avait voulu ainsi – ce qui convenait parfaitement à Smiley. Un Prideaux, un Haydon, pouvait tenter cette approche, voire Sam Collins, si Control souhaitait un homme plus jeune. Mais pas George Smiley. Il devait rester à l'abri du rideau de fer et, de toute façon, il était à la retraite, auprès des siens.

Toutefois, si on parvenait à mettre la main sur Pogodine, une deuxième partie se jouait, grâce à laquelle on pourrait tirer profit de Róka et de Pogodine pour inclure Karla dans la transaction et décapiter toute la 13e Direction, au grand désarroi – et au grand dam – du Kremlin.

Mais après ? Une fois qu'on se serait servi de ses amours pour le faire tomber ? Moscou souffrirait-elle soudain d'une pénurie d'hommes brutaux et brutalisés, pensant racheter leurs turpitudes en détruisant l'Ouest, en réalisant enfin les ambitions de Pierre le Grand et en plaçant la Russie au sommet du monde ? La guerre froide, avec tous ses arsenaux monstrueux et sa capacité à comprimer et à bousculer les vies ordinaires, prendrait-elle fin ? Le démon du nucléaire retournerait-il en enfer ? La peur d'une invasion terrestre russe balayant tout sur son passage et ne s'arrêtant pas avant d'avoir atteint la Normandie, Lagos et Palerme, deviendrait-elle de l'histoire ancienne parce que Karla avait succombé à la lance on ne peut moins chevaleresque de Smiley ? Ou est-ce que tout ce va-et-vient entre eux n'était qu'une manière de s'occuper pendant que Dieu disposait ? Il y avait forcément quelque chose d'autre, quelque chose de meilleur, sinon à quoi bon ?

Leamas rigolait. Ils étaient ivres dans un bar de Porto, de Hong Kong, de Damas. Ils marchaient ensemble au bord du Danube, à l'endroit où il sourd dans les collines allemandes, et Smiley envisageait de demander Ann en mariage, et Leamas le pressait de ne pas attendre, de trouver un moyen, n'importe lequel. Il faisait le tri des chaussures d'Alec dans l'appartement vide et méditait sur l'impossibilité de la mort : la mort des amis, des frères et des pères, de tout être dont le départ rend le monde plus sombre, plus affreux. Il était assis dans le grenier d'une ferme, en Allemagne, écoutant un homme qu'il ne connaissait pas quelques secondes plus tôt risquer sa vie pour éloigner une patrouille : *Non, non, au bout de la route, je l'ai vu, sur un vélo. Un grand, peut-être américain ! C'est le devoir de tout citoyen de servir la Patrie. J'espère que vous le fusillerez quand vous l'aurez arrêté.* Il était dans le bureau sinistre de Control, les yeux dans le vague pendant qu'il livrait son récit des coups de feu au pied du Mur.

Leamas rigolait encore. Il n'y avait aucune malice dans son rire, pas même de la pitié. Le monde était drôle, et seul Alec comprenait la blague.

« Nom de Dieu, Smiley ! Il vous l'avait bien dit : faites selon votre méthode. Si vous avez une meilleure idée, c'est le moment, bon sang. Je vous soutiendrai. Jusqu'au bout, jusqu'à la fin. La pierre d'achoppement. La dernière goutte de sang. »

Et puis tout à coup il avait disparu. Il n'avait pas indiqué son départ ni fait ses adieux ; il n'était tout simplement plus là. Smiley pleura sans porter les mains à son visage, sans se tordre, alors qu'il s'imaginait faire l'un et l'autre et s'y croyait obligé. C'était comme s'il n'avait aucune volonté, comme si la seule trace de vie en lui était l'eau coulant sur ses joues.

Quel autre chemin y avait-il ? Comment offrez-vous la paix à un ennemi que vous n'avez jamais voulu mais que vous combattez déjà ? Qui vous a déjà infligé des blessures terribles et propose de continuer ? Un ennemi dont l'erreur fatale a peut-être été commise avant même que vous vous soyez connus ou que vous ayez découvert votre opposition ?

« Qu'est-ce que vous m'apportez ? demanda Sandy Layton lorsque Smiley entra dans son bureau en cherchant quelque chose qu'il n'arrivait pas à nommer.

– Rien, répondit-il. Je réfléchis.

– Vienne est devenue bizarre. Aujourd'hui et hier. Qu'est-ce qui se passe ?

– Bizarre comment ?

– Tous les escargots sont retournés dans leur coquille. Je ne connais pas la raison de votre présence ici, mais elle amène le mauvais temps. »

Elle haussa les sourcils, mi-espoir, mi-expectative, mais Smiley secoua la tête.

« Aucune idée, j'en ai bien peur », dit-il.

Et il la laissa grommeler devant son petit déjeuner.

Le même après-midi, dans ce qui parut à Susanna un excès de précaution, Smiley les fit déménager de l'hôtel Grand Habsburg pour le König von Ungarn, qui se vantait d'être bicentenaire – même si, comme Lake l'avait signalé avec un certain soulagement en arrivant, l'établissement avait connu quelques travaux depuis que Mozart y avait séjourné.

« Une superstition, lui jura Smiley. Rien de plus. »

Susanna remarqua néanmoins, pendant que Lake occupait le portier en lui posant une question absurde au sujet du *room service*, que Smiley passait son pouce sur le verre des cadres suspendus aux murs. Son ongle glissa sans heurt sur la surface, et il acquiesça vaguement, l'air satisfait.

Une fois le portier congédié, Lake haussa les sourcils.

« Je suis sûr que le Grand Habsburg a simplement à cœur de protéger ses clients contre les éclats de verre, fit Smiley. Par bonheur, le König est un hôtel plus traditionnel. »

« Je veux que vous fassiez une chose pour moi, dit Smiley à Lake un peu plus tard, dans une salle de réunion privée en bas.

Comme je vous l'ai annoncé à Berlin, ce sera dangereux. » Il leva la main pour anticiper l'inévitable réponse de Lake. « Je vous demande de m'écouter jusqu'au bout et de me donner votre avis de professionnel. La tête froide. Si vous vous faites attraper, nous n'avons rien à y gagner. Seul le résultat compte, pas la volonté. »

Lake se détendit et hocha la tête.

« Je préférerais infiniment qu'on prenne notre temps, reprit Smiley. Le meilleur travail de renseignement se fait dans la lenteur. Cette fois, cependant, on suit le rythme de Róka et celui des Soviétiques. Il déclenche, ils ripostent, et on arrive en dernier, en espérant recueillir les fruits de leur récente inimitié et profiter de leurs tentatives d'enfumage mutuel. Récupérer Leo était notre meilleure option. On passe maintenant à la suivante. Pour l'instant, nous avons admis l'idée que les acteurs de cette tragédie sont Karla, Róka, Leo et nous. Nous avons négligé une autre protagoniste, qui n'est pas seulement influente par ses relations, mais redoutable : Irén Pártos, la mère de Leo. Elle a une grande qualité : on sait où elle se trouve. Professeur auxiliaire de poésie et de littérature à l'université de Budapest. Au minimum, on peut espérer atteindre Róka par son intermédiaire. Le mieux serait d'arriver à la convaincre de quitter Budapest et de passer à l'Ouest. Les calculs de Róka devront alors pencher en notre faveur. S'il ne peut pas aider Leo, il peut au moins être avec la mère de Leo et espérer que le Cirque acceptera d'exfiltrer son fils en échange des secrets qu'il pourra nous fournir. »

Susanna trouva le propos froidement calculateur, comme si Smiley lui-même sentait que c'était un pas dans la mauvaise direction. Une semaine plus tôt, si elle avait dit d'une chose qu'elle était un mal nécessaire, elle aurait pensé à une simple contrariété. Désormais, elle envisageait l'expression dans toutes ses acceptions.

Pendant ce temps-là, Lake s'était mué en une créature nouvelle, clinique, encore plus inquiétante. Elle ne fut pas surprise par son enthousiasme, mais son visage avait perdu toute sa juvénilité. Pour la première fois, il sembla appartenir au monde de Smiley et en comprendre les rites.

« Parler, c'est bien, dit-il. Le train d'ici à là-bas, je vais aux bains et dans deux ou trois églises, puis à l'université. Peut-être que j'écris un livre sur les Ottomans en Europe. La tombe de Gül Baba et, oh, pardon, je tombe sur elle dans le couloir, j'ai lu vos poèmes, madame, c'est un honneur pour moi. La Hongrie est mal comprise à Londres, il faut absolument que vous veniez faire une conférence, je connais quelqu'un à l'école des langues orientales. Mais ça, c'est parler. La faire sortir, c'est une autre paire de manches. Moscou doit la surveiller comme le lait sur le feu. La seule raison pour laquelle elle est encore libre de ses mouvements, c'est que les Russes espèrent que le garçon viendra tenter la même chose – et il la connaît, elle lui facilitera la tâche. Moi, elle me verra venir, d'une manière ou d'une autre. Elle pensera peut-être que je suis avec eux, que je joue l'Anglais idiot, peut-être qu'elle y verra clair et ne voudra pas en entendre parler non plus. Mais, dans le meilleur des cas, je peux difficilement voler un camion et la cacher sous le siège, si ?

– Supposons qu'il s'agisse d'un enlèvement, suggéra Smiley. Uniquement pour les besoins de la planification. Imaginons qu'elle ne coopère pas du tout. Cela rendrait-il les choses plus compliquées ou plus simples ?

– Si on était trois ou quatre comme moi, répondit Lake, et si on avait une semaine pour tout planifier, je pourrais dire que c'est une meilleure solution. En l'état actuel des choses, non. C'est de la parlote. Et si elle a envie de déguerpir en pleine nuit, on aura besoin de tout le monde, y compris l'ambassade à Budapest. Ils vont hurler, mais il faudra qu'on l'y fasse entrer d'une façon ou d'une autre, qu'on prétende qu'elle n'est pas là, le temps de changer son apparence et de laisser la fièvre retomber. Ensuite, le pas de deux du diplomate : on fait venir quelqu'un avec un passeport diplomatique, on le remet à Irén, elle part pour Londres, on attend une semaine, et notre messager repart avec un passeport touriste ordinaire qu'on aura préparé entre-temps. Cette partie-là, ce n'est pas notre problème. À mes collègues et à moi, les ambassades sont strictement interdites – il paraît qu'on salit la moquette. Donc dès le portail franchi, ce sont les lampistes, en espérant qu'ils aient leurs petites méthodes. Si les choses tournent vraiment mal, c'est quitte ou double : on trouve des papiers ordinaires pour Irén et on fuit vers le poste-frontière le plus proche. En priant de toutes nos forces que les gardes fassent la sieste et qu'on aille plus vite que le téléphone. » Il haussa les épaules. « Peu probable, monsieur Smiley. »

Smiley hocha la tête.

« Dans un premier temps, il faut qu'elle ait recours au canal de communication dont elle dispose avec Róka pour lui dire qu'on a des renseignements au sujet de Leo. Ce qui est vrai, même si pour le moment ils sont tous plutôt négatifs. On donne à Róka les moyens de nous contacter. Et après, si possible, on exfiltre madame. Mais on ne peut pas avoir une confiance aveugle en Irén. Il est tout à fait possible qu'ils se servent de Leo afin que ça se retourne contre elle. Amenez-nous votre amant et on vous donnera votre fils. Tellement plus facile de leur donner un vrai espion britannique, non ? »

Susanna regarda Lake avec curiosité.

« *Beszélsz magyarul ?*

– Oui, répondit-il en anglais, mais pas assez pour être convaincant. Et il ne faut pas que les sympathiques policiers sachent qu'on baragouine la langue locale. Ça leur donne l'impression désagréable qu'on pourrait être des espions. »

Ils repoussèrent la table contre le mur et répétèrent la rencontre entre Irén Pártos et Lake. Susanna jouait Irén et Smiley observait. La première tentative d'approche de Lake fut très distante et on ne peut plus britannique, comme s'il avait soudain adopté les manières d'un officier et d'un gentleman, à la fois trop elliptique et trop solennel. À Susanna, il fit l'effet d'être un homme venu annoncer la mort d'un proche mais sans avoir la bonté d'être franc. Ils recommencèrent une fois, puis deux, jusqu'à ce qu'elle perde patience.

« Irén est hongroise, dit-elle à Lake. Et c'est une ancienne partisane. Le chagrin, elle connaît. Si vous tardez trop, elle soupçonnera le pire et vous reprochera votre lenteur. Quand vous lui expliquerez que ce n'est pas si grave que ça, elle vous reprochera encore de lui avoir fait peur.

– Et vous n'aurez pas beaucoup de temps, intervint Smiley. Vous devez penser à elle comme à une professionnelle, une consœur. Ce qui, au passage, est le cas, bien sûr. »

La prestation suivante fut meilleure. Cette fois, ils commencèrent par le commencement et travaillèrent leur fausse rencontre fortuite. Lake bafouillait de façon convaincante, tout confus, puis comprenait sur qui il avait eu l'honneur de tomber, et son remords était sans fin. Smiley lui conseilla de ne pas trop répéter cette partie-là, de peur qu'elle ne devienne trop factice et ne leur attire à tous deux des ennuis. Lake rétorqua qu'il avait besoin de ce tremplin, qu'il pourrait toujours arguer qu'il était amoureux ou obsédé. Ils reprirent.

« Je dois vous parler d'une chose, c'est à propos de votre fils », dit Lake à Susanna en prenant sa main et en la serrant avec une urgence dans la voix, les yeux dans les yeux. « Je crois pouvoir vous aider, et aider son père, à obtenir sa libération et votre sécurité. Mais vous devez me faire confiance. Je sais que ce n'est pas une chose naturelle pour vous, cependant nous avons très peu de temps. Si vous acceptez de réfléchir à mon offre, riez comme si vous étiez gênée. »

Elle rit par réflexe, parce qu'elle était gênée. Pour la première fois, elle eut physiquement conscience de lui : ses dimensions, la puissance contenue de son corps. Elle trouva incroyable d'avoir marché aux côtés de cette créature et d'avoir été distraite au point de ne pas la remarquer. Elle savait que tout ça n'était qu'une représentation, mais ça n'en restait pas moins bouleversant. Elle était à la fois offensée et impressionnée.

« Un petit peu moins, Tom, peut-être », suggéra Smiley.

Susanna n'était pas d'accord.

« Non. Il faut que ce soit gros. Exagéré. » Elle vit Smiley froncer les sourcils et essaya de mettre des mots sur son intuition. « Si c'est déraisonnable, ça paraît innocent. Si c'est tout en retenue, c'est suspect. »

Irén, pensait-elle, serait tout aussi subjuguée qu'elle et refuserait instinctivement de le dénoncer. Téméraire. Jeune. Beau. Comme son fils. Sans doute Róka avait-il ressemblé à ça le jour où elle était tombée amoureuse de lui. Ce n'était pas une brèche dans ses défenses ; c'était précisément ce qu'elle défendait.

Smiley avait accepté que leurs visions des choses puissent diverger. Sa main dessina en l'air une permission : remettez ça. Lake reprit sa position initiale et Susanna, une fois de plus, entra dans la pièce comme si elle ne se doutait pas de sa présence. Au moment où il s'avança, elle dut plaquer la main contre sa hanche pour l'empêcher de se tendre vers lui. Lorsqu'il la toucha, elle réprima un grand soupir.

« Je dois vous parler de votre fils », dit Lake, et elle pensa : Oui. Je vous en prie.

Y avait-il vraiment un risque que la pauvre Irén Pártos veuille s'enfuir avec lui, et au diable Róka ? Si oui, était-ce intentionnel ? Lake le faisait-il exprès ? Smiley lui en donnait-il l'ordre ? Ou fut-elle la seule à remarquer le poids soudain de sa présence lorsqu'il passa de baby-sitter à agent opérationnel ? Il avait la même gestuelle fluide que l'infâme Bill, la même aisance. Chez Lake, cependant, ce n'était pas un jeu. C'était tout bonnement son être profond, exposé comme un produit chez l'épicier.

« Je dois vous dire quelque chose, à propos… »

L'idée était séduisante mais pour le moment vaine. Susanna soupira et la mit de côté.

« Je dois vous parler, madame… »

Si Irén mordait à l'hameçon, Lake organiserait un second rendez-vous dont le protocole serait très simple : l'église la plus proche, à telle heure, ainsi qu'un plan B trois heures plus tard dans une autre église. Il s'y rendrait un peu en avance et, s'il constatait qu'il n'y avait aucun danger, irait à sa rencontre. Sinon, il devait abandonner le premier *treff* et le plan B, récupérer Irén près de chez elle, mais seulement s'il estimait que la voie était libre. Les termes du contrat étaient délibérément vagues, car Smiley voulait que Lake dispose de la plus grande latitude possible.

« Si le mieux que vous obteniez est une brève conversation, dit-il, c'est déjà très bien. Je sais que vous êtes prêt à prendre des risques, mais à moins que les bénéfices en soient évidents, le courage ne m'intéresse pas. Seuls les résultats comptent, hélas.

– Et pendant le rendez-vous ? demanda Lake. Qu'est-ce que je lui dis ? Je peux difficilement lui expliquer qu'on a interrogé le chef des opérations de la Stasi à Berlin et qu'il trouve ça formidable.

– Vous lui dites la vérité, répondit Smiley après quelques secondes de réflexion. La vérité, mais pas toute la vérité. À savoir que d'après nos sources, Leo a été arrêté puis relâché, que les Russes sont directement impliqués et qu'un homme a été dépêché à Londres avec des intentions peu louables. On sait que Róka n'est pas idéologiquement bien disposé envers l'Ouest, mais on est prêts à l'aider, et il manque cruellement d'amis. N'offrez pas d'argent. Elle trouvera cela offensant. »

Il jeta un coup d'œil vers Susanna ; elle acquiesça.

« Pour ce qui est des liens de Róka avec Moscou, cette relation est irrécupérable, quoiqu'il puisse espérer. Harto Latour est là pour le prouver. Vous pouvez même parler de Karla – il a fait suffisamment de bruit à Berlin pour qu'on soit au courant de sa présence là-bas sans que cela implique Mundt. Dites-lui qu'à votre avis c'est leur seule chance d'avoir une vie digne de ce nom, eux et Leo. Ce qui est vrai, au fond. Et il faut qu'elle sente votre conviction. »

Lake hocha la tête.

« Elle ne lâchera pas Leo. Elle voudra des certitudes.

– Je n'en doute pas. Il vaut mieux pour nous que vous ne lui en donniez pas. Une trop grande clarté est en soi suspecte. Vous pouvez lui laisser croire que la coopération de Róka pourra être partielle, qu'il n'aura pas besoin de balancer tout ce qu'il sait, seulement de quoi payer l'aide que nous pourrons fournir. Et vous devriez la conforter dans ce que j'imagine être son plus grand espoir : que Leo est vivant. »

Susanna s'aperçut qu'elle avait soudain tourné la tête vers lui, mais toute l'attention de Smiley était sur Lake. Qui regardait ses pieds. Ne mens pas à Irén. Qu'elle se mente à elle-même. Ne la dupe pas. Réponds à son besoin.

Lake n'était pas à l'aise.

« Et si ça ne suffit pas ? »

Susanna attendit. Elle connaissait la réponse. Lake devait avouer que Leo avait disparu. Faire autrement serait franchir la ligne rouge, et quand Irén et Róka, arrivés à Londres, découvriraient qu'on les avait dupés, leur coopération cesserait. Mais dès lors que Lake admettrait ne pas tout savoir, Irén l'enverrait paître. Ce qu'ils avaient ne suffisait pas, malgré le désespoir. Pire : cela laissait entrevoir une issue funeste.

« Dans ce cas vous mentez, Tom, répondit Smiley. C'est un mauvais mensonge, parce qu'il finira par être intenable, mais on pourra l'alimenter pendant quelques jours. Un article dans le *Daily Mail*, quelque part en deuxième page. Évasion audacieuse : un petit groupe d'étudiants pleins de bon sens échappe aux griffes diaboliques de la machine répressive socialiste. Un tunnel, ou mieux encore : une montgolfière. Les journalistes adorent les montgolfières, ils trouvent la métaphore irrésistible. Une photo de trois jeunes hommes et une jolie jeune femme, le visage crasseux, souriant aux côtés de divers officiels dans un lieu non déterminé. Des noms passe-partout, deux Johann Schmidt, une Inge Fuchs, et enfin Leo Pártos, le Houdini hongrois qui a orchestré toute l'évasion. Tous désormais sains et saufs à l'Ouest. Si l'image est suffisamment floue, Róka y reconnaîtra peut-être Leo et viendra. D'ailleurs, même s'il a des doutes, il est peu probable qu'il puisse rester loin de tout ça. On tiendrait notre homme, peu importe ce qu'on y gagnerait une fois qu'il découvrirait la vérité. » Il regarda Susanna. « Au moins, il serait vivant. »

Susanna imagina la scène : Bánáti arrivant, renonçant à tous ses avantages pour entretenir l'espoir et voyant cet espoir douché. Cela lui semblait une manière médiocre de se décharger de ses obligations, qui provoquerait certainement une réaction méritée : la condamnation silencieuse, la rupture sans adieux. Un autre père abandonné, alors que sa propre trajectoire sinueuse continuait de la mener vers un lieu où elle pourrait arrêter de courir, commencer à construire, être quelqu'un. Être qui ? Construire quoi ? Il semblait improbable qu'elle obtienne la réponse à ces deux questions en foulant aux pieds le cœur de Bánáti.

Elle voulut demander s'ils feraient vraiment ça, mais la question parut soudain absurde. Ces gens-là étaient des espions. La duperie et la trahison étaient leurs méthodes. Quoi d'autre encore ? Ils pratiquaient l'assassinat ? Elle regarda Lake et son assurance physique. À tout le moins, ils savaient comment s'y prendre – bien sûr. Forcément. Les États tuaient, soit en murmurant, soit à voix haute. Elle était bête de ne pas y avoir pensé plus tôt. En comparaison, mentir à un père désespéré, c'était une broutille.

« La Stasi ne saurait pas si nous l'aurions inventé ou non », proposa Lake.

Les yeux de Smiley passèrent de Lake à Susanna.

« Je suis désolé. »

Elle savait maintenant ce dont il s'excusait et ce qu'elle était censée faire. Elle devait être une bouée de sauvetage dans ce court laps de temps pendant lequel le pigeon voudrait croire, mais sans avoir aucune certitude, que son fils venait à lui. Ensuite, une fois qu'ils auraient inventé un accident, ou une colère vengeresse de Moscou, et détruit cet espoir, elle devait être le remède. Elle prendrait la place de Leo et soulagerait la peine de Bánáti avec les attentions d'une fille, tout en lui faisant cracher ses secrets. Et elle pourrait se dire que c'était pour la bonne cause. S'ils ne procédaient pas de la sorte, Bánáti mourrait, et probablement Irén : la mère, le père et le fils s'en iraient au tombeau en emportant tous leurs mystères. Moscou serait le seul vainqueur. Elle pouvait même croire qu'ils ramèneraient Leo à la maison, au bout du compte. Elle avait toutes les raisons d'accepter.

Lui sauver la vie, lui briser le cœur, puis voler les morceaux aux morts.

Smiley secoua sa torpeur.

« On y retourne, dit-il. J'ai bien peur qu'on n'ait pas une minute à perdre. »

Quelques instants plus tard, Lake serra le bras de Susanna et l'attira à lui. Une fois de plus, il la regarda droit dans les yeux.

« Madame, je dois vous parler au sujet de Leo, votre fils. C'est assez urgent. Je crois pouvoir vous aider. Peut-être pouvons-nous trouver un endroit calme. »

Elle sentit à la fois sa colère s'allumer en réaction, l'attrait qu'il exerçait sur elle et sa propre répugnance devant ce mensonge. Elle écouta les répliques travaillées et perçut la sincérité de Lake, son engagement total, sa conviction que ce qu'il disait était la bonne chose à dire, la façon dont il s'en servirait pour se livrer à ce qui était, à tous égards, une véritable supercherie. Une supercherie qu'elle l'aidait à affûter aux dépens d'une femme qu'elle n'avait aucune raison de haïr et d'un homme qui s'était toujours montré honnête avec elle. Elle dégagea violemment sa main et vit de la stupéfaction sur le visage honnête, magnifique et menteur de Lake.

Quant à Smiley, elle ne pouvait supporter de le regarder.

« Je vais prendre l'air, dit-elle. Je serai de retour juste à temps pour... »

Allait-elle vraiment dire « le dîner » ? À temps pour mentir à une femme au sujet de son fils mort et pour attirer son amant vivant afin qu'ils partagent leur douleur ?

Elle ne termina pas sa phrase et s'enfuit.

Quelques instants plus tard, Susanna s'aperçut qu'elle avait quitté l'hôtel et qu'elle marchait dans les jolies et futiles rues commerçantes. Elle avait eu la présence d'esprit de prendre son manteau. Elle se demanda si elle continuerait de marcher jusqu'à se retrouver ailleurs, quelque part situé hors de ce moment de sa vie. Elle l'avait fait par le passé, après tout, bien qu'une enfant venant quémander ait droit à des regards et à des exigences autres que ceux auxquels est soumise une femme de vingt-cinq ans. Elle l'avait refait et s'était retrouvée dans ce pétrin, en fonçant dans le bureau de Control et en réclamant de poursuivre l'histoire, d'aider Bánáti. Ça l'avait menée jusqu'ici, jusqu'à cette mauvaise solution et à ses résultats décevants. Elle ne pouvait espérer que le monde se plie à ses attentes. Elle pouvait encore se retourner et partir en courant mais, tout bien réfléchi, elle comprit que la fuite n'était pas ce qu'elle souhaitait. Elle ne voulait pas battre en retraite devant cet ennemi-là. Elle voulait le frapper, le faire tomber, le briser au sol. Elle en vint à se demander quel marché elle pouvait conclure avec l'univers : si je m'engage, si je fais quelque chose de plus, que me donneras-tu ? Elle savait que cet état d'esprit était un mensonge, le désespoir de la victime face à la torture, l'illusion de l'espoir devant une machine aveugle aux circonstances.

Elle marcha, et la raison s'immisça peu à peu dans les marges de sa colère. Eh bien, soit. Smiley avait-il raison en fin de compte ? Faisait-il la seule chose sensée ? Comment faire mieux ?

Tel qu'elle le connaissait, Bánáti ferait tout pour Leo. Si sa trajectoire actuelle était désastreuse, alors c'était la nature de ce

« tout » qui devait changer. Il fallait d'abord le retrouver, ensuite le persuader. Le destin de Leo lui-même pouvait-il encore être changé ? Nul ne le savait. Au passage elle admettait que, sans cette information, il se pouvait que le chemin de Bánáti fût lui aussi tout tracé, qu'il menât vers la mort, d'une manière ou d'une autre. Tant qu'à être brutalement honnêtes avec nous-mêmes, soyons-le pour de vrai.

Admettons que le salut est possible, sans quoi pourquoi sommes-nous tous ici ? Supposons, contre l'évidence, que Dieu, ou l'univers, porte un regard attendri sur ceux qui s'acharnent. Demandons-nous : par quels moyens peut-il être persuadé, sinon en exauçant son vœu ? Il verra tout écart de sa route comme une damnation. Que dirait Leo ? Cela dépendait de la nature de l'enfant. Le fils de Bánáti répondrait haut et fort : *Ne sois pas si idiote. Sors, bois du vin, vis comme tu le peux. Cette tempête est plus grande que toi. Je ne veux pas m'échouer sur le sable et apprendre que tu t'es noyée en me recherchant.* L'enfant de Róka était un autre sujet, abandonné aux bons soins de sa mère et de l'État hongrois. Bien que Róka eût aimé Irén, et l'aimât encore, ce qui faisait d'elle par définition une femme importante.

En tournant à un coin de rue, elle vit la cathédrale Saint-Étienne se découper contre le ciel. À l'intérieur, il y avait une répétition, un chœur avec un soprano impossible pleurant le Christ. Mais le maître était mécontent, et le garçon n'arrêtait pas de recommencer, reprenant ses mesures.

Sans intervention, Róka ferait pareil. Il poserait la même question cent fois, recevrait la même réponse, jusqu'à ce que le *métier* – elle entendit le mot dans sa tête, le jargon de sa nouvelle profession – jusqu'à ce que le métier finisse par lui faire défaut et qu'il se prenne une balle.

Contre cela, Smiley enverrait Lake mentir par omission, par insinuation, il traînerait Irén et Róka à Londres pour les mettre à l'abri, il les presserait comme des citrons jusqu'à ce qu'ils deviennent secs et poussiéreux. S'il réussissait à ramener Leo à la maison, ce serait pardonnable, supposa Susanna, ce serait transformer le mensonge en vérité. S'il n'y parvenait pas, ce serait monstrueux. Or elle pensait que Leo était mort. Tous ses instincts, celui qu'elle venait d'acquérir comme le hongrois, lui hurlaient que la disparition de Leo constituait un point final. Il y avait un avant et un après Leo, et ils vivaient dans l'après.

Ce que Róka savait sans doute aussi et ne pouvait accepter. Il rejetterait donc Lake, rejetterait tous les mensonges sauf le plus absolu : nous avons votre fils. Il est sain et sauf à Charing Cross.

Lake, elle s'en rendit compte, serait poussé à cette extrémité. Il irait parler à Irén. Celle-ci, connaissant les battements de cœur et l'âme de Róka, réclamerait toujours plus de clarté, toujours plus d'engagement, et Lake – en bon agent opérationnel – finirait par les lui donner. Smiley lui accordait cette permission, cette latitude. Il s'excuserait : j'ai dû franchir la ligne rouge. *Ego te absolvo*. Le processus historique exige – non, cette excuse appartenait à l'autre camp. La nécessité politique impose.

Elle imagina la tête de Róka au moment où il apprendrait la nouvelle. Il n'est pas ici. Nous avons menti.

Elle comprit qu'elle ne pouvait pas laisser faire ça. Tout mais pas ça. En le disant haut et fort à son reflet impassible dans le miroir, elle vit qu'il existait une autre voie, si elle avait le courage – la folie – de la suivre. Pour cela elle devait trahir la confiance de Smiley. Mais il avait ostensiblement trahi la sienne, et il y avait en jeu une loyauté plus ancienne qu'elle jugeait primordiale.

Si Róka, dans le secret de son cœur, pensait comme elle mais ne pouvait pas prononcer les mots, peut-être pourrait-il les entendre dans la bouche d'une personne qui serait à la fois en dehors de sa famille et à l'intérieur de sa vie. Une personne qui tenait suffisamment à lui pour commettre une folie. Qui ne méritait pas son affection paternelle, mais à qui, pourtant, il l'avait déjà accordée. Une personne qui représentait une vie à la place de celle qu'il avait déjà perdue et qu'il ne pouvait abandonner.

Elle pouvait franchir la frontière austro-hongroise et aller trouver Irén Pártos. Elle-même était une femme hongroise. Sa voix le confirmerait ; elle connaissait les rues de la ville, ses humeurs, ses signes distinctifs, subtils et insaisissables. Pourquoi ne pas aller là-bas, parler avec Irén, voire ensuite avec Bánáti en personne ? Lui l'écouterait, à coup sûr. Sa présence, son voyage à travers l'Europe en compagnie d'espions britanniques et sa défection, une fois de plus, dans son propre camp – constitué, supposait-elle, d'elle-même et de la famille qu'elle cherchait à réunir – étaient d'une absurdité criante, tout autant que le périple de Bánáti, et cela devrait le persuader. Il ne pourrait pas se dire qu'un plan aussi farfelu sortait du cerveau d'un maître en manipulation.

Elle ne lui reprocherait rien, ne lui demanderait pas d'arrêter. Elle ne lui annoncerait pas tout de go la mort de Leo. Il ne l'entendrait pas, et à juste titre. Il restait une chance infime. Il arrivait que des gens se perdent dans la machine et en ressortent des semaines, des mois, des années plus tard, pour une erreur de classement. Il s'accrocherait à cette idée, en dépit de ses autres intuitions. Non. Elle lui dirait plutôt ce qu'elle savait par Smiley : que ses tentatives l'enfonçaient bien davantage que ce qu'il avait escompté ; qu'il s'engluait dans une entreprise qui finirait par le noyer, lui et tout le monde autour de lui ; que sa quête, aujourd'hui, avec ces moyens-là, ne faisait qu'accroître la probabilité que Leo meure. Il devait repartir avec elle et ravaler sa fierté, sa foi idéologique, pour un dernier coup de dés. Il avait déjà renoncé à sa propre vie pour son fils. Qu'y aurait-il de si difficile à sacrifier ses idées politiques ?

Susanna pensait qu'Irén serait son alliée. Irén comprendrait que si les choses continuaient sur leur lancée actuelle, elle risquait de perdre les deux hommes qu'elle aimait. Susanna offrirait tacitement le sauvetage de l'homme au cas où le garçon ne pourrait être sauvé, et l'espoir de protéger les deux. Il ne lui en coûterait ni plus ni moins qu'un départ de la Hongrie – prix dont elle-même pouvait attester qu'il n'avait rien d'astronomique. Quoique si Irén lui faisait remarquer qu'elle se retrouvait encore aujourd'hui à Budapest, Susanna serait bien obligée de reconnaître la force d'attraction inattendue de cette ville.

Par quel moyen ? Lake avait évoqué le train : parfait. Elle aurait besoin d'un peu d'argent et d'un billet. Elle avait reçu des fonds du Cirque, mais pour boire du thé, pas pour voyager. Elle se rappela qu'elle disposait des comptes de Bánáti & Clay. Elle pouvait appeler la banque. Cela ne représentait pas une fortune, ce n'était pas assez pour fuir, mais suffisant pour qui commettait une folie et avait besoin d'argent.

Il lui faudrait être en mesure de justifier sa présence hors de Hongrie – un échange culturel, par exemple, une conférence professionnelle – mais pas son besoin d'en repartir, car le moment venu ce serait le Cirque qui l'exfiltrerait avec Irén, ou Róka qui les exfiltrerait toutes deux. Pour cela, nul besoin d'échapper à la force de gravité de la Hongrie, seulement de laisser celle-ci l'attirer de nouveau en son sein et la serrer fort.

Un passeport était nécessaire. Celui au nom de Hofbauer ne serait d'aucune utilité. Il appartenait au Cirque et, si elle devait se lancer dans cette entreprise, elle ne pouvait pas – comme Róka – se fier à un instrument qu'elle ne maîtrisait pas. Il lui en fallait un qui indique ce qu'elle était, une femme d'ici, une femme qui rentrait chez elle. Róka en personne lui avait montré la solution – néanmoins ce premier pas serait difficile. Après, elle dévalerait la pente jusqu'à la porte d'Irén, et au cours de cette descente arriverait le moment où elle se retrouverait totalement seule.

Elle fit demi-tour et regagna l'hôtel. Il y avait une rangée de téléphones dans le lobby. Elle appela une amie à Londres et la convainquit de chercher dans l'annuaire de Brick Lane un numéro particulier, qu'elle nota ensuite sur le bloc-notes prévu à cet effet. Sans perdre de temps – car si elle s'arrêtait, elle savait que le doute viendrait l'assaillir –, elle composa ledit numéro. Il était très tard, même en considérant le décalage horaire ; elle s'attendait à tomber sur un répondeur. Mais elle entendit une voix d'homme, douce et cultivée, lui demander en anglais ce qu'elle souhaitait. Elle le lui dit.

« Demain soir, répondit Vishwakarma. Mon employé le déposera à Vienne. À vous de me dire comment vous voulez vous le faire livrer. » Il s'interrompit. « Ce n'est pas le numéro de compte dont nous avions parlé.

– On les fait tourner, répondit Susanna. Pour une sécurité renforcée. »

Bánáti avait un client qui ne jurait que par ça. Il vivait en partie à Monaco, et ses liens avec le fisc britannique étaient, dans le meilleur des cas, ténus. Elle ne savait absolument pas si ça fonctionnait. Elle espérait que Vishwakarma était aussi ignorant qu'elle en matière de financement des opérations d'espionnage.

« Bien sûr, dit-il. La sécurité, je comprends. »

Susanna se rendit alors compte qu'il s'en fichait. L'important n'était pas qu'il croie à son explication, mais qu'elle lui en donne une et comble le vide.

Après avoir raccroché, elle prit un air de contrition honteuse, arborant son plus beau sourire triste lorsqu'il fallut retourner dans la salle de répétition. Personne – surtout pas Smiley – ne devait lui demander ce qu'elle avait fabriqué dans l'intervalle. C'était le bref sursaut de conscience d'une jeune femme confrontée à la nécessité. Compréhensible, voire louable en d'autres circonstances, et sa capitulation face aux courants puissants de la realpolitik ne l'était pas moins. Un passage à l'âge adulte, pensa-t-elle. J'ai accepté le mensonge et maintenant nous sommes pareils. Ce qui était vrai, mais pas dans la direction qu'elle avait désespérément besoin de les voir suivre.

Elle posa la main sur le bois de la porte, ouvrit, baissa la tête à la manière d'une pécheresse repentante et fit son entrée sans un bruit, croisant le regard de Lake, puis celui de Smiley.

« Pardon. Je n'ai pas l'habitude, leur dit-elle. Je vais me rattraper. »

Ce qu'elle fit. En l'espace de quarante minutes très intenses, elle initia Lake aux subtilités de la féminité hongroise telle qu'elle la comprenait par le souvenir de sa mère, insistant sur une franchise qui allait à l'encontre des penchants de Smiley comme de la galanterie mal dégrossie de Lake. Après tout, ce qu'elle disait n'avait plus grande importance. Ce n'était plus d'actualité. Les circonstances se plieraient à elle. Ce n'était qu'un spectacle.

« Irén n'a aucune admiration pour les âneries, lâcha-t-elle devant le laconisme de Lake. Elle fera confiance à la marchandise qu'elle n'a pas souvent l'occasion de voir. Elle veut la vérité, même si elle est désagréable. C'est une ancienne partisane. Face à l'horreur, elle montre les dents. Encore une fois ! Alors ce coup-ci, faites-moi croire à votre respect. »

Lake réessaya, une fois, deux fois, jusqu'à ce que Susanna constate avec satisfaction qu'il avait renoncé à toute idée de douceur. Devant le travail accompli, Smiley leur demanda de s'arrêter.

« Très bien, lui dit-il. Vraiment très bien. Merci. »

Gênée par la fierté de Smiley, elle faillit tout lui avouer. Mais elle avait pris sa décision et, à un moment donné, il fallait agir et non plus simplement imaginer.

Smiley savait-il ? S'il s'était agi de Control, la réponse aurait été simple. Control ne se souciait pas des blessures qu'il infligeait dans le cadre du travail. Il bousculait les gens à grands coups de coude ; il n'hésitait pas à se servir du fouet ou de l'éperon. Sans l'ombre d'un doute, il aurait poussé Susanna à faire ce choix et l'aurait jugé excellent. Mais Smiley… George Smiley, à cette étape étrange de sa longue carrière, alors qu'il ne se considérait plus comme un maître-espion et aspirait au contraire à quelque chose de tendre et de banal dans le monde officiel, qu'il avait le fantôme d'Alec Leamas derrière son épaule et pour vœu le plus cher de montrer que les violents épisodes de sa vie récente étaient une anomalie et non sa vérité profonde – Smiley l'aurait-il mise sur cette voie ?

Parmi ceux qui le connaissaient le mieux, les avis étaient inéquitablement partagés. Pour Esterhase, la réponse était définitivement non, et Guillam approuvait. Ann gardait le silence, comme toujours. Seul Bill Haydon soutenait cette idée, avec la conviction farouche dont il était coutumier : Smiley avait fait en sorte que Susanna sache qu'un mensonge était à l'œuvre, le refuse et, à partir de là, entre en lice. Haydon fit remarquer que, sans l'intervention directe de Smiley, elle n'aurait pas connu l'existence de Raghuraman Vishwakarma, et encore moins le moyen d'entrer en contact avec lui. Un impardonnable manquement à la sécurité opérationnelle qui ne ressemblait pas au rusé George mais qui, si on accepte de le croire intentionnel, sous-entend que Smiley avait toujours envisagé la possibilité de devoir permettre à Susanna de désobéir, quoique à une place où il pouvait remettre la main sur elle en cas de besoin. Encore une fois : Smiley l'aurait-il vraiment laissée si longtemps furieuse et sans surveillance, y compris dans la planification de l'infiltration de Lake en Hongrie ? Aurait-il fait l'erreur de la quitter des yeux, sous peine de mécontenter Millie McCraig ?

Haydon répondait par la négative.

Quelle que soit la lecture qu'on en fait, c'est ce soir-là, à Vienne, que l'affaire Róka et Leo Pártos commença à dérailler complètement.

Le plan de Smiley pour son rendez-vous surprise avec Ann avait été conçu avec une rapidité inhabituelle. Il arriverait à l'hôtel et donnerait à Ann le cadeau acheté dans la boutique près de la cathédrale Saint-Étienne. Elle en admirerait aussi bien l'élégance que le caractère absolument inutile ; elle reconnaîtrait par la même occasion que Smiley commettait une grave faute professionnelle en passant la voir. Elle serait impressionnée, y verrait la confirmation de son départ du Cirque. Ils prendraient un souper léger et après cela – toujours avec le sentiment d'un temps volé – monteraient dans la chambre d'hôtel d'Ann et feraient l'amour. Alors seulement, il devrait de nouveau la quitter et se replonger dans l'affaire Ferenc Róka, mais pas longtemps, juste assez pour régler le problème. Une fois Róka en main, il en aurait fini, et les montagnes – et le reste de sa vie – l'attendraient toujours.

Dans le lobby, il fut soudain saisi d'un doute. Il aurait dû la prévenir par téléphone et lui laisser le temps de se préparer. En ne le faisant pas, il s'attribuait l'arrivée grandiose qui faisait pourtant la joie d'Ann. Par chance, il restait une fenêtre de tir. Il s'approcha du guichet du concierge et lui demanda de téléphoner à la chambre pour annoncer à Lady Ann qu'elle avait de la visite. Pourrait-elle retrouver cette personne au bar jazz dès que possible ? Le concierge, la patte opportunément graissée par un gros billet, répondit que c'était tout à fait possible et lui indiqua une banquette. Smiley s'y assit et attendit, longtemps, jusqu'à craindre de prendre du retard. Il retourna voir le concierge et vit qu'il avait la mine très grave.

« Lady Ann regrette, dit le concierge en secouant la tête. Son mari et elle sont occupés. »

L'information était si incompréhensible que Smiley, pendant un long moment, se sentit sincèrement gêné. Il aurait dû y réfléchir à deux fois, pensa-t-il, et quoi de plus raisonnable ? Il lui fallut une bonne minute pour se rendre compte qu'il était le mari d'Ann et comprendre le sous-entendu. Enfin il se leva, les poings serrés, le visage en feu. Le concierge affectait une indifférence polie.

Que se passerait-il s'il montait malgré tout, s'il tambourinait à la porte, s'il demandait à voir Ann ? Il se dit qu'il devrait peut-être faire ça, qu'elle y verrait son courage, et sa proposition. Non pas le pardon – cela serait mutuellement dû –, mais poursuivre sur le chemin qu'ils avaient emprunté avant que Control envoie Millie McCraig le chercher. La vie qu'on allait avoir. Elle existe encore. On peut la choisir maintenant, ce soir. À condition d'être tous deux très courageux.

Mais si elle faisait un autre choix ? Si elle ne lui ouvrait pas la porte ? Ou, pire, si elle l'ouvrait et la refermait aussitôt ? Le lendemain, il y aurait peut-être de meilleures occasions. Ce soir-là, il n'y aurait peut-être que de la souffrance.

Conscient que ce n'était pas la chose à faire, que le lendemain il serait trop tard, il demanda au concierge de placer l'écharpe dans le casier réservé à la chambre d'Ann et tourna les talons. En partant, il crut que tout le monde, dans le lobby, le regardait et voyait sa lâcheté. Il regagna son hôtel et s'endormit, sans rien dire à personne.

Smiley et Susanna couchés de bonne heure, Lake était nerveux. Ça lui arrivait souvent juste avant une opération, et encore plus quand il se retrouvait à l'arrêt, que tout était prêt mais qu'on attendait encore le feu vert. Il fit les cent pas dans sa chambre, eut pitié du client de celle au-dessous et descendit au bar. Il se fixa un maximum de deux verres, joua quelques parties de cartes avec une Américaine qui s'ennuyait et son mari allemand, pour se faire un peu d'argent de poche, puis alla faire un tour dehors, sans manteau, humant l'air froid et faisant travailler son corps pour se réchauffer. Il avait appris ça dans la marine ; les officiers formateurs, eux-mêmes vétérans d'une dizaine d'endroits terribles, ne juraient que par cette méthode.

Il songea à se rendre dans un des coins mal famés de la ville – il n'y avait pas à proprement parler de quartier chaud à Vienne, mais en cherchant bien… Il pouvait toujours se bagarrer, histoire de se faire la main, mais la possibilité que la police s'intéresse à lui ou qu'il se casse une phalange l'en dissuada. Il préféra marcher le long du Danube, regarder les rides sur l'eau et écouter les bateaux. Quelque part plus à l'est, ce même Danube traversait la ville où Irén Pártos attendait. Il lui sembla que le fleuve s'étirait certes dans l'espace, mais aussi dans le temps, et le reliait à son avenir à Budapest.

Je dois vous parler de votre fils, Leo. C'est assez urgent. Nous avons très peu de temps.

Lorsqu'il finit par être transi de froid, il rebroussa chemin et se réchauffa devant la cheminée du lobby. Il était voluptueusement épuisé.

Le lendemain, avec l'aide de Layton, Smiley identifia un salon de coiffure hongrois installé dans la grande banlieue de Vienne. Lake en revint avec une coupe d'ouvrier qui passerait inaperçue dans les rues de Budapest. Avec cette allure, il y avait quelque chose en lui du vieux monde, ce qui mit Smiley mal à l'aise, lui rappelant trop les mauvaises opérations passées, quand des sources zélées du Cirque avaient marché, à leur insu, droit dans les bras de l'ennemi.

Cette pensée le mit d'abord de méchante humeur. Puis, par compensation, il se montra loquace. Lake et lui parlèrent chiffons. Sur un marché aux puces qui se tenait devant une église après la messe, Lake avait en effet dégotté un costume hongrois à peu près à sa taille, confectionné sept ans auparavant. Smiley craignait que la tenue ne soit trop banale et que les gens ne commencent à prendre Lake pour un vrai Hongrois. Il devait certes passer inaperçu dans la foule mais sa couverture, par la force des choses, faisait de lui un étranger. S'il se fondait trop bien dans la masse et était démasqué, cela pourrait poser problème. Alors qu'un agent ordinaire du Cirque pouvait incarner un personnage bien installé dans un pays, ceux du Scalpel n'entretenaient ni liens ni faveurs, qui laissaient des traces. On pouvait nier leur existence et se servir d'eux précisément pour le genre de chose que Lake s'apprêtait à accomplir : une opération improvisée faute de temps et qui, si elle tournait mal, devrait être désavouée haut et fort. D'un côté, cela signifiait que Lake pouvait, s'il le fallait, se comporter comme un barbare. Mais cela imposait une séparation absolue entre lui et les activités idéalisées de la diplomatie officielle. Déjà qu'on ne savait pas trop s'il devait être proche de Smiley, qui lui-même rendait visite à l'ambassade à Vienne – pas tout à fait la distance minimale requise par le protocole en temps normal.

Comme pour rétablir l'équilibre, Lake persuada Susanna de s'asseoir avec lui et d'avoir une petite discussion, de corriger les traces d'anglais dans son hongrois. Ils se promenèrent dans Vienne. Elle lui fit décrire tout ce qu'il voyait puis l'interrogea sur ses goûts, ses dégoûts, la forme des nuages et les arômes de son café. Le soir, elle concéda qu'il pouvait passer pour un local, à condition de prétendre être un cerveau gros et lent ou, mieux encore, quelqu'un qui se remettait d'une légère blessure à la tête. Lake accueillit la chose avec une gratitude mitigée, tout en admettant que c'était, d'un point de vue strictement opérationnel, bon à savoir.

Susanna prit congé des leçons de hongrois de Lake au prétexte qu'elle devait se changer avant le dîner. Elle ne l'avait pas fait les autres jours, mais elle se figura que Smiley et Lake y verraient une lubie féminine, surtout dans une période de crise. Puis, gardant sa clé en violation flagrante du règlement de l'hôtel, elle pria le concierge d'informer M. Willow, s'il demandait à la voir, qu'elle était souffrante et s'était retirée dans sa chambre pour dormir. Non, elle n'avait pas besoin d'un médecin. D'ailleurs, elle comptait respirer l'air de la nuit et s'éclaircir les idées. Elle regarda le concierge décoder ses propos et décréter qu'elle s'apprêtait à retrouver un jeune amant, malgré celui, plus âgé, qui l'accompagnait. Elle s'étonna de la facilité avec laquelle les gens se persuadaient de choses qui n'avaient jamais été dites.

Elle marcha quelques centaines de mètres jusqu'au bar Byron et s'installa à une table pour deux avec un pichet de vin blanc. Dix minutes plus tard, un inoffensif garçon autrichien, un peu plus jeune qu'elle, s'assit et lui demanda si elle était Maria. Elle répondit que non ; il s'excusa. Elle lui proposa de rester à ses côtés pendant qu'ils attendaient ; il dit qu'il ne voulait pas que Maria se fasse des idées, car Susanna était très belle. Elle rit, et il s'enfuit, oubliant malencontreusement une petite enveloppe blanche. Celle-ci s'avéra contenir – en plus des compliments de Raghuraman Vishwakarma – une petite liasse de forints et ce qui lui sembla être le fac-similé parfait d'un passeport hongrois. Elle regarda avec curiosité son propre nom imprimé, régla la note et laissa le pichet de vin à sa place.

Lorsqu'elle monta les trois marches métalliques du train pour Budapest, Susanna ressentait encore ce détachement qui l'accompagnait depuis que Lake avait touché son bras dans la salle de réunion de l'hôtel König von Ungarn.

Je dois vous parler de votre fils.

Elle avait beau savoir qu'elle ne faisait que réagir, que les décisions qu'elle avait prises, en proie à cette fureur étrange et lucide survenue la veille au soir, n'étaient pas longuement mûries – pas même mûries –, elle s'en contentait. Smiley, se dit-elle, assumait des choix parfaitement raisonnables et il était malheureux. Encourager la modération, voilà qui était très convenable, et très anglais, mais ce n'était pas fait pour elle.

C'est assez urgent. Il y a un problème.

Elle se laissa porter par l'irréalité de ses actes. Elle se regarda s'asseoir et adopter un air de royale indifférence tandis que le train quittait la gare, son billet et ses papiers rangés dans son sac et prêts à être contrôlés, jusqu'à ce qu'elle entende le haut-parleur annoncer sa destination, d'abord en allemand, puis dans une langue qu'elle n'identifia pas tout de suite, même si elle la comprenait et savait que c'était la sienne.

Si vous voulez entendre ce que j'ai à vous dire, riez, s'il vous plaît, comme si vous étiez gênée.

Elle écouta l'annonce à travers le brouillard du calme et se demanda si ce n'était pas de l'anglais avec un fort accent, peut-être de Newcastle ou de Belfast. Non. Du français, alors, bien qu'elle s'étonnât de comprendre aussi facilement les mots. Non, pas du français. Quelque chose de plus particulier, d'unique en son genre.

Là-dessus, alors que trois jeunes hommes en uniforme de policiers autrichiens entraient dans la voiture et demandaient à tous les passagers de préparer leurs documents, elle repensa à l'homme sur l'épaule duquel elle avait pleuré sept ans plus tôt, puis à l'endroit où elle allait et pourquoi, et elle comprit que la langue qu'elle entendait était du hongrois. Elle faillit se lever et partir en courant.

Je vais à Budapest pour voir Irén. Pour parler à Bánáti. Pour trouver ce Róka qui a changé ma vie.

Elle voulut dire qu'elle rentrait chez elle, mais, chez soi, on ne devrait pas avoir peur.

11

Avant de se coucher, Smiley, mû par une inquiétude toute paternelle, était allé s'enquérir de Susanna. Ses coups à la porte restant sans réponse, il avait convaincu le personnel de lui ouvrir. Découvrant la chambre vide, il comprit tout de suite où elle était allée et convoqua Lake pour une réunion de crise.

Lake fut fidèle à lui-même. Son instinct d'homme de la section Voyages était élémentaire : il voulut la poursuivre et la ramener. Smiley lui demanda comment, au juste, il comptait s'y prendre. Le dernier train pour Budapest était parti, et s'ils tentaient de rejoindre la frontière par la route, de nuit, ils en auraient vraisemblablement jusqu'à l'aube et attireraient l'attention, ce qu'ils ne pouvaient pas se permettre. Plus sérieusement, une petite discussion avec le chef de gare de la Südbahnhof de Vienne, au cours de laquelle Smiley expliqua qu'il était le fidèle majordome d'une vieille famille d'aristocrates et Susanna leur vagabonde de fille, avait confirmé qu'elle voyageait sous son véritable nom, en tant que citoyenne hongroise. Lake pourrait difficilement la ramener par la peau du cou.

« Et comment que je peux », rétorqua Lake. Il avait en sa possession le passeport Hofbauer, qu'elle avait laissé sur la table de chevet : il pourrait assommer Susanna, la faire passer pour une touriste interrompant son voyage pour raisons médicales et la ramener comme elle était arrivée. S'il décollait maintenant et que la route était dégagée, il la déposerait à Frauenkirchen avant le déjeuner. Comme elle devait certainement loger dans un hôtel touristique d'État, il était probable qu'elle n'ait pas eu le temps de contacter Irén. La situation était absurde et dangereuse, mais Lake la jugeait encore rattrapable.

« Le passeport Hofbauer n'aura pas de tampon d'entrée, fit observer Smiley. On pourrait sans doute trouver un moyen de fabriquer le document, mais pas le code journalier. L'opération se transforme en nasse : entrer est facile, repartir non. Susanna a de bons instincts, mais elle n'est pas magicienne et elle ne réfléchit pas. Si vous la suivez, vous serez purement et simplement aspiré. Les pièges sont peut-être déjà posés, même s'il se peut que les guetteurs soient aussi déroutés que nous.

– Donc qu'est-ce qu'on fait ? On attend et rien d'autre ? »

Lake avait l'impression que les crises ne faisaient que renforcer le calme de Smiley. C'était exaspérant, et il aurait aimé pouvoir comprendre l'astuce car l'apparente indolence de Smiley le rendait fou. Il ne cessait d'ouvrir et de fermer le poing tandis qu'il allait et venait dans la chambre d'hôtel.

Au terme d'un silence interminable, Smiley eut enfin une réponse à lui donner.

« On rend compte des événements et on suit la voie de la raison. Je vais à l'ambassade ; vous me couvrez. On informe Londres de la situation, au cas où ils auraient une solution. On cherche à glaner des renseignements et à prendre de l'avance, comme toujours, et puisqu'on ne maîtrise plus le cours des événements, on se prépare à réagir. Autrement dit, oui. Susanna vous a volé votre mission. Elle entend la mener à sa façon. Elle a peut-être raison. Moralement elle a l'avantage, ce qui compte moins qu'on le voudrait. On fait notre possible ici, en espérant qu'il nous reste toujours une opération à sauver. » L'espace d'un instant, son visage rigide montra quelque chose qui aurait pu être de la fureur, comme un gros poisson qui se déplace dans l'obscurité d'un étang ombragé. « J'espère que Control sera satisfait du poids de ses décisions. »

Tirée du lit, Layton se prit la tête entre les mains et émit un son douloureux, long et grave, presque solennel. Oui, elle avait des ressources, mais rien qui soit adapté à la situation. Il y avait une petite section des lampistes capable de fournir des documents et d'amener les jeux habituels vers le côté plus charnu de la vie d'ambassade : deux officiers traitants subalternes qui vérifiaient des boîtes aux lettres mortes et s'occupaient des agents existants parmi les diplomates des autres pays ; et surtout un gros contingent d'oreilles indiscrètes, individus studieux qui discutaient ton, fréquence et tonalité d'ambiance, et entretenaient les nombreux micros de Vienne. Elle pouvait mettre sur écoute, corrompre et même suborner à bouche que veux-tu, mais les incursions transfrontalières spontanées, c'était autre chose – un travail pour les chasseurs de scalps, ces fous furieux désavouables.

« On fait vraiment ça ? » demanda-t-elle.

Elle répéta la question, manière d'y répondre elle-même.

Layton embarquée, Smiley alla ensuite dans la salle des télex. Il envoya un message urgent à Londres : VOTRE SOURCE SORTIE DU SCÉNARIO. CONSÉQUENCES ENCORE INCONNUES. Pour faire bonne mesure, il en adressa un autre à Jim Prideaux, à Prague, lui demandant s'il avait quelqu'un en Hongrie susceptible de l'aider, dans le pire des cas. Prideaux était expressément tenu à l'écart de l'opération de Smiley, et dans le nouveau monde cloisonné de Control il ne devait pas être mis au parfum, mais Smiley avait carte blanche et ne s'en priva pas. Jim, agent de terrain du Cirque avant la guerre, avait fait des allers et retours discrets plus souvent qu'à son tour en Tchécoslovaquie, en Allemagne de l'Est, et même en Russie. Il connaissait la Hongrie comme sa poche et, dans la folie échevelée d'une exfiltration improvisée, son soutien pourrait faire passer les chances de réussite de zéro à quelques-unes.

Au même moment, sur l'insistance de Layton, Smiley envoya une alerte à Morris, le permanent théorique à l'ambassade de Budapest. Dans un monde idéal, Morris aurait dû être le premier informé mais, dans les faits, c'était un agent dormant au sens propre. Après-guerre, la Hongrie avait été un théâtre d'opérations comme presque partout ailleurs. Pourtant, une succession de spasmes de haine de soi au sein de l'appareil sécuritaire avait réduit la présence du Cirque, non seulement parce que les agents locaux se faisaient balayer avec les innocents, mais parce que, comme s'en était plaint Toby Esterhase à Londres, on ne pouvait même pas se fier aux rares renseignements qu'on récupérait. Le produit hongrois était tellement aléatoire que l'intérêt, chez la clientèle ministérielle, était limité. C'eût été la stratégie de contre-espionnage parfaite si elle n'avait pas dégradé aussi la capacité de l'État à mener à bien quoi que ce soit.

Morris était en poste depuis deux ans. La première année, par un savant mélange d'application, de corruption et d'attention soutenue au marché noir, il avait réussi à faire fonctionner quelques réseaux fragiles. Ceux-ci ayant été rapidement anéantis, il avait dû recommencer de zéro. Désormais, à en croire Layton, il n'essayait même plus d'établir des relations suivies et préférait acheter le moindre renseignement en apparence valable grâce aux mêmes intermédiaires quasi officiels qui fournissaient l'élite en biens de luxe illicites. Tel ministre important, raconta-t-elle, avait eu un faible pour les voitures de prestige. Il ne conduisait même pas : il aimait tout simplement les posséder. Les Américains avaient donc tenté de cacher des micros dans une très belle Bristol, au cas où le ministre révélerait des secrets d'État à sa maîtresse pendant qu'ils feraient l'amour sur la banquette arrière. Le plan aurait pu marcher, mais le jour où la voiture fut prête, l'homme croupissait en prison, et son successeur préférait la chasse.

Smiley annonça à Morris qu'une opération était en cours et qu'il devait se tenir prêt en cas de nécessité. PRÉPAREZ TOUTES

POSSIBILITÉS D'AIDE. N'INFORMEZ PAS PERSONNEL AMBASSADE. PAS D'ACTIONS EXTÉRIEURES. ATTENDEZ MES INSTRUCTIONS. CONFIRMEZ.

Jugé médiocre par la direction du personnel, Morris existait à peine aux yeux des Haydon et des Control. Fils d'un ingénieur de province, c'était un laborieux, qui privilégiait la procédure par rapport à l'instinct et n'avait, disait-on, aucun flair opérationnel. Layton le disait solide comme le roc et Smiley était prêt à la croire. Morris câbla en retour CONFIRMÉ, et ce fut tout.

Une demi-heure plus tard, Prideaux répondit en deux parties. La première indiquait, au mépris du protocole de communication : GEORGE NOM DE DIEU DE DIEU. La seconde, plus instructive, n'en portait pas moins la marque de son auteur. QUE DES VOLEURS ET DES SCÉLÉRATS. DITES-MOI VOS BESOINS. ME TIENS PRÊT.

Il était minuit passé. Ils seraient coincés de ce côté-ci de la frontière jusqu'après l'aurore. Maintenant qu'il avait sous la main Prideaux, Layton et Morris, Smiley commença à envisager les préparatifs nécessaires. Il envoya une liste à chacun pour sonder le terrain. Pouvez-vous me procurer une voiture s'il le faut ? Une cachette ? Quel est le point de passage à la frontière le plus poreux ? Parlez-moi de la météo – par quoi il entendait non pas le vent ou la pluie, mais l'humeur des autorités hongroises, leur niveau de concentration et, plus encore : sentez-vous la présence des Russes dans l'air ?

Une fois ces données en sa possession, il convoqua Lake. Il avait besoin de faire un tour pour s'aérer le cerveau et s'était rendu compte qu'il aurait dû retourner au König von Ungarn fouiller la chambre de Susanna, au cas où elle aurait été en contact avec Róka. Manifestement, Lake n'y avait pas songé. Smiley acquiesça. Quelques secondes plus tôt, lui-même n'y pensait pas.

« Dans les moments de crise, lui dit-il, on a tendance à devenir assez linéaire. Élargir son horizon demande un effort. Allez. J'ai de la purée de pois dans la tête. Il faut que je voie le ciel. »

Ils sortirent dans la rue et laissèrent le froid leur remettre les idées en place. Ils attendaient toujours des nouvelles, n'importe lesquelles. Vienne sentait l'humidité et la vieille pierre. Le ciel était sombre par-dessus les fiers édifices impériaux et le jaune mat des lampadaires. La bruine ou une neige fine faisait scintiller l'air dès qu'on tournait la tête. C'était magnifique, incontestablement, et Smiley se rappela qu'en arrivant enfant ici, des années auparavant, il avait connu une sorte de retour aux sources. Il laissa échapper un soupir, puis un autre, acceptant le calme retrouvé.

Le changement se fit sans un bruit. Smiley n'aurait su dire comment il s'en rendit compte. Il le savait, c'est tout. Comme ça lui était arrivé parfois dans une demi-douzaine de villes au fil d'une carrière longue et agitée. Son œil repéra trois hommes qui traînaient au bout de la rue puis se détourna. Une voiture passa, suivie d'une autre, en sens inverse. Rien ne clochait, et pourtant quelque chose clochait. Il se tourna lentement vers Lake et lui serra la main comme s'ils topaient. Lake, ébahi, se laissa faire. Smiley regarda par-dessus son épaule, en direction de la rue.

« On est grillés, lui dit-il. Ils sont là. Marchez avec moi. »

Lake fit demi-tour et ils déambulèrent ensemble vers le nord, discutant et gesticulant aimablement comme deux amis à la lumière du soleil.

« Je ne les vois pas, dit Lake.

– Moi non plus », répondit Smiley, et Lake hocha aussitôt la tête.

Si Smiley disait qu'ils étaient grillés, c'est qu'ils l'étaient. Le vol des oiseaux, avait expliqué l'équipe de Sarratt. Le marc de café. Quoi qu'il fasse, acceptez-le, parce que ça marche. Quand il sait, il sait. Et il connaît Vienne, se dit Lake. C'est ici qu'il avait recruté Esterhase.

Tournant à gauche, ils s'éloignèrent de la grand-rue pour rejoindre la place de la cathédrale. Les cafés avaient beau fermer, Vienne était encore fort animée. Comme tous les soirs, la vieille douairière imposante se transformait en fourmilière de débauche. Ils marchèrent dans les nuages de tabac épicé et l'odeur des marrons qui grillaient dans des fûts d'acier aux coins des rues. Smiley prit ensuite à droite. Lake avait du mal à suivre son rythme. Il accéléra le pas, médusé qu'un homme aussi petit puisse avancer à une telle vitesse sans courir. Ils s'engouffrèrent dans un magnifique bar à vin dont les plafonds ressemblaient à ceux de la chapelle Sixtine. Smiley salua un des serveurs par son prénom. Le visage du serveur s'éclaira d'un sourire, mais Smiley passa à côté de lui en murmurant une phrase que Lake n'entendit pas et dont il doutait même qu'elle fût constituée de mots – une promesse dans le ton et l'invocation d'une complicité. Ils traversèrent la cuisine jusqu'à l'escalier de secours, où la porte d'une réserve donnait non pas sur la rue, mais sur une autre réserve, celle-ci propriété d'une cave à bières. Trois ouvriers de nuit étaient en train de manger de la saucisse et du pain, et de boire dans d'énormes verres. Sans ralentir, Smiley, d'une voix maintenant rauque, leur souhaita une bonne santé. Tout en exhortant Lake à se dépêcher, il ressortit au milieu d'une bande de joyeux Bavarois qui fêtaient la fin d'un *Kur* couronné de succès, puis se glissa aussitôt dans un autre groupe qui s'apprêtait à changer de crémerie. Lake, par réflexe, tendit la main comme un petit garçon jouant à la chenille : ne m'abandonnez pas. Quelque part derrière eux, il entendit du grabuge, des haussements de voix, enfin le bruit d'une grosse bouteille qui se brisait. Il se demanda si cela avait un rapport avec eux, mais Smiley le tira par la manche. Lake lut sur le petit visage une vive impatience : *Je croyais qu'au Scalpel vous étiez légers à la course ?* Il tourna le dos au chaos et lui emboîta le pas.

Une heure et demie plus tard, ils avaient parcouru ce que Lake pensait être la moitié de Vienne, du fleuve aux banlieues du sud-ouest, et traversé tous les marchés nocturnes et tavernes clandestines que les talents de Smiley avaient su dénicher. Lake était en train de se dire que, s'il avait dirigé une équipe de recherches, il aurait abandonné à la quarante-septième minute, lorsque Smiley – avec un aplomb dont il ne l'aurait jamais cru capable – discuta avec les videurs d'un cabaret et fonça dans la salle de maquillage, où une petite trentaine de dames vêtues de la même gaze bleue inconvenante se faisaient transformer en ce qui devait ressembler, clou du spectacle, à des colombes. Tout au bout, une impressionnante femme armée d'une brosse posa la main en travers du torse de Smiley et lui demanda ce qu'il fabriquait ; il ôta son chapeau et répondit que c'était par amour, *madame**. Comme elle se cabrait encore un peu plus pour le traiter de pervers, il la coupa dans son élan en déclarant, avec un classicisme inattendu, qu'il parlait non pas d'*éros* mais d'*agapè*, voire de *caritas*, alors si elle voulait bien lui indiquer sans délai une sortie secrète. Changeant subitement d'humeur, la femme invoqua la bénédiction des saints et s'exécuta.

Quoi qu'il fasse, acceptez-le, parce que ça marche.

Dans les ruelles d'une ville qu'il connaissait à peine, sans avoir la moindre idée de la distance qui les séparait des chiens lancés à leurs trousses, Lake le suivit et s'estima chanceux.

Bien au chaud dans le dernier tram de nuit qui traversait Ottakring, enveloppé par l'invisibilité temporaire qu'il avait réussi à leur garantir, Lake et lui-même, Smiley passait en revue ses options. Il pouvait – et devait très certainement – aller directement à l'ambassade et attendre que Susanna, à Budapest, lui dise si la mission qu'elle s'était assignée portait ses fruits. Il devait cependant partir du principe qu'elle était déjà sous la surveillance de Moscou. Elle se ferait arrêter, pensait-il, et inculper pour espionnage. Elle était citoyenne britannique, certes, mais hongroise de naissance, et elle voyageait avec un passeport qui, quoique faux, indiquait son véritable nom. Les Hongrois risquaient de s'intéresser à elle et de rejeter toute intervention britannique en sa faveur, à supposer même que Control en réclame une et que le ministère soit disposé à le soutenir. Et pourquoi s'en priveraient-ils ? Même si elle était du menu fretin, Susanna appartenait désormais indéniablement au Cirque. Elle pourrait être rapatriée la prochaine fois qu'ils échangeraient un clandestin soviétique. Ce serait presque une simple courtoisie. Mais d'un autre côté pourquoi s'embêter ? Elle était parfaitement désavouable. Et en tout état de cause, sa détention serait pénible. Il repensa au médecin qui avait assisté à l'interrogatoire de Leo, à son dégoût face aux méthodes qu'on lui demandait de valider. Smiley allait devoir avouer son échec à Millie McCraig, mais il pouvait aussi demander l'absolution. Control était intervenu et Susanna avait décidé dans son coin. Face à l'âge adulte comme face à l'autorité, le pouvoir de Smiley était limité.

Qu'en dirait Ann ? Eh bien, il ne lui en parlerait pas. Pas un mot ne serait échangé à propos de cet épisode, qui serait relégué au passé, à une période du Cirque dont ils souhaitaient tous deux sortir. Ses échecs et ceux d'Ann pourraient passer par pertes et profits.

Ne restait donc plus qu'Alec, qui l'observait depuis son siège tout au fond du tramway, les bras étalés sur le cuir éraflé et, incidemment, sur les épaules d'une belle Italienne vêtue d'un joli manteau.

Que dirait-il à Alec ?

Qu'en fin de compte il n'avait pas été prêt à prendre beaucoup de risques pour faire ce qu'il fallait. Qu'il préférait sa confortable retraite et les réseaux bancaires des Sercombe.

Qu'il avait laissé Susanna agir selon sa conscience et, au pire, l'avait considérée comme une perte acceptable au nom de ce même grand combat qui avait consumé Leamas et épargné Mundt. Le combat auquel, à titre personnel, il ne souscrivait plus.

Qu'au lieu de suivre la route jusqu'au bout, il avait découvert au dernier moment qu'il était de ceux qui font signe aux autres de continuer.

Alec hausserait les épaules. « Excellent choix. Cela dit, ça n'a pas toujours été le cas, n'est-ce pas ? George Smiley était un homme de terrain, autrefois. Aussi bon que les autres. Meilleur, parce qu'il était intelligent. Mais j'imagine qu'à la fin on lève tous un peu le pied, non ? Passez-moi la bouteille. Comment va Ann ?

– Ann va bien », dit-il à l'homme assis à ses côtés, ce qui lui valut un regard intrigué.

Un peu plus tard, Smiley descendit à l'arrêt de la Prinz-Eugen-Straße et inspecta le contenu de ses poches. Dans l'une, une petite liasse de billets, autrichiens, allemands et suisses, ainsi que son passeport établi au nom de Willow, qui devait dorénavant être considéré comme suspect. Dans l'autre, un irréprochable passeport réservé à la fuite de Ferenc Róka, qui le faisait passer pour Ernst Grawert, natif d'une petite ville hongroise située au-delà la frontière, juste en face de Jennersdorf. Il ne comportait pas de photographie, forcément, et pouvait convenir à presque toute personne ayant l'âge requis. Smiley n'avait rien pour Irén ou Susanna. Des passeports vierges se trouvaient bien dans sa valise, à l'hôtel, mais il n'avait eu aucune raison de les emporter. Il pouvait y retourner. Néanmoins il devait partir du principe que le König von Ungarn et l'ambassade faisaient l'objet d'une surveillance étroite. D'un autre côté, s'il entrait en contact avec Prideaux, voire avec Morris, il pourrait avoir accès à leurs ressources sans se montrer. Un joli coup, s'il y parvenait.

Il consulta Lake, qui avait sur lui son passeport au nom de Prescott et celui prévu pour la tentative de recrutement d'Irén, mais – comme Smiley – aucun document lui permettant de fuir. Autrement dit, ils pouvaient entrer en Hongrie sous des identités parfaitement valables, mais à condition de renoncer à la solution de facilité qui consisterait ensuite à décamper.

George Smiley était un homme de terrain, autrefois.

Il pensa laisser le choix à Lake, puis se rendit compte que ça n'avait pas de sens. Lake était un homme du Scalpel jusqu'à la moelle : il tenait là son bonheur, l'occasion de briller. Smiley préféra tourner le dos au palais du Belvédère et partit à gauche, vers la Südtiroler Platz et l'hôtel de la gare. Le concierge, rompu aux soudains changements d'itinéraire, fut content de leur indiquer un salon privé où ils pourraient attendre, quelques heures durant, le premier train pour l'Est.

Dans le matin froid d'une ville qu'elle connaissait sans la connaître, Susanna s'aperçut qu'en un sens elle avait prévu que les choses se passeraient mal dès le début. Elle franchirait la ligne invisible, les ténèbres s'abattraient, les sirènes retentiraient. Des hommes surgiraient de nulle part, l'accuseraient, et elle n'aurait aucune réponse parce qu'elle aurait fait ce qu'ils lui reprocheraient et ne compterait pas s'arrêter là. Elle souhaitait contrecarrer leurs projets, leur arracher Róka et voir ses désirs remplacer leur volonté. Cela, plus que tout, était impardonnable.

En réalité, elle avait simplement franchi la frontière et se retrouvait à Budapest, un jour comme un autre, sans que rien ne se passe. La ville ressemblait un peu à Vienne, et elle se dit que, vue de très haut, on n'y trouverait rien de bien différent. Personne ne l'avait arrêtée, personne ne lui avait broyé les mains dans une presse, soit, d'après ce qui lui avait raconté un jour son institutrice, le sort qu'on réservait aux traîtres.

Et si tout simplement la police d'État ne s'intéressait pas à quelqu'un comme elle ? Et si cette indifférence manifeste était précisément la vérité, et qu'elle avait réussi à entrer sans faire de bruit dans son vieux pays natal ? Alors elle n'était pas condamnée. Elle pourrait changer d'avis, se présenter à l'ambassade, donner son nom, son adresse, et dire qu'elle avait perdu son passeport, demander à être ramenée à Londres. Dans ce cas, le Rubicon était encore devant elle, il reculerait de plus en plus, jusqu'à disparaître brusquement, et elle ne le saurait même pas.

Elle comprit que telle était la réalité du métier de Lake : non pas un saut dans le danger, mais des milliers de sauts, chaque heure de chaque journée vécue avec la conscience que la décision suivante pourrait être celle qui vous perdrait, que le pas suivant trouverait peut-être où se poser, ou au contraire vous ferait chuter du haut d'une falaise invisible.

Elle n'avait pas de doutes quant à la suite. Sa résolution n'avait pas faibli. Mais alors que la veille au soir ses actes avaient résulté assez naturellement de ses choix, ce matin-là ce fut difficile. Elle avait perdu son élan et elle faisait face, seule, à un mur mental. Elle savait comment elle voulait agir, mais ne passait pas à l'action. Elle s'aperçut qu'elle allait devoir faire des choix, encore et encore, jusqu'à ce qu'elle regarde Irén Pártos dans les yeux, jusqu'à ce qu'elle ait tout dit. Après quoi ce serait quelqu'un d'autre, enfin, qui déciderait. Mais ça ne lui convenait pas non plus. Rien ne garantissait qu'Irén rentrerait dans le rang.

Un jour, à l'occasion d'un lancement organisé par Bánáti, elle avait rencontré un Français qui était devenu son amant. Il avait passé cinq ans dans les régiments de parachutistes et en était revenu amaigri et assoiffé de vie. Il lui racontait que la plus ardue des missions qu'on lui avait confiées consistait à sauter en parachute d'une montgolfière. Il avait effectué des dizaines de sauts depuis toutes sortes d'avions, parfois sous le feu ennemi, mais la montgolfière – et ce n'était qu'un exercice d'entraînement – avait bien failli avoir raison de lui. L'ascension avait été calme et belle, le ciel était limpide et la terre en bas une tapisserie, comme dans un rêve. Puis l'instructeur lui avait dit de sauter, et il s'était rendu compte qu'il n'y aurait aucune turbulence – pas de bourrasques violentes et tonitruantes, pas de moteurs. Uniquement ce vide paisible dans lequel il ne volerait pas, mais se laisserait tomber.

Elle se tenait maintenant sur le seuil de sa pension et regardait la rue par la porte entrebâillée. Derrière elle, Mme Sipos, la propriétaire, lui souriait et lui souhaitait le meilleur. La veille au soir, l'agence de logement l'avait installée ici car Mme Sipos avait dit accepter les clients de dernière minute. Susanna avait tout de suite compris que cette femme était seule. Son mari, dont la famille possédait jadis des terres à la campagne, avait été envoyé travailler là-bas avec leurs deux fils. On les autorisait à revenir trois fois par an. En attendant, pour joindre les deux bouts et avoir quelqu'un à qui parler, elle accueillait des pensionnaires et des touristes.

Le linteau de la porte, pensa Susanna, c'est ma montgolfière. Hier soir, je volais ; aujourd'hui, je dois décider de me laisser tomber.

« Demain nous aurons peut-être des œufs frais », dit Mme Sipos, dont les yeux noirs cherchaient son approbation.

Susanna était son unique pensionnaire cette semaine-là, et l'argent manquait. Mme Sipos n'était pas membre du Parti. Elle n'entendait pas grand-chose à la politique et pensait qu'il revenait à ceux qui la choisissaient de la comprendre. À Susanna, elle avait prudemment demandé, dès son arrivée, si elle appartenait au gouvernement, car elle portait de très beaux vêtements. Pas directement, avait répondu Susanna. Elle travaillait dans le commerce, avait-elle ajouté en indiquant la direction du fleuve. Le fleuve expliquait toujours tout, et Mme Sipos avait acquiescé, avant de lui montrer sa chambre. Le lendemain matin, elle avait repris la conversation comme si elle ne s'était jamais interrompue. À la fin du petit déjeuner, elle savait que Susanna était à Budapest pour un rendez-vous et qu'elle s'inquiétait pour un ami, deux choses qui lui paraissaient tout aussi évidentes que le fleuve.

À Vienne, se dit Susanna, Smiley et Lake devaient maintenant être au courant. Au moins cette décision était-elle déjà prise. C'est dans cette pensée qu'elle retrouva le fil de la Susanna de la veille.

Irén, et Bánáti – et Róka.

Elle répondit que les œufs étaient une excellente idée. Et oui, elle resterait une nuit de plus. Elle paya d'avance, en comptant les billets sur la table de l'entrée, et sortit dans la rue.

Si l'air charriait une autre odeur que celle qu'elle avait imaginée – autrement sale, autrement fraîche –, la lumière de Budapest, elle, était bien celle dont elle avait gardé le souvenir, et les visages, le vent et le monde entier demeuraient remarquablement identiques. C'était bien le problème, en un sens, le cœur du dilemme hongrois moderne. Sortant de la dictature de Horthy, de l'occupation et de la guerre, les Hongrois de la génération de ses parents avaient comparé le crépuscule dans lequel ils vivaient à la nuit totale de la période précédente et s'en étaient contentés. Dans les années 1950, avec leurs enfants, ils avaient commencé à voir les limites de leur aurore, à vouloir mieux, et les Russes étaient revenus en force. Désormais, ils avaient quelque chose qui ressemblait à une vraie vie, mais c'était mince – une peau de nourriture, de travail et de progrès tendue sur des os secs – et ça sentait autant la pluie hongroise que l'essence russe.

Elle regarda autour d'elle. Des ouvriers perçaient le trottoir et soulevaient une énorme pierre. Des piétons allaient et venaient, certains plus vite que d'autres. Une voiture était garée en face. Qui, parmi tous ces gens, pouvait l'épier ? La femme aux chaussures souples ou le vieux bonhomme au parapluie ? L'étudiant en retard qui se dépêchait d'aller en cours ? Et Mme Sipos était-elle en ce moment même en train de la dénoncer comme un agent étranger ? Ce qui ne manquerait pas d'ironie, puisque aujourd'hui elle n'était ni l'un ni l'autre.

Ou alors le monde était tel qu'il semblait être, et elle toujours entièrement invisible. Une simple femme en long manteau, rêvassant sur le chemin du travail. Peut-être qu'elle ne courait aucun danger.

Elle secoua sa chevelure et salua le jeune garde de sécurité qui s'ennuyait devant l'entrée de l'université. Lorsqu'il lui renvoya un salut hésitant, elle attira son regard et lui sourit à pleines dents afin qu'il oublie de lui demander qui elle était. Elle fut ravie de le voir rougir et pénétra sans difficulté dans l'enceinte.

Elle avait consulté l'emploi du temps imprimé et trouvé quelqu'un pour l'aider à déchiffrer les structures ésotériques indiquant que tel enseignant occupait telle salle. Elle pensa qu'elle devrait le photographier pour montrer à Smiley un exemple de cryptographie hongroise de haut niveau. Elle emprunta le couloir du deuxième étage en se demandant comment diable elle allait pouvoir provoquer une rencontre. Lake avait plaidé pour une collision, mais Susanna ne voyait pas comment on pouvait décemment percuter quelqu'un. Elle n'avait rien dans les mains, pas de journal, pas de sac à main, pas de poudrier, et personne à qui parler susceptible de lui faire tourner la tête. Elle s'imagina tituber vers Irén sans raison, comme les monstres dans les films américains, puis tenter de persuader une dizaine de témoins qu'il s'agissait d'un pur accident. Ils y verraient peut-être d'abord de la démence plus que de l'espionnage. Et si elle prétendait parler à quelqu'un qui marchait dans l'autre direction, et bousculait sa cible presque à reculons ? Ou peut-être les planches murales étaient-elles assez fascinantes pour qu'on puisse être soudain distrait par ce qu'elles montraient. Autant de pistes qui, sitôt conçues, lui paraissaient ridicules. Finalement, toutes les portes dans le couloir s'ouvrirent et les gens commencèrent à sortir. Elle n'avait plus le temps. Irén était là.

À cinquante et un ans, Irén Pártos avait les hanches et les épaules larges, et ce qui avait dû être une taille d'une finesse absurde. Elle portait un gilet, à la manière d'un corset, par-dessus une robe longue, et sur la tête un foulard de poète d'où s'échappait une mèche brune zébrée de blanc gothique. Elle tenait bien droit dans sa main une tasse de thé noir, comme la matraque d'un sergent instructeur. Elles n'étaient plus séparées que de quelques dizaines de centimètres, et Susanna ne savait toujours pas comment procéder. Peut-être valait-il mieux lui parler, tout simplement, l'appeler par son nom. J'admire beaucoup votre poésie. Sauf que – contrairement à Lake – elle n'en avait pas lu une seule ligne. Elle tourna la tête et faillit poser son pied de travers ; elle se rendit compte que ça pourrait lui servir. Elle replia ses orteils vers le bas, si bien qu'elle tomba. Il était naturel, parfaitement humain, qu'elle tende les deux mains en avant pour se raccrocher à quelque chose, et tout aussi naturel qu'elle se retrouve prise dans une étreinte stoïque, la joue collée contre des revers de laine rêche et une étonnante quantité de muscles. Elle leva les yeux.

« Bonjour », dit Irén, comme si c'était la chose la plus normale du monde.

Sa tasse de thé s'était brisée sur le sol du couloir. Susanna s'excusa platement. Elle tapota la poitrine et l'épaule de la femme avec un mouchoir trop petit qu'elle avait tiré de sa poche.

« Je suis vraiment navrée, dit-elle. Venez… Non, j'insiste… Venez avec moi, je ne peux pas vous laisser comme ça. »

Irén jeta un regard désemparé vers les deux universitaires éclaboussés qui l'accompagnaient et inclina la tête.

« Ce n'est vraiment pas nécessaire », dit-elle.

Mais Susanna, la tenant par la main, l'éloigna juste assez pour se pencher vers elle, comme si elle lui confiait quelque secret honteux, et lui glisser à l'oreille droite la phrase de Lake.

« Je dois vous parler de votre fils, Leo, et de son père, Ferenc Róka. Je suis hongroise, mais je viens de Londres pour vous aider. La situation est très confuse et difficile, et toutes les nouvelles ne sont pas bonnes, mais c'est urgent. Je suis désolée de vous prendre par surprise, je ne voyais pas comment faire autrement. Si vous acceptez de me parler, riez comme si j'avais dit quelque chose de drôle et que tout était pardonné, puis allons discuter ailleurs. »

Elle sentit Irén se figer et ses jambes se crisper, lui faisant presque perdre l'équilibre. Elles s'arrêtèrent en plein milieu du couloir. Avec son bras raidi, Irén l'attira à elle de telle manière qu'on aurait cru deux amantes ; elle la regarda fixement. Susanna sut alors, avec une certitude absolue, combien l'instant devait être incroyablement frustrant, cet instant où l'on découvre une fois de plus, malgré l'instinct, qu'on ne peut lire le cœur ou le cerveau à travers les yeux, et qu'on a beau essayer, on n'y voit que du blanc, un iris et une pupille, en lieu et place de la vérité.

« Mon fils, murmura Irén. Mon Leo ? »

Susanna hocha la tête et fut entraînée dans l'étreinte la plus imprudente qui puisse s'imaginer, soulevée sur ses pieds, puis de nouveau posée.

« Venez ! s'écria Irén, très fort. Venez ! Pour moi à l'époque votre père était un grand héros ! Je veux tout savoir. Tout ! Non, oubliez vos cours, ils attendront. La Hongrie d'abord ! Venez ! »

Sa main jaillit et enveloppa celle de Susanna par le haut, tel un faucon saisissant un lièvre. Elle l'emmena vers l'escalier de service, jusque dans le parc, au-delà des fumeurs et des ingénieurs.

« Vous êtes quoi ? voulut savoir Irén. Vous n'êtes pas une espionne. Vous êtes ridicule. Comment connaissez-vous mon Leo ? Vous êtes sa maîtresse ? Sa femme ? Où est-il ? » Voyant Susanna interdite, bouche bée, devant ce tir de barrage, elle laissa échapper un petit grognement exaspéré et reprit du début. « Vous êtes quoi ? »

Cette question, Susanna l'avait entendue des années plus tôt, dans la bouche d'un policier autrichien dont le galon, sur le col de son uniforme, était encore mouillé par les larmes qu'elle venait d'y verser. Non pas *qui*, car les noms venaient plus tard, mais *quoi*, parce que toute l'histoire se jouait là.

Elle lui donna la même réponse.

« Je suis une réfugiée », dit-elle en employant le mot allemand.

Je fuis le genre de supercherie qui ne vous quitte jamais. Un mensonge qui va à l'encontre non pas de la vérité, mais de la vie.

Irén, n'entendant que la première partie, haussa les épaules et se détourna, comme si tout était dit. Susanna eut un moment d'affolement lorsqu'elle crut qu'Irén lui demanderait de partir, qu'elle lui retirait sa faveur et que le temps qu'elle avait accordé à cette mystérieuse acceptation était déjà écoulé.

« Nous devons aller chez moi, dit Irén. Je n'ai plus de cours aujourd'hui. Les réunions de la faculté, je n'y assisterai pas, et ils se plaindront... Entre nous, ils seront surtout soulagés. Je leur répète sans arrêt qu'on peut avoir un bon poète ou un bon bureaucrate, mais pas les deux. Je ne suis pas sûre que ce soit vrai, en tout cas ça les impressionne beaucoup. Venez. »

Le dos bien droit, elle emprunta un chemin boueux à travers la pelouse.

L'appartement d'Irén se trouvait à dix minutes de là, et la vitre de la fenêtre était ancienne, comme tout le reste. Dans le coin inférieur droit, un carreau avait été cassé et remplacé par un rectangle de bois peint.

« L'endroit est sûr ? » demanda Susanna en pointant du doigt l'ensemble.

Sans mot dire, Irén se dirigea vers le petit fourneau et s'affaira. Elle tourna minutieusement la poignée de la bonbonne de gaz et chercha l'endroit où le robinet lui permettrait d'ouvrir le flux. Il y eut enfin un petit bruit, et une odeur dont Susanna ne savait pas qu'elle lui avait manqué, suie et cuivre mêlés, qui alla se loger au fond de sa bouche. Elle eut un haut-le-cœur familier, agréable. Irén remplit une vieille bouilloire et la posa au-dessus de la flamme.

Dans l'intimité de son foyer, Irén n'était pas moins impressionnante. Susanna avait le sentiment d'avoir parcouru cette immense distance, non pas tant dans l'espace que dans le cœur, pour l'interroger sur Róka, pour accomplir cette mission – mais maintenant qu'elle était là, Róka semblait presque banal, comme si sa présence remarquable n'était que le reflet de celle d'Irén, comme si sa beauté physique burinée avait quelque chose de forcé, quand celle d'Irén touchait aux fondements de la lumière et de l'os. Susanna se posa la question : si elle était restée ici et avait survécu, si elle avait enduré ce que le sort lui réservait, aurait-elle fini par devenir cela ?

Elles s'assirent ensemble et regardèrent la flamme.

« Je suis très fatiguée, dit Irén. Vous savez pourquoi ?

– Je sais que Leo a disparu et je sais que Róka le cherche. »

Elle n'avait pas voulu prononcer ces noms, pas encore, mais Irén dictait le tempo.

« Róka. Vous savez beaucoup de choses. »

Elle ne demanda ni comment ni par qui. La bouilloire siffla ; d'une soucoupe, elle versa le thé noir. Du vieux thé, séché pour être réutilisé au moins une fois. La mère de Susanna faisait ça également. Le goût mettait un long moment à venir, mais parfois c'était le meilleur thé du monde, comme si les feuilles ne livraient pas leurs secrets avant de mieux vous connaître.

« Vous êtes sa maîtresse ? demanda Irén. Vous êtes un peu jeune. Je ne juge pas. C'est important aussi, la circulation sanguine. »

Susanna la dévisagea.

« Non ! Oh, non, nous ne sommes pas… je ne suis pas sa maîtresse. Ce n'est pas ça. Pas du tout. »

Elle vit l'autre femme rire.

« Vous êtes un animal perdu, dit-elle. Oui ? Vous étiez une réfugiée là-bas. »

Susanna acquiesça et tendit la main.

« Je m'appelle… » Dans un moment d'hésitation, elle buta sur son propre prénom. « Zsuzsanna. »

Elle vit Irén incliner la tête, puis prendre sa main.

« Irén. Évidemment.

– Je travaille pour lui, à son bureau. Il est agent littéraire. Il se fait appeler Bánáti. Puis un homme est venu… »

De nouveau, les mots se déversèrent de sa bouche. Elle alla jusqu'à Berlin et s'arrêta soudain – la vérité resta coincée dans sa gorge. Mundt était un secret, un immense secret. Si elle le révélait et si les choses tournaient mal, elle placerait Guillam en danger de mort, ce qui n'était pas envisageable. Elle n'avait pas fait tout ce chemin pour détruire qui que ce soit. C'était même tout l'inverse. Si elle poursuivait, elle devrait expliquer qu'elle pensait Leo mort, et elle ne le dirait pas à cette femme comme s'il s'agissait d'une partie de sa propre histoire, d'un élément secondaire dans ses décisions.

Elle préféra laisser son cœur poser une question.

« Comment l'avez-vous rencontré ? »

Les fins sourcils se relevèrent.

« C'était un imbécile. » Comme si ça expliquait tout. Susanna repensa aux dernières vingt-quatre heures qu'elle avait passées et se dit que c'était peut-être le cas. « Róka est comme moi, c'est un socialiste. Aujourd'hui, aux quatre coins de la Hongrie, tout le monde est socialiste et personne ne l'est. À l'époque, être socialiste était un secret. Être socialiste ou être juif. Que suis-je ? Je suis une fonctionnaire. Je suis efficace et sans importance, donc personne ne me pose de questions. Mais j'ai des amis, et certains d'entre eux ont des amis qui sont de jeunes *halutzim*. Parfois ils me demandent de faire des choses. Par exemple, être lente pour telle ou telle lettre. Oublier un nom sur une liste. Je m'exécute. En ferais-je plus pour eux ? Je leur réponds bien sûr. Mais ça ne me suffit pas. Leur travail, c'est la fuite. Ils ont un atelier qui fabrique des *Schutzpass*, les Suisses ont apposé un drapeau dessus et disent que ce sont des affaires suisses officielles. La Suisse a le droit de fabriquer un certain nombre de *Schutzpass*. Ces gens atteignent ce quota, puis ils continuent et en fabriquent d'autres. Les Suisses valident, protègent. Ils créent un réseau clandestin vers la Palestine, vers l'Amérique, vers Moscou. C'est du bon travail, mais m'échapper ne m'intéresse pas. Moi, je veux me battre. Mes amis se battent uniquement pour pouvoir partir. Je leur dis : qui se bat pour rester ? Ils répondent qu'il y a un imbécile qui s'appelle Róka. »

Elle rit.

« Ils avaient raison. C'était un imbécile, et il se battait. Naturellement, on est tombés amoureux. De qui d'autre aurions-nous pu tomber amoureux ? Et il était beau, donc ça n'a pas été difficile. »

Jusqu'à présent, la question ne lui avait pas traversé l'esprit.

« Róka était juif ? »

Irén la regarda comme de très loin.

« Il est hongrois. » Avec l'accent mis, délicatement mais fermement, sur le verbe. Au bout d'un moment, peu importe ce qu'elle voyait en Susanna, cela lui suffit. Elle soupira. « Il ne savait pas. Son père disait que non. Sa mère était morte. Avant la guerre, il n'y avait pas trop réfléchi. Après… Il pouvait difficilement aller à la synagogue et demander, n'est-ce pas ? Peut-être que les *halutzim* auraient pu le lui dire et qu'il craignait la réponse. Peut-être qu'eux craignaient que, s'ils lui répondaient non, il cesse de les aider. En tout cas, il était assez juif pour les Croix-Fléchées. Et pour moi. Mes amis ont proposé de le faire partir. De nous faire partir, quand j'étais enceinte. On a refusé. » Elle lissa ses cheveux avec ses deux mains. « On était ensemble. On s'est battus, on s'est cachés, on a eu un fils. Voilà comment on s'est rencontrés. »

Le thé était prêt, clair comme du maïs mais presque surnaturel : fumée, sel, tanin, fer.

« Vous voulez parler à Róka ? demanda Irén.

– Oui.

– Pourquoi ?

– Je veux qu'il arrête. Qu'il s'enfuie. Qu'il… Je ne sais pas. Il va finir par se tuer.

– Et vous serez triste. »

Susanna fit oui de la tête.

« Moi aussi, reprit Irén.

– Dans ce cas-là…

– Si je lui dis d'arrêter, ça le brisera. Si je le lui demande, il le fera, mais il me détestera. Si Leo survit, il survivra malgré la faiblesse de Róka. S'il meurt, il mourra parce que Róka n'en a pas fait assez. Si je lui dis d'arrêter, je les perds tous les deux, définitivement, même si sur le moment on croira le contraire. Et puis... Peut-être qu'il peut y arriver. Il a déjà fait des choses impossibles. Il en est peut-être encore capable, et son plan idiot sauvera notre fils. Alors j'ai l'air égoïste. Je ne peux pas tuer son amour pour lui sauver la vie. Vous le pourriez ? »

Oui. Elle le pourrait. Elle pourrait supporter le mépris de Róka, si ça le sauvait. Elle hocha la tête, et Irén soupira.

« C'est ça que vous attendez de moi ? Que je le pousse à commettre la trahison dont vous n'êtes pas capable ?

– Je ne sais pas comment. Quoi dire.

– Qu'est-ce qu'ils veulent que vous disiez ? »

Devait-elle nier « leur » existence ? Mais tout ce qu'elle avait à offrir dépendait de Smiley. Tous les espoirs et toutes les mauvaises nouvelles en sa possession venaient de lui.

« Que nous avons des nouvelles de Leo.

– Et vous en avez ?

– Il a été arrêté. Et relâché. Personne ne sait ce qui s'est passé ensuite. »

Irén but son thé en fermant les yeux.

« Et qu'en pensez-vous ? »

Elle releva la tête, et ses yeux plongèrent dans ceux de Susanna.

12

Elle était venue précisément pour ça : dire la vérité plutôt que mentir. Son indignation devant la promptitude de Smiley à la tromperie l'avait portée, mais là, avec la tasse de thé d'Irén dans sa main et le goût du gaz de houille sur sa langue, elle n'en trouva plus aucune trace. Que savait-elle exactement ? Que le monde était cruel. Que Leo avait disparu. Qu'il avait été arrêté, qu'on avait signalé sa libération et que quelqu'un mentait. Sur ces simples éléments, elle devait rester assise dans la cuisine d'Irén et lui annoncer la mort de son fils. Si le mensonge de Smiley était intéressé, que dire de celui-là ?

Plus elle attendait, plus sa réponse serait inutile.

« Je pense qu'il est mort, dit-elle sans ambages. Mais je ne le sais pas. »

Irén sembla ne pas comprendre, comme si Susanna s'était mise à parler dans une autre langue, une langue qui ne leur était pas commune. Et soudain elle entendit la phrase, et Susanna la vit se balancer en arrière, puis se stabiliser à la manière d'un boxeur prêt à encaisser le coup suivant.

« Moi non plus, répondit Irén. Merci. »

Elle servit deux autres thés et remplit de nouveau la bouilloire. Maintenant que l'ombre qui pesait sur le monde était acceptée, elle avait plus de choses à dire. Susanna sentit quelque chose dans son cœur, un enthousiasme, tout en se le reprochant.

Ç'avait beau être une sensation inédite pour elle, elle y vit tout de suite le désir qu'avait décrit Guillam à Berlin : une soif de connaissance qui n'existait peut-être nulle part ailleurs dans le monde.

Elle la sentit dans la façon dont Irén hésita, tel un enfant demandant un ballon de baudruche ou un jeune homme vous invitant à lui tenir la main. Elle voulut dire quelque chose, l'inciter à parler, mais se retint. Le silence poserait la question à sa place, tant qu'elle ne l'interromprait pas. Ce furent les cinq battements de cœur les plus longs de sa vie.

« Un homme est passé me voir, dit Irén. Vendredi. Un petit homme aux yeux fatigués, comme un paysan ou un prêtre. Il était fort mais grisonnant. Plus vieux que moi, plus vieux que Róka. D'autres hommes l'accompagnaient, mais ils sont restés dans la rue. Il est entré seul. Je pensais qu'il allait m'interroger sur Róka. Il ne l'a pas fait. Il voulait savoir si je connaissais Bogdan. Je réponds que bien sûr, je connais Bogdan. Alors il me demande ce que je sais. Je lui dis que je suis une poétesse. Si j'écrivais un poème sur Bogdan, je l'appellerais le Vieux Capitaine, parce qu'il n'aimait que les bateaux. J'inventerais une histoire pour raconter comment le Vieux Capitaine faisait l'amour au Danube. Je dirais qu'il était l'ami de mon mari, son frère d'armes, et qu'ils ont été ensemble des hommes dans la guerre. Ensuite, des imbéciles ensemble. Et c'est tout ce que je sais. Le commissaire souhaite-t-il que je l'écrive, ce poème ? Je plaisante. C'est ce que je fais quand j'ai peur. Il n'a pas l'air de le remarquer. Il me dit : “Oui, s'il vous plaît.” Je devrais l'écrire et le lui donner. Alors je le fais. C'est possible pour moi. Parfois la poésie est lente, et je la travaille comme des feuilles dans la calandreuse. Parfois elle vient très vite, définitive, et je ne dois plus y toucher, même si elle est imparfaite, car je ne ferais que la gâcher. Cette fois, ç'a été rapide. J'ai écrit le poème pour lui sur un bout de papier et je le lui ai donné. Puis je l'ai immédiatement oublié. Ça aussi, c'est normal. Vous avez déjà connu ça ? Parfois, quand on est artiste, on se plonge dans notre travail et on l'habite, ou alors c'est l'inverse, après, il s'en va et on ne se souvient plus de rien, comme s'il nous avait effacés. Vous pourriez me montrer ce poème demain que je ne saurais plus vraiment si c'est le mien. Je le lui tends. Il le lit. Il rit. Il dit que c'est très bien. Puis il me redemande, très sérieux : "C'est tout ce que vous savez ?" Je réponds que oui. Je dis que je ne garde en mémoire qu'une seule image de Bogdan, pendant la guerre. Je me rappelle son visage et son rire. Mais je ne le connaissais pas plus que ça. Je lui dis que Bogdan et Róka sont amis dans les ruelles, qu'ils partagent des histoires, qu'ils préparent l'insurrection, mais qu'à l'époque je suis très enceinte. Je ne veux pas traîner dans les ruelles avec deux jeunes hommes. Je suis vulgaire parce que je pense que ça va le faire rire, mais il ne rit pas. Je le déçois. Je m'excuse. Je ne m'excuse jamais de ma vulgarité devant des hommes mais cette fois je le fais. Il dit qu'il n'est pas choqué, simplement la blague ne me va pas bien. Puis il repart. » Elle haussa les épaules. « Je lui ai clairement menti. Il vaut toujours mieux ne pas savoir les choses. Je ne sais pas s'il me croit ou non. Je me demande s'il va revenir ou envoyer quelqu'un, mais rien ne se passe. Il prend mon poème et s'en va. Je n'ai même pas pensé à lui demander de m'aider. D'aider Leo. Je voulais seulement qu'il parte. »

Elle regarda par la fenêtre horizontale, et Susanna comprit qu'elle ne répondrait pas à la question tant qu'on ne la lui poserait pas et que c'était là un autre de ses points de non-retour, peut-être le premier qui soit absolu.

Il vaut mieux ne pas savoir les choses.

Elle la ressentit encore, dans ses doigts : la certitude des conséquences.

« Qu'auriez-vous dit si vous aviez raconté la vérité ? »

Irén hocha la tête, comme si cela, au même titre que le pressentiment de la mort de Leo, pouvait être abordé.

« Je lui aurais raconté l'histoire de Bogdan et de son garçon dans le train russe. »

Ça puait le diesel et la peur des hommes, lui avait dit Bogdan. Quand il y repensait, ça lui faisait l'effet non pas d'un train, ni même d'un tank, mais d'un sous-marin sur rails : un long tunnel étroit qu'on empruntait chaque jour en espérant qu'on finirait par retrouver le soleil. Toute la structure en était blindée, ce qui rendait l'espace exigu. À cause de ça, l'air y était soit torride et lourd, soit froid et suffocant. La lumière passait par de petites fentes et des meurtrières horizontales. Les sons étaient à la fois étouffés, si bien qu'on n'entendait jamais les oiseaux chanter, et amplifiés, de sorte qu'à chaque impact vous aviez l'impression d'être dans une énorme cloche qui sonnait. À l'extérieur, le train était recouvert de plaques d'acier et d'une couche de cordes nouées suspendues, afin d'amortir les gros projectiles avant qu'ils atteignent le blindage. Il possédait un numéro officiel, mais les hommes qui s'y trouvaient l'appelaient « le Chien », car il ressemblait à un chien à plat ventre quémandant un bout de gras à table. Les hommes, et aussi un garçon en cuisine qui épluchait les légumes, faisait mijoter les bouillons et, quand ils étaient attaqués, entonnait des chants patriotiques pour s'arrêter de pleurer. *Règne afin d'effrayer nos ennemis, ô tsar orthodoxe ! Que Dieu le protège.*

Bogdan lui avait dit que le tsar, c'était bel et bon, mais s'il y avait quelqu'un à protéger, c'étaient bien le Chien et tous ses passagers. Le capitaine ordonna à Bogdan de la fermer. Le lendemain, une balle transperça le blindage et lui arracha la moitié de la tête. Bogdan chanta tout ce qu'il avait envie de chanter. Des chansons à boire, principalement, mais aussi *La Marseillaise*, car on pouvait vraiment boire au son de *La Marseillaise*. Vous pouvez faire confiance aux Français, avait dit Bogdan, pour inventer un chant de guerre qui s'accorde avec le vin.

Ils restèrent onze mois dans ce train. À la fin, il était imbibé de leur sang, de leur pisse et de leurs larmes. Le tsar lorgnait sur un port au sud et à l'ouest de Vladivostok. Les Japonais le voulaient aussi. Alors ils se battirent. Les gens à Paris vous expliquaient que la guerre de 1914 fut la première vraiment mécanisée, vraiment atroce, mais Bogdan était convaincu que la sienne avait été tout aussi terrible.

Le garçon faillit mourir deux fois : d'abord de la fièvre, ensuite lorsque la cuisine prit feu à cause d'une balle qui avait traversé une casserole d'huile et tué net le cuisinier. Au mépris des ordres, Bogdan avait sorti le garçon par la porte pour le traîner dans la voiture suivante ; il s'en était tiré avec des brûlures et des réprimandes. Mais le prix à payer lui parut dérisoire, et les autres hommes furent bien d'accord. Le garçon était leur mascotte, leur fils à tous, un petit crétin qui s'était embarqué clandestinement pour la gloire du tsar. Ils aimaient sa crétinerie parce qu'ils avaient tous plus ou moins fait la même chose, et plus un seul ne se souciait de la gloire. Le capitaine s'en était soucié, lui, mais c'était désormais son sang qui maculait le mur de la salle des cartes, de l'autre côté du trou rafistolé. Ils auraient dû avoir un nouvel officier ; il ne vint jamais. Ils placèrent donc Bogdan à leur tête car il savait écrire. Dans les intervalles interminables entre le feu et la peur, il enseigna au garçon et à tous les hommes désireux d'apprendre. Il leur fit part aussi de ce qu'il pensait des tsars, des rois et des princes en général. De son rêve d'une Russie démocratique, à l'égal de la France ou de l'Amérique : prospère, cultivée et libre. Ils lui riaient au nez, raconta Bogdan. C'étaient des paysans, pour la plupart. Ils se contenteraient d'une terre, d'une bière tous les soirs et d'une femme aux larges épaules. Pourquoi ce besoin de tout compliquer ?

Mais le garçon, lui, écoutait. Désormais il citait Locke aussi souvent qu'il louait le tsar. Bogdan était fier.

La guerre ne dura pas longtemps. Bogdan rentra chez lui. On lui dit que le tsar, lors des prochaines guerres, se passerait de son impertinence. Pour faire bonne mesure, il fut fouetté. Il quitta la Russie et vit du pays. C'était la première fois qu'il prenait la mer, en tant que matelot de pont. De chaque port, il écrivait à ses parents et au garçon, confiant ses lettres à la poste. Il y eut enfin la Révolution, et Bogdan passa à côté. Dès que la poussière fut retombée, il se retrouva en Hongrie, parce que c'était le pays de sa mère et qu'il avait entendu dire que Horthy organiserait des élections. Lorsqu'il devint évident que Horthy n'en avait pas l'intention, Bogdan s'était déjà installé. Il s'apprêtait à actionner le moulin de l'Histoire, dont le mouvement long et lent broierait le tyran et lui donnerait enfin le pays libre cher à son cœur. Entre-temps, il écrivait toujours au garçon, devenu depuis belle lurette un homme. Ils ne se rencontrèrent qu'une ou deux fois par décennie mais, bon an mal an, leur relation survécut. Le garçon semblait s'être fait un nom dans la Russie soviétique. Il avait même trouvé chaussure à son pied. Bogdan avait assisté au mariage, ce qui était très étrange, disait-il, car son garçon avait acquis un tel statut que son nom était un secret d'État.

Son garçon. Au fil du temps, c'était devenu une évidence entre eux : chacun était le plus vieil ami de l'autre, chacun comblait chez l'autre un besoin dont personne ne soupçonnait l'existence. La survie, la douceur, le souvenir partagé de la chaleur nauséabonde d'un train blindé. C'était presque un effet de la distance entre eux ; leur séparation, et le temps écoulé. Ni l'un ni l'autre n'aurait pu accepter davantage. Ni l'un ni l'autre n'aurait toléré moins. Aux carrefours qui jalonnaient le chemin de la vie, ils s'échangeaient un signe de tête et poursuivaient. Bogdan le démocrate, et le garçon qui avait chanté à la gloire du tsar de toutes les Russies avant de devenir commissaire du peuple.

Un petit homme intelligent à la voix douce, pensa Susanna, qui avait toujours envie de claquer les talons quand on parlait de camaraderie entre soldats.

« L'homme qui est passé vous voir », commença-t-elle, mais Irén lui coupa la parole.

« Peut-être », dit-elle, ce qui signifiait : pas si fort. Même ici.

À l'époque où Bogdan leur avait raconté cette histoire-là, pendant la guerre, le garçon n'avait pas encore connu son ascension. En leur livrant ainsi son secret le plus cher, Bogdan s'associait à leur propre vulnérabilité après la naissance de Leo : moi aussi, j'ai un fils que j'aime. La suite, ils la découvrirent en 1952. Róka, pressé de toutes parts d'identifier des traîtres inexistants, désigna Bogdan comme bouc émissaire. Il n'avait pas voulu le faire. Irén dit qu'il avait pleuré, et vomi, avant de rédiger son rapport et de rester assis seul dans le noir. Il pensait d'une part que Bogdan comprendrait, de l'autre qu'il était peut-être réellement un agent de l'Ouest, peut-être depuis toujours. Peu importe : il fonça tête baissée dans un mur. Le garçon de Bogdan en eut vent, stoppa net la manœuvre, puis envoya Róka au désert pour ses péchés.

« Alors pourquoi aller voir Bogdan maintenant ? »

Irén la regarda comme si elle avait affaire à une idiote.

« Pour son fils, répondit-elle. Pour la famille. Même si le garçon n'en a rien à faire, si Bogdan le lui demande, il doit au moins y réfléchir. Il a ce pouvoir-là. Pour lui, sauver Leo ne coûte rien – pas même le temps qu'il lui faut pour signer un papier. Uniquement le souffle nécessaire pour donner l'ordre. Mais pour cela, Róka doit trouver Bogdan. Il doit lui demander d'abord son pardon, ensuite son aide. Il ne peut pas approcher directement le garçon. Seul Bogdan connaît son nom. » Irén s'interrompit et redressa la tête. « Je suis désolée, dit-elle à Susanna. Je suis trop lente.

– Non. Tout va bien. Continuez. »

Irén poussa un long soupir de dénégation et leva la main. Susanna entendit des bruits de pas à l'extérieur, suivis d'un coup sec, officiel, à la porte d'entrée.

« Trop lente », répéta Irén.

Il y eut un deuxième coup, celui-là plus pesant, plus pressant.

« Ils sont là, dit-elle. Je suppose que ça ne sert à rien d'attendre. »

Susanna prit conscience qu'il était là, son vrai point de non-retour. La main d'Irén était en train d'ouvrir la porte et elle allait devoir rendre des comptes. Les hommes qui attendaient derrière étaient peut-être les mêmes qui l'avaient poursuivie sept ans plus tôt. Ou peut-être s'étaient-ils entraînés aux côtés de Miki Bortnik et avait-elle fait tout ce chemin pour rencontrer la mort qu'il aurait dû administrer à Londres. Elle les imaginait russes. S'ils étaient hongrois, cela changerait l'arithmétique de sa condamnation, pas son résultat. Ils l'arrêteraient. Elle serait emmenée dans un de leurs endroits et ferait l'expérience de la réalité du pouvoir étatique à l'Est. Peut-être partagerait-elle cette expérience avec Leo. Peut-être pas. Le prix de ses choix se mesurerait à l'aune de toutes les choses qu'elle avait apprises, et qu'elle révélerait, et des dangers qui pèseraient sur tout le monde : Guillam, Smiley, et même Mundt, qui en tant que tel ne valait peut-être rien, mais dont dépendaient des conséquences inconnues sur des vies et des espoirs.

Peut-être arrêteraient-ils aussi Irén, peut-être comptaient-ils la laisser là, pour appâter Róka. Peut-être était-elle de mèche avec eux et lui avait-elle raconté tout ça à seule fin de la retenir. Elle se repassa le film de ces trente-six dernières heures et vit que, de derrière la porte, tout était inévitable. Ceux qui la surveillaient avaient entretenu l'illusion du choix, mais à aucun moment elle n'avait échappé à leur poigne. Une fois que la porte serait grande ouverte et qu'ils en auraient franchi le seuil, le temps des décisions serait révolu et elle se retrouverait entièrement à la merci des caprices d'autrui.

Elle repensa à Millie McCraig et chercha un objet contondant autour d'elle. Un gros bout de bois, lui avait dit McCraig, mais le fourneau marchait au gaz. Elle se saisit alors d'une grosse poêle. *La clavicule est une zone fragile et critique.* Elle brandit la poêle, dépassa Irén et l'abattit violemment. Elle sentit l'impact non pas dans l'acier de la poêle, mais dans les os de ses avant-bras, car le colosse qui se dressait devant elle para le coup et roula dans la pièce, jurant pendant qu'elle ruait et résistait. Elle frappa encore. L'homme enfonça la tête dans le creux de son épaule, la souleva du sol puis, à reculons, la traîna jusque dans le couloir. Le coup du lapin lui envoya une violente douleur dans les vertèbres. À Londres, se dit-elle, toutes les portes du couloir s'ouvriraient, les voisins regarderaient, commenteraient, s'impliqueraient. Mais ici les habitants avaient reconnu les méthodes de la police d'État et s'enfermaient à double tour. On ne voit rien, lui avait dit un jour sa mère, parce qu'on ne veut pas que ce soit vrai. Elle ne cria pas, mais elle gigota et compliqua la tâche du colosse. S'ils devaient l'emmener, elle voulait au moins leur donner du fil à retordre, laisser à l'impossible le temps de voler à son secours. Alors elle tapa, griffa, espéra avoir une occasion de mordre, tout en s'attendant à sentir une grosse main serrer sa nuque ou la gifler pour la faire taire. Elle ne comprenait pas pourquoi ça n'arrivait pas. Pour finir, elle fut vivement poussée contre le mur, et tout l'air se vida de ses poumons lorsque, glissant vers le sol, elle dévisagea son ravisseur.

« Vous commencez à m'emmerder », dit Lake.

Elle le regarda puis, toujours sans comprendre, vit derrière lui Smiley tendre la main vers Irén sur le seuil de la porte et prononcer quelques mots dans un allemand autrichien élégant, auxquels Irén répondit presque en rougissant. Il ne peut pas être ici, pensa Susanna. C'est formellement interdit.

Si sa propre capture était dangereuse, celle de Smiley devait être un cauchemar. Qu'est-ce qui pouvait l'inciter à faire une chose d'une bêtise aussi criante ? Répondant elle-même à sa question, elle regretta de l'avoir posée.

Smiley fit sortir Irén dans le couloir comme s'il lui offrait une pantoufle de vair. Tout ça était tellement irréel qu'elle s'attendait presque à entendre de la musique. Au lieu de ça, une porte de service s'ouvrit à l'extrémité la plus proche du couloir, et quatre hommes se précipitèrent vers eux. Le plus proche tendit le bras. Susanna aperçut des cheveux roux coupés très court et un visage tordu par une grimace furieuse.

Entre deux jurons, Lake la décolla du mur. La soulevant presque, il la poussa vers Smiley, puis se mit à courir derrière elle. Elle entendit quelqu'un leur ordonner de se rendre : ils étaient en état d'arrestation. Toute résistance serait sévèrement punie. Elle se fit la remarque qu'elle ne voyait pas d'alternative vraiment plus favorable. De toute façon, Lake la tenait par la main et ils couraient, ils s'enfuyaient, soit la seule chose sensée à faire. D'autres hommes avaient rejoint la traque, et les fugitifs se ruèrent dans l'escalier pour gagner la rue. Comme un de leurs poursuivants avait les pieds plats, elle entendait le bruit syncopé de ses chaussures martelant le ciment. Lake trébucha ; son torse atterrit sur le dos de Susanna. Elle faillit se retrouver plaquée au sol mais, agrippant la rampe en bois, elle parvint à remettre Lake debout et poursuivit, consciente qu'il était juste derrière elle. Elle l'entendait respirer, pantelant tel un chien après une course. Smiley, en tête, semblait à peine toucher terre, et il portait à moitié Irén.

Devant eux, la porte était maintenue entrouverte par un homme affublé d'un horrible chapeau et d'une veste d'ouvrier avec empiècements aux épaules. Il tendit le bras, aida Smiley, puis Irén, à sortir, et ils se retrouvèrent tous dans la rue.

« Allez, on se grouille ! » cria-t-il en anglais, comme si donner des ordres à Smiley était on ne peut plus naturel.

Dehors, la journée était si outrageusement ordinaire que Susanna ressentit le besoin dément de ralentir, de peur de déranger tout le monde avec son grabuge. Elle vit les voitures de police garées côte à côte à quelques mètres de là, et juste devant elle deux autres véhicules – une Trabant et une Moskvitch 407 – vides, moteur allumé. Smiley prit place sur le siège conducteur de la première, tout en faisant signe à Susanna de s'installer à ses côtés et à Irén de monter dans l'autre voiture avec l'homme à la veste d'ouvrier.

L'une comme l'autre avaient des plaques locales et de la boue sur les passages de roue. Elles avaient l'air modernes mais pas rapides. Lake jeta un coup d'œil à l'intérieur de la Moskvitch. Quelque chose sembla passer entre lui et le conducteur, car celui-ci ouvrit à moitié sa portière et la referma violemment en lâchant un juron. Pendant ce temps, Lake courut vers un des véhicules de police, fouilla dans sa poche, approcha la main du pneu arrière droit, puis du pneu avant droit. L'espace d'un instant, un objet brilla. Il renouvela l'opération sur la deuxième voiture. Lorsqu'il revint sur ses pas, Smiley avait déjà démarré et accélérait dans sa direction. Au même moment, l'homme aux pieds plats se remit à courir. Lake tressaillit violemment. Il fit une grimace de douleur que Susanna n'avait encore jamais vue et qu'elle détesta. Il se contorsionna. Il y avait une trace noire sur son manteau, juste au-dessus de la hanche, et une autre dans son dos, entourée de sang. Elle comprit avec horreur qu'il avait reçu deux balles : une dans l'escalier et la deuxième à l'instant. Il était en train de tomber en pleine rue et Smiley ne ralentissait pas.

Elle tenta d'ouvrir la portière, mais Smiley l'en empêcha. Il appuya sur la pédale d'accélérateur en pestant d'une voix monocorde et sourde plus violente qu'un hurlement, car jamais Susanna n'aurait imaginé qu'il puisse prononcer ces mots, que la perte de contrôle qu'ils sous-entendaient soit même envisageable. Elle entendit une sorte de sifflement, comme une ligne de pêche, puis un autre, encore un autre, et enfin une série de petits craquements. À côté d'elle, le rétroviseur latéral explosa. Smiley braqua le volant un coup à droite, un coup à gauche, et de nouveau à droite au premier croisement, pour échapper à la ligne de tir. L'autre voiture les suivait de près, et Susanna vit une étoile de verre brisé au milieu de son pare-brise. L'homme à la veste d'ouvrier se cramponnait au volant, la tête basse et le regard très concentré. Irén semblait être en train de crier ou de hurler, sa bouche formait un O parfait. Quant à Lake, il gisait là-bas, sur le trottoir. Ils l'avaient eu.

Dans la chaleur agréable de l'hôtel de la gare de Vienne, Smiley s'était servi de la cabine téléphonique, comme Susanna avant lui, pour appeler Morris et déclarer l'état d'urgence absolue. Les phrases codées étaient convenues à l'avance et modifiées tous les trois ou quatre mois, si bien que Smiley était sûr d'avoir au moins un cycle de retard. Il n'avait plus qu'à espérer que Morris décrypterait son message, dont l'obsolescence même retarderait assez longtemps les sbires de Moscou au cas où ils écouteraient et auraient eu connaissance des codes. Il avait demandé à Morris d'apporter des passeports neufs, d'informer Prideaux qu'il procédait à l'exfiltration maintenant, aujourd'hui, et qu'il avait besoin d'un moyen de transport local et de toute l'aide disponible. Bien que Prague fût à six heures de route, le réseau de Prideaux à Brno était solide et compétent, sans compter qu'avec lui vous ne faisiez pas les choses à moitié. Vous lui demandiez ce que vous vouliez, il vous trouvait ce qui était disponible.

Jim fut à la hauteur de sa réputation. La voiture qui les avait emmenés à l'appartement d'Irén les attendait à la gare, remise par un jeune du coin qui leur en donna la clé et demanda, en allemand, s'ils voulaient acheter des cigarettes ou s'ils avaient besoin de rencontrer du monde. La voiture, dit-il, venait d'être volée juste avant la frontière autrichienne. L'information devait encore figurer dans les rapports de la police locale. La boîte à gants renfermait une carte ; il avait appris une adresse par cœur. Il la répéta deux fois, d'abord lentement, ensuite pour confirmer. Ils ne devaient pas la noter. Quelqu'un les y retrouverait dans la demi-heure. Au-delà, ce serait un fiasco. Smiley lui serra la main avec un billet de cent schillings autrichiens soigneusement replié dans la paume, qu'il sentit disparaître tel un furet dans le terrier d'un lapin.

« Votre ami dit qu'il vaut mieux ne pas traîner », avait conclu le jeune homme, avant de suivre son propre conseil.

Cela ne faisait pas l'ombre d'un doute. D'expérience, Smiley savait que l'étroite fenêtre de tir se situait entre le moment où vous agissiez et celui où l'ennemi comprenait votre décision. Une fois qu'il savait ce que vous faisiez, vous deviez en avoir terminé et être passé à la suite. À présent, alors que ses oreilles résonnaient encore des coups de feu et que son pied écrasait l'accélérateur sans grand résultat, une chose était sûre : ils savaient. Les véhicules de police que Lake avait immobilisés étaient équipés de radios, l'information devait déjà circuler. Les fugitifs disposaient au mieux de quelques minutes avant que toutes les rues soient bloquées.

Derrière lui, Smiley vit la Moskvitch déboîter furieusement. Il entendit le bruit du moteur, qui tournait beaucoup trop vite. La voiture le dépassa à toute vitesse, fit une dangereuse queue de poisson puis s'éloigna ; il eut du mal à la suivre. Le moteur de la Trabant était aussi faiblard que sa carrosserie était fragile, et le levier de vitesse fixé au volant lui glissait entre les mains quand il rétrogradait et appuyait sur l'accélérateur en priant pour que la boîte de vitesses ne se disloque pas. Pourtant, le moteur vrombit et la voiture tressauta pour suivre sa camarade. Elles zigzaguèrent, tantôt dans les ruelles étroites de la vieille ville, tantôt dans les larges avenues dangereusement exposées des quartiers communistes, mais en allant toujours de l'avant, vers le fleuve. Combien de minutes s'étaient écoulées ? Deux ? Trois ? Il dut encore changer de vitesse pour la ligne droite, puis rétrograder au moment de tourner au coin, avec la crainte permanente que la voiture ne rende l'âme avant d'arriver à destination. Mais il n'avait pas le choix. Pas une seconde à perdre, et peut-être même moins que ça.

Tandis qu'il se creusait les méninges pour se rappeler toutes les instructions qu'on lui avait données en matière de conduite à grande vitesse en cas d'évasion et se rendait compte qu'il fallait simplement aller vite sans rien percuter, Smiley espérait que la réponse à la seule question qu'il n'avait pas réussi à poser à Vienne était non.

Si Karla n'était pas encore arrivé pour prendre les choses en main ; s'il réglait encore les questions pendantes à Berlin ; s'ils avaient affaire non pas à une équipe complète de la 13e Direction, mais à de simples guetteurs locaux dépêchés par Moscou dans l'espoir de coincer Róka ; si sa propre intuition de la veille au soir était détrompée et que personne ne leur courait après, hormis des ombres au mur ; alors il avait une chance, même infime, de faire sortir tout le monde.

Susanna avait les mains plaquées sur les montants en bois de l'habitacle pendant qu'ils tournaient en trombe au coin de rues étroites qu'elle aurait reconnues s'ils avaient roulé moins vite. À chaque virage, elle se retrouvait projetée contre le châssis. Elle avait peur que ses pieds ne finissent par transpercer le plancher sous son siège. Elle crut un instant retrouver ses repères en voyant le fleuve apparaître derrière eux, mais fut totalement perdue lorsqu'ils prirent à droite et qu'elle aperçut la cathédrale à l'horizon. Devant, l'homme à la veste d'ouvrier changea de direction et ils dansèrent à travers la ville. Alors qu'elle commençait à entendre des sirènes partout et à se dire qu'ils étaient fichus, il s'engouffra dans l'allée d'un chantier naval et disparut par le portail ouvert d'un hangar. Smiley le suivit et, avant même que le portail se referme derrière eux, Susanna vit deux jeunes hommes portant des cirés verser de l'eau par terre pour faire disparaître les traces des voitures sur le ciment. Ils se précipitèrent à l'intérieur et tirèrent les verrous. Quelques secondes plus tard, elle entendit les sirènes de police passer à toute vitesse. Pendant un long moment, tout ce petit monde resta parfaitement immobile et écouta les sirènes s'éloigner, puis d'autres se rapprocher et repartir. Au bout d'une minute, on n'entendait plus que le clapotis du fleuve derrière le mur du hangar.

Susanna regarda autour d'elle. Dans un silence de cathédrale qui paraissait irréel, ils étaient cernés par des caisses bien alignées. L'homme à la veste d'ouvrier ouvrit la portière de Smiley, puis celle de Susanna, et dit : « Plus vite », avant de rejoindre en courant l'autre voiture et d'en extraire Irén. Il indiqua, au sol, une grille d'égout ouverte. Smiley pressa Susanna de descendre au bas d'une échelle métallique, jusque dans un corridor de pierre bas de plafond qui lui rappela, de façon incongrue, les catacombes de Paris qu'elle avait visitées lors d'un séjour. Le corridor paraissait tout aussi ancien, et les pierres avaient été découpées à la main : un égout ; une crypte ; un refuge. Il y avait une tache à quelques centimètres au-dessous du plafond, et Susanna fut prise d'une claustrophobie passagère en voyant des gouttelettes couler le long du mur de droite. Elle comprit que ce devait être le repère de crue. Le fleuve se trouvait juste de l'autre côté et cet endroit était une sorte de collecteur d'eau. Lorsque le corridor s'étrécit et qu'elle dut se tourner de profil, elle sentit son souffle s'amenuiser. Elle suffoqua en s'imaginant se noyer, mais se força à regarder droit devant par-dessus son épaule droite. Les pieds collés puis séparés. Un pas, suivi d'un autre, peu importe que la brique humide tire sur les boutons de votre manteau et que ce passage ressemble à un cercueil ou à un tombeau. Il s'agit de fuir. Un pas, suivi d'un autre, et hors de question de reculer.

Les murs s'écartèrent de nouveau. Tête baissée pour éviter les épaisses poutres en chêne, ils purent accélérer, à mi-chemin entre le pas de course et la chute vers l'avant. Susanna s'attendait à entendre des coups de feu et à ressentir la douleur d'une balle dans le corps, car elle avait compris que Lake s'était interposé entre elle et l'arme, et qu'elle aurait dû recevoir la première balle qui l'avait atteint. Devant elle se dressait un mur avec une série d'échelons en fer plantés à même la brique. Ils grimpèrent et ressortirent. Susanna vit qu'ils se retrouvaient dans un autre hangar, à deux ou trois rues du premier et en apparence assez différent. Une berline noire équipée de plaques est-allemandes, luxueuse et officielle, attendait près de la porte. Derrière, une autre voiture, celle-ci immatriculée en Tchécoslovaquie et bien moins impressionnante. L'homme à la veste d'ouvrier donna une tape sur l'épaule de Smiley.

« Bienvenue dans la mauvaise partie du monde, George. Vous êtes complètement dingue.

– Jim, répondit Smiley. Vous êtes censé être à Prague. Et respectable. »

Jim ricana.

« Je me suis mis en route dès que j'ai reçu votre message, au cas où. J'ai réveillé mon agent dans les environs de Brno. Et ses vaches, aussi. Sa femme l'a pourri. Apparemment, j'ai fait tourner le lait ou quelque chose dans le genre. Ne me regardez pas comme ça. La même chose vaut pour nous deux : il n'y a rien de mal tant qu'on ne se fait pas attraper. » Il fit un geste. « Les gars s'occuperont des autres voitures, reprit-il. Il y a beaucoup de choses qui disparaissent, dans les parages. Ils les vendent, ils les brûlent, je n'en sais rien. Ils sont corrects, et je les ai grassement payés, mais ce sont des petits voyous locaux, donc leur serment de loyauté éternelle tiendra à peu près une demi-heure. Vous trois, prenez la grosse voiture. La frontière autrichienne sera surveillée, alors n'y allez pas. Il y a une carte sur le siège passager. Roulez vers le nord et entrez en Tchécoslovaquie. De Bratislava, je pourrai vous exfiltrer sans problème. Des passeports… Vous êtes un haut fonctionnaire est-allemand. Et les autres sont votre famille. En revanche, Morris ne peut pas obtenir les codes journaliers, et moi non plus. C'est un code à rotation, et ils le notent dans un registre à la noix, ça prend des heures. Il va falloir vous débrouiller. Vous en êtes capable ? »

Il lui tendit un étui fin en cuir. Smiley regarda à l'intérieur et découvrit un trio de passeports vierges, dont la colle était encore chaude sur les dos, ainsi qu'un kit de faussaire : un couteau, de la colle, du ruban, du white-spirit et un tampon frontalier volé, auquel manquait ostensiblement le cylindre des numéros.

« George, dit Jim. Je répète : vous en êtes capable ? Si vous ne le sentez pas, je peux tenter autre chose. Vous cacher dans un sac, sous les poulets.

– Ça va aller. Vous en avez déjà fait bien assez comme ça. Merci.

– On a laissé Tom Lake là-bas. Ils étaient en train de le récupérer. Vivant. »

Smiley acquiesça. Jim poursuivit :

« Crever les pneus, vous savez, c'était du Scalpel tout craché. Sans ça, ils nous auraient eus. »

Et il savait qu'il ne s'en sortirait pas, pensa Susanna. Je l'ai vu, et il savait.

« Oui, dit Smiley. Je le ramènerai, bien sûr.

– Faites-le, répondit Jim. J'aimerais nous voir gagner. Ça a assez duré comme ça. Parfait, allons-y. Le temps presse. »

Smiley prit le volant et Susanna s'installa sur le siège passager. Irén était à moitié allongée à l'arrière. Dormait-elle ? Susanna se rendit compte qu'elle était épuisée, non pas d'avoir couru, mais à cause de tout, depuis des semaines, des années. Ses yeux étaient fermés et sa respiration si silencieuse, si douce, qu'on aurait pu la croire morte. La vitre était légèrement teintée et, comme à Berlin, elle avait l'impression d'être une princesse dans sa tour, cernée de toutes parts et pourtant à l'abri. Illusion dangereuse, elle le savait, mais dont elle ne pouvait se défaire, même lorsque deux autres véhicules de police passèrent en sens inverse, phares et sirènes en marche. Elle vit le conducteur du deuxième les remarquer, Smiley et elle, puis examiner les plaques est-allemandes et le modèle de leur voiture. Elle crut que leurs regards s'étaient croisés, tout en ne sachant pas si c'était possible à travers la vitre. Puis elle se rendit compte que le policier avait choisi d'oublier la berline et ses occupants, pariant sur le fait que s'il effectuait un demi-tour en franchissant la ligne de séparation et leur demandait de s'arrêter, il perdrait du temps dans sa mission et exaspérerait bêtement un haut fonctionnaire. Sans cela, ça aurait été la fin. Ils auraient pu fuir mais pas s'échapper, et il n'y avait plus de cachettes. Elle voulait que Smiley aille plus vite mais elle savait que ce n'était pas une bonne idée. Les yeux rivés sur la pédale d'accélérateur, elle espérait, malgré elle, que Smiley n'en lèverait pas le pied. Il devait ressentir la même chose. Il était humain, et ils étaient en fuite.

Une éternité plus tard, les sirènes s'éloignèrent. Smiley changea de voie, puis suivit la route du nord. Au bout d'un quart d'heure, ils avaient franchi le fleuve et prenaient de la vitesse. Ils laissaient Budapest et sa traque haletante derrière eux.

La route était neuve, construite pour les lourds camions soviétiques, peut-être même pour les chars. Susanna les imaginait arriver, même si ça ne s'était pas passé comme ça. Ils avaient déboulé de l'Est et atteint Budapest apparemment en un rien de temps ; ils s'étaient en effet frayé leur propre route, renversant tout sur leur passage entre la frontière et la capitale. Du moins le pensait-elle. Dans sa fuite, elle n'en avait vu qu'une infime partie.

Ils firent une halte d'une demi-heure près de Tatabánya, sur la route de Nitra, et Smiley l'envoya acheter du pain dans un petit magasin. Lorsqu'elle revint, il était penché sur la boîte à gants, en train de découper la photo de Susanna sur son passeport Hofbauer. Il la plaça ensuite sur le nouveau passeport et la colla. Celui d'Irén était déjà prêt. Susanna, au fond, était encore terrifiée devant le vandalisme barbare dont avaient été victimes ses papiers officiels et le trou qu'y avait laissé Smiley en découpant sa photo.

Un stylo-bille était posé sur le tableau de bord, comme si Smiley y avait songé et renoncé. Il jeta un coup d'œil vers Susanna et brandit le stylo.

« En hongrois ? demanda-t-il.

– *Toll* », répondit-elle, et il hocha la tête en répétant le mot jusqu'à ce qu'elle soit satisfaite.

Il hésita un instant avant de jeter le stylo sur la chaussée.

La voiture sentait atrocement la colle. Smiley poussa la ventilation au maximum, ouvrit les vitres et dit à Susanna de laisser tomber le passeport devant son siège et de le déplacer sur le sol avec ses pieds. « Ni vieux, ni récent », dit-il. Il lui en donna deux autres : le sien et celui d'Irén.

Vingt minutes plus tard, ils arrivèrent à la frontière. Les voitures faisaient la queue.

La file était interminable. Dès qu'ils avançaient, Susanna sentait le poids des miroirs sur les poteaux tout autour, qui permettaient au chef assis dans sa guérite en bois de tout voir, en particulier les dos des passagers et ce qui se trouvait dans l'angle mort derrière eux. Tant et si bien que non seulement ils ne pouvaient rien cacher, mais le chef en savait plus sur leur position qu'eux-mêmes. Attendre au check-point, c'était être vu sous tous les angles, être nu et épié, et surtout savoir que tout ça était en train de se produire et qu'on n'avait aucune chance d'échapper aux regards.

Ils progressaient très lentement. Prideaux avait dit que le temps pressait. Or il devait être trop tard, et depuis longtemps. Mais dans ce cas pourquoi étaient-ils là ? S'ils étaient déjà pris, pourquoi attendre qu'ils se présentent ? Aussi Susanna fut-elle bien obligée de penser qu'il leur restait une chance. Elle ne savait pas s'il valait mieux entretenir l'espoir ou être pessimiste. C'était cette incertitude qui avait nourri le fatalisme exaspérant de sa mère. Rien à voir avec une quelconque conviction, mais la conscience que, devant une chose aussi imprévisible, le fatalisme était la seule vérité dont on savait qu'elle ne vous lâcherait jamais.

Le garde s'approcha. Il venait de laisser passer la voiture de devant et leur faisait signe en même temps qu'il marchait, agitant la main – avancez, avancez. Il recula avec eux jusqu'à ce que le capot de leur voiture ne soit plus qu'à vingt centimètres de la barrière. Il fit le tour jusqu'à la portière côté conducteur et tapota contre la vitre avec le canon de son fusil, dont la bouche, énorme, fut un instant braquée sur Susanna.

Smiley baissa la vitre. Susanna comprit que tout ça se passait pour de vrai lorsqu'il tendit le bras, prit ses papiers, et ceux d'Irén, puis les remit au jeune garde maussade. Son arme pendait maintenant le long de son flanc droit. Un jeune homme parmi tant d'autres, pensa-t-elle en regardant autour d'elle : ils étaient une demi-douzaine, qui circulaient entre les voitures, avec leur chef à peine plus vieux, assis au milieu des miroirs, omniscient. Des fusils innombrables, tous pointés un peu plus loin, un peu à côté, vers le sol. Et les passeports n'avaient pas de code journalier, parce qu'ils étaient faux, et personne ne les avait jamais utilisés avant, certainement pas pour entrer en Hongrie le matin même. Irén, à peine réveillée, tourna la tête vers le montant froid de la voiture, la laissa reposer dessus et attendit.

Le garde remercia d'un hochement de tête, vit qu'ils étaient trois et regarda à l'arrière. Il eut l'air soudain préoccupé.

« Madame va bien ? demanda-t-il. Vous avez besoin d'un médecin ?

– Ça va, répondit Susanna en voyant qu'Irén ne réagissait pas. Ma mère n'aime pas la voiture. »

Le front du garde se plissa. Susanna repensa à Lake et sentit son ventre se nouer. *Il ne faut pas que les sympathiques policiers sachent qu'on baragouine la langue locale. Ça leur donne l'impression désagréable qu'on pourrait être des espions.* Chose à laquelle elle n'avait pas dû réfléchir en tant que Gero, sauf que maintenant elle était allemande.

« Votre hongrois est excellent, dit le garde, dont la main s'aventura vers son fusil.

– Il est passable, grommela Irén à l'arrière. Hors de question que ma fille n'apprenne pas ma langue. »

Le jeune homme tressaillit légèrement puis acquiesça, l'air de comprendre. Il jeta un coup d'œil plein de compassion à

Susanna, dont le visage devait exprimer à la perfection l'horreur filiale. Passable, en effet.

Le garde ouvrit leurs passeports avec une solennité indifférente. L'échange avec Irén l'avait mis dans l'embarras ; il n'avait plus qu'une seule envie, les laisser passer. Il hocha la tête une fois, deux fois, tourna les pages dans un sens puis dans l'autre, et fronça les sourcils avec réticence devant les cachets d'entrée sur le territoire et l'absence de codes journaliers. Finalement, la mine contrite, il s'adressa de nouveau à Smiley.

« Commissaire, ces documents sont incomplets. Il n'y a pas de code journalier. Vous ne pouvez pas passer. »

Smiley ne bougea pas. Il ne montra aucun signe d'avoir entendu. Il se contenta d'attendre, comme s'il s'ennuyait à mourir, et le garde s'empressa de lui expliquer le problème.

« Le visa d'entrée doit avoir un tampon. Je suis sûr que le commissaire connaît le protocole. C'est nécessaire pour garantir notre sécurité face à l'agression colonialiste. Même les personnes à charge et les amis des hauts fonctionnaires. Même à une frontière amie. Je vais vous demander de vous garer sur le côté. Cela prendra un certain temps. Je suis désolé. »

C'est fini, pensa Susanna. L'aventure s'arrêtait là. Ils allaient rester assis et attendre, et tôt ou tard les passeports causeraient leur perte. Ils seraient confondus, et arrêtés, et il ne leur arriverait que des malheurs. Elle sentit un cri monter en elle et s'efforça de l'étouffer.

Smiley parut enfin prendre la mesure de la situation. Il tendit une main raide.

« Stylo », dit-il. *Toll*, son seul mot de hongrois, prononcé avec un dégoût presque physique. Il n'avait toujours pas tourné la tête.

« Je vous demande pardon, commissaire ? »

Smiley ne pouvait pas comprendre la question mais cela semblait l'indifférer. Susanna attendit que l'instant passe pour intervenir :

« Mon père vous a demandé votre stylo. »

Elle était perdue. Ce qui se passait lui échappait totalement. Sa voix était calme, compatissante même, comme si elle essayait vraiment d'aider.

Le garde sortit de sa poche son stylo et le tendit. Smiley le prit, puis tendit encore la main, aussi plate qu'une planche. Il replia les doigts une fois, deux fois, les déplia de nouveau. L'ordre était limpide : il voulait également les passeports.

Le garde hésita, mais finit par poser les passeports sur la main tendue. Susanna crut voir ses doigts trembler. Très calmement, Smiley parcourut les pages des passeports une par une, jusqu'au tampon. S'appuyant sur le tableau de bord, il fit un trait à l'endroit où aurait dû se trouver le code journalier, puis signa au-dessous : une signature d'une élégance folle, une cursive dans le style classique des traités de paix et des décrets royaux du XIXe siècle. Et rebelote. Une, deux, trois signatures. Il maintint chaque page ouverte afin que l'encre ne bave pas. Une fois satisfait, il referma les passeports et tourna enfin la tête pour aviser le jeune garde. Jamais Susanna n'avait vu le pouvoir et l'arrogance s'exprimer aussi clairement.

Smiley attendit un peu avant de rendre le stylo. Il regarda la route droit devant lui, leva la main et agita deux doigts vers l'avant, comme pour dire : « Procédez. »

Le jeune homme fit un pas en arrière et cria à son collègue de lever la barrière. Vite, vite. C'est ça : le commissaire est pressé.

Quelques secondes plus tard, la barrière se leva, et ils passèrent.

13

Le soir même, Susanna était en lieu sûr. Prideaux lui avait donné un énième passeport neuf, celui-là émis directement par le gouvernement britannique, et l'avait incorporée à un groupe de touristes du British Council sur le point de repartir après avoir visité les autels d'église. Dans un troupeau bruyant de vingt-cinq joyeux *non-conformistes*, Irén et elle étaient en tout point invisibles. Smiley, discutant aimablement avec le chauffeur des mérites respectifs des traductions de la Bible par Phillips et Wuest, paraissait tellement ordinaire qu'elle se demanda si ce n'était pas en fin de compte son milieu naturel. Lorsqu'il fallut rentrer en Autriche, le passage à la frontière ne fut même pas difficile.

Après la fuite, le chaos qui suivit semblait calme en comparaison. Elle fut interrogée, accusée, renvoyée et finalement autorisée à dormir. Mais lorsqu'elle se coucha, elle revit Lake – non pas s'effondrant par terre, mais répétant son texte en vue de la rencontre avec Irén qu'elle lui avait volée. Il était sérieux et sincère, ce qui sur le coup l'avait mise en colère. Cette fois, elle regarda le résultat de sa propre intervention et se demanda s'il valait vraiment beaucoup mieux que celui que Lake aurait obtenu. Elle avait pensé aux conséquences pour Róka, pour Irén, et décidé que ce qu'elle faisait était un prix qui valait la peine d'être payé. En revanche, elle n'avait jamais pensé à la monnaie de paiement. Elle finit par dormir d'un sommeil sans rêves.

« Je ne sais pas ce que vous *pensiez* faire, lâcha l'ambassadeur, mais je sais ce que vous *allez* faire ! Vous allez faire votre valise et partir. Et j'en parlerai personnellement au ministre. Vous rendez-vous compte du bazar que vous avez créé ? »

Smiley répondit par l'affirmative. Dès son arrivée, il avait envoyé un télex à Londres et demandé à Control s'il y avait quelqu'un à échanger contre Tom Lake. Pour faire passer la pilule, il avait en même temps fourni un court résumé des renseignements donnés par Irén et prié les Tantes Indignes de procéder immédiatement aux recherches. La première partie du message n'avait toujours pas reçu de réponse, et ce n'était pas forcément une mauvaise chose. Les collègues de Lake pouvaient être en train de faire du lèche-vitrine.

Pour le reste, Control lui reprochait amèrement d'avoir franchi la ligne jaune et, selon ses termes, d'avoir entraîné Jim Prideaux dans une négligence tout aussi dangereuse. Smiley répondit que oui, il était entièrement responsable, et convint que c'était le genre de chose qui pouvait vous faire perdre votre travail.

L'ambassadeur était encore en train de hurler. Au bout d'un moment, Smiley s'excusa.

« Comment ça ? fit l'ambassadeur.

– Je m'en vais. C'est ce que vous vouliez, je crois.

– Et je peux savoir où vous allez ? »

Or, si Smiley était prêt à entendre des reproches, il ne se sentait plus tenu de répondre à des questions ridicules. Il avait dans la poche un billet écrit par Ann et il voulait lui répondre avant de partir pour l'aéroport.

Après Vienne, Ann avait fait une halte imprévue à Saint-Moritz où, dit-elle, elle profitait des dernières neiges de l'hiver. Elle y avait rencontré un groupe de gens charmants, dont une comtesse italienne déchue qui aimait arpenter les plus beaux sites européens et mener la belle vie. Elle avait loué un chalet et invité une sélection de personnes intéressantes. Ann était honorée d'en être. Elle serait ravie de voir son George l'y rejoindre. Il était grand temps qu'il apprenne à skier. Elle ne fit aucune allusion à la visite avortée de Smiley. En tout état de cause, il avait le sentiment d'avoir manqué à ses engagements à son égard plus qu'elle ne le saurait jamais, même s'il trouvait le courage de le lui avouer.

Il s'était rendu compte beaucoup trop tard qu'Ann aurait pu courir un vrai danger à Vienne. Il avait pris les propos du concierge selon lesquels elle était avec son mari comme une preuve d'infidélité – et naturellement il avait eu raison –, mais dans le contexte ça aurait pu être quelque chose de beaucoup plus grave, et cette éventualité ne l'avait tout simplement pas effleuré. Smiley avait placé sa femme en première ligne, puis l'avait perdue de vue et ne s'était pas inquiété de son absence. Elle pouvait l'avoir appelé au secours pendant qu'il battait en retraite tout honteux. Elle aurait pu être déjà morte, et il avait fui avec son cœur blessé, au grand soulagement de sa maîtresse grise.

Il lui répondit par écrit qu'il serait libre le surlendemain et proposa de la rejoindre ce jour-là, mais sans lui promettre de s'exposer aux joies des pistes. Peut-être, si elle acceptait d'être sa monitrice. Entre-temps, il partait pour Lisbonne. Il veillerait à en rapporter quelques bouteilles de vin du Douro et, s'il en trouvait, le rare madère Frasqueira qu'elle aimait tant. Puis, pour ce qui devait être, il en était sûr, la dernière fois, il mit de côté sa vie future et se remit à l'ouvrage.

Grâce au récit d'Irén, Smiley pensait désormais comprendre le passé, ancien comme récent. La disparition de Leo à Berlin avait poussé Róka à intervenir, comme toujours quand son fiston avait des problèmes. Ses demandes d'aide n'avaient pas essuyé de refus, mais avaient rebondi sur la surface lisse de l'appareil d'État est-allemand. L'interrogatoire avait sans doute été trop rude, et Leo avait dû mourir sur place ou se faire esquinter après sa libération, sans que la Stasi soit au courant de rien. Karla ne l'avait su qu'à partir du moment où Róka s'était mis à remuer ciel et terre. Même là, il avait espéré ne pas être obligé d'agir. L'aveuglement était peut-être un vice universel. Il avait dû supposer que Leo ressurgirait d'une manière ou d'une autre, probablement dans le lit de quelqu'un. Dans ce cas, pourquoi ne pas laisser Róka s'épuiser tout seul à parcourir la liste de ses vieilles connaissances du Tourmaline, et profiter ensuite de son embarras pour lui faire promettre de se tenir à carreau ? C'était le pain quotidien de quiconque dirigeait des agents sur le terrain. Au pire, Moscou verrait quelques vieux espions démasqués, laissant au passage la voie libre aux fidèles du nouveau patron. Mais quand Róka avait appelé Grodescu pour s'enquérir de Bogdan, il avait par inadvertance mis la pression sur Karla. En recherchant désespérément son fils, Róka avait risqué de compromettre l'identité de Karla au moment même où celui-ci, accédant au pouvoir au sein du Centre, écrasait le moindre signe de faiblesse. Karla avait choisi de dissimuler son nom : cela justifiait à lui seul qu'il ne soit pas connu. *Ce que je cache reste caché ; ce que j'enterre n'est jamais révélé. Tu es complice de mon invisibilité, car tu sais que si tu me vois je devrai te fermer les yeux.* Et si ce nom se retrouvait associé à des vulnérabilités – la femme qu'Irén avait mentionnée, ou une autre famille, ou le passé démocrate anticommuniste de Bogdan –, Karla pouvait perdre l'ascendant avant même de l'avoir pris.

Désormais, Smiley n'avait besoin que de Bogdan. Si Karla l'avait planqué quelque part au fin fond de la Russie et lui avait donné une maison, il ne suffirait pas d'une vie pour le débusquer. Dans ce cas, cependant, il n'y aurait jamais eu non plus le moindre danger que Róka le retrouve ou le persuade de révéler le nom de Karla. Le comportement de ce dernier impliquait donc deux choses : d'abord, Bogdan restait le bonhomme récalcitrant dont Irén se souvenait et considérerait toute demande de ce genre selon ses mérites ; ensuite, il se trouvait hors des limites ordinaires du pouvoir soviétique, en un lieu qu'un fugitif comme Róka pouvait raisonnablement penser atteindre : un pays occidental ou non aligné. Karla n'avait agi comme il l'avait fait que si la menace était réelle, c'est-à-dire si Bogdan pouvait effectivement être localisé.

À cet égard, Smiley disposait de ressources que Róka n'avait pas. Les Tantes Indignes, prenant le problème à bras-le-corps, avaient opté pour les grands moyens. De concert avec McCraig, elles avaient enrôlé l'ensemble du personnel de la Revue et épluché les listes de tout le continent pour retrouver Bogdan, et son bateau. Pour une personne seule, la tâche était interminable, mais pour plusieurs centaines elle n'exigerait que quelques heures. Pour l'affiner encore davantage, elles s'étaient concentrées sur le Sud, car Connie soutenait mordicus qu'un homme de son âge préférerait les hivers doux. Katrin objecta que c'était de la superstition, et Jessica que, à supposer même que ce fût le cas, il aurait très bien pu quitter l'Europe. Mais Connie, comme si souvent, avait raison. Dans le registre des bateaux amarrés à Almada, où mouillait le *Water Nymph*, le nom de Bogdan apparaissait, noir sur blanc.

Par conséquent, Smiley était déjà en position de négocier. Et il avait des exigences. D'abord Lake, puis Róka, et – en admettant la possibilité qu'il soit encore en vie – Leo. Le reste attendrait. Control lui avait concédé ce point au tout début, pour l'obliger à accepter la tâche. « La méthode Smiley, avait-il dit, presque provocant. Soyez moral avec tout un chacun. » Et Smiley entendait pleinement agir ainsi. Control voudrait qu'il se serve des connaissances de Bogdan pour s'assurer la défection de Karla, s'il existait la moindre chance d'y parvenir, et à cette fin sacrifierait Lake sur-le-champ. Smiley ne le ferait pas, et de le savoir lui donnait une conscience plus profonde de la valeur du secret de Bogdan. On pouvait abîmer Karla, oui, peut-être même le fragiliser, mais pas le faire tomber. Dans sa tentative, Control tirerait sur la corde et risquerait de montrer que les familles des agents du renseignement en général devenaient des cibles légitimes. Dès lors, ce serait l'escalade, et elle ne connaîtrait aucune limite naturelle.

Pour Leamas et pour ses péchés, Smiley voulait faire mieux, proposer une alternative : un monde dans lequel le conflit entre deux conceptions absolument opposées du bien-être se jouait dans un certain cadre. Au-delà, c'était la destruction assurée. En deçà, la paix était peut-être possible. Si c'était une cause désespérée, eh bien soit, mais ne serait-ce que pour Lake il fallait tenter le coup. Le conflit n'était pas toujours évitable, néanmoins il devait toujours y avoir la possibilité de se retirer. Sinon que restait-il ?

À l'aéroport, Smiley décrocha le combiné et composa le numéro. Pendant la tonalité, il compta les pas. Collins avait expliqué que le téléphone se trouvait près du comptoir et que Grodescu prenait tout son temps pour descendre l'escalier en chaussons. Sept. Huit. Neuf. Smiley patienta, puis entendit le déclic de la communication. La liaison était bonne. Une voix d'homme, chaude et plutôt française, donna le nom du magasin.

« Bonjour, monsieur Grodescu, dit Smiley. Mon nom est James Willow. Je crois savoir que nous avons un ami commun, un certain Dr Gerstmann. Je suis allé le voir la semaine dernière, mais nous avons eu une petite dispute. J'ai donc dû partir précipitamment et j'ai réussi à oublier un objet d'une très grande valeur sentimentale. Je me demandais si vous pouviez lui transmettre un message de ma part, lui dire que j'aimerais beaucoup récupérer cet objet en un seul morceau. Il se trouve que je pense avoir identifié quelque chose qui lui appartient peut-être, et je voulais l'assurer que je n'y toucherais pas. Il me semble que notre rivalité professionnelle doit avoir des limites convenues. S'il est d'accord, il me le fera savoir. Je pars de nouveau en voyage cette semaine, à Lisbonne, et je ne serai pas loin de l'endroit où il conserve son trésor. J'ai pensé qu'il pourrait me retrouver là-bas pour boire un café au bord du fleuve et me rendre mon objet. »

Silence à l'autre bout du fil. Enfin l'homme répondit, presque irritable.

« Il n'y a pas de Gerstmann ici, dit-il. Je regrette de ne pas pouvoir vous aider.

– Entendu, dit Smiley. J'ai dû faire erreur. Pardonnez-moi de vous avoir dérangé. Pensez à moi, néanmoins, si jamais il passe chez vous.

– Pas de Gerstmann.

– Merci.

– *Adieu**. »

Smiley consulta le tableau des départs et, voyant son vol annoncé, marcha vers la porte d'embarquement.

Cela faisait plus de vingt ans que Smiley connaissait Lisbonne, un peu comme on connaît le propriétaire du magasin du village. Les rapports étaient courtois, sérieux, jamais inamicaux mais jamais intimes non plus. Le Portugal, quoique anticommuniste, avait fait le choix du non-alignement stratégique. Les règles ici étaient différentes, et ce depuis les années 1930 : les services de renseignement étrangers y étaient libres d'agir en toute modération, tant qu'ils se faisaient scrupule de travailler entièrement à l'écart de l'État portugais. Jouez comme bon vous semble, mais la balle reste sur le terrain. Les rares fois où cette contrainte n'était pas respectée, le PIDE de Salazar savait se montrer très direct pour manifester son déplaisir. Lisbonne était une ville aussi éblouissante et énergique que Paris, et si vous dépassiez la limite elle pouvait s'avérer aussi dangereuse que Berlin.

Lorsque Smiley descendit du petit bateau-taxi sur les pierres du quai d'Almada, le soleil de l'après-midi lui réchauffa le visage. Il comprit que malgré son manteau replié sur le bras il aurait rapidement trop chaud. Le vent apportait le frais de la mer, mais l'ombre précieuse était chose rare. L'appartement de

Bogdan n'était pas loin, au cinquième étage d'un immeuble trapu avec vue sur le Tage, d'où il pouvait observer les bateaux qui allaient et venaient, et regarder à l'ouest vers l'Atlantique. Un lieu de mort, à vrai dire, pour un homme construisant sa propre fin. Smiley se dit qu'il avait vu bien pire.

Il y avait un café à trois cents mètres de là, sur la berge, avec des parasols fichés dans de lourds socles en ciment et des nappes en papier maintenues par des cendriers. Des années de soleil avaient blanchi les chaises en toile, le bruit de l'eau était omniprésent, et le vent sifflait par rafales le long des bâtiments. Smiley vit des bateaux, petits et grands, sur le Tage. Au-delà, à l'ouest, rien ne le séparait de New York, sinon la courbe du monde. Il faillit tendre la main, rêvant d'Ann et conscient qu'elle n'était pas là.

Au bout d'une demi-heure, il commanda un deuxième café, comme une sorte de sacrifice, comme si avoir ce café sur sa table allait faire venir l'homme qu'il attendait. Il regarda le liquide refroidir, et refusa de répéter son discours. Il écouterait. Ils s'écouteraient mutuellement. À partir de là, tout le reste suivrait. Même si Karla ne venait pas, ce serait une manière de réponse, et la présence de Smiley parlerait. Il était essentiel qu'ils se comprennent.

Il inclina la tête, tout ouïe. Le vent a forci, pensa-t-il. Peut-être qu'un orage approchait. Il avait entendu dire qu'à Lisbonne on les voyait arriver : d'abord une nappe sombre qui recouvrait le ciel, ensuite le souffle d'un vent plus violent, enfin la pluie, tel un rideau tiré sur le monde.

Non. Ce n'était pas le vent, mais autre chose. Une flûte, ou une lointaine fête foraine. Peut-être une fête du printemps, avec un chœur. Sur ce, très discrètes au milieu des bruits de la ville, il entendit des sirènes. Il se demanda où elles allaient, avant qu'en lui se fasse jour un soupçon qu'il refusa de nommer. Des cris parvinrent à ses oreilles ; il se retourna. Trois voitures, puis quatre, aux couleurs de la police portugaise, se garèrent devant l'immeuble de Bogdan. Une vieille femme en tenue de concierge sortit du porche, toute tremblante, pour aller pleurer dans les bras du premier jeune homme étonné. Il ne comprenait toujours pas, ou ne voulut pas comprendre, jusqu'à ce que le soleil commence à se coucher derrière l'horizon bleu, faisant place au soir et au froid.

Plus tard, à la demande de l'ambassade, on lui montra les lieux. Un policier du nom de Caçador lui fit monter l'escalier jusqu'à la porte d'entrée, qui n'avait pas été forcée. De toute façon ces serrures ne tiennent pas, se lamenta Caçador. N'importe qui peut les casser. Si ç'avait été mon grand-père, je lui aurais dit d'en faire installer de meilleures.

L'appartement était relativement petit, avec un carrelage tiède au sol. Le couloir aux murs jaune citron était encombré d'objets marins : cordages, instruments et outils anciens. Smiley ne savait pas trop s'il s'agissait de choses que Bogdan Molchaline utilisait ou collectionnait. Peut-être les deux. Il se surprit à les observer et sut qu'il ne faisait que gagner du temps. Il avait beau respirer par la bouche, il sentait déjà le goût du fer. Il déglutit. Caçador posa une main sur le haut de son bras.

« Si vous devez vomir, mieux vaut que vous sortiez. » Il hésita, puis ajouta : « Moi aussi. Deux fois, déjà. C'est normal.

– Ça ira, dit Smiley. Merci. »

Comme le couloir était trop exigu pour que Caçador le dépasse, Smiley s'avança le premier. Il actionna la poignée et pénétra dans le salon. Il y avait une table en fer ronde avec une nappe blanche. Encore des objets marins : un baromètre anéroïde, un gouvernail et deux drapeaux, l'un hongrois et l'autre russe, en croix, comme à la poupe d'un navire. Du vin et deux verres, du bon poulet portugais dont le sachet en papier avait été déchiré pour faciliter la découpe, et un bol de riz. L'odeur de la nourriture ne parvenait pas à couvrir le reste. Smiley dut se forcer à regarder.

Bogdan était assis dans le fauteuil qui faisait face à la fenêtre, donc à la mer. Il avait les yeux écarquillés et il était presque au garde-à-vous. Il avait la bouche ouverte – il avait pu être en train de manger. L'orifice de la balle se trouvait à l'arrière du crâne, à l'endroit où celui-ci rejoignait la nuque, ce qui n'avait rien de réglementaire. D'après le chef de Caçador, Bogdan ne s'était sans doute rendu compte de rien. La lumière, disait-il, et soudain plus de lumière. Un meurtre en famille, disait-il, entre ça et la nourriture. Pas comme l'autre type.

Smiley s'enquit de l'autre type.

« Rien à voir, répondit Caçador. Lui, ici, ç'a été rapide, presque à contrecœur. Pas de traces sur le visage ou sur le corps. Rapide et propre. » L'homme dans le port, c'était différent. Torturé, et pas qu'un peu. Le chef de Caçador, qui était un genre d'expert, disait que ç'avait été très moche. Le seul lien entre les deux hommes ? L'arme. La même avait servi pour l'un comme pour l'autre.

« Quel type d'arme ?

– Du matériel russe, répondit Caçador, un pistolet. » Ils étaient convaincus qu'il avait appartenu au deuxième homme, parce qu'ils avaient trouvé un étui en toile cirée et des munitions dans sa chambre, mais il n'avait jamais tiré avec.

Smiley acquiesça. L'arme de Róka, donc, celle rangée dans la caisse. Ce n'était pas illogique.

« Mais vous confirmez ? demanda Caçador. Ils étaient amis ?

– Oui, répondit Smiley. Oui, j'en ai bien peur.

– Et le troisième homme ? Celui qui les a tués ? Vous connaissez son nom ?

– Non. Non, aucun nom. »

Caçador médita un instant.

« Des communistes », dit-il, comme si ça expliquait tout.

Pendant un moment, Smiley se plaça là où avait dû le faire Karla, en regardant comme Bogdan avait dû le faire, vers la mer. Il fit de sa main un pistolet, appuya sur la détente et regarda encore. Les vagues, évidemment, n'avaient pas changé. Il se dit que lui, peut-être, avait changé. Il trouvait le choix de Karla impossible, même s'il en comprenait la logique. Smiley avait clairement indiqué qu'il prolongerait le délai de grâce et que son seul prix serait d'avoir la même chose en contrepartie. Et la réaction de Karla était là, non seulement une solution mais une réponse, adressée à Smiley.

« Merci », dit-il à Caçador.

Il repartit à pied le long de la mer, jusqu'à la Praça do Comércio, et passa la soirée à rédiger son rapport à Control. Le lendemain matin, on lui apprit la mort de Lake.

Morris accusa réception. Le responsable hongrois avait téléphoné pour demander à l'ambassade si elle souhaitait reconnaître Lake pour un des siens. L'ambassade répondit que non, ce qui était la règle pour les hommes du Scalpel. Le responsable expliqua que dans ce cas Lake serait enterré au cimetière des indigents, avec les clochards. Morris convint que c'était la meilleure solution, puis appela ses hommes sur place et les chargea de voler le cercueil dans la nuit. Il ordonna qu'on mette celui-ci en caisse et qu'on l'ajoute à la valise diplomatique. Il connut ainsi cette expérience ridicule consistant à transporter un cercueil dans l'aéroport, tout le monde faisant semblant d'ignorer ce qu'il renfermait.

Les médecins du Cirque indiquèrent que Lake était probablement mort peu de temps après avoir été touché. La seconde balle lui avait éclaté et perforé le cœur. Presque rien n'aurait pu être fait pour le sauver. Au surplus, dirent-ils, il avait des blessures aux mains évoquant des grattements contre une chaussure en cuir. Ils en conclurent que ses forces l'avaient lâché au moment où il tentait de freiner quelqu'un.

À Brixton, on appelait ce genre de chose un bel effort et on fut content pour lui.

McCraig annonça à Susanna que l'enterrement se ferait dans la stricte intimité familiale.

« Vous y assisterez ? »

Les épaules de McCraig se haussèrent, puis s'affaissèrent.

« C'est ici qu'on les enterre », dit-elle en portant la main à son cœur. Puis, touchant sa tempe : « C'est là qu'on se souvient des noms, si on peut. Rien de ce qui est écrit sur la tombe ne changera quoi que ce soit. On croit que oui, mais non. On garde d'eux ce qu'on a, et c'est tout.

– J'aimerais discuter avec Irén. Elle doit être dans tous ses états.

– Je vais voir ce que je peux faire. »

Susanna crut voir dans cette réponse une porte qui se refermait et reconnut que c'était mérité. Elle faillit laisser passer l'offre de salut par les bonnes œuvres : un poste provisoire au sein d'une société spécialisée dans la fabrication et la vente de pièces de machines à haute tolérance. Elle l'avait déjà refusé et était en train de passer en revue ses autres options, avec l'œil las de qui doit choisir entre les comptes annuels et l'agneau en gros, lorsque Rose Jeremy tapota du doigt la lettre déposée dans le courrier déjà traité.

« Perspectives correctes, suggéra-t-elle. S'ils vous embauchent sur le long terme, le salaire est honnête. Des promotions. La possibilité de changer les choses. » Elle tapota encore, cette fois sur l'adresse, non loin de Coldharbour Lane. « Les Voyages, reprit-elle avant de hausser les épaules. Comme je dis toujours : si c'est votre genre. »

« Nom de Dieu, quelle perte de temps, dit Haydon, agacé. J'aurais préféré être au Venezuela, bon sang. Au moins là-bas j'aurais pu faire quelque chose d'utile. Control m'a demandé de faire des avances à Pogodine, rien que ça. Quel bazar. »

À son arrivée, dit Haydon, il était déjà trop tard. Même si la nouvelle n'avait pas fuité avant plusieurs jours, Pogodine avait été arrêté et sommairement exécuté avec quatre de ses lieutenants. Karla se trouvait à Berlin, et cette absence sereine était la preuve, s'il en fallait une, que son ascendant au sein de la 13e Direction était désormais total.

« Et vous, alors ? demanda Haydon. C'était bien ? Peu importe, je ne veux pas le savoir. Je vous verrai au Hall, de toute façon, non ?

– Oh, j'en suis sûr, fit Smiley. Oui, bien sûr : le Hall. »

Haydon l'invita à boire un verre.

« Pour noyer nos échecs, George, et chanter aux jours meilleurs. »

Smiley s'excusa. Il avait besoin de prendre l'air. Il regagna Bywater Street et s'assit dans la semi-obscurité de son salon, sans prendre la peine d'allumer ou de lancer un feu. Une heure avant le coucher du soleil, il se releva et prit un taxi jusqu'à Primrose Hill. La mère d'Ann lui avait dit un jour que c'était là que les hommes fortunés entretenaient leurs maîtresses.

Control était assis sur un des bancs, tout en haut, avec une vue sur son propre bureau et l'église St Paul au sud. Smiley chercha la tour horloge de l'hôtel de la gare de Brixton, mais il savait qu'elle était trop petite et trop lointaine.

« C'est confirmé, dit Control. Le fils Pártos. Ils l'ont tabassé trop longtemps et il est mort. Mundt en a informé Guillam pendant que vous étiez à Lisbonne. Il a dit que c'était du travail de cochon et qu'il prendrait des mesures, si Karla n'avait pas encore éliminé les hommes en question.

– J'en suis convaincu.

– Pas moi. Je crois qu'il n'a jamais eu une seule pensée honorable de toute sa vie. »

Control tourna la tête. Sans ses lunettes, il paraissait plus vieux. Les cernes sous ses yeux étaient d'une couleur inquiétante, comme des bleus qui auraient jauni.

« Contrairement à vous. »

Smiley acquiesça.

« Vous m'en voyez désolé.

– Mundt avait autre chose à dire, au cas où vous vous poseriez la question. Moscou avait donné l'ordre de révéler l'emplacement de Bogdan si Róka cherchait à le connaître. Karla a dû décider d'aller droit au but. Mundt prétend avoir fait le lien avec Leo trop tard. J'imagine que c'est un mensonge, et qu'il a apprécié le spectacle.

– Sans doute. »

Control hocha la tête.

« Je vous ai demandé de me montrer la méthode Smiley et vous me l'avez montrée. Vous avez laissé à Karla l'occasion de tout arrêter. Sans enfumage, rien. Vous croyez qu'il l'avait compris ? Qu'il a su que vous le pensiez vraiment ?

– Oui, je le crois.

– Et en réponse il a été sans pitié. Au moins, je sais à qui j'ai affaire. Un vrai croyant. C'est ainsi que ça se termine. »

Smiley chercha Leamas autour de lui, mais ne le trouva pas.

« Non, dit-il. Non, ce n'est pas fini. Pas encore. »

Ann resta une quinzaine de jours à Saint-Moritz et raconta que les pistes étaient exceptionnelles. À son retour, elle insista pour dire qu'elle n'était pas fâchée, et Smiley la crut. Ils allèrent dîner dans un nouveau restaurant qui selon elle ferait bientôt fureur. Ils ne parlèrent pas de grand-chose jusqu'au café, lorsqu'elle posa une main sur la joue de Smiley.

« Pourquoi fuis-tu, George ?

– Je ne fuis pas.

– Bien sûr que si. Pendant très longtemps j'ai cru que ce n'était pas délibéré. Je le crois toujours, mais c'est délibéré, aussi. Il y a une part de toi qui ne veut pas être heureuse, qui en ressent de la culpabilité. Pourquoi devrais-tu être heureux alors que quelqu'un d'autre est malheureux ? Alors qu'Alec est mort ? Donc tu me quittes et tu pars retrouver ta maîtresse grise. »

Smiley répondit que le Cirque n'était pas gris mais en brique rouge et se trouva bête comme jamais dans sa vie. Ann rit avec une tendresse sincère.

« Mais si, George. C'est ce que je me dis quand tu pars : il me quitte pour elle. Pour les ombres et les chagrins. J'aime les couleurs vives, moi. J'aime jouer et avoir chaud, et j'aime quand tu es là avec moi. Mais toi... Il y a quelque chose en toi qui appartient au froid, n'est-ce pas ? Pas celui des montagnes, pas les couchers de soleil et la neige et l'odeur du feu de bois, mais le froid des grandes villes, la boue noire et mouillée, l'humidité qui s'infiltre dans les gants, sous la porte. Des hommes sans visage qui décident entre quatre murs de l'avenir du monde, sauf qu'ils ne décident de rien. Le monde tourne et les contrecarre à chaque fois, et toi, tu te retrouves à recoller les morceaux. Sans même savoir qui est ton adversaire. Comment s'appelle-t-il, George ? Est-ce qu'il a même un nom ?

– Je ne sais pas. Il existe vraiment. Mais il ne laisse personne connaître son nom.

– Pourquoi ?

– Bill te dirait que c'est parce qu'il a peur. Je ne crois pas qu'il ait peur de quoi que ce soit. Je crois qu'il aime maîtriser les choses, en savoir plus que tout le monde. »

Elle rit encore.

« Tu es amoureux de lui ? »

Smiley la dévisagea.

« Oh, ne sois pas si étriqué, George. Je ne veux pas savoir si vous êtes amants. Je veux savoir si vous êtes liés l'un à l'autre comme tu es lié à moi. Est-ce qu'il a une femme à la maison qui ne le voit jamais et qui se pose les mêmes questions à ton sujet ? Est-ce qu'il lui dit : "Je dois d'abord battre ce chien de Smiley, ensuite j'irai me coucher" ?

– Je ne le sais pas non plus.

– Ça y est, je t'ai rendu triste. Écoute, je ne voulais pas. Peut-être que ça marche comme ça entre nous. Toi et ta maîtresse grise, moi et mes beaux garçons. Deux autres amours parfaitement respectables au sein d'un couple. Si c'est ça que tu veux.

– Ce n'est pas ce que je veux. Pas du tout.

– Alors abandonne-la, George. Mets-la de côté et décrète, aujourd'hui et tous les jours, que tu ne lui appartiens pas. Pas qu'une fois, tu comprends ? Pas pour moi ou pour toi. Tout le temps, sans quoi nous nous séparerons.

– Je le ferai. »

Alors elle l'embrassa, et ses lèvres étaient lourdes et avides.

« Maintenant ?

– J'ai… »

Elle soupira, puis lui caressa la main.

« Oh, je sais, George. Tu as encore une dernière chose à faire. »

Note de l'auteur : écrire Smiley

Un jour, Ann, la première femme de mon père, a dit à un maître d'hôtel ébahi : « Voilà un menu extrêmement impressionnant, mais la question est : savez-vous cuisiner ? »

C'est ce qu'il reste à voir. En un sens, je le sais déjà : ma famille est heureuse de ce livre. Si j'avais écrit un texte qui me garantissait toutes les récompenses mais qu'elle détestait, ça aurait été un genre d'enfer très spécial. Et je sais aussi qu'il y aura, dans les deux sens, des conclusions connues d'avance. Les uns adoreront le livre quoi qu'il arrive, car leur attachement au Cirque et à George Smiley est si profond que le moindre frôlement de sa main suffit à les mettre en joie. Les autres, pour la même raison, ne pourront même pas envisager de le lire, et leurs poils se hérisseront à la seule mention de mon *hybris* absurde. À ceux-là, qui recevront inévitablement le livre des mains de leurs proches bien intentionnés, je peux seulement présenter mes excuses : j'espère que, peut-être dans leur baignoire après une journée particulièrement morose, ils prendront l'ouvrage négligé en se disant que rien ne pourrait être pire, et découvriront que l'appétit vient en mangeant.

Il a toujours été question de publier d'autres livres de Smiley. Je le sais, j'étais là. Je suis né en novembre 1972 – coïncidence ou non, à peu près au moment de la mort de Control – et j'ai grandi avec George. Sa présence, sous diverses formes, fut un fantôme amical à ma table. D'abord il y eut le George de mon père, la voix serrée et parfois haussée par l'indignation, puis sortant des tripes quelques instants après pour énoncer la vérité, si sombre fût-elle. Ensuite, la version de sir Alec Guinness, douce, rebelle et attentionnée, comme si le génie ne pouvait s'écarter que brièvement du brouillard. Michael Jayston lut Smiley dans un audiolivre abrégé, et tous les soirs j'écoutais les cassettes pour m'endormir. Après, mon père a lu son propre livre, dans le même format, et sa cadence se mêlait à celle de Guinness – ce qui expliquait, à ses yeux, qu'il n'ait pu écrire autant d'aventures de Smiley qu'il l'espérait au départ. Le Smiley extérieur avait supplanté celui qu'il avait dans la tête. Bien plus tard, il y eut Denholm Elliott, puis Gary Oldman, et d'autres dans divers décors. Tous résonnaient à mes oreilles quand je me suis assis pour voir si je pouvais intercaler une histoire dans ces dix années qui séparent *L'Espion qui venait du froid* de *La Taupe.*

On aurait dit que Smiley était là, à attendre patiemment, et que j'étais un peu en retard. *Si vous êtes prêt, Nicholas, nous pouvons commencer.* Mon Smiley est celui de mon père, mais il est aussi celui dont nous héritons collectivement. Les origines du personnage sont obscures et font l'objet de nombreuses discussions. On sait qu'il voyage sans étiquette dans le fourgon de queue de l'express social ; que c'est un intellectuel et non un aristocrate ; impossible à situer, invisible et exceptionnel. Il existe une école de pensée pour qui Peter Guillam est mon père, et Smiley un sir Maurice Oldfield mâtiné de révérend Vivian Green, mais n'importe quel auteur vous dira que le centre d'un roman est toujours le personnage dans lequel il se projette, si reconfiguré et réinventé soit-il. Smiley était mon père : l'enfant trop méfiant, rendu orphelin par les faits ou par la monstruosité, seul, même dans une pièce bondée, et heureux uniquement quand, par ce qui semblait relever du pur hasard, il se retrouvait dans un environnement chaleureux. Un esprit brillant par une journée grise et harassante : que ce squelette prenne chair par le corps syncrétique de Smiley, celui des prestations d'une demi-douzaine d'acteurs magnifiques. La voix était claire.

Et Karla ? Une loi d'airain veut qu'on ne puisse le connaître. Karla, c'est l'opacité du régime autoritaire, sa violence capricieuse, son ubiquité, sa pesanteur. Comme le requin dans *Les Dents de la mer*, plus on le voit de près, moins il fait peur. Pourtant, l'hostilité entre Smiley et lui doit bien avoir un point de départ. L'homme devient le monstre avec le temps. D'après le canon, Smiley l'incite à faire défection pour la première fois en 1955, et ses sentiments à l'égard de cet officier russe – un cas parmi de nombreux autres – sont alors presque amicaux. Vingt ans plus tard, ils sont devenus chacun l'ombre de l'autre, caractérisant le déclin d'un empire et la brutalité oppressante de l'autre. Que s'est-il passé entre-temps ? C'est en partie ce que nous tâchons de découvrir ici.

Bien sûr, à la fin des fins, les histoires de Smiley ne parlent pas d'espionnage. Le Cirque de Smiley donnait à voir le travail du renseignement qui, pour beaucoup de gens – qu'ils le sachent ou non –, définissait les contours de la guerre froide. Celle-ci, bornée par la menace de l'anéantissement nucléaire, combattue à travers une mosaïque de pays poussés de force dans un conflit international binaire et, finalement, impossible à gagner car la victoire se jouait dans une tout autre arène, fut pour lui le théâtre sinistre, impitoyable et méconnu de l'espionnage. Les romans étaient à la fois un instantané de l'époque et une fenêtre sur l'âme. Le succès, tacitement, signifiait autre chose : trouver l'humanité dans les ombres paralysées et, chemin faisant, rendre le monde meilleur plutôt que pire, chercher le moyen d'être bon dans un contexte qui favorisait la cruauté. Les derniers livres de mon père sont ouvertement et expressément politiques, mais les histoires du Cirque sont tout aussi enragées – seulement, elles ne se limitent pas à une cible à la fois. La guerre froide est finie, aussi *Le Choix de Karla* ne peut-il être *a priori* une image du présent. D'un autre côté, le besoin pressant de choisir la compassion – à l'égard des ennemis enrôlés, des réfugiés, des générations futures ou de nous-mêmes – ne s'est jamais fait autant ressentir. Eric Hobsbawm parlait du court XXe siècle ; on pourrait lui répondre qu'on attend toujours qu'il se termine.

À cet égard, Smiley en est une fois de plus un protagoniste caractéristique. Les contours de sa vie sont – pour le dire gentiment, comme il l'aurait sans doute fait – assez flous. Il est né en 1907 (*L'Appel du mort*), à moins que ce soit en 1917 (ce que l'on peut considérer comme sous-entendu dans *La Taupe*). Néanmoins, il appartient aussi à la même génération que Karla, qui fut aide-cuisinier dans un train en 1904 (également dans *La Taupe*) – ce qui situerait sa date de naissance à la fin des années 1890. Ainsi va la vie : les choses changent, et ce dont on se souvient avec une clarté absolue se révèle être une silhouette dans la brume.

Tout ça est bel et bon, mais quel est l'intérêt ? Pourquoi la date de naissance de Smiley change-t-elle ? À première vue, parce que mon père ne bâtissait pas une franchise. L'important pour lui n'était pas d'être le professionnel construisant parfaitement un monde, mais l'artiste racontant des histoires qui font mouche. Creusez un peu plus, cependant, et vous verrez autre chose : les dates essentielles de la vie de Smiley changent car son âge, au fil des livres, reste le même. Il a la cinquantaine de la même façon que Sherlock Holmes habite Baker Street ou qu'Hercule Poirot est belge. *Le Choix de Karla* obéit donc à une règle de continuité de ton : est-ce que ça paraît juste ? Est-ce bien Smiley tel que nous le reconnaissons ? Peut-on lire ce livre, puis passer à *La Taupe* ou revenir à *L'Espion*, et reconnaître le Cirque comme dans un autre roman de le Carré ? D'un point de vue pratique, cela exige d'accepter le cours des événements et de laisser les détails évoluer, afin que le tout ait du sens même si les points particuliers ne sont pas parfaitement identiques – ce qui, dans un sens comme dans l'autre, n'est pas possible. Le perfectionniste en moi est scandalisé. L'écrivain est ravi. L'histoire prime, les détails doivent s'y conformer. L'objectif est de produire un livre qui ait un début, un milieu et une fin. Il doit vous émouvoir, vous donner envie de ne pas le lâcher et d'en savoir plus.

Espérons que ça marche.

Remerciements

Par d'innombrables aspects, ce livre doit son existence à une foule de gens – à mon père, évidemment ; aux acteurs qui ont incarné Smiley, Guillam, Esterhase, Connie Sachs, Ann, Maria Ostrakova et les autres ; à mes frères – Simon, qui m'a suggéré de l'écrire, et Steve, qui s'attaque au même monstre dans un autre domaine ; à Penguin Random House et aux autres, qui ont cru en moi ; à toutes les personnes qui le lisent.

Ma merveilleuse femme, Clare, a pris la direction de John le Carré Limited l'année dernière, ce qui a fait d'elle ma patronne – et de moi son patron – d'un seul coup. Démêlez ça et simplifiez-le si vous le souhaitez – ce qu'elle fait, à mon grand bonheur et profit. Nos enfants nous bousculent, nous encouragent et nous instruisent à chaque instant, et je devrais les en remercier aussi.

Mon agent, Patrick Walsh, et Jonny Geller – qui représente l'entreprise – se sont lancés dans un tango de soutien, de commentaires et de négociations qui me rappelle à quel point ils sont, l'un et l'autre, extraordinaires.

Je me suis outrageusement reposé sur mon amie Leena Karnik pour m'aider à trouver le nom de Raghuraman Vishwakarma – dont j'espère qu'il reviendra, parce que je l'aime bien et parce que, chemin faisant, son passé m'est apparu toujours plus fascinant. Et Biraj Patnaik a eu la gentillesse de me conseiller à son tour. Il va sans dire que toute erreur et toute maladresse relèvent de ma responsabilité, pas de la leur.

Mes éditeurs, Harriet Bourton et Edd Kirke au Royaume-Uni, Brian Tart aux États-Unis, m'ont livré le genre de commentaires qu'on découvre en lisant les biographies d'écrivains célèbres – conseils concis, convaincants et surtout utiles, dont ma narration et ma prose ont grandement profité. L'excellente Donna Poppy, qui a préparé le manuscrit, m'a permis de rester juste sur le plan de la grammaire et ordonné sur celui de la créativité – dans la mesure du possible, en tout cas.

Joe Hill – une des rares personnes au monde qui peut prétendre comprendre l'étendue de mon angoisse à propos de ce livre – l'a lu de bonne heure et a réagi avec rapidité et entrain. Cet homme est une pépite.

Pour finir, il y a une dernière personne qui vit dans ce texte, même si elle n'aime pas être sous le feu des projecteurs. Ma mère n'était pas seulement la collaboratrice de mon père, insérée dans l'histoire de la lutte entre Smiley et Karla ; elle fut aussi celle qui restait patiemment assise avec l'enfant de six ans que j'étais pendant que *Les Gens de Smiley* s'écrivait dans le bureau d'à côté, et celle qui a débrouillé ma première longue histoire écrite pour l'école. Tentative vigoureusement rejetée par mon professeur au motif qu'elle n'avait aucun sens – rien d'étonnant, puisque j'avais essayé de condenser la création d'un roman de trois cents pages dans une seule leçon, et que mon écriture ressemblait aux traces laissées par un ver de terre ivre. Pendant ce qui m'a semblé à l'époque durer des jours, elle m'a posé des questions, a noté, transcrit et enfin imprimé mon histoire sur une machine de traitement de texte à peu près aussi grosse que Stonehenge. Chaque fois que je travaille, mon système de relecture et de correction chirurgicale lui doit tout.

À tous ceux-là, et aux autres qui ont toujours soulevé de lourds fardeaux pour moi : merci.

NH
Londres
2024

RÉALISATION : NORD COMPO À VILLENEUVE-D'ASCQ
ACHEVÉ D'IMPRIMER SUR ROTO-PAGE
PAR L'IMPRIMERIE FLOCH À MAYENNE
DÉPÔT LÉGAL : NOVEMBRE 2025. N° 158828 (107897)
IMPRIMÉ EN FRANCE